哲学与社会发展文丛

姜家君 著

"尚情"思潮的生命审美研究
——晚明人情小说的"理"与"欲"

An Aesthetic Life Study of
"Advocating Emotion" Thought

社会科学文献出版社
SOCIAL SCIENCES ACADEMIC PRESS (CHINA)

总　序

在美丽的榕城白马河畔，有一个由中青年哲学学者组成的学术团队，他们以理性的激情，把哲学反思的视野投向当代社会发展，试图以"哲学与社会发展文丛"为题陆续推出他们的研究成果。在与他们做深入交谈中，我深深地被他们的哲学学养和睿识以及他们对哲学与时代的那份眷注、担当的情怀所打动，欣然应邀为该文丛作序。

改革开放三十多年造就了中国社会实践的辉煌，也极大地推动了哲学研究的发展。从历史反思到实践观念，从体系创新到问题意识，从经典诠释到话语建构，哲学在把握时代的同时也被时代所涵养化育，呈现多样化的研究面相。中国社会在由传统社会向现代社会的变革转型过程中，哲学发展面临着机遇和挑战。哲学不应该以思辨的精神贵族自期自许，而应该回归生活世界。诚如维特根斯坦所言的"贴在地面行走，而不在云端跳舞"，哲学应当"接地气"——在时代变革与发展的实践中获得鲜活厚实的"地气"。社会发展是我们这个时代的一个主题，哲学必须也能够以其理性的力量在反思、把握社会发展的规律、特点、趋势中获得自身发展的生机活力，拓展出新的问题域。

当代中国社会正面临着一个全面而又深刻的变革、转型和发展的历史进程，改革与发展给中国社会带来巨大进步的同时，也日益显现、暴露出发展中存在的问题和矛盾。发展的现代性问题在当代中国并非一个遥远的"他者"，而是有了其出场的语境。诸如：社会阶层的分化，利益结构的重组，经济社会结构的转型，公平正义问题，社会失范问题，发展可持续性问题，以及资源、环境、生态问题等，社会发展以问题集呈现在世人面前。问题表明发展对理论需求的迫切性。当代社会发展的整体性、复杂性、长期性、风险性需要克服单线性的进化论发展观,对社会发展的把握也不能停留在具体的经验实证的认识层面上,全新的社会发展需要全新的发展理念来烛引,对发展的具体的经验的把握必须上升到哲学的总体性的层面上来。因为,在对社会发展的不同学科、不同视角、不同维度、不同层次的研究中,哲学的视角具有总体性、根本性、基础性、前提性、方向性的特点,它是以理性的反思和后思的方式对社会发展的前提、根据、本质、价值、动力、过程、规律、趋势、模式和方法等做出整体性的观照。这种反思使我们能够超越和突破对社会发展的经验的、狭隘的眼界,在总体性、规律性、价值性和方向性意义上获得对当代社会发展的理性的自觉性和预见性。在这个意义上,唯有哲学,才能够对当代社会发展既在后思的意义上充当黄昏后才起飞的"密纳发的猫头鹰",又在前引的意义上充当报晓的"高卢雄鸡"。

福建省委党校、福建行政学院哲学部的中青年哲学学者正是在上述的意义上试图以哲学的多视角的反思性方式介入对当代社会发展问题的研究,在社会发展的元理论研究与问题研究、反思性研究与规范性研究、社会发展的一般规律与特殊规律、本质与价值、方法与模式、历史与逻辑、比较与反思以及社会发展的世界经验与中国经验等方面拓辟哲学观照当代社会发展的问题域。他们有着共同的学术愿景:立足于当代中国社会发展的实践,在理论与实践、思想与学术之间形成互动的张力,对时代实践的要求作出哲学的回应,从中寻找哲学自身的生长点,造就一个哲学研究的学术团队,形成自己的研究方向和特点。

在一个急功近利、浮躁虚华的年代,他们以一种哲学的淡定和从容来反思时代,充当哲学"麦田的守望者"。我祝愿他们,并相信通过他们的努力有更多的哲学学术成果问世。就像白马河畔那根深叶茂的榕树一样,有他们哲学思考的一片榕荫绿地。

李景源
2014.5.6

序

傅小凡

晚明是中国历史上一个比较特殊的年代，社会的生产与生活方式开始出现了许多与传统农业自然经济相比不同的新因素。比如，由于生产力与商品经济的发展，采矿业内出现了与以往不同的新现象：对雇佣工人的使用。除矿业与冶金生产之外，绵与丝绸纺织业也出现了行业内部的产业资本所有者"机户"与各有专能的"工匠"也就是雇佣工人之间的分工。

雇佣制与商品经济的发展是相辅相成的。诚然，中国古代社会，商品经济早已有之，但到了晚明时期，商品经济的发展出现了与传统迥异特点，就是区域性分工。这种分工刺激了商品的流通与发展，当今关内的一些主要的城市与经济繁华地区在明朝均已形成。以往以政治与军事为目的而建立的城镇与都会，到了明代大都以物资和商品流通为主，这当然与生产和商品经济的发展是分不开的，是我国明代商品经济发展的一个重要例证。

随着商品经济的发展，明朝政府也不得不采取一些改革措施，一方面是为了解决政府的财政问题，另一方面也是适应变化与发展了的经济。明王朝的一项重大的国策改变就是"一条鞭法"的推行。晚明以前的赋税制以自然经济为基础，多以实物或劳务的方式进行，各种名目的赋税与佣调，或者实物性的与劳务性的土地税与人头税。随着商品经济的发展，实物与劳务税制显然已不再适应新的经济环境，"一条鞭法"都将其一律折合为货币形式交纳，这是商品经济发展的表现，这种赋税制度的改革是对商品经济发展的一种适应，反过来也进一步促进了商品经济的发展。从某种意义上说，赋税制度的货币化，是自然经济开始向商品经济转化的一个重要标志。

明朝自建立以来，为了搜刮民财，一直禁止民间使用硬通货而强制流通纸币。但是纸币越发越滥，所以民间常常拒绝使用纸币而暗地里依然以硬通货流通，朝廷虽然三令五申也难以禁止。对硬通货的禁止使用限制了货币经济的发展，而滥发纸币又进一步掠夺民脂民膏，这些对商品经济与社会生产都起着极大的阻碍作用。然而，货币经济是随着商品经济的发展而发展的，是人为的法令所难以禁止或强制推行的。纸币的强制流通必须以价值相当的硬通货作后盾，所以明代期间银的使用不但一直进行着，而且日益广泛，渐渐为法令所不能禁止，明政权也就不得不在所谓"折色"项目中有了"折色银"的规定。所谓"折色银"就是实物性地租可以折成银两缴纳。而"一条鞭法"施行之后，使银不但可以合法地在市场上流通，而且一切税赋都可以折合为银两。这就意味着银作为一般等价物的地位被彻底地承认。

对"一条鞭法"的施行，有的地方非常欢迎，而有的地方拼命反对，关键在于地方经济发展的不平衡性。越是商品经济发达的地区，就越容易实行"一条鞭法"，而那些自然经济占绝对主导地位的省份，尤其是北方农业区与经济落后地区，则极力反对"一条鞭法"的实施，这就说明了"一条鞭法"与商品经济之间的相生关系。

与"一条鞭法"相配合的是摊丁入地，政府对土地征税量增加了，拥有土地越多，纳税量也就越大，这就既促使了富者多卖田而经商，又阻止了商业资本流向土地，显然这项国策促进了商品经济的发展，从根本上开始瓦解古代帝制的经济基础，使农耕自然经济受到工商业的挑战。当然这不是说明朝的自然经济已经解体，但是货币可以作为一切财富的价值标准，使得金钱主宰一切的价值观有了现实土壤，这对古代帝制的意识形态具有根本性的冲击。

商品经济的发展，必然引起阶级结构的变化，必然促使自然经济的农业走向解体，而这种解体的重要特征之一就是农业人口的下降，手工业无产者的增加以及商人势力的扩张。当然，晚明农业人口下降的因素很多，但是其中有一个重要因素就是人们在商业利润的诱惑下，纷纷弃农经商，或者弃农做工，就是说，农业人口的下降与商品经济的发展有着内在的联系。促使农业人口减少的原因很多，但"去农而改业为工商者三倍于前"

（何良俊：《四友斋丛说》），说明商品经济的发展是造成农业人口下降的重要因素之一，也是农业自然经济走向解体的先兆。而且，晚明时期，农业生产中也出现了雇佣劳动者，工钱用货币支付。这表明雇主的货币支付能力以及市场形成的规模，这二者本来就是相辅相成的。

晚明期间的社会矛盾也显露出历史上未曾出现的情况，比如，苏州民变。其领袖人物葛贤，是一名纺织工人。为了抗税他领头罢工罢市，并聚众围逼织造衙门。后来官府出兵镇压，他又挺身而出，承揽全部责任，不连累众人，表现出最早的无产者领袖的英雄气概。当然，葛贤领导的苏州民变并不是真正意义的资产阶级的民主革命斗争，更不是工人运动。因为他们既没有针对雇主剥削提出经济要求，更没有针对朝廷提出政治要求，只是因为当时负责征收织造税的官吏，横征暴敛，激起民变，所以苏州民变的实质是市民阶层的抗税斗争。但这次斗争无疑是在无产者的领导之下进行的，并且具有鲜明的反专制的意义。因为专制制度对新生的资本主义生产方式采取压制的手段，在经济上主要是通过苛捐杂税进行的。苏州民变表现出的反专制的性质已明显区别于中国历史上历次的农民起义。

随着商品经济的发展，商人的势力必然随之加强，而晚明商人势力增强的特点已不再仅仅是财力的扩大和商人的数量增加，更主要的是商人社会地位的提高。这种现象的出现主要是由于许多士大夫不再鄙夷工商业而纷纷从事之，甚至有朝廷官僚也经营工商业。文人经商并不一定就非得弃文，二者往往是并存的，士与商人两种身份兼而有之。同时，由于明朝科举制改革，对参加科举的人放宽限制，不再仅限于所谓的"良家子弟"，所以出身商贾也可以参加科举，并通过科举而做官。富也可以贵，因为，这些富家子弟一旦考取功名，便可以提高家族在社会中的地位。由此，晚明出现了所谓的"儒商"也就是亦商亦士，亦士亦商的阶层。

晚明阶级结构变化的另一个重要表现是开始出现脱离仕途的知识分子，虽然数量很少，但毕竟有了新的实现自我价值的途径。有弃官务学的专业学者，比如《天工开物》的作者宋应星；有放弃王位，一心致力于科学研究的朱载堉；有放弃科举从事艺术创作的祝允明、唐寅等人。由于商品经济的发展，生活水平的提高，社会风气的变化，使艺术更具独立地位，艺术作品也开始成为有价物。那些"恃才傲物"的艺术家们虽然不与统治阶级合作，但由于社会对艺术的需求，而且"物力丰裕"，完全可能赖以生存，这就为艺术家保持独立的人格奠定了基础。

文人经商会促进商业的发展，使商业活动更规范、更文明，使儒家伦理思想进入商业运作过程，形成中国人自己的商业道德。然而，商品经济的利益交换原则却必然扩大其应用范围，商品经济的产物"商品拜物教"必然会影响文人的心灵与举止，改变他们的理想原则。而以金钱为衡量一切的标准的商品经济原则侵入社会精英层，使这些价值体系的承载者们在金钱价值观的冲击下，陷入价值迷失的困境。加上整个社会在商品经济的冲击之下，人们的价值观发生了很大的变化，读书务学，求贤成圣的传统理想已经显得迂阔。古代专制帝国的意识形态，除了作为科举的工具价值以外，已经基本失去了精神凝聚力。随着商品经济的发展，自然经济开始逐步走向解体的路程，专制帝国的意识形态受到挑战，传统的价值观已不再居于统治地位，思想界可以听到市民和商人的声音，价值观呈现出多元化的格局。

最具典型意义的是，从景泰年开始，明政府为了解决国家财政困难，居然实行所谓"纳监"的经济创收政策，只要向政府缴纳一笔钱粮，就可以进国子监读书，出监后就可以当官。这条政策实行之初，还有个限制，即只有秀才可以纳监。可是秀才中有钱的人太少，所以后来这个限制也被取消了。新的政策规定，不管是什么人，只要能够加倍缴纳钱粮，就统统录取为太学生，这些人还有个专门的名称，叫作"俊秀子弟"。国家实行这种政策时，并非不知道这样做会"使天下以货为贤，士风日陋"（《明史》卷六十九），可是财政困难使政府顾不上这许多了，终于使纳监成了一种与科举并行的制度。

由于有了钱就能买到官做，读书不再是实现理想与自我价值的唯一出路，在金钱的力量面前，知识分子感到一种失落。读书不再那么神圣而令人钦慕，知识在人们的心目中发生倾斜。再加上官场倾轧，考场黑暗，读书与自我价值实现之间的距离越来越远，成功者永远是极少数，大多数人皓首穷经，清贫一生。在这种情况下，一旦丧失理想原则，金钱的力量便会畅行无阻。

与商品经济发展相适应，作为资产者或市民阶层思想表现的重商主义思想开始在中国抬头，士大夫阶层在社会思潮的左右之下，开始为商品经济存在的合理性做论证与辩护，就连王阳明也说："四民异业而同道，其尽心焉一也。"(《王阳明全书》卷二十五)朱国桢说:"农商为国根本,民之命脉也。"(朱国桢:《涌幢小品》卷二)不但认为商业为本,而且对随着商业发展而产生的奢侈靡华的社会风气居然也有人为之辩护,从传统观点看所谓的"奢华"却恰恰是商品经济发展的刺激因素,同时又为更多的人提供就业机会。

随着商业的发展与商人地位的提高,当然就有了为商人说话的代言人,比如明人张瀚曾任南京工部主事,兼摄龙江上下关榷务,他出身于商人世家,其言论在很大程度上代表了商人的利益,他说:"至于中国商贾之税课,虽国用所资,而多方并取,亦所当禁。盖以各处商人,所过关津,或勒令卸车泊舟,搜检囊匣者有之;或高估价值,多索钞贯者有之。所至关津既已税矣,而市易之处,又复税之。夫以一货物当一税课,有羡余,有常例。巡栏之需索,吏胥之干没,不胜其扰。复两税之,贾人安得不重困乎?"(张瀚:《松窗梦语》卷四)作为朝廷官吏,他并不反对纳税,并认识到税是"国用所资",他主要反对的是"多方并取",这样必然会扼杀工商业的发展。张瀚所言虽然是为了明朝政府的长远利益考虑,但客观上的确是在为商人的利益说话,表现出与苏州民变基本相同的倾向。

随着社会经济的发展,商品经济与货币作用的日益强大,社会风气便日渐发生变化。自正德与嘉靖以来,人心不古,江河日下,这似乎是一个千古不绝的咏叹。晚明也不例外,而且更有过之,因为它不仅是一个王朝走向覆灭,而且是一种新型社会有可能出现的预兆,所以才会有"人情以放荡为快,民风日以侈靡相高,虽逾制犯禁不知忌也"(张瀚:《松窗梦语》卷八)的社会风气。这种社会风气是典型的人本主义兴起的表现,完全可以和西方文艺复兴时期,以肉体生命的价值否定对神的崇拜,以此岸世界的生活,否定彼岸世界的信仰的人本主义相媲美。

晚明思潮随着商品经济的发展,伴随而来的是普遍的价值迷失与人欲横流,新的经济因素并未能直接导引出新型的社会理想与新的社会风气,却是弥漫于整个社会各阶层间的奢靡与腐败。不过,在这奢侈的日常生活中,人们却表现出一种对情感的推崇,被称作"尚情"。这种思潮虽然一时还导引不出新的社会理念,但是,却为一些迷茫的艺术家和思想家们,提供个体生命的意义与价值。因为,对情的推崇并不意味着必然走向纵欲的极端,恰恰相反,将情置于无上地位的几位艺术家与思想家都试图通过情这一路径寻找其具有的普遍意义。比如，汤显祖的"因情成梦"，通过对梦境的虚构所表现出的对情的追求，表明他深切感受到理想的情与社会现实之间的矛盾。他深切地体味到情的个性特征与易变性，所以他要超越肉体而达到情的永恒。在梦中寻求情的圆满，说明在现实生活中真情沟通与交往的困难。然而，梦的虚构性与理想性，毕竟既超越现实又批判现实，这也许正是汤显祖"因情成梦"，追求情的普遍意义的价值所在。进一步表现出对超越肉体的精神意义的情的渴望与追求的，是冯梦龙的"因情设教"，他试图沟通情与道德的内在联系。冯梦龙心目中的情是万物生长的终极性根由，并且超越个体的感性存在，超越生死，具有实体性的意味。然而，冯梦龙对情的普遍意义与永恒价值的追求与汤显祖相比，却更具现实性。因为他以情为伦理道德教育的工具，试图改变晚明的社会风气。而傅山对情的追求似乎更具有普遍意义。因为，他将情爱升华为"一爱"。傅山的"一爱"有四层重含义：一是爱是专一的，只爱生命；二是爱是普遍的，是生命都爱；三是爱是平等的，因为众生平等；四是爱是永恒的，"矢死以一爱爱人"。

　　总之，尚情和追求情的普遍意义，是晚明思潮中重要的内容，有着强烈的时代性和现代意义。姜家君博士的论文《"尚情"思潮的生命审美研究——晚明人情小说的"理"与"欲"》不但支持和补充了我的观点，而且从一个非常特殊的角度切入，探索出一些前人很少关注的内容，并且形成了独具见地的观点，对中国古代美学思潮在晚明演进过程的描述，对我国明代小说审美意义的探寻，都有重要的意义和价值。

目录 Contents

绪 论 ………………………………………………………… 1
  一 晚明人情小说的界定与范围 ………………………… 1
  二 审美活动发展与生命审美的提出 …………………… 4
  三 "情"范畴的历史源流与概念解读 ………………… 7
  四 晚明人情小说的研究现状 …………………………… 16
  五 本书的研究思路、方法和意义 ……………………… 22

第一章 晚明的社会变迁 ………………………………… 26
  第一节 统治阶级的衰败与礼制僭越 …………………… 26
  第二节 商品经济繁荣与市民阶层崛起 ………………… 30
  第三节 士人"以文治生"与出版业的发展 …………… 32

第二章 心学与理学融合下的人性重建 ………………… 36
  第一节 王阳明心性观与个体意义世界重构 …………… 36
  第二节 泰州学派的人文启蒙与儒学平民化 …………… 54
  第三节 晚明的复古与实学思潮 ………………………… 89

第三章 《金瓶梅》对情欲的表现与身体审美 ………… 103
  第一节 "人"的存在：情欲觉醒及对传统审美观念的冲击 ……… 104
  第二节 身体展示的世界：卑微的生存与扭曲的灵魂 ………… 119
  第三节 悲悯：《金瓶梅》的另类视角与审美旨归 …………… 130

第四章 艳情小说的情欲泛滥与审美病态 …………………… 142
第一节 情欲泛滥及对传统伦理的彻底颠覆 …………………… 142
第二节 审美病态与晚明的精神困境 …………………………… 152

第五章 "三言""二拍"尚真情与两性审美 ………………… 166
第一节 "尚真情"的婚恋观与女性地位提升 ………………… 168
第二节 情欲的救赎与伦理回归 ………………………………… 184
第三节 两性的审美关系与道德局限 …………………………… 194

第六章 晚明人情小说的生命审美特点及现代延伸 ………… 203
第一节 晚明人情小说的生命审美特点 ………………………… 203
第二节 当代社会的生存现象与精神实质 ……………………… 213

结　语 ……………………………………………………………… 223

参考文献 …………………………………………………………… 228

后　记 ……………………………………………………………… 237

绪 论

一 晚明人情小说的界定与范围

  文学发展有其自身的渊源与承继性,早在南北朝时期刘勰的"通变"[①]论即有提及。人情小说追始于明朝,但其记事写人,讽世写世的传统却早已有之,先秦寓言、魏晋之后的志人小说都有关注现实人生的倾向,唐传奇将焦点转向男女情事,文人学士、英雄侠客与色艺超群,慧眼识人的歌儿舞女成为小说的中心,如《莺莺传》《霍小玉传》《虬髯客传》等,在反映生活、塑造艺术形象方面都有很大成就。至宋元话本则是中国小说史上又一创作高潮,也是人情小说的直接源头,宋人罗烨将小说分为:"灵怪、烟粉、传奇、公案、兼朴刀、杆棒、妖术、神仙"[②]等,这些类型众多的小说在语言上已经有了明显的白话倾向,在内容上也有一些以描写市井生活,反映生活命运的故事,虽仍然以神幻、历史和英雄传奇为主,描摹世情也未能穷形尽相,但都为晚明人情小说的实践与成就奠定了基础。

  人情小说作为一个流派,最早是由鲁迅在其《中国小说史略》第十九篇"明之人情小说"(上)中提出的,并较为清晰地勾勒了这一派别的概貌:

[①] (梁)刘勰:《文心雕龙·通变》,刘永济校译,中华书局,1962,第109页。
[②] 罗烨:《醉翁谈录·小说开辟》,上海古典文学出版社,1957,第3页。

当神魔小说盛行时，记人事者亦突起，其取材犹宋市人小说之"银字儿"，大率为离合悲欢及发迹变泰之事，间杂因果报应，而不甚言灵怪，又缘描摹世态，见其炎凉，故亦谓之"世情书"也。①

　　此段概述，指出了人情小说的几个特点，其题材范围是区别于"神魔小说"的"记人事者"，内容特点为"离合悲欢及发迹变泰之事"，结构手法或者思想内涵为"因果报应，而不甚言灵怪"，"缘描摹世态，见其炎凉"则点明其写实特征。可见，"人情小说"的命名主要是从题材方面加以分类的，以平凡人物的生活为背景，以男女爱情、离合悲欢、发迹变泰为主要描写对象，因其中含有的对世态人情的嘲讽揭露，因此人情小说是家庭婚姻和社会世态两者的融合，只是作品不同在这两点上各有侧重。如在概论了人情小说的特点之后，紧接着鲁迅指出"诸'世情书'中，《金瓶梅》最有名"，② 认为《金瓶梅》虽以家庭婚姻为主线，但"作者之于世情，盖诚极洞达"，"故就文辞与意象以观《金瓶梅》，则不外描写世情，尽其情伪"。对世情的揭露"无以上之"。③ 可见《金瓶梅》是人情小说中对世情描摹最甚的作品。其后则提到末流的人情小说：

　　至于末流，著意所写，专在性交，又越常情，如有狂疾。惟《肉蒲团》意想颇似李渔，较为出类而已。其尤下者则意欲媟语，而未能文，乃作小书，刊布于世，中经禁断，今多不传。④

　　末流的人情小说，笔者又将其称为艳情小说，以男女之间赤裸裸的性描写为主要内容，鲁迅对这类小说只寥寥几句，未多描述。在"明之人情小说"（下）中，则述"佳话"，主要为才子佳人之情事，鲁迅将其称为《金瓶梅》之后的异流，而在"清之人情小说"中，推《红楼梦》为人情小说之首，"至清有《红楼梦》，乃异军突起，驾一切人情小说而远上之"。⑤

---

① 鲁迅：《中国小说史略》，北京大学出版社，2009，第126页。
② 鲁迅：《中国小说史略》，北京大学出版社，2009，第126页。
③ 鲁迅：《中国小说史略》，北京大学出版社，2009，第127页。
④ 鲁迅：《中国小说史略》，北京大学出版社，2009，第129页。
⑤ 鲁迅：《小说史大略》，陕西人民出版社，1981，第110页。

可见，鲁迅将人情小说作为一个大类，以《金瓶梅》始，其后则有末流的艳情小说，异流的才子佳人小说，至《红楼梦》达到最高成就。但将晚明时期的拟话本小说排除在人情小说之外。笔者认为，晚明拟话本小说中亦有大量描写男女爱情，家庭婚姻以反映世情的优秀作品，当属人情小说类。因此本书对人情小说的界定，以鲁迅在《中国小说史略》的定义为主，将世情小说、艳情小说、才子佳人小说及拟话本小说中含有人情小说特点的部分都纳入人情小说这一大类。

本书以晚明的人情小说为研究的时间范围，晚明是中国历史上一个重要的发展阶段，它处于中国古代社会向近代社会转型的历史过程，学界对晚明这一历史时期的界定有两种不同的看法，有认为是从嘉靖末年始，经隆庆、万历、天启和崇祯王朝，为时不足一百年的时候，① 或为万历元年（1573）至明亡（1646）的70余年，②《四库全书总目》曰："正（德）、嘉（靖）以上，淳朴未漓，隆（庆）、万（历）以后，运趋末造，风气日偷。道学佗谈卓老（李贽），务讲禅宗；……或清谈诞放，学晋宋而不成；或绮语浮华，沿齐梁而加甚。著书既易，人竞操觚。小品日增，卮言叠煽。"③ 可见隆庆、万历之后是明朝思想、习俗等的转折点，而正是在隆庆至万历时期，出现以《金瓶梅》始的人情小说。因此本书以人情小说文本为时间考察范围，研究从隆庆、万历时期（1567始）的《金瓶梅》至崇祯壬申年（1632）的《二刻拍案惊奇》为历史期限的人情小说，以期探寻晚明时期人们的生命与生存状态。也是从晚明开始，文学中有了真实的人的存在与位置，而非忠义孝道理想的代言人。集权统治的松懈和败落，与之紧密相连的意识形态与价值体系随之崩塌，人们对君主、国家从无力改变到漠视绝望，忠义、中庸、克制、礼仪的传统面具被撕碎，代之以追逐欲望与快感为中心的生命满足，集体伦理让位于个人存在。失去了终极价值的引导，人们将日常生活及自我的喜怒哀乐作为唯一真实的东西，理性存在让位于感性体验，甚至以身体的直接体验——性欲来寻找生命的欢愉与存在的依据。人情小说也真正发挥了"补史之阙"的功用，对研究晚明时期的生命审美有极大的价值与意义。

---

① 刘志琴：《晚明史论——重新认识末世衰变》，江西高校出版社，2004，第3页。
② 樊树志的《晚明史》将晚明时间段划定为1573～1644年。
③ 《续说郛》，《四库提要》卷一三二"杂家类"存目。

晚明人情小说的研究按照作品时期及类别，主要分为三个阶段。其一，万历时期出现的《金瓶梅》作为世情小说的开山之作，引起了很大的争议，它是人们正视欲望的开始，并真实地展现了世俗风情，其意义与价值影响深远，对后世影响也最为深广，因此将其作为开端研究。其二，在《金瓶梅》之后出现了大量的艳情小说，它们以畸形的性爱描写为主，张扬肉欲，虽后世将其斥为"淫书"，但其中所体现的晚明时期的欲望书写及畸形审美，也构成了一种独特的生存方式和生命形态，引人深思。如《浪史》《绣榻野史》等。其三，明末的天启、崇祯时期出现了以"三言""二拍"等为代表的短篇小说，这些小说包含了世情书写、男女婚恋等内容，描摹现实的同时，突出以"真情"为主的伦理回归，抵御欲望泛滥所导致的人性虚无，描写人性之真，人情之美，在个体存在与传统道德之间寻求平衡，体现了晚明士人重扬生命理想、道德立身的决心。

二 审美活动发展与生命审美的提出

自人类进入文明社会以来，就有了审美活动，并最终发展为美学这一独立学派，作为哲学的一个分支，美学的发展与哲学理论的演变是密切相关的。在西方美学史上，随着哲学的近现代转变，审美对象发生了一系列变化，并形成了相应的美学理论的发展。古代西方哲学是实体本体论哲学，如毕达哥拉斯以"数"作为世界的本源，柏拉图的抽象"理念"，亚里士多德将质料与形式的结合作为万物的基础。如此"美"也成为独立于人的实体的属性，具有客观性特点。近代西方哲学是认识论哲学，它以理性为中心，肯定人的主体性。从笛卡儿的"我思故我在"将自我作为万物存在的依据，到康德"人为自然立法"的精神主体，黑格尔的绝对精神，主体以其绝对优势，与客体世界形成了对立的两极。表现在美学上，审美具有了主体性，客观事物成为审美对象，是主体创造的产物。鲍姆加登把美学命名为"感性学"，意即关于感性认识的科学。康德认为，美的产生是主体审美判断的产物，是想象力和知性的自由游戏，美虽有表现形式的"纯粹美"，但美的理想是能体现道德意志的"依存美"。马克思主义哲学也属于近代哲学发展的产物，他将主体性建立在实践论的基础上，认为美是"人的本质力量对象化"。审美就是主体发现或体验具有自我创造性本质的美的客观事物,这种延续的主客二分的思维模式,放大了主体的实践理性精神。可见近代哲学与美学的发展将人孤立为以"认知、工具理性"及"道德、实践理性"为中心的异化存在,高高在上的"人",因失去了本真的存在状态,孤独、绝望、痛苦、恐惧等情绪也随之而来,主体之"人"走向了自我建构的困境。

为解决人的生命困境,现代西方哲学开始扬弃理性主义,转向主体存在论,在更深层面上探索存在的意义。胡塞尔建立的现象学哲学认为,人类抽象思维的基础在日常生活,因此提出了"回归生活世界"的主张。海德格尔批判了传统哲学将"存在"当作"存在者"的错误,认为人类存在的本质就是"在世的",他进入这个世界,在世界中逗留。"存在"就是"存在者"如其所是的"去存在",这是一个动态的过程,包含着世界对"我"的显现。"此在"作为"存在者"的本质,不再是一个孤立的个体,而是扩展为人同世界万物的关系,是人与世界的"共在"。同样美学中的审美对象也发生了变化,审美活动不再是一种认识活动,或者主体本质力量的确证,而是将审美与个体的现世生存相联系。海德格尔在对艺术品的现象学分析中展开其美学思想,认为艺术是"真"的显现,这里的"真",并非逻辑之真,而是具有现象学意义的存在之"真",是对生命与存在意义的去弊与揭示。梅洛-庞蒂建立的体验论美学,认为通过身体的真实体验,自我与他人、世界的意义建构才成为可能。可见现代西方美学将生命存在作为审美对象,突破了认识论主客两分的桎梏,以自我存在为中心,自我与他人、万物、世界成为一个统一的整体,关注生命存在状态,以达到自由的审美境界。

中国审美文化虽历史悠久,但美学作为一门独立的学科却是19世纪末20世纪初西学东渐的产物,并在20世纪的中期与后期引发了两次研究热潮。李泽厚的"实践美学",将马克思的观点引入美学研究,与西方近代哲学与美学的研究相一致,继续发扬理性精神,将美感归为认识论问题,注重工具本体,强调人的实践和征服自然的主体力量。它关注人的社会性,却也忽视了个体生命,在实践美学中"类"总是先于个体。① 虽然适

---

① 章辉:《论实践美学的九个缺陷》,《河北学刊》2004年第5期,第12页。

应了中国的现代化进程，却因为不能解释当代社会形形色色的审美现象，也不能为当代人的生存提供具有生命意义的系统阐释，从而逐渐失去了魅力与价值。因此在 20 世纪后期，随着西方现象学与存在论哲学的引入及在中国的广泛传播，杨春时、潘知常等也发起了以生命存在为审美对象的"后实践美学"或"生命美学"。以生命本体代替实践本体，反对主客二分，提倡主体间性，这与中国古典审美文化中对生命关注的传统也相契合。中国古典哲学即主张体验论而非认识论，它以对生命的体悟为中心，追求天人合一的精神境界。但是中国古典的生命追求，是一种伦理的或理性生命，其"存在"是以牺牲或压抑感性生命为代价，以达到精神上的升华。主体间的交往、对话还停留在原始和谐的水平上，审美理想也带有田园牧歌的色彩。① 无法达到对现代人生命与生存体验的反思。因此现当代美学应继续沿着以生命存在为中心的发展理路，探索生命的归宿与意义所在。

　　这也是本书的研究对象与逻辑起点，马克思说过"任何人类历史的第一个前提无疑是有生命的个人的存在"。② 而人类所有的认识与实践形式都服从于人的生存和生命这一目的论。因此对生命存在的关注必然成为审美的第一前提与最终目的，审美是对生命的确证，审美眼光自然应导向更广大的人生领域。"美学就是对生命活动的'思'和'看'。没有这种'思'和'看'，人的生命活动就会失去意义，生命本身也会失去色彩。"③ "脱离开人生样态和人生境界谈审美形态，等于抽掉了审美形态的人生底蕴，使其只具有所谓的审美类型或审美范畴的形式逻辑性，而无生动具体的有机性和生成性。"④ "美学的根本问题就是人的问题"，⑤ "生命的审美安顿有益于人的存在"。⑥ 生命美学家们如是说。而以生命存在为审美对象，必然带有对自我生命与他人，甚至万物生命的同样审视与尊重，在平等的基础上才有交流与体悟的可能，即所谓的"主体间性"，从而去掉"遮蔽"，达于世界对我的"显现"。对文学、文本的解读同样如此，"主体性哲学、美学的

---

① 杨春时：《美学》，高等教育出版社，2004，第 18 页。
② 《马克思恩格斯选集》（第一卷），人民出版社，1980，第 24 页。
③ 雷体沛：《存在与超越——生命美学导论》，广东人民出版社，2001，第 2 页。
④ 王建疆：《审美形态新论》，《甘肃社会科学》2007 年第 4 期，第 155 页。
⑤ 潘知常：《生命美学论稿》，郑州大学出版社，2002，第 132 页。
⑥ 刘悦笛：《实践与生命的张力——从 20 世纪中国审美主义思潮着眼》，《人文杂志》2004 年第 6 期，第 90 页。

缺陷……把文学看作人的自我扩张和自我实现,……局限于认识论,……文学也被当作关于客观世界的知识,遗忘了文学与生活世界的关系,文学并不是一种知识,美学也不是知识学,而是一种生存体验和有关生存意义的学问"。① 因此在文学的创作与接受过程中,"文学形象不再是与我无关的客体,而成为与我息息相通的另一个自我,并且没有自我与对象之分,最终与我合为一体,他的命运成为自我的命运,我们在共同经历人生。这种主客同一不是认识论的一致,也不是主体征服客体,而是在审美同情的基础上的充分的交流而达到的自我主体与对象主体的融合"。② 如此,在与对象主体生命交流的同时,达到对自我生命的认知与反思。这种对生命的反思,就指向了一种超越的生存状态,"反思"包含着对自我与对象生命的体验与领悟,也意味着对现实生存局限的克服,并渐次达于自由与本真的生存境界。

本书在历史背景之下,以小说文本作为考察对象,通过自我主体与文学形象的对话和交流,呈现出此时期内人们的生命状态与生存困境。生命的超越或者本真呈现,必然面对着自我经验与习惯的强大阻力,感性欲求与伦理道德,现实环境与理想生命的矛盾,使得个体生命表现为扭曲与异化,挣扎与痛苦的存在形态。反观当代的生命存在,生命美学理论为个我生命展现了一个本真而澄明的理想之境。但当超越的理想与依然主客二分的生存现状,与人们强大的物质欲望相碰撞时,理想只能退居学术领域,与当下的生存实际成为并立的平行线,因此一种理想的存在方式如何立于现实,真正为大众所用,也是美学发展一个亟待解决的课题。

三 "情"范畴的历史源流与概念解读

(一)"情"范畴的历史源流

"情"在先秦典籍中已有论及,其含义经历了一个不断发展的过程,最初与客观事物相关,其含义有三,第一,指具体的情况、内容等,如《周易·系辞下》:"爻象以情言""吉凶以情迁";第二,则有真情,实情

---

① 杨春时:《文学理论:从主体性到主体间性》,《厦门大学学报》2002年第1期,第18页。
② 杨春时:《文学理论:从主体性到主体间性》,《厦门大学学报》2002年第1期,第21页。

之意,"圣人立象以尽意,设卦以尽情伪"(《易传·系辞》)。"上失其道,民散久矣,如得其情,则哀矜而勿喜。"(《论语·子张》)"情"指的是情况的真,内容的真。第三,指事物的本质与规律,"夫物之不齐,物之情也"(《孟子·滕文公上》)。又如"乱天之经,逆物之情,玄天弗成,解兽之群,而鸟皆夜鸣,灾及草木,祸及止虫。噫!治人之过也"(《庄子·在宥》)。《论语·子路》:"上好信,则民莫敢不用情。"此处之"情"已有与精神、心理活动联系的情感之意。荀子真正将"情"做了明晰的定位,如荀子在《正名》中说:"性之好、恶、喜、怒、哀、乐谓之情","性者,天之就也;情者,性之质也;欲者,情之应也,以所欲为可得而求之,情之所必不免也"。明确"性""情""欲"是一以贯之,密不可分的,"情"为人的天性所具,具有普遍性的特点,天性的好、恶、喜、怒、哀、乐即为情的表现,"欲"则为"情"的实质内容,是情的实现,感而有情必有欲,人的情感中追求欲望的满足是不可避免的天性。《荀子·性恶》谓:"若夫目好色,耳好声,口好味,心好利,骨体肤理好愉佚,是皆生于人之情性者也,感而自然,不得事后而生之者也。"《荀子·王霸》亦云:"夫人之情,目欲綦色;耳欲綦声,口欲綦味,鼻欲綦香,心欲綦佚,此五綦者,人情之所不免也。""欲"是"情"的自然之性,"情""欲"在人的天性中是密不可分的。荀子对"情"的定位,基本上确立了其概念内涵,性—情—欲是生命的基本关系。

先秦时期以孔孟为代表的儒家文化,虽承认情、欲是不可避免的天性。如《孟子·告子上》曰:"食色,性也。"《孟子·万章上》云:"好色,人之所欲。"然孔子在《论语》中《子罕》篇和《卫灵公》篇亦谓:"吾未见好德如好色者也",儒家更看重人的德性追求,情、欲是内圣之德养成的阻碍。儒家追求的理想人格是"无一毫人欲之伪"的至诚,喜怒哀乐未发之"中",而好、恶、喜、怒、哀、乐正是"情"的表现,因此应压抑人的自然情欲,以"仁者爱人"为立身之本,以仁、义、礼、智、信作为君子要求,倡行内圣外王之道,"情"虽发于心,但应"止乎礼仪"。孔子在《论语·为政》中曰:"《诗》三百,一言以蔽之曰:思无邪。"可见孔子认为诗歌抒发应受理智节制,应适度、平和,恰到好处,达于不动欲念的情感状态,即"乐而不淫、哀而不伤"(《论语·八佾》),并具有道德上的崇高性与社会价值,"可以兴,可以观,可以群,可以怨。迩之事父，远之事君，多识草木鸟兽之名"（《论语·阳货》）。总之先秦时期的儒家人格哲学，张扬理性，视仁义德性为生命的终极追求。

两汉时期继承了荀子对"情"的定位，《礼记·礼运》称："何谓人情？喜、怒、哀、惧、爱、恶、欲，七者弗学而能。"① 东汉许慎《说文解字》释"情"云："人之阴气有欲者"。② 但人欲之情，随着儒家哲学成为官方思想，更强调"礼"的至上性，在君臣父子的伦理关系中，将个人情感欲望消除殆尽。在诗文领域，虽"情志"连用，如诗"以情志为本"，③但"情"前，"志"后，虽有诗歌抒发情绪、情怀之意，重点却在"志"，即诗歌的志向与抱负，主要反映修齐治平的社会题材，强调诗歌的通经致用及美刺功用。《诗经》首篇《关雎》被汉儒解释为表现"后妃之德"。司马相如的《美人赋》极力夸赞美人之貌，却重在褒扬作者成功抗拒了美人诱惑的故事，摒除私欲，成就外王之道，成为儒者人格修养的正途。魏晋南北朝虽有"越明教而任自然之说"，尊重个性发展，但仅限于部分名士，也是其君子人格的一部分。隋唐两代，儒释道三教并行发展，思想风俗也较为清明开放，但唐代李翱在《复性书》中称："情者，性之动也，百姓溺之而不知其本者也。""情者，妄也，邪也。邪与妄则无所因矣。妄情灭息，本性清明，周流六虚，所以谓之能复性也。"④"情"为"妄"为"邪"，可见唐代儒者依然对"情"加以排斥，认为其影响了本性清明的理想人格。

宋以来，理学形成发展，儒者更注重培养理想人格，努力提高道德自觉。可以说理学家们充分意识到了个体内心所交织的道德观念与感性情欲的冲突，将人心的知觉活动分为"觉于理"的"道心"与"觉于欲"的"人心"，所谓"人心惟危，道心惟微"，道德意识潜藏在人的心灵深处为"微"，而人的情感欲望不善加控制，则"危"。因此朱熹虽认为喜、怒、哀、惧、爱、恶、欲也都是情，并未一概否定或排斥人的自然欲望，但在《朱子语类》中亦对"情"重新做了规定："恻隐、羞恶、辞让、是非，情也"。⑤"情"带有道德伦理的价值判断，并尽量降低人的欲望要求，以符合社会

---

① （元）陈澔编《新刊四书五经·礼记集说》，中国书店，1994，第192页。
② 江恒源：《中国先哲人性论》，商务印书馆，1926，第17页。
③ （唐）欧阳询撰，汪绍楹校《艺文类聚》卷五十六，上海古籍出版社，1982，第1002页。
④ （唐）李翱：《李文公集》卷三《复兴书上》，上海古籍出版社，1993。
⑤ （宋）朱熹撰，朱杰人、严佐之、刘永翔主编《朱子全书·朱子语类卷之五十三》，上海古籍出版社，2002，第1762页。

规范。将"天理"与"人欲"相对立,"天理存则人欲亡,人欲胜则天理灭。未有天理人欲夹杂者。"① 朱熹还对"人欲"加以规定:"饮食者,天理也;要求美味,人欲也。"② 张岱年先生认为此人欲,即是私欲之意。"凡有普遍满足之可能,即不得不满足的,亦即必须满足的欲,皆不谓之人欲,而谓之天理。如饥而求食,寒而求衣,以及男女居室,道学皆谓之天理。凡未有普遍满足之可能,非不得不然的,即不是必须满足的欲,如食而求美味,衣而求美服,不安于夫妇之道而别有所为,则是人欲。所谓天理人欲之辩,其实是公私之辩。"③ 但人的欲望本身即指向更高的追求,对私欲的否定虽然将人性导向一种更高尚与纯粹的道德存在,但也阻碍了自然欲望升华为审美情感的可能,是对审美表现的扼杀。

在"存天理,灭人欲","以理节情"的思想理论下,统治者将禁欲主义实践到了极致,以更加严密的封建伦理纲常压制人的欲求与情感表现。对"妇道""妇德"——孝(在家从父)、贞(出嫁从夫)、节(夫死从子)的严苛规定,以及宋明对贞节烈女的大量表彰即是禁欲的明证。道德理性与封建等级制度合力压抑个体本性的欲望要求,使人伦理性走向极致,"情"这一范畴在儒家理论体系中被抑制摒弃,但失去了对本真生命关照的理性,也逐渐流于空泛与僵化。再加之明朝中晚期政治的极度腐败,儒者们开始寻求新的救世思想,"心学"兴起,成为儒家思想的一大转折。

(二)心学兴起与"情"范畴的本体化

明代中期心学兴起,创始人王守仁将"心"作为人生追求与境界,认为至善的道德法则并非存在于外部事物,而是内在于自我心中。"心外无物、心外无事、心外无理、心外无义、心外无善。"④ 道德原则即是人心固有之理,修身之要则为正其心,礼仪规范之类,只要保有真实的道德意识和情感,自然会表现为适宜的行为方式。⑤ 王阳明所说之"心",为道德

---

① (宋)朱熹撰,朱杰人、严佐之、刘永翔主编《朱子全书·朱子语类卷之十三》,上海古籍出版社,2002,第388页。
② (宋)朱熹撰,朱杰人、严佐之、刘永翔主编《朱子全书·朱子语类卷之十三》,上海古籍出版社,2002,第389页。
③ 张岱年:《中国哲学大纲》,江苏教育出版社,1982,第455页。
④ (明)王阳明:《与王纯甫》,《王阳明全集》,红旗出版社,1996,第96页。
⑤ 陈来:《宋明理学》,华东师范大学出版社,2003,第202页。

"本心"，但因为"心"所包含的情欲因素，实则促使理的感性化。并进而指出"心统性情"，"性""情"是"体用一源"的关系，"性"是"体"，"情"为"用"，"虽然，体微而难知也，用显而易见也。……君子之于学也，因用以求其体。"① 王守仁已充分认识到"情"的重要作用，它是"心""性"的显性表达，以"情"为中心才能认知自我的心性本体。在"良知"之说中，又谓："喜怒哀惧爱恶欲，谓之七情。……七情顺其自然之流行，皆是良知之用，不可分别善恶。但不可有所著，七情有著，俱谓之欲，俱为良知之蔽。"② 王守仁从"良知"之说出发，又为"情"范畴定性，将"情"与恶"欲"相分离，"情"本无善恶之分，但执着于"情"，即"情"过当，则会导向欲望之途，从而产生"恶"。"情"在王守仁的思想中被肯定，且具有了中性意义，是通往本心、本性的起点。

其后的王学左派进一步肯定人性之"情"，"情"开始取代"心""性"，转向本体意义。王艮提出"心即道"，"百姓日用即道"，将"自然"即百姓日常的需求、欲望作为"心"的本质属性，"情"与"欲"皆有了合法意义。进而将个体之身与天道相提并论，身心一体，认为"尊身不尊道，不谓之尊身。尊道不尊身，不谓之尊道"，③ 对"身"肯定，并将"天道"的意义等同于人的感性存在，"情""欲"等感性内容自然有了与"天道"同样的价值。且"情"与"性"等同，杨复说："要晓得情也是性。"④ 焦竑谓："不灭情以求性，情即性。"⑤ 甚至"情"的意义超过"性"，如颜钧谓："徐子所言，只从情耳。"⑥ 到李贽时，"情"已完全居于本体地位。李贽曰："天下之道，感应而已"，⑦ "氤氲化物，天下亦只有一个情"，⑧ "感应"即人的情感与欲望，在外物诱发下的正常反应，从而为人情之合理与正当性做辩护，而且这种"情"是不可抗拒的天性，李贽称其为"情势"。⑨ "真"是"情"的本质，"至其真，洪钟大吕，大扣大

---

① （明）王阳明：《答江石潭内翰》，《王阳明全集》，红旗出版社，1996，第383页。
② （明）王阳明：《传习录下》，《王阳明全集》，红旗出版社，1996，第32页。
③ 中国孔子基金会编《中国儒学百科全书》，中国大百科全书出版社，1997，第728页。
④ （清）黄宗羲著，沈芝盈点校《明儒学案》，中华书局，1985，第812页。
⑤ （清）黄宗羲著，沈芝盈点校《明儒学案》，中华书局，1985，第801页。
⑥ （清）黄宗羲著，沈芝盈点校《明儒学案》，中华书局，1985，第532页。
⑦ （明）李贽：《九正易因》，《李贽文集》，社会科学文献出版社，2000，第169~171页。
⑧ 萧萐父、许苏民：《明清启蒙学术流变》，辽宁教育出版社，1995，第102页。
⑨ 傅小凡：《李贽哲学思想研究》，福建人民出版社，2007，第250~266页。

鸣，小扣小应，俱系精神髓骨所在"，① 反对"饰情以欺人"。② 性情也是道德礼义的基础，"故自然发于情性，则自然止乎礼义，非情性之外复有礼义可止也"。③ 自然之情成为道德礼义的核心与基础，由"情"才能仁义礼智。而且李贽肯定个体私欲，将人欲视为自然之理，明确说："夫私者人之心也，人必有私而后其心乃见"。④ 至此"情"范畴真正完成了其本体转向，既是天理伦常的本体依据，又肯定了形而下的日常生活的合理性。

与哲学发展相呼应，"情"范畴的本体化也体现在文学领域，并掀起了一股"主情论"思潮。李贽将"情"视为文学创作的源泉，是产生奇篇巨作的动因，在《杂说》中述：

> 且夫世之真能文者，比其初皆非有意于为文也。其胸中有如许无状可怪之事，其喉间有如许欲吐而不敢吐之物，其口头又时时有许多欲语而莫可所以告语之处，蓄极积久，势不能遏。一旦见景生情，触目兴叹；夺他人之酒杯，浇自己之垒块；诉心中之不平，感数奇于千载。既已喷玉唾珠，昭回云汉，为章于天矣，遂亦自负，发狂大叫，流涕恸哭，不能自止。宁使见者闻者切齿咬牙，欲杀欲割，而终不忍藏之名山，投之水火。⑤

徐渭论诗强调真情，认为"古人之诗本乎情，非设以为之者也"。⑥ 情感是诗的根本，反对格调之说。戏曲也同样如此，"摹情弥真则动人弥易"。⑦ "情"亦是性灵派的主要内容，袁宏道认为"理在情内"，"情"居首位，"情与境会，顷刻千言"。⑧ 冯梦龙强调"情"的重要作用："世儒但知理为情之范，孰知情为理之维乎"，⑨ 主张："乡国天下，蔼然以情相与"。并提出"情教"思想："天地若无情，不生一切物。一切物无情，不

---

① （明）李贽：《焚书》，《李贽文集》，社会科学文献出版社，2000，第43～44页。
② （明）李贽：《九正易因》，《李贽文集》，社会科学文献出版社，2000，第170～171页。
③ （明）李贽：《焚书》，《李贽文集》，社会科学文献出版社，2000，第123页。
④ （明）李贽：《藏书》下，《李贽文集》，社会科学文献出版社，2000，第626页。
⑤ （明）李贽：《焚书》，《李贽文集》第一卷，社会科学文献出版社，2000，第97页。
⑥ （明）徐渭：《徐文长集》，中华书局，1983，第876页。
⑦ （明）徐渭：《徐文长集》，中华书局，1983，第1294页。
⑧ （明）袁宏道：《袁宏道全集》卷一《叙小修诗》，伟文图书出版公司，1976，第177页。
⑨ （明）冯梦龙：《情史》上《情贞类》，岳麓书社出版，1986，第37页。

能环相生。生生而不灭，由情不灭故。四大皆幻设，惟情不虚假。有情疏者亲，无情亲者疏。无情与有情，相去不可量。我欲立情教，教诲诸众生。"① 汤显祖将"情"发展到极致，他认为"情"是人与生俱来的天性，"人生而有情"，② 创作戏剧是"为情所使"，③ "情"是艺术的起源与本质内容，"世总为情，情生诗歌，而行于神。天下之声音笑貌大小生死，不出乎是。因以澹荡人意，欢乐舞蹈，悲壮哀感鬼神风雨鸟兽，摇动草木，洞裂金石。"④ 诗歌的情感抒发与人之情相感应，是艺术效果动人之深的原因。而自然生发之"情"也是至善的，在给人美的享受的同时，对社会及他人起到善的教化作用，使"鄙者欲艳，顽者欲灵。可以合君臣之节，可以浃父子之恩，可以增长幼之睦，可以动夫妇之欢，可以发宾友之仪，可以释怨毒之结，可以已愁愦之疾，可以浑庸鄙之好。……岂非以人情之大窦，为名教之至乐也哉？"⑤

可见明朝中期心学兴起，是儒家思想的一次重大转向。人是自然性与社会性的结合体，从"仁"到"理"的范畴，儒家将人的社会性逐步发展到了极致，人只是君臣父子关系网络中的角色，恪守着尊卑贵贱的等级制度，只有社会责任，而无自我个性的表达与自由。"理"之体系，虽亦有"格君心之是非"的目的，但为统治者所用，则最大限度地发挥了权力伦理作用，将人们的自然本性与欲望压抑至最低。"情"范畴的中心化，是儒者对世人自然情感与欲望的正视，他们试图从日用层面，使伦理道德由形下出发，彻上彻下，避免沦为可资空谈的"理"，从而使心性工夫落于实处，贯穿于日用之中，最终目的则是使情理相互协调，兼顾统一，从而建立秩序井然的社会。因此对"情"的诠释有着"文治教化"的功用目的与理想化色彩，"情"寓"至情""真情"，趋向于"理"。

---

① （明）冯梦龙：《情史》上《情史序》，岳麓书社出版，1986，第1页。
② （明）汤显祖著，徐朔方笺校《宜黄县戏神清源师庙记》，《汤显祖诗文集》卷三十四，上海古籍出版社，1982，第1127页。
③ （明）汤显祖著，徐朔方笺校《续栖贤莲社求友文》，《汤显祖诗文集》卷三十六，上海古籍出版社，1982，第1161页。
④ （明）汤显祖著，徐朔方笺校《耳伯麻姑游诗序》，《汤显祖诗文集》卷三十一，上海古籍出版社，1982，第1050页。
⑤ （明）汤显祖著，徐朔方笺校《宜黄县戏神清源师庙记》，《汤显祖诗文集》卷三十四，上海古籍出版社，1982，第1127页。

（三）晚明人情小说之"情"与生命审美

儒家哲学范畴的本体转向，加之晚明时期封建统治的松懈与衰变，激发了市民阶层的个性解放浪潮，在世俗文化中展现了个体对生命意义的内向探索与寻找。"情"更多地向下与"欲"交汇，表现为对自然情欲的肯定，形成了人情小说这一独特的小说文体，它以男女相恋及婚姻家庭为主要题材，以现实主义为表现手法，夫妻关系、妻妾关系、男欢女爱、人情世俗成为小说的叙述中心。从《金瓶梅》到"二拍"的婚恋篇目，展现了"情欲"的发展过程，从对性欲与性爱生活的大胆肯定，视"情欲"至上，到欲望泛滥，"情"走向卑下与低俗，到倡"理""欲"中和的"真情"说，即伦理回归。"情欲"中心叙事是对儒家"发乎情，止乎礼义"文学传统的极大颠覆，形成了中国文化史上一个极为短暂而独特的时期。

儒家传统哲学的特性是以群体本位为价值取向，以实用理性为结构倾向，以天人合一为最终目标，在这一思想指导之下所形成的美学，是一种传统的人格美学。它也讲求身心俱修，但目的是符合道德理性，"仁""诚""理"等便是这一追求的人格境界，要求人们摒除私欲，清明自得，从而达到与天地万物为一体的境界。这一人格审美过程，将理性道德推上至高之位，事实上以集体理性压抑了个性发展，"情欲"所带来的欲望化与感官化生活，正是传统美学抵制，也是它所缺失的所在。晚明时期"情"的高扬，为中国美学注入了一股新风，它让我们看到了真实的人的存在，以个体情欲为目标的自主选择与自由意志，即是这种存在的明证，虽蕴含着生存的绝望迷茫与无意义的荒谬，但也昭显了生命的本然状态。

情欲的原始冲动，带来了身体的解放。晚明人情小说出现了大量的对美貌、身体及性爱的描写，传统的礼法观念中，婚姻的目的是广家族、繁子孙、求内助、别男女、定人道，① 与当事人的情感和爱欲无关。而在晚明的人情小说中，是赤裸裸的对性快感的追求，被儒家视为"淫乐"的身体欲望，在此时期却大行其道。开始身体美学研究的舒斯特曼认为，我们之所以要转向和推崇身体，就在于摒弃长期以来理性主义哲学所主张的禁欲主义思想观念，充分肯定人们的身体所具有的正当合理的欲望。长期以

---

① 陈顾远：《中国婚姻史》，岳麓书社，1998，第5~6页。

来，由于人们对身体的久怀敌视，身体以及身体所具有的内在欲望却被视为魔鬼和罪孽，身体以及随身体而来的合理欲望始终处在被压抑的状态。①他主要针对的是西方中世纪道德伦理对身体的压制，也因理性对生命原欲的压抑，这种反抗才更加激烈与持久。在这方面，东西方有着相似的反抗理路，都转而关注生命自身的情欲。叔本华认为，人的意志是世界的本原，意志高于理性，意志即为人性中最为根本的情感与欲望，意志的难以满足是人生痛苦的根源。他的"唯意志论"或叫作"生命意识论"已看到了情欲的根本性。尼采在此基础上发展为"权力意志"论，他在《查拉斯图拉如是说中》强调肉体的唯一实在性，"我整个的是肉体而不是其他什么，灵魂是肉体某一部分的名称"。② 如此，肉体就取代灵魂成为认识世界的主体力量。他所肯定的肉体是一种包含着欲望勃发的强力意志，并以本能欲望的张扬，兽性的快感作为美的状态。福柯强调"身体"的直接体验，他自身便通过性欲、犯罪和吸毒等激进地愉悦身体的方式来挑战铭刻着社会权力的规范。福柯谓："性快感是所有快感中最激烈的一种；性行为比其他大多数的肉体活动都更加珍贵；正是性活动处于人之生与死的相互作用之中。"③ 情欲的解放，能使人体验到生命所固有的那种痛苦和狂喜相互交织的疯狂状态，这便是尼采所谓的"酒神精神"，它使个体与本然自我直接面对，摧毁了伦理道德、社会规范等无形枷锁对人的束缚与压抑，因此能够感受到真正属于生命自身的美丽和欢愉，这是一种极致的生命之美。西方美学的这一过程转变是经历了文艺复兴的反神权，启蒙运动的理性张扬，以及工业时代反理性与本质主义的后现代思想。相较之下，17世纪的晚明，情欲解放无疑具有进步意义，但这一解放只是在封建统治孱弱时的拼命喘息，当其根基不稳，而权力继续强硬与有序之时，个体之声也随之湮没。

晚明肉体与性欲、情欲的解放，在人情小说中得到真实的记录。从《金瓶梅》到《绣榻野史》《肉蒲团》等，人们发现了挣脱与颠覆礼教之后的自我存在与生命快乐，当性快感逐渐成为人生的唯一目标与追求，满

---

① 张再林、李军学：《论舒斯特曼的身体美学思想——兼论中国古典身体美学研究》，《世界哲学》2011年第6期，第67页。
② 〔德〕尼采：《查拉斯图拉如是说》，尹溟译，文化艺术出版社，1987，第27页。
③ 〔法〕福柯：《性经验史》，余碧平译，上海人民出版社，2002，第236页。

纸欢愉的身体解放与生命之美，也伴随着人生荒谬而无意义的痛苦与迷茫，生命与生活显露其真实的状态，痛苦、绝望、颓废、荒诞，生命自身的觉醒又被无尽的欲望带入堕落的深渊。人们陷入"原欲"中无法自拔，找到了自我，却无法面对自我，并对自我生命做出调适与选择，只能重新回归伦理道德，以理性逃避生命的真实。生命向内探求的中断，并伴随满族崛起，异族入侵的外在威胁，东林党人等对传统伦理的维护，都使得晚明时期的资本主义的萌芽与个体的启蒙，就像在历史天空中划过的一道流星，虽然灿极一时，却终究归于黑暗。这一启蒙的回归与终止，也将中国的民主与进步延后了整整一百年，实为中国历史的悲哀。

四 晚明人情小说的研究现状

（一）明清小说专著

陈大康《明代小说史》[①] 从洪武朝至明末南明弘光朝的小说做了整体梳理，主要针对小说的发展，对小说内容、创作方式、创作环境、地位、意义等简略分析，第十三章为"《金瓶梅》与人情小说"，概述了《金瓶梅》的成书与流传，写实主义特征，并涉及万历朝前后的色情小说，对几部主要作品做了内容介绍，并分析了出现原因及作者心理。黄霖、杨红彬著的《明代小说》[②]，主要从小说题材、意趣、文体、形象、语言、技巧等的演变，分析明代小说的发展，并将《金瓶梅》、"三言""二拍"归为世情小说。董国炎的《明清小说思潮》[③]，重在明代小说的分期研究及小说理论的探讨，其中只有一章涉及晚明人情小说，如《金瓶梅》，突出其写实主义倾向的创作方法，以及由冯梦龙、凌濛初的生平突出小说的教化思想。贾三强的《明清小说研究》[④]，主要针对明清时期的几部名著，在作者、版本、内容思想及艺术性方面做了相关分析，《金瓶梅》、"三言"

[①] 陈大康：《明代小说史》，上海文艺出版社，2000。
[②] 黄霖、杨红彬：《明代小说》，安徽教育出版社，2001。
[③] 董国炎：《明清小说思潮》，山西人民出版社，2004。
[④] 贾三强：《明清小说研究》，西北大学出版社，2008。

"二拍"都有涉及。刘衍青的《明清小说的生命立场》①,"沉重的肉身:《金瓶梅》的身体书写"一章在身体与文化两个方面对《金瓶梅》详加剖析,已经具备了人性的高度。这几部专著,对人情小说的命名存在不统一的情况,有的称为世情小说。因主要对明代或者明清小说研究,除《金瓶梅》外,其他类别包含并不全面,艳情小说,拟话本短篇人情小说未尽含其中,且大多对其思想内容的分析也显粗略。

(二) 直接以人情、世情、言情命名的专著

方正耀的《明清人情小说研究》(1986)②认为,"人情派就是明清时代以家庭生活、爱情婚姻为题材,反映现实社会的中长篇小说,这一流派始于明末《金瓶梅》,迄于清末《青楼梦》,现存作品约有一百种。"③ 文章分析了明清人情小说的渊源,兴起的原因,发展及其衰落,反映社会的特点,艺术方式的变化以及历史地位和影响,全面地展现了人情小说发展的脉络,但将短篇拟话本小说排除之外。

王增斌的《明清世态人情小说史稿》(1997)④,其书虽名之曰"世态人情小说",但在"前言"中谓:"世情小说,即描写现实生活中世态人情之小说,亦称之为人情小说。"⑤ 即将世态人情小说等同于世情小说、人情小说,其后又将世态人情小说分为世情、艳情、才情三类,虽将《金瓶梅》以来的长篇、短篇及文言文小说尽含其中,但在概念的使用上有些界限不清。在文章的内容上,也主要以作者、版本、人物形象、艺术成就等为主,在人性深度的挖掘上稍显不足。

向楷的《世情小说史》(1998)⑥,用"世情小说"的定义指涉世态人情类篇目,将男女生活琐事、饮食大欲、恋爱婚姻、家庭人伦关系、家庭或家族兴衰历史、社会各阶层众生相等表现社会现实的小说都纳入其中。时间跨度非常之大,从萌芽的唐代传奇,到发展高潮的明中期,到清初,再到清中期衰微。内容上也以作者版本、思想内容、艺术成就等为写作重点。

---

① 刘衍青:《明清小说的生命立场》,四川大学出版社,2011。
② 方正耀:《明清人情小说研究》,华东师范大学出版社,1986。
③ 方正耀:《明清人情小说研究》,华东师范大学出版社,1986,第18页。
④ 王增斌:《明清世态人情小说史稿》,中国文联出版公司,1997。
⑤ 王增斌:《明清世态人情小说史稿》,中国文联出版公司,1997,第1页。
⑥ 向楷:《世情小说史》,浙江古籍出版社,1998。

陈节的《中国人情小说通史》（1998）①，用"人情小说"将世情、艳情等篇目皆纳入其中，其时间跨度更大，当代社会甚至港台地区的小说篇目都包括在内。在内容上已注重"情"对"理"的对抗及人性书写，只是未加深入，有些简略。

吴礼权的《中国言情小说史》（1995）②，以"言情"命名，指述男女情爱一类的小说，认为中国言情小说分四个时期，汉魏南北朝是萌芽期，唐代是发展成熟期，宋元是转折期，明清是鼎盛期，对不同时期的创作特点，盛衰缘由都做了深入细致的分析，它包含了长篇、短篇、文言、白话、才子佳人小说、艳情小说、拟话本小说，等等。

齐浚的《持守与嬗变——明清社会思潮与人情小说研究》（2008）③，将《金瓶梅》作为"人情小说"之首，也包括明清时期的拟话本小说、才子佳人小说、艳情小说。写出了晚明人欲、物欲的解放及纵欲之累，才子佳人小说的知性之爱，及《红楼梦》的知己之恋，已经具有剖析社会人性的高度。

另外台湾学者熊秉真、余安邦合编的《情欲明清——遂欲篇》（2004）④，虽未专门分析人情、言情或者世情小说，其以情欲与礼教的冲突纠葛为主线分析了《金瓶梅》《红楼梦》，对分析小说的思想价值有极大助益。

这六部作品都有涉及本书人情小说的内容，但在小说命名及范围方面都存在不统一的问题，20世纪以来的此类研究，在内容上对作者版本及思想内容、艺术价值等方面进行了深入论述，但也有重复论述之嫌，而对生存环境与人物相连的生命状态，人性深度等方面则挖掘不足。21世纪的齐浚《持守与嬗变——明清社会思潮与人情小说研究》一书，其对人情小说的定义及范围划分已经较为成熟，且在内容上对人性深度、生存状态、社会问题等都有相当的关注，熊秉真、余安邦合编的《情欲明清——遂欲篇》写出了礼教与情欲的冲突，在内容与思想价值方面都有较大的进步，也为晚明人情小说的研究指出了新的方向。

---

① 陈节：《中国人情小说通史》，江苏教育出版社，1998。
② 吴礼权：《中国言情小说史》，台湾商务印书馆，1995。
③ 齐浚：《持守与嬗变——明清社会思潮与人情小说研究》，齐鲁书社，2008。
④ 熊秉真、余安邦合编《情欲明清——遂欲篇》，麦田出版，2004。

（三）博士论文

申明秀的博士论文《明清世情小说雅俗流变及地域性研究》则将鲁迅所定义的"记人事"的小说统一定位为"人情小说"这一大类，并细分为"世情小说"、"才子佳人小说"及"艳情小说"三类，"世情小说"是"人情小说"的主流，"才子佳人小说"是"人情小说"的"异流"，而"艳情小说"则是"人情小说"的"末流"。① 范围的确定与划分更加详细，也避免了世情、人情小说混用的问题，只是主流、异流、末流的划分是否妥当，还有待商榷。文章以雅俗整合及地域区划视角研究明清世情小说，凸显了其地域性与文化性，地域与作者背景，小说作品紧密相连，视角新颖，内容也较有深度。

（四）研究性学术论文

围绕明清人情小说进行研究的学术性论文，笔者借助中国知网尽可能地搜集，从 1988 年到 2012 年的论文大约有 97 篇，这些论文涉及的内容有一定的重复性，故本书对这些文章不作单篇的详述而是分类重点介绍，按照其关注方向，大致分为几类：

1. 有关人情小说、世情小说命名及范围的文章

雷勇的《明末清初世情小说新探》（1994）② 认为，明末清初的世情小说是在对《金瓶梅》的学习、模仿、反思中发展的，总的来看，可谓一源而三流，即可以分为艳情小说、才子佳人小说、人情小说三种基本类型，将人情小说作为世情小说的其中一类。高旭东的《论中国古代人情小说的发展流变》（2001）③ 认为，《金瓶梅》出现之后，中国的人情小说在向着两个相反的方向发展，一个方向是直接受《金瓶梅》影响而产生的一批"浮书"，另一个方向是作为《金瓶梅》及其末流的反动而出现的才子佳人小说。《红楼梦》则是在批判二者的基础上达到的更高层次的综合。从主体、人物设置与描写到结构，《红楼梦》是经过才子佳人小说冲刷过的《金瓶梅》，兴起于勾栏瓦舍中的小说从此才与空灵妙悟的高雅诗文传

---

① 申明秀：《明清世情小说雅俗流变及地域性研究》，复旦大学博士研究生学位论文，2012。
② 雷勇：《明末清初世情小说新探》，《汉中师院学报》1994 年第 2 期。
③ 高旭东：《论中国古代人情小说的发展流变》，《山东大学学报》2001 年第 5 期。

统合流。① 张瑾在《鲁迅小说观念中的"人情小说"与"世情小说"》（2008）② 中认为，鲁迅对人情小说与世情小说的命名与使用上处于游离状态，在他不同的小说史著中有不同的说明，在一定程度上模糊了两者之间的界限。人情小说与世情小说虽有交叉融合的地方，同时也不能忽略它们之间的区别，不能相提并论。陈怀利的《论世情小说与才子佳人小说之关系——兼论鲁迅对世情小说与人情小说的界定》（2010）③，通过解读鲁迅对世情小说和人情小说的界定，在探究世情小说特质的同时，认为世情小说和才子佳人小说是隶属于人情小说这一大概念下具有不同特质的两种小说类型，二者的关系是平行而非从属。可见，对人情小说、世情小说的命名范围渐趋统一，人情小说作为一大类，包含了世情小说、才子佳人小说和艳情小说三类，这与本书的观点也相一致。

2. 思想内容

康华的《明清世情小说的主体精神探析》④ 认为，明清世情小说在艺术上有了质的变化发展，其中一个主要表现是作品中主体精神的日益强化。这种主体精神在小说创作上主要表现在三个方面：一是小说序跋中作者对创作心理的夫子自道；二是作品中自传因素的出现；三是小说主人公的理想追求。⑤ 由于主体精神的增强，明清世情小说在内容方面，社会批判的范围进一步扩大，并表达对人生反思的倾向。蔡良俊的《试论明清人情小说的因果报应思想》⑥ 认为，不能将小说中的因果报应思想一律加以否定，作者的主观意图是借助小说的因果报应思想说教，其中不同程度地反映出人情世态。董雁的《明清才子佳人小说的情爱文化视界》⑦ 认为，明清时期"情"的张扬是与人性的觉醒、人性的思考联系在一起的，才子佳人小说所叙写的"情"也刻上了那个时代的印迹，与现代"爱情"话语的所指存在较大差距。由于承袭了明中叶以降浪漫主义文学思潮的余绪，

---

① 高旭东：《论中国古代人情小说的发展流变》，《山东大学学报》2001 年第 5 期，第 24 页。
② 张瑾：《鲁迅小说观念中的"人情小说"与"世情小说"》，《大众文艺》2008 年第 12 期。
③ 陈怀利：《论世情小说与才子佳人小说之关系——兼论鲁迅对世情小说与人情小说的界定》，《怀化学院学报》2010 年第 9 期。
④ 康华：《明清世情小说的主体精神探析》，《中州学刊》1999 年第 2 期。
⑤ 康华：《明清世情小说的主体精神探析》，《中州学刊》1999 年第 2 期，第 96 页。
⑥ 蔡良俊：《试论明清人情小说的因果报应思想》，《苏州大学学报》1998 年第 1 期。
⑦ 董雁：《明清才子佳人小说的情爱文化视界》，《陕西师范大学继续教育学报》2005 年第 2 期。

这些小说对"真情至性"的肯定与揄扬,在男女之情上带有的某种自主倾向,体现了那个时代的呼声和个性解放的要求,是人类通向人性自由历程中的一个必经阶段。孙宏哲的《明清长篇世情小说妻妾斗争与"歇斯底里"特质》①,作者运用女性主义批评,通过具体分析明清长篇世情小说妻妾斗争的背景、意识、心态、行为,揭示由于封建宗法父权体制及性别政治导致众多妻妾形象忧郁、焦虑、疯狂的"歇斯底里"的人格异化,进而追寻世俗女性被无情戕害的生命真相,得到关于社会人生的新的理解。陈文新的《人情小说审美范式的确立——〈金瓶梅〉人物谱系归属研究》②认为,《金瓶梅词话》的问世标志着人情小说审美范式的确立。《金瓶梅》不仅将小说描写领域由历史英雄、江湖好汉转移到了市井社会,故事主角也变为市井浪子。但《金瓶梅》人物谱系的多元性也使其人物性格往往可以分解为不同的层面,这就造成了《金瓶梅》自身的不协调,并给《金瓶梅》之后才子佳人小说的一度兴盛留下了空间。王天杰的《浅谈古代长篇人情小说的伦理价值和审美价值》③ 以《金瓶梅》与《红楼梦》为案例,认为长篇人情小说具有"美"和"善"的统一性,即伦理学与美学相通,作者将西门庆、潘金莲等社会中的恶人,通过典型化和审美化将他们塑造为"艺术美"形象。《红楼梦》塑造了封建阶级叛逆者的典型形象并以"美"的被毁灭,显示其悲剧性审美价值,这也是其社会意义所在。

在人情(世情)小说思想内容方面涉及主体精神、情爱文化、因果报应等,另有美学、伦理学等领域,研究范围和方面比较开阔,但也存在精神文化方面论文较为集中,而美学、哲学等的文章较少的问题,因此人情小说的研究还有较大空间,跨学科的研究将更好地挖掘其精神内涵与思想特质。

3. 专篇文章

杨义《金瓶梅:世情书与怪才奇书的双重品格》④ 是非常有深度的一篇文章,它以"世情—奇书"这一悖谬审美旨趣揭示为主线,写出了《金

---

① 孙宏哲:《明清长篇世情小说妻妾斗争与"歇斯底里"特质》,《内蒙古民族大学学报》2009年第1期。
② 陈文新:《人情小说审美范式的确立——〈金瓶梅〉人物谱系归属研究》,《学术研究》2003年第5期。
③ 王天杰:《浅谈古代长篇人情小说的伦理价值和审美价值》,《岳阳大学学报》1992年第1期。
④ 杨义:《金瓶梅:世情书与怪才奇书的双重品格》,《文学评论》1994年第5期。

瓶梅》对突破传统小说成规的"戏拟"谋略的采用，审美奇思的叙事结构，"情欲"与"死亡"的母体内容等，揭示小说的深刻意涵，既有形而下的对社会生活的反映方面，又有形而上的精神层面，将酒色财气四种元素，运用道家及佛教思想进行劝惩，折射出人性的危机与命运的莫测。关四平、陈墨的《论红楼之情的文化超越与人性深度》[①]深入分析了宝玉"情"合理与正常表现及发展，并以宝黛悲剧而保留了"情"的美好与永恒。张宁的《论〈金瓶梅词话〉中宴饮描写的市井气质》[②]认为，《金瓶梅词话》的宴饮描写具有浓郁的市井气质：其一，宴会食物质朴，做法粗犷，不见高雅气息；其二，通过宴饮描写展现人性、人情和市井智慧。分析了小说中围绕西门庆家的日常起居及人际交往向读者展示的明代中后期以"食色"为中心的世俗生活风貌。谢建兆的《从"三言"看晚明世情小说的情和欲》[③]认为，"三言"充分肯定了情欲的合理性，表现了平民大众被压抑的情感欲求，以现实主义表现手法对人性进行揭示，具有反映时代特点的价值。

综上所述，人情小说的研究已取得了丰硕成果，尤其在表现精神文化方面已有很大成就。但对美学领域较少涉及，尤其从当代生命美学视角对人情小说所反映生命状态的考察基本空白。另外，人情小说研究大多以明清为时间范围，注重这一小说流派的风格延续性，从《金瓶梅》始到集大成的《红楼梦》结束，对全面考察小说发展有重要意义。这与本书的研究视角略有差异，本书虽以人情小说为线索，焦点却是晚明这一特殊的历史时代，考察生存环境影响之下的精神表现与生命状态，以期丰富人情小说的思想内涵。

五 本书的研究思路、方法和意义

一个民族的发展与其文化有着极大的关联，当代社会的物质生活极为发达，但在中西文化的碰撞之下，在对传统文明的颠覆与重建过程中，却

[①] 关四平、陈墨：《论红楼之情的文化超越与人性深度》，《红楼梦学刊》1998年第2期。
[②] 张宁：《论〈金瓶梅词话〉中宴饮描写的市井气质》，《沈阳大学学报》2011年第3期。
[③] 谢建兆：《从"三言"看晚明世情小说的情和欲》，《西安教育学院学报》2002年第3期。

陷入了普遍的价值观的混乱与精神的空虚。于是随着复兴传统文化的呼声日渐高涨，人们将目光逐渐转移到拥有着灿烂文明的古代社会，并掀起了研究儒家文化的热潮。于是孔子的仁义德行，朱熹之"理"等理所当然地成了研究重点，虽然文化有其自身的传承性，但还原古人的思想，是否能应对我们今天光怪陆离的各种精神现象，这是一个应该引起我们重视的问题。传统文化，在广义上说，指我们祖先所创造的一切文明，但从意识形态领域看，以儒家思想为主流的中国古代文化更多地表现为一种文治教化，"虽然文治教化主要是指通过典籍的学习和礼仪的熏陶，改变人们的生活方式和生存式样，建立符合统治阶级要求的风俗习惯，而生活方式和生存样式的改变不能不首先是思想观念与价值观念的更新，但是，由于文治教化主要关心的是社会的伦理道德，这便使传统的文化概念中所包含的意识形态内容实际上变得非常狭隘"。[1] 因此我们必须看到古代文化所产生的社会环境，它是与中国皇权至上的封建社会相对应的思想体系，目的是维持思想的统一与社会的稳定，因此儒家哲学虽然有先人的生存智慧，却因为权力渗透，在实际的社会生活中，过多地强调人的社会性，而忽视了人的自然个性发展。这必然带有文明自身的弊端，并在长久的历史过程中，在某种程度上形成了文明的先天不足与后天的畸形发展，也就是所谓的民族劣根性，它隐藏在我们灿烂文明的背后，以一种集体潜意识影响着我们整个历史以致未来民族的性格发展。因此，我们今天对传统文化的研究，应该有着全方位深入了解的意识，而不单单针对某一哲学家的思想与学说，要了解当时人们的生活方式和生存样式，以及这种生存方式背后所反映的民族性格、民族心理和价值观念，等等。古代文学就以其反映社会生活的丰富性，对我们深入了解传统文化是一个极好的补充。尤其是一定时期内的文学流派，它为我们了解人们的生存状况与思想发展提供了丰富的信息。一个个具有生命整体的文学形象，不仅为我们提供了过去生活的影像，还能让我们根据历史文化的发展过程，领悟到现在的生活，对自我生命加以反思、关照，从而对传统文化有更加辩证和清晰的了解与认识。当然哲学也以一种固定的思想形态，具有对一定时期人们生活与思想的引导意义，并对人类理性的发展有着重大作用。因此笔者以将哲学与文学两

---

[1] 王齐洲：《四大奇书与中国大众文化》，湖北教育出版社，1991，第5~6页。

个领域相结合的研究方式,反映晚明时期人们的实际生存状态,同时揭示传统文化的本质特点。

晚明是中国历史上一个特殊的时期,它的存在极为短暂,前后不过百年,却呈现出各种复杂和矛盾的现象,出现了资本主义的萌芽,经济迅速发展与政治的衰败共存,儒家哲学走向了理性瓦解之途,心学兴起与自我意识觉醒相伴而生,传统道德的退化与个体情欲的极度膨胀形成了对立的两极,并产生了中国历史上极为罕见的四大奇书之一《金瓶梅》。这种种现象都围绕自我感性与理性,个体与社会的矛盾关系展开,笔者以晚明时期的人情小说为研究对象,以人性之"情"作为中心范畴,按照从"情欲"觉醒到"欲"的泛滥,再到"理"的回归的思路,展现这一时期人们真实的生存与生命形态。通过文本解读,让我们看到了本我欲望与道德伦理的拉锯战,如果说《金瓶梅》的出现,本能释放的同时,还有冷静的道德旁观与主宰,艳情小说的大肆流行,则是感官自我对传统伦理的彻底颠覆,而"欲"的沉溺,也使个体陷入了迷茫和堕落的深渊,文人士子在对"欲"与"理"的中和下,倡"真情"之说,虽对两性情感有了进步认识,却也走向了回归伦理道德之途。情、欲、理的循环在短暂百年之间得到集中呈现,中国历史上也第一次出现了普遍的对个我生命的体验与探求。这一过程暴露了传统文化的实质,是集体意识对个我欲望的压制,也以时期内个体生存的不同形态呈现了不同的生命审美特点。两性生存的等级差异在情欲释放的过程中得到充分体现,男权主导的社会形态,女性只能以"被操控的""依附性"的"他者"身份存在,因此她们的情欲觉醒,她们的挣扎与反抗也更有悲剧性特点,而传统文化与男权政治的结合,更强化了女性弱者身份的思想意识。

本书的研究方法,秉承了中国古代文化传统,采用文史哲相结合的方式,着眼于历史与逻辑的统一,以当时政局的状况、经济发展、哲学思潮为背景,不超越历史阶段地审视研究对象;侧重对文本本身的分析描述和说明,从中反映人们不同的生存形态、士人心态的变化、审美趣味的差异、伦理道德的变迁等,力求还原历史本来面目,将更多的历史事实纳入视野,以男性中心主义、男女平等意识、贞节观、择偶标准等因素为切入点对晚明年间的人情小说进行研究;用理论研究与案例分析相结合的方法,运用文化人类学、心理学、社会学、性学的理论成果,结合文本材料，呈现文化的传承过程并推论文化的未来发展；用比较学的方法，对作品和理论进行中外、古今、优劣的比较，来探求小说内蕴的传统价值。

　　本书研究的意义主要有四点，首先，将晚明哲学思想与世俗文学发展结合起来，以"情"范畴为中心，从哲学思潮研究到世俗生活的真实状态，深刻反映当时人们的个体生存状况与生命意识。以自我情欲为基点研究，也展开了晚明生活的丰富与多样性，从而一改晚明这一历史时期研究的片段性特点，深入人类生存的实质与传统文化的优缺。其次，将生命审美理论与文学研究结合，始终将"人"放在首要的和中心位置，立足于生命本身研究，分析社会变迁、伦理道德对个体生命的影响，用"存在论"的当代思想关照古代文化，发现人类社会发展的内在规律性。再次，以男女两性为考察方向，反映男权社会的本质与女性生存处境，以及两性情感关系在伦理社会的变迁与发展。最后，将晚明与当代社会进行比较研究，发现当代社会各种复杂文化现象的本质与规律，对当代社会的道德文化建设与人类生命的未来发展进行思考。

第一章　晚明的社会变迁

晚明是中国历史上一个重要的发展阶段，它处于中国古代社会向近代社会转型的历史过程，一方面经历明朝前期的高度强化的专制主义政治集权，到明末，这种体制的各种弊端已完全暴露在光天化日之下，封建专制集权显出末世景象；另一方面经过长期的积累，中国社会自身已经孕育出一些不同于传统封建社会的、具有近代社会性质的新的经济、政治、习俗和思想因素，社会正在发生深刻而强烈的变动，出现了早期的资本主义萌芽。

第一节　统治阶级的衰败与礼制僭越

晚明时期明王朝的统治已经现出了一种无法挽回的衰暮景象。嘉靖中叶以后世宗不临朝，专事修仙，政事荒怠，有"钱痨"之称的严嵩父子贪贿弄权，柄政20年之久。万历初期（1573~1582），张居正任宰辅，实行新政，在政治上以法理争，加强集权，伸张法纪，整顿官府和吏治，经济上实行"一条鞭"税制，调整经济政策，发展社会经济，其辅政十年，是明朝最繁荣昌盛的时期。张居正死后，神宗亲政，明朝又走上了下坡路。神宗晚期"酒、色、财、气"俱全，且怠于临朝，自万历二十年（1592）以后到万历四十八年（1620），神宗基本上不郊、不庙、不视朝。神宗不理朝政，却对宦官的密报"百言百听，如提如携"①，"是时，廷臣章疏悉不省；而诸税监有所奏，朝上夕报可，所劾无不曲护之"。② 矿监税使的派遣，给明王朝带来了空前的灾难，官僚体制被破坏，税监到处横征暴敛，极大地摧残着城乡的手工业和商业，最终激起民变，如万历二十七年（1599）的临清民变，二十八年（1600）和二十九年（1601）的武昌民变等。神宗专权而无为，各级缺官不补，致使"六部堂官仅四五人，都御史数年空署，督抚监司亦缺不补"③，据《明通鉴》记载万历三十年（1602）"两京缺尚书三，侍郎十，科、道九十四，天下缺巡抚三，布、按、监司六十六，知府二十五"。④ 朝堂近于瘫痪，当时政治的废弛程度由此可见。其后泰昌朝如昙花一现，在神宗政治的阴影下，先后历"移宫案""红丸案"，光宗朱常洛即位一月而逝，迅速凋零。天启皇帝更是昏庸无能，16岁继位，对政治不感兴趣，唯爱好工匠，致阉党乱政。魏忠贤与其乳母客氏勾结，利用强大的特务机构，把持朝政，对东林党人残酷迫害。总之，整个晚明朝皇帝的"非君"作为，破坏了国家机器的正常运转，中央集权专制国家权力被严重削弱，出现了对君主权威的质疑。党争的激烈冲突，也使得官僚集团分裂严重，整个封建专制体制基本处于无为状态。上至君主下至皂隶都争先恐后地加入聚财纵乐的行列，一个新官到任，"循例取索，而又倍之"，文武官员多由贿进。于是贪贿、兼并、奢靡之风便在士大夫和官绅间弥漫开来。⑤ 以致富者愈富，贫者愈贫，民不堪命。全国各地频频发生民变，加上连年灾荒，大量的饥民、流寇等流窜骚扰，国防力量减弱，兵变频仍，严重地影响了社会统治的稳定。国家形势极其危险，至崇祯朝时，虽朱由检励精图治、改革时弊，但面对内忧外患、矛盾加剧，国势已走到无可挽回的地步。

礼制秩序的规定，目的是在社会中形成明尊卑，别贵贱的传统，是维

---

① （明）董其昌辑《神庙留中奏疏汇要·吏部卷三》，《续修四库全书·470·史部》，上海古籍出版社，1995，第84页。
② （清）赵翼纂，曹光甫点校《万历中矿税之害》，《廿二史札记》卷三十五，中华书局，2008，第714页。
③ （清）赵翼纂，曹光甫点校《万历中缺官不补》，《廿二史札记》卷三十五，中华书局，2008，第715页。
④ （清）夏燮著，沈仲九标点《明通鉴》第七册卷七十二，中华书局，1959，第2826页。
⑤ 张显清：《晚明社会的时代特点》，《河南师范大学学报》2005年第6期，第6页。

护封建统治正常秩序的必要手段与工具，但当政权失去其权威与震慑，纲纪废弛，律法不严，则会造成礼制秩序的混乱。晚明时期，统治阶层的衰败，必然伴随着对皇权的蔑视与挑战，在服饰、住房、车舆、饮食、婚嫁等方面出现种种越礼现象。

明初专制主义中央集权发展到极致，对礼制秩序有着严密和细致的规定，朱元璋在开国初期就说："昔帝王之治天下，必定礼制，以辨其贵贱、明等威。是以汉高初兴，即有衣锦绮縠、操兵乘马之禁。历代皆然。近世风俗相承，流于奢侈，闾里之民服食居住与公卿无异。贵贱无等，僭礼败度，此元之所以失败也。"① 明初以史为鉴，对礼制规定尤其重视。以服饰为例，正统十二年（1447）二月，英宗谕工部臣曰："官员服饰旧有定制，今闻有僭用织绣蟒龙、飞鱼、斗牛及违禁花样者，尔工部其通谕之：此后敢有仍蹈前非者，工匠处斩，家口发充边军，服用之人重罪不宥。"② 叶梦珠在《阅世编》中亦谓："自职官大僚而下至于生员，俱戴四角方巾，服各色花素绸纱绫罗道袍。其华而雅重者，冬用大绒茧绸，夏用细葛，庶民莫敢效也。其朴素者，冬用紫花细布或白布为袍，隶人不敢拟也。……其市井富民亦有服纱绸绫罗者，然色必青黑，不敢从新艳也。"③ 可见明初对官僚以及下民有着明确的服饰规定。而到晚明时期，在服饰中象征皇权至高无上的团龙、立龙等却成为百姓常用的服装花纹，如《万历野获编》所载：

> 天下服饰僭拟无等者，有三种。其一则勋戚，如公、侯、伯支子勋卫，为散骑舍人，其官止八品耳，乃家居或废罢者，皆衣麟服，系金带，顶褐盖，自称勋府。其他戚臣如驸马之庶子，例为齐民。曾见一人，以白身纳外卫指挥空衔，其衣亦如勋卫，而衷以四爪象龙，尤可骇怪。其一为内官，在京内臣稍家温者，辄服似蟒似斗牛之衣，名为草兽，金碧晃目，扬鞭长安道上，无人敢问。至于王府承奉，曾奉旨赐飞鱼者不必言，他即未赐者，亦被蟒腰玉，与抚按藩臬往还宴会，恬不为怪也。其一为妇人，在外士人妻女相沿袭用袍带。固天下通弊，若京师则异极矣，至贱如长班，至秽如教坊，其妇外出，莫不

---

① 《明太祖洪武实录》，台北"中央研究院"历史语言研究所校印本，第1076页。
② 余继登：《典故纪闻》卷十一，中华书局，1981，第207页。
③ （清）叶梦珠撰，来新夏点校《阅世编》卷八，上海古籍出版社，1981，第174页。

首戴珠箍，身被文绣，一切白泽、麒麟、飞鱼、坐蟒，无不有之。且乘坐肩舆，揭帘露面，与阁部公卿交错于康逵，前驱既不呵止，大老亦不诘责，真天地间大灾孽。①

可见这一时期在服饰方面与明初有着巨大的差异，象征帝王蟒龙及表明各级官阶差异的飞鱼、斗牛等已成为普通人争奇斗妍的装饰，对王权的僭越可见一斑。在其他日用品方面也同样如此，明初严禁庶民厅房逾三间，即便富人可以拥有数十所房舍，但每所房舍的厅房也不得超过此数，更不准用瓦兽屋脊，彩绘梁栋；家居不许用红漆金饰细木桌椅；酒具只能用锡、银或漆器，不准用盏；肩舆只准三品京官乘用，庶民不能越分。②而到明朝后期，这些规定都被打破，《客座赘语》载，"嘉靖十年（1531）前，富厚之家，多谨礼法，居室不敢淫，饮食不敢过。后遂肆然无忌，服饰器用，宫室车马，僭拟不可言。"③ 一个匠头的别墅可以"壮丽敞豁，侔于勋戚"④。"隆（庆）万（历）以来，虽奴隶快甲之家，皆用细器"⑤，当然这与晚明时期的经济发展密切相关，但另一方面也显示出王权的衰落，并直接导致了君臣父子等级关系的混乱。张居正之后，社会自下而上引发了一股"非君"思潮，著名的如"海瑞骂皇帝"的事件，其《治安疏》谓："今赋役常增，万方则效，陛下破产礼佛日甚，室如悬罄，十余年来极矣。天下因即陛下改元之号，而臆之曰：'嘉靖者，言家家皆净而无财用也。'迩者严嵩罢黜，世蕃极刑，差快人意，一时称清时焉。然严嵩罢相之后，犹之严嵩未相之先而已，非大清明世界也，不及汉文帝远甚。天下之人不直陛下久矣！内外臣工之所知也"。⑥ 其言辞犀利，直指帝王之过。"孝"历来是"忠"的基础，但晚明时期在江南地区，就有儿孙掘祖坟，焚祖尸的现象，尊师重道的风俗也遭到破坏，"民间之卑胁尊，

---

① （明）沈德符：《万历野获编》卷五"服色之僭"条，文化艺术出版社，1998，第157页。
② （明）李东阳等撰，（明）申时行等重修《大明会典》礼部二十，广陵书社，2007，第1073~1075页。
③ （明）顾起元：《客座赘语》卷五《建业风俗》，中华书局，1987，第289页。
④ （明）沈德符：《万历野获编》中册卷十九，中华书局，1959，第487页。
⑤ （明）范濂：《云间据目钞》卷二《记风俗》，《笔记小说大观》第13册，江苏广陵古籍刻印社，1983，第110页。
⑥ （明）海瑞：《海瑞集·上编五·京官时期·治安疏》，中华书局，1962，第218页。

少凌长,后生侮前辈,奴婢叛家长之变态百出"[①] 对礼制的反叛,是自上而下的结果,正所谓"乱自上作",封建统治的衰弱是影响社会风尚变化的重要因素。

另外,正因为专制统治的松弛,加于人们身上的各种礼制规定,伦理道德失去了它的约束力,人们在生活中追求美、新、奇,讲求生活品质,开始了一种本我的生活方式,与商品经济发展、哲学思想的开放互相影响,在后文中将一一阐述。

第二节 商品经济繁荣与市民阶层崛起

与政治的衰落相比,晚明的经济呈现出繁荣局面,商品经济发展,市民阶层崛起。在经济结构方面,商品性农业、民营手工业、商业空前发展,货物品种繁多,消费品在商品交换中的比重上升,交换领域遍及国内外,全国市场网络形成。"燕、赵、秦、晋、齐、梁、江淮之货,日夜商贩而南,蛮海、闽广、豫章、楚、瓯越、新安之货,日夜商贩而北"。[②] 首先,农业的商品化程度达到了一个新的水平,农产品在全国流通销售。据吴承明统计,明代农副产品中作为大宗、重要的贩运物货(不包括政府征收、调拨的赋税货物)有粮食、棉花和棉布、丝和丝织品等,明后期的交易量达万数以上。[③] 农产品的大量需求,提高了农业生产力,尤其是农副产品的开发,使农业经济发生了结构性的改变。其次,手工业发展,晚明时期的民营手工业蔚为大观,"形成了苏杭丝织业、松江棉纺织业、芜湖浆染业、佛山矿冶业、景德镇制瓷业、铅山造纸业、石门榨油业与南京印刷业等著名手工业中心",[④] 这些手工业中心推动了早期的城镇化进程,与作为原料地的农业经济发展息息相关,极大地推进了商

---

① (明)管志道:《从先维俗议》卷二,俞庆思辑《太昆先暂遗书》,太仓俞氏世德堂民国17~19年据明万历间刻本影印本,第60~61页。
② 谢国桢选编,牛建强等校勘《明代社会经济史选编》下册,福建人民出版社,2004,第43~44页。
③ 具体参见吴承明《论明代国内市场和商人资本》,《中国资本主义与国内市场》,中国社会科学出版社,1985,第237页。
④ 参见张显清《晚明:中国早期近代化的开端》,《河北学刊》2008年第1期,第64页。

业繁荣。再次，在手工业发展，商业贸易的推动下，工商业城镇在此时蓬勃兴起，据统计，明初全国有33座包括北京、南京在内的大城市，明中叶后增至57座。① 其中江南苏、松、杭、嘉、湖五府的市镇就有210多个，规模较大的约有160个。② 如"盛泽镇，在二十都，去（吴江）县治东南六十里，居民以绸绫为业。明初以村名，嘉靖间始称为市。迄今民齿日繁，绸绫之聚，百倍速于昔，四方大贾辇金至者无虚日。每日中为市，舟楫塞港，街道肩摩。盖其繁阜喧盛，实为邑中诸镇冠。"③ 最后，晚明时期也开拓了国外贸易市场，棉布、丝绸、瓷器等依托东南沿海的区域优势，成为主要的出口物品。樊树志研究认为，16世纪至17世纪中叶晚明时期的中国，正处在新航路发现以及新大陆发现后的经济"全球化"时代，不仅邻近的国家在保持传统的朝贡贸易（或者说是勘合贸易、贡舶贸易）的同时，民间走私贸易日趋兴旺，而且遥远的欧洲国家如葡萄牙、西班牙、荷兰等国以及它们在亚洲、美洲的殖民地都卷入与中国的远程贸易之中，使以生丝与丝织品为主的中国商品遍及全球，作为支付手段的货币是占世界产量四分之一或三分之一甚至更多的白银，它源源不断地流入中国。④ 可见晚明时期对外贸易的繁荣程度。

在社会结构方面，对金钱利益的追逐，出现了一股"趋商"热潮，传统的"士农工商"，"商"为末，随着大量商人、商业集团及商业城镇的崛起，固有的社会结构也发生了变化，商人地位得到很大提升。时人"其业诗书礼乐修正业者什二三，大半以贾代耕"。⑤ "昔日（正德以前）逐末之人尚少，今（嘉靖）去农而改业为工商者三倍于前矣。"⑥ 可见晚明的职业结构发生了很大变化。儒家学者也在思想上肯定了这种结构变迁的合理性，如王守仁明确提出"四民异业而同道"⑦ 的观念。何心隐为传统的"士农工商"重新排了座次，"商贾大于农工，士大于商贾，圣贤大于士"。⑧

---

① 参见董书城《中国商品经济史》，安徽教育出版社，1990，第208页。
② 据樊树志《明清江南市镇探微》（复旦大学出版社，1990）所列市镇统计。
③ 谢国桢选编，牛建强等校勘《明代社会经济史选编》下册，福建人民出版社，2004，第7页。
④ 樊树志：《全球化视野下的晚明》，《复旦学报》2003年第1期，第67页。
⑤ 张海鹏、王廷元主编《明清徽商资料选编》，黄山书社，1985，第44页。
⑥ （明）何良俊：《四友斋丛说》卷一三《史九》，中华书局，1959，第112页。
⑦ （明）王守仁：《王文成公全书》卷二十五，隆庆六年谢廷杰刻本，第363页。
⑧ （明）何心隐纂，容肇祖整理《何心隐集》，中华书局，1981，第53页。

商人仅次于士的地位，在中国古代历史中是极为罕见的现象。《二刻拍案惊奇》卷三十七亦描写了徽州风俗，"以商贾为第一等生业，科第反在次着。"① 可见"士"的一等地位也岌岌可危了。从商者增多，随之而来的是城乡人口流动的加快，雇佣劳动者队伍扩大，市民阶层日益崛起壮大。

经济的繁荣促使人们消费观念的变化，金钱的作用加强，社会好利成风，形成了尚奢侈，以俭为耻的世风，"凡有钱者任其华美，云缎外套遍地穿矣"，② 启动了社会久遭禁锢的消费和享受欲望。明人张瀚曾说："好事者竞为淫丽之词，转相唱和，一郡城之内，衣食于此者，不知几千人矣。人情以放荡为快，世风以侈靡相高，虽逾制犯禁，不知忌也"。③ 当时"奢靡为天下最"④ 的苏州和被称为"花簇簇"的杭州都是当时的消费中心。追求奢华的风气，也改变了人们的生活习俗，利欲追求成为社会主流价值，并影响改变着人们的精神生活，使得传统的艺术趣味发生相应的变化，尤其是市民阶层的发展壮大，他们有一定的经济实力之后，开始以金钱换取符合自己审美趣味与道德观念的文娱活动，因此向来被道学家所不齿的市井文艺，小说、戏曲等通俗艺术却在这一时期大行其道。

第三节　士人"以文治生"与出版业的发展

晚明时期政治的腐败，一方面，撼动了士人传统的"出世"理想，很多士人对为官之途失去信心；另一方面，科举考试制度的不合理也将大量士人挡在仕途门外。首先，科举费用很高，如王世贞在《觚不觚录》中谓："余举进士，不能攻苦食俭，初岁费将三百金，同年中有费不能百金者，今遂过六七百金，无不取贷于人。盖赘见大小座主，会同年及乡里官长，酬酢公私宴醵，赏劳座主仆从，与内阁吏部之舆人，比旧往往数倍，而裘马之饰，又不知节省。"⑤科举费用之高，士人生计状况日渐下滑，比

---

① （明）凌濛初：《二刻拍案惊奇》，吉林摄影出版社，2001，第459页。
② 瞿宣颖纂辑，戴维校点《中国社会史料丛钞　甲编397》，湖南教育出版社，2009，第91页。
③ （明）张瀚著，盛冬铃点校《松窗梦语》卷七，中华书局，1985，第139页。
④ （清）龚炜撰，钱炳寰点校《巢林笔谈》卷五，中华书局，1981，第141页。
⑤ （明）王世贞：《觚不觚录》，上海古籍出版社，1991，第438页。

对着同乡官长的奢侈生活，士人心中难免有不平之气。其次，明中后期对士人入学资格的限制放宽，使得大批士人满怀信心走上仕途，但因为官僚体制的瘫痪，导致能够真正录取做官的士人极少，而不能进入仕途，士人的生存状况是极为艰苦的。

晚明经济的发展，奢靡之风的巨大冲击，也在一定程度上促动了士人生存模式的转换。陈大康在《书生的困惑、愤懑与堕落》一文中描述了明中期后士人的生存状况。与明初士人虽生活清苦，但社会地位受尊重的境况相比，到明朝后期，商贾势力膨胀，读书人的尊严地位受到冲击，再加上纳监政策的开放，有足够的银子便可做官，使读书人大为贬值。① 正如李维桢所谓："四民之业，惟士为尊，然无成则不若农贾"②，因此很多士人弃儒从商，加入逐利的行列，"士商融合"成为晚明时期的独特现象。

陈确即主张将读书与治生相中和，他在《学者以治生为本论》中说道：

> 学问之道，无他奇异，有国者守其国，有家者守其家，士守其身，如是而已。所谓身，非一身也。凡父母兄弟妻子之事，皆身以内事。仰事俯育，决不可责之他人，则勤俭治生洵是学人本事。……治生尤切于读书。然第如世俗之读书治生而已，则读书非读书也，务博而已矣，口耳而已矣，苟求荣利而已矣，治生非治生也，知有己不知有人而已矣，知有妻子不知有父母兄弟而已矣；而又何学之云乎？故不能读书、不能治生者，必不可谓之学；而但能读书、但能治生者，亦必不可谓之学。唯真志于学者，则必能读书，必能治生。天下岂有白丁圣贤、败子圣贤哉！岂有学为圣贤之人而父母妻子之弗能养，而待养于人者哉。③

士人守身，不仅包含己身，父母兄弟妻子之事都是身内事。真正治学之人，须能将读书与治生兼顾，强调了治生的重要性。而文人从商最便捷

---

① 具体参见陈大康《书生的困惑、愤懑与堕落——从小说笔记看明代儒贾关系之演变》，《华东师范大学学报》1994年第1期，第72~78页。
② （明）李维桢：《大泌山房集》卷106《乡祭酒王公墓表》，《四库全书存目丛书·集部》第153册，齐鲁书社，1997，第153页。
③ （明）陈确：《陈确集》文集卷五《学者以治生为本论》，中华书局，1979，第158~159页。

的方式即"以文治生"。他们在通过书画才能增加自己的经济能力的同时，也为普通市民生活进入艺术领域提供了契机。

晚明时期文人以文治生的途径不外乎几种，入府幕谋生，为市井小民、巨贾大商及地方士绅等提供诗文书画，刻碑立传等。如"吴中有许多有名的书画家，他们的作品为当时许多达官巨商所喜。他们有的通过关系，直接从书画家那里购买，有的通过商业流通渠道购买"。① 编印书刊也是当时一种流行的方式。形成了一批从事通俗文学创作的"市民文人"。如冯梦龙早年"好叶子戏，一时从之风靡。又编桂枝儿诸淫曲，至遭名捕"。② 其屡试不第，一直致力于通俗小说的创作，"光宗太昌元年（1620），年四十七，增补罗贯中三遂平妖传，由二十回扩而为四十回，是年刻成。后数年，就家藏古今通俗小说一百二十种中，选辑三分之一为古今小说四十卷，后重加校订，刊补，改为喻示名言。年五十一，又续辑四十种，为警世通言。天启七年丁卯，年五十四，又辑成醒世恒言四十卷，合上总名《三言》。"③ 凌濛初十二岁入学，四十四岁，才"入都就选"，一直到五十五岁才得授上海县丞。赴任之前，生计所迫，他也以创作小说谋生，《二拍》就是在其四十八岁到五十三岁之间编刻完成。④

凌濛初在《初刻拍案惊奇》的序文中谓："近世承平日久，民佚志淫，一二轻薄恶少初学拈笔，便思污蔑世界，广摭诬造，非荒诞不足信，则亵秽不忍闻，得罪名教，种业来生，莫此为甚！而且纸为之贵，无翼飞，不胫走，有识者为世道忧之，以功令宜禁，宜其然也。"⑤ 虽写出了对时下书风的不满，认为其荒诞、亵秽，浸淫世俗，但同时也有"纸为之贵，无翼飞，不胫走"的描述，可见当时通俗小说的流行程度。而小说在市民中的广泛需求，也使得出版业有了很大的发展，通过降低书籍的生产成本，大大提高了出版效率。书籍印刷开始分工明确，分为括写样、上板、刊刻、校样和印刷等步骤。以写样为例，即将原稿誊写在一张极薄的白纸上的过程，这一步骤的完成在明中叶以前，可能是作者或者他的门生、朋友、儿

---

① 罗宗强：《晚明士人心态研究》，南开大学出版社，2006，第157页。
② 孔另境辑《中国小说史料》，上海古籍出版社，1982，第124页。
③ 孔另境辑《中国小说史料》，上海古籍出版社，1982，第128页。
④ 孔另境辑《中国小说史料》，上海古籍出版社，1982，第130页。
⑤ （明）凌濛初：《拍案惊奇·序》，浙江古籍出版社，1997。

子，甚至是一位德高望重的书法家。然而自明中期以后，职业化的抄手出现了，采用的也是一种统一规范化字体，即"宋体字"。① 可见书籍出版印刷已进入专业化阶段。而且当时刊刻小说的书坊之多，刊刻通俗小说种类的丰富性也到了令人咂舌的程度。根据程国赋的统计，晚明时期"共有不同地区的144家书坊，刊刻小说270种，另外，所处地区不详的书坊39家，刊刻小说47种，刊刻地区及书坊名称均不详者有小说92种，由此我们得出结论：包括翻刻本在内、包括现存的和已经散佚的，明代坊刻小说共有409种"。② 而比较著名的书坊有"富春堂、继志斋、万卷楼周曰校、环翠堂、师俭堂、世德堂、文林阁、广庆堂、大业堂、天许斋、叶敬池、衍庆堂、墨憨斋、容与堂等，其中专门刊刻戏曲的有富春堂、继志斋、师俭堂、文林阁、墨憨斋等，他们刊行的《牡丹亭》、《拜月亭》、《琵琶记》、《红拂记》等都是传世的名作；而万卷楼以刊刻《三国志通俗演义》，世德堂以刊刻《西游记》，天许斋、叶敬池、衍庆堂以刊行'三言'而成为书坊中的知名品牌；杭州武林容与堂专刻李贽的作品，计有《李卓吾先生批评忠义水浒传》、《李卓吾先生批评幽闺记》等"。③ 可见当时图书出版业的繁荣程度。

总之，晚明时期政治与经济的变革，打破了"耕读传家"和"官本位"的传统，文人亦开始涉足商业领域，即汪道昆所言的"弛儒而张贾者"，④ 文人"卖文搏食"，走上了谋生之途，也从物质及精神上开始了一种真正的"自立"过程，这对于士人阶层个性的养成有着积极的意义。另外，雅文学的下移，开辟了市民文学的创作领域，普通市民的生活第一次走进了人们的视野，对中国文学发展有着划时代的影响与意义。

---

① 钱存训：《中国纸和印刷文化史》，广西师范大学出版社，2004，第207页。
② 程国赋：《明代书坊与小说研究》，中华书局，2008，第7页。
③ 聂付生：《晚明文化传播网的形成与文人的作用》，《西北师大学报》2004年第5期，第10页。
④ 张海鹏、王廷元：《明清徽商资料选编》第1338条，黄山书社，1985，第438页。

第二章　心学与理学融合下的人性重建

明朝中期王阳明心学兴起，为克服程朱理学的弊端，以"心即理""致良知""知行合一"等观念解决天理与人欲的矛盾。将良知等同于天理，人性与人欲合一，开启了个性解放思潮。在心学的发展过程中，一方面王学左派，以泰州学派为代表，将儒学向世俗化推进，肯定身体、欲望的合理性。另一方面王学的反对者以经世致用观批判心学的空疏之弊，主张回归理学传统，倡导实学思想，在这两股思潮之下，也形成了一种调和的理欲、性情观念。

第一节　王阳明心性观与个体意义世界重构

明朝中期心学的产生既有时代社会的历史根源，又是理学发展演变的必然结果。宋初理学发展到朱熹，在形成了一个完善理论体系的同时，也使得它的理论缺陷日益突出。首先，形而上的天理具有普遍的绝对品格，也隔绝了与现实万物的关系。朱熹说："合天地万物而言，只是一个理"，[①]"理"为天下万物的"所以然之故"和"所当然之则"，[②]"理"既是万事

[①] （宋）朱熹撰，朱杰人、严佐之、刘永翔主编《朱子语类》（一），《朱子全书》卷十四，上海古籍出版社、安徽古籍出版社，2001，第114页。
[②] （宋）朱熹撰，朱杰人、严佐之、刘永翔主编《四书章句集注》，《朱子全书》卷六，上海古籍出版社、安徽古籍出版社，2001，第512页。

万物的本质所在，也是人类行为实践的准则和依据，强调了本体存在的绝对性和超验性。为了突出"天理"的先在性，朱熹也不遗余力地将它与实在的现实之物相区别，"若便将形而下之器作形而上之道，则不可"。① "若以物便为道，则不可……物只是物，所以为物之理，乃道也。"② "理"构成了万物之本，同时也成了外在于物的存在，就比如"月映万川"的比喻，朱熹想解释普遍之理与个别事物的关系，但杨国荣对此分析非常恰切，"理并不是作为客观的本质或规律内在于万物之中，而是作为超验的本体显现于万物之上，恰似一月而印于万川。不难看出，世界在这里实际上被二重化了：一方面是形而上的理世界，它净洁空阔而超然于万物……另一方面则是形而下的物质世界，它有形有迹而依存于理。"③ 可见朱熹理学在解决哲学本体问题的同时，也陷入了自身理论无法突破的困境。

其次，朱熹理物分离的矛盾反映到人的价值世界，也造成了性与情，理与欲，道心与人心的二分。"天地之间，有理有气。理也者，形而上之道也，生物之本也。气也者，形而下之器也，生物之具也。是以人物之生，必禀此理，然后有性；必禀此气，然后有形。"④ 天理赋予人心为性理，或曰"天命之性""本然之性"，朱熹认为，天命之性才是人之所为人的本质规定，而气禀，也就是人的情感欲望等现实存在，就是造成人性之恶的原因，"人性本善而已，才堕入气质中便熏染得不好了。虽熏染得不好，然本性却依旧在此"。⑤ 既然性的本体才是理，那怎样通达人性之天理呢？朱熹以未发之"理"与已发之"情"相对，外物交感的情感思维，以人性之理为依据。如其对性情关系的阐述：

盖四端之未发也，虽寂然不动，而其中自有条理，自有间架，不

---

① （宋）朱熹撰，朱杰人、严佐之、刘永翔主编《朱子语类》（三），《朱子全书》卷十六，上海古籍出版社、安徽古籍出版社，2001，第2024页。
② （宋）朱熹撰，朱杰人、严佐之、刘永翔主编《朱子语类》（三），《朱子全书》卷十六，上海古籍出版社、安徽古籍出版社，2001，第1858页。
③ 杨国荣：《王学通论——从王阳明到熊十力》，华东师范大学出版社，2003，第16~17页。
④ （宋）朱熹撰，朱杰人、严佐之、刘永翔主编《晦庵先生朱文公文集》（四），《朱子全书》卷二十三，上海古籍出版社、安徽古籍出版社，2001，第2755页。
⑤ （宋）朱熹撰，朱杰人、严佐之、刘永翔主编《朱子语类》（三），《朱子全书》卷十六，上海古籍出版社、安徽古籍出版社，2001，第1889页。

是侗侗都无一物。所以外面才感,中间便应,如赤子入井之事感,则仁之理便应,而恻隐之心于是乎形。如过庙过朝之事感,则礼之理便应,而恭敬之心于是乎形。盖由其中间众理浑具,各各分明,故外边所遇,随感而应。①

天理之性是赋予人心的本然存在,是当然之则,所以当人与现实的外物相遇,有所"感",思维情感已发,而性理也会随之相应,赤子入井便是感,仁性主导恻隐的情感随之发生。朱子这个思想认为当外物进入人的情感经验范围,作为主体之人会做出一定的反映,而这个反映的对象就是主于天理的性,也就是说人的行为活动是以性理为依据的。当人有这个本体存在,之所以人有不善之行,就是人心中的恶念欲望对性理及道心的遮蔽,所以要通达天理就是要革除私欲,《朱子语类》有这样一段对话:

问:饥食渴饮,此人心否?曰:然,须是食其所当食,饮其所当饮,乃不失所谓道心,若饮盗泉水,食嗟来之食,则人心胜而道心亡矣。问:人心可以无否?曰:如何无得,但以道心为主而人心每听命焉耳。②

朱熹并未完全否定人欲,人欲包含了人类生存的基本要求,不全是"恶",他要革除的是超出自我需要的欲念,而如何使二者圆融做到恰如其分,合乎理性的需求,朱熹并未做过多解释,而是给出了一个结论,那就是"道心为主而人心每听命焉",也就是说个人的情感欲望要受到道德理性的制约,如果"有知觉嗜欲,然无所主宰,则流连忘返,不可据以为安,故曰危。"③ 所以要以道心支配人心,就要"以心使心",这样才能防止个体行为流于放纵,朱熹正是看到了人的感性欲望的无度,要求以普遍的道德规范制约个体现实行为,但对道德规范的过于强化,也使心被分成了"形而上"与"形而下"两个世界,"仁者,天之所以与我而不可不为

---

① (宋)朱熹撰,朱杰人、严佐之、刘永翔主编《晦庵先生朱文公文集》(四),《朱子全书》卷二十三,上海古籍出版社、安徽古籍出版社,2001,第 2779 页。
② (宋)朱熹撰,朱杰人、严佐之、刘永翔主编《朱子语类》(三),《朱子全书》卷十六,上海古籍出版社、安徽古籍出版社,2001,第 2665 页。
③ (宋)朱熹撰,朱杰人、严佐之、刘永翔主编《朱子语类》(三),《朱子全书》卷十六,上海古籍出版社、安徽古籍出版社,2001,第 2014 页。

之理也；孝悌者，天之所以命我而不能不然之事也。"① "不可不然""天之所以命我""不能不然"，这都是将一种道德理性强制化，以一种"命"的形式主宰个体的现实意愿，如此理是作为外化的道德律令，而非主体的自我选择，这种命令式的道德效应在现实行为中的效果也必将大打折扣，而且容易造成形质两分，貌合神离，表现为一种虚伪的人格特点。

最后，朱熹确立了一种格物以求理的方法，求理不能离开具体的事物。"大学所以说格物，却不说穷理，盖说穷理则似悬空无捉摸处，只说格物，则只就那形而下之器上便寻那形而上之道，便见得这个元不相离。"理须在"物"上寻，而对于"物"的含义，它的范围也是非常广泛的，包含了一切事物，"大而天地阴阳，细而昆虫草木，皆当理会，一物不理会，这里便缺此一物之理"。② "圣人只说格物二字，便是要就事物上理会。且自一念之微，以至事事物物，若静若动，凡居处饮食言语，无不是事。"在朱熹的思想里"物"既包括宇宙间的事事物物，也包括个人的思虑行为等，也就是说要将万物以及每个人的思想行为都作为对象来考察，目标是发现天理，通达天理，也就是对外在规范的认知。而在这一过程中，如何观照个体的情感维度，将自我本心与天理相圆融，也就是向内求的缺失，也导致本我与道体的二分，因为一种道理规范的贯通最根本的就是自我的感知或自我认知程度。所以早年王阳明也是理学的追随者，为体验朱熹所谓万物之中皆有天理的理论，按照"格物致知"的方法"格"竹，却始终未悟到天理，后经历"龙场悟道"，觉知朱子所言之"理"，非外在的物理，而是性理。正如杜维明指出的，"如果我相信仅仅通过理智的对植根于外在事物的'理'的分析的渐进过程就能够获得自我认识的话，……这样的学说不是自我发现的，而是把一套既定的社会价值观强加于自我的学说。因此'理'作为我的本质的基础不必是我存在的不可分割的部分"。③ 朱子外在于人心之"理"，因缺乏本心的真正领悟，而失去了其存在的基础和依据，只能流于道德形式。因此王阳明说道："圣人之道，吾性自足，

---

① （宋）朱熹撰，朱杰人、严佐之、刘永翔主编《大学或问》卷一，《朱子全书》卷六，上海古籍出版社、安徽古籍出版社，2001，第613页。
② （宋）朱熹撰，朱杰人、严佐之、刘永翔主编《朱子语类》（五），《朱子全书》卷十六，上海古籍出版社、安徽古籍出版社，2001，第3688页。
③ 杜维明：《人性与自我修养》，中国和平出版社，1988，第136页。

向之求于事物者误也。"① 另外,朱熹格物致知的方法主张"知"先"行"后,只有先知道"所以然之故"与"所当然之则",才能在现实活动中付诸实践。正如朱熹所说的"为学之功,且要行其所知"②,"穷理既明,则理之所在,动必由之"③ 这种思维方式以知为先,实质上也就是离行言知。而把行排斥在知之外的结果,却是泛滥于经籍书册,从而很难避免支离之弊。朱熹强调泛观博览,铢分毫析,固然有注重博学和分析的一面,但同时又多少表现出烦琐哲学的倾向,可以说正是这种烦琐的学风,使正统理学在认识论和方法论上逐渐失去了生机和活力。④ 因此王学主张知行合一就是对朱学方法论的纠正。

总之朱熹理学形上学的理论缺陷,也构成了王学思想推进的逻辑起点和基础,王阳明开启了理学的本体转向,他将天理的依据回归自然本心,此心即理,通过修炼本心,即能达到体认天理,在心与性、情、身的关系的论述上可以看出王阳明对于理学体系完善的努力,他力图使成圣的依据,道德的规范与主体的道德自觉性,主体的意愿相融合,从而将超然的天理拉回现实世界,着力构建属于人的意义世界,突出了主体意识和个人价值。

一 "心"与"理"

王守仁(1472~1529),幼名云,字伯安,别号阳明。浙江绍兴府余姚县(今属宁波余姚)人,因曾筑室于会稽山阳明洞,自号阳明子,学者称之为阳明先生,亦称王阳明。王守仁幼时受到良好的家庭教育,并立志学习宋明理学,后因上疏论救,触怒刘瑾,谪贬至贵州龙场,他继续以朱熹格致之说向外求理,却无法解决自身的困惑,后体悟心性之学。龙场悟道,就基本确立了他理论体系的基点,"圣人之道,吾性自足,向之求理

---

① (明)王守仁著,吴光等编校《王阳明年谱》,《王阳明全集》卷三三,上海古籍出版社,1992,第1228页。
② (宋)朱熹撰,朱杰人、严佐之、刘永翔主编《晦庵先生朱文公文集》(三),《朱子全书》卷二十二,上海古籍出版社、安徽古籍出版社,2001,第2123页。
③ (宋)朱熹撰,朱杰人、严佐之、刘永翔主编《晦庵先生朱文公文集》(三),《朱子全书》卷二十二,上海古籍出版社、安徽古籍出版社,2001,第1860页。
④ 参见杨国荣《王学通论——从王阳明到熊十力》,华东师范大学出版社,2003,第18页。

于事物者，误也。"① 自我心性就内含着天理，所谓"心之体，性也，性即理也"，② 所以与朱熹以性理规定人心的路向不同，他的结论就是"心即理"，以心说理，以心说性，理不在心之外，就在心之中。但首先王阳明和朱熹一样是肯定一种先验的道德律的，并且将这种道德律引入人心，心的本体也是理，肯定人心应有的一种理性依据，"理外无心"，"天下宁有心外之性？宁有性外之理乎？宁有理外之心乎？"③ 心与理就成为人的本质所在。王阳明的理也继承了宋以来的含义，理既是万物相生的本质和规律，也表现为人类社会的普遍的道德规范，相应的人心既有一种先天的对外在对象的认知，又有一种内在的道德自觉，一种道德自律，人心与普遍之理的融合就是"良知"，这一"良知"当遇外物，则因为理之同，而知与万物同流，与万物一体而无间，当与人事相遇，在具体的行为活动中就表现为一种道德主体。王阳明说，"吾心之良知，即所谓天理也"，④ "天理在人心，亘古亘今，无有终始。天理即是良知……"⑤ 所以作为现实个体的人并非生物意义上的自然人，而是具有先天的道德意识的主体存在，也就是说人心的良知，天然的具有一种道德的判断标准。"是非之心，不虑而知，不学而能，所谓良知也。良知之在人心，无间于圣愚，天下古今之所同也。世之君子惟务致其良知，则自能公是非，同好恶。"⑥ "公是非，同好恶"就是一种善恶的评判标准，人心这种评价标准的来源就是人的道心，也就是理性的依据，"道即是良知。良知原是完完全全，是的还他是，非的还他非，是非只依着他，更无有不是处。这良知还是你的名师"。⑦ "心之本体即是天理。天理只是一个，更有何可思虑得？天理原自寂然不动，原自感而遂通，学者用功，虽千思万虑，只是要复他本来体用而已，不是以私意去安排思索出来。"⑧ 所以在以人心之良知的王学体系里，普遍天理依然具有主导地位。但与朱学强调天理的强制性与主宰性不同，王阳

---

① （明）王阳明：《传习录中》，《王阳明全集》卷二，线装书局，2012，第235页。
② （明）王阳明：《传习录上》，《王阳明全集》卷一，线装书局，2012，第110页。
③ （明）王阳明：《书诸阳伯卷》，《王阳明全集》卷一，线装书局，2012，第369页。
④ （明）王阳明：《传习录中》，《王阳明全集》卷一，线装书局，2012，第123页。
⑤ （明）王阳明：《传习录下》，《王阳明全集》卷一，线装书局，2012，第189页。
⑥ （明）王阳明：《传习录中》，《王阳明全集》，线装书局，2012，第156页。
⑦ （明）王阳明：《传习录下》，《王阳明全集》卷一，线装书局，2012，第185页。
⑧ （明）王阳明：《传习录中》，《王阳明全集》卷一，线装书局，2012，第136页。

明并未忽视人心的作用。

> 天地生意，花草一般。何曾有善恶之分？子欲观花，则以花为善，以草为恶。如欲用草时，复以草为善矣。此等善恶，皆由汝心好恶所生，故知是错。①

天地万物如花草一般，没有是非善恶的分别，而之所以有善恶之分就在于人的主体选择，所以万物在为人所用时才会显示它的存在与价值。作为外在道德准则的理也须具于人心，才会在具体的实践过程中发挥作用。

> 理也者，心之条理也。是理也，发之于亲则为孝，发之于君则为忠，发之于朋友则为信，千变万化至不可穷竭，而莫非发于物之一心。故谓端庄静一为养心，而以学问思辨为穷理者，析心与理为二矣。②

理并非外在于心的道德法则，非为二而是一，理就是心的条理，也就是说人的思维知觉活动的展开有其自然的道理，但此理必须以心为主体，以自我思维意识为中介，个体具有自主选择的意愿。"人的良知，就是草木瓦石的良知。若草木瓦石无人的良知，不可以为草木瓦石矣。岂惟草木瓦石为然？天地无人的良知，亦不可为天地矣。"③ 这里的"良知"就不仅包含着道德规范的内容，而且专指人的一种思维形式，没有心的知觉思维，没有个体意识对万物的赋予，万物只是一种存在的沉寂状态，"你未看此花时，此花与汝心同归于寂。你来看此花时，则此花颜色一时明白起来。便知此花不在你的心外"。④ 正因为有人心的一点灵明，才使得万物在人的意识下呈现一幅活泼而生动的生命图景。

> 充天塞地中间，只有这个灵明。人只为形体自间隔了。我的灵明，便是天地鬼神的主宰。天没有我的灵明，谁去仰他高？地没有我

---

① （明）王阳明：《传习录上》，《王阳明全集》卷一，线装书局，2012，第105页。
② （明）王阳明：《书诸阳卷》，《王阳明全集》卷一，线装书局，2012，第141页。
③ （明）王阳明：《传习录下》，《王阳明全集》卷一，线装书局，2012，第187页。
④ （明）王阳明：《传习录下》，《王阳明全集》卷一，线装书局，2012，第187页。

的灵明,谁去俯他深?鬼神没有我的灵明,谁去辨他吉凶灾祥?天地鬼神万物,离却我的灵明,便没有天地鬼神万物了。我的灵明,离却天地鬼神万物,亦没有我的灵明。如此,便是一气流通的,如何与他间隔得?①

这个"灵明"就是人心的"良知",就是说人心中包含着主动性的知觉思维,表现为直接与事物相应的"意",所谓"身之主宰便是心,心之所发便是意,意之本体便是知,意之所在便是物。如意在于事亲,即事亲便是一物;意在于事君,即事君便是一物;意在于视、听、言、动,即视、听、言、动便是一物。所以某说无心外之理,无心外之物。"② 所以"意"是心之所发,心的触发,"其虚灵明觉之良知应感而动者,谓之意。……意之所用,必有其物,物即事也。……凡意之所用,无有无物者。有是意即有是物,无是意即无是物矣"。③ "意"直接面对万物,无心外之理,也不存在心之外的事物,理性的规范也必须经过心意念化的过程才能指导个体的实践活动,那普遍之理如何表现为一种认知经验,也就是说普遍之理怎样内化于每个人的个体心理,从而成为个体的主动意识呢?王阳明强调了两点,一是"志",二是"诚"。

在心理学理论中,任何心理结构都包含着知、情、意三个部分,这个意就是意志,是主体意识的重要组成部分,意志对于人的意念行为有着导向的功能,"主体在从事具体活动之前,往往面临着多种可能的选择,定向的作用即表现为通过确定的行为的目标而赋予行为以专一性。一旦丧失了这种功能,则主体将始终处于犹豫不决的状态而无法向现实的行为过渡。"④ 王阳明认识到这一点,所以他非常强调"志"对心理意向的导引作用。"只念念要存天理,即是立志。能不忘乎此,久则自然心中凝聚,犹道家所谓'结圣胎'也。此天理之念常存,驯至于美大圣神,亦只从此一念存养扩充去耳。"⑤ 所谓立志,就是以存天理为志向,如果能时刻以此作

---

① (明)王阳明:《传习录下》,《王阳明全集》卷一,线装书局,2012,第205页。
② (明)王阳明:《传习录上》,《王阳明全集》卷一,线装书局,2012,第79页。
③ (明)王阳明:《传习录中》,《王阳明全集》卷一,线装书局,2012,第125页。
④ 杨国荣:《王学通论——从王阳明到熊十力》,华东师范大学出版社,2003,第50页。
⑤ (明)王阳明:《传习录上》,《王阳明全集》卷一,线装书局,2012,第85页。

为心的导向，日子一久，心自然会在天理上凝聚，而当这个天理的意念常存了之后，就会慢慢达到孟子讲的美、大、圣、神的境界，所以将天理的志向扩充到心的感性意念，作为主体意识的内在要素，这就是存养的关键。所以"善念存时，即是天理。此念即善，更思何善？此念非恶，更去何恶？此念如树之根芽。立志者，长立此善念而已。'从心所欲不逾矩'，只是志到熟处"。① 当人的意念就是善的时候，自然会做出善的举动，还去想别的什么善呢，而当意念不是恶的，还要除去什么恶呢？这个意念好比树的根芽，立志的人就是确立这个善念而已。孔子说的"从心所欲不逾矩"的境界，只有等志向达到成熟，志向与意念与天理融合为一的时候才能够达到。所以主体的意向在人的道德修养中发挥了极其关键的作用，有了主体内心自觉的意志需求，自会常存天理而去除人心过多的私欲。因此在《传习录》里王阳明和薛侃有这样一段对话：

> 曰：尝闻先生教，学是学存天理。心之本体即是天理，体认天理，只要自心地无私意。
> 曰：如此则只须克去私意便是，又愁甚理欲不明？
> 曰：正恐这些私意认不真。
> 曰：总是志未切。志切，目视、耳听皆在此，安有认不真的道理？"是非之心，人皆有之"，不假外求。讲求亦只是体当自心所见，不成去心外别有个见。②

薛侃担心无法认清私欲，常存天理。王阳明指出这一问题的根本就是主体的志向不够笃定坚韧，志向坚韧，耳听目视这些身体的感知器官都有了所听所感的方向，自会体认天理，所以说是非之心，人皆有之，不需要向外求索，它就在我们的心中，关键就是发挥自我之心，意志笃定。可见在王阳明的思想里，虽然目标还是存天理，但是他将通达天理的途径，返归人心，意志表现为人的主体意愿，这实际上凸显了人的主体意识。其次是"诚"，这关涉主体的情感体验，也就是"心"与"情"的关系。

---

① （明）王阳明：《传习录下》，《王阳明全集》卷一，线装书局，2012，第94页。
② （明）王阳明：《传习录上》，《王阳明全集》卷一，线装书局，2012，第102页。

二 "心"与"情"

王阳明认为影响主导人的行为实践的心理结构，除了"知"和"意"之外，还有"情"的因素，这也是主体内在意愿的重要部分，"性一而已。仁、义、礼、知，性之性也。聪、明、睿、知，性之质也。喜、怒、哀、乐，性之情也"。[①] 个体情感是天性良知的内在要素，首先肯定了人的感性经验的合理性。"喜、怒、哀、惧、爱、恶、欲，谓之七情，七者俱是人心合有的。"[②] 感性的情感经验，这是人心必然包含的内容。而"凡人之为不善者，虽至于逆理常乱之极，其本心之良知，亦未有不自知者，但不能致其本然之良知"。[③] 人的天性就包含着知善恶，辨是非的能力，但在具有这种能力的前提下，还会发生违背常理，为恶之事，这与人的情感取向有着很大的关系，善恶的良知并不会必然地导出善恶的行为，所以王阳明认为通达良知的情感因素就是"诚"，也就是由心所发的真实意愿，出自真心，毫无虚假，更非违心或者勉强。

> 此心若无人欲，纯是天理，是个诚于孝亲的心，冬时自然思量父母的寒，便自要求去个温的理；夏时自然思量父母的热，便自要去求个清的道理，这都是那诚孝的心发出来的条件。却是须有这诚孝的心，然后有这条件发出来。譬之树木，这诚孝的心便是根，许多条件便是枝叶。须先有根，然后有枝叶。不是先寻了枝叶，然后去种根。[④]

如果有诚恳孝敬父母的心，冬天自然会想到为父母防寒，去做使父母保暖的事情，夏天自然会想到为父母消暑，去做使父母感到凉爽的事情，这都是由真诚的孝心自然生发的举动，出于本心的真实意愿这是行天理良知的根本，有了这个根本就自然会有合于理的行为，就会自觉地规范自己的行为举止，所以"君子之学，求尽吾心焉尔。故其事亲也，求尽吾心之

---

① （明）王阳明：《传习录中》，《王阳明全集》卷一，线装书局，2012，第146页。
② （明）王阳明：《传习录下》，《王阳明全集》卷一，线装书局，2012，第191页。
③ （明）王阳明：《与陆清伯书》，《王阳明全集》卷三，线装书局，2012，第155页。
④ （明）王阳明：《传习录上》，《王阳明全集》卷一，线装书局，2012，第76页。

孝而非以为孝也；事君也，求尽吾心之忠而非以为忠也……吾心有不尽焉，是谓自欺其心；心尽而后吾之心始自以为快也。"① 如果主体按照自我内心真实的意愿，一种本真的情感自然流露而行为实践，以孝事亲，以忠事君，这样只是心的自然触发，自然合于天理，而不是一种道德律令的外在强制。像朱熹将理与心析分为二，将道德规范外在于个体，并成为和个体相对的存在，这样个体行为实践的现实效果也将大打折扣，这样的天理也很难真正对人心起到引导和规范的作用。王阳明有一个非常恰切的比喻，"若只是那些仪节求得是当，便谓至善，即如今扮戏子扮得许多温情奉养的仪节是当，亦可谓之至善矣。"② 如果外在规范不是一种情感的真实流露，那即使遵照天理，也不过是徒有形式，像戏子演戏，扮演了很多奉养父母的礼节，形式上的表现也可以被称为至善了。所以他认为只有出于人心自主的意愿，这样才能达到"心始以为快"的效果，才会使自己感到快乐，就如同好好色，恶恶臭，出于人心的一种本能反应，"人于寻常好恶，或亦有不真切处，惟是好好色，恶恶臭，则皆是发于真心，自求快足，曾无纤假者"。③ 有了此真心，应事接物，才会真正的"随心而欲"。可见王阳明承认情感因素在人心中的重要作用，也就是肯定人心所具有的一种自主意识，这也构成了良知的重要内容。

> 孟氏"尧舜之道，孝弟而已"者，是就人之良知发见得真切笃厚、不容蔽昧处提省人，使人于事君、处友、仁民、爱物、与凡动静语默间，皆只是致他那一念事亲从兄真诚恻怛的良知，即自然无不是道。盖天下之事，虽千变万化，至于不可穷诘。而但惟致此事亲从兄一念真诚恻怛之良知以应之，则更无有遗缺渗漏者，正谓其只有此一个良知故也是。④

早在先秦时，孟子就曾说过："恻隐之心，仁之端也；羞恶之心，义之端也；辞让之心，礼之端也；是非之心，智之端也。"（《孟子·公孙丑

---

① （明）王阳明：《题梦槎奇游诗卷》，《王阳明全集》卷三，线装书局，2012，第220页。
② （明）王阳明：《传习录上》，《王阳明全集》卷一，线装书局，2012，第77页。
③ （明）王阳明：《与黄勉之》，《王阳明全集》卷三，线装书局，2012，第156页。
④ （明）王阳明：《传习录中》，《王阳明全集》卷一，线装书局，2012，第162页。

上》）"恻隐、羞恶、辞让、是非"这四心是"仁、义、礼、智"四性的开端，这四心就包含着感性的情感因素，所以孟子的心性观是情理并重。王阳明沿袭了孟子这一传统，孟子认为尧舜治理天下的道理，就开始于最真切自然的孝悌之情，王阳明将这种真切笃实的情感作为良知的感性内容，将这种真切的情感推扩，人情事变中就自然会处处大道。天下的事虽然千变万化，无穷无尽，但只要推致这种情感，就不会有任何疏漏，这就是将天理融入内心情感的作用，也是个体自主选择的必然结果。

同时王阳明认为主体情感的表达也需要一个"度"的节制，"父之爱子，自是至情，然天理亦自有个中和处，过即是私意。……大抵七情所感，多只是过，少不及者。才过，便非心之本体，必须调停适中始得"。① 像父亲爱儿子这样至深的感情是合理的，但是天理也有个中和处，太过分了就是私心了，一般来说人之七情，过分的多，不够的少，过度的情感就不是心的本体，就不合天理良知的要求了，必须调停适中才算可以，调停的目标是中和，而调停的手段就是在独处的时候，也就是在情感"未发"之时就持守心体，有了"未发之中"，自然"发而皆中节"。而持守良知的关键也是"诚"。陆澄曾经就陆九渊在人情事变上下功夫的观点请教王阳明，王阳明如此回答："除了人情事变，则无事矣。喜怒哀乐，非人情乎？自视、听、言、动以至富贵、贫贱、患难、死生，皆事变也。事变亦只在人情里，其要只在'致中和'，'致中和'只在'谨独'。"② "谨独"就是致中和的方法，而且王阳明指出，"谨独"也就是要"立诚"，在主体意识的萌芽处念存一种本真而无伪的情感。

> 正之问曰："戒惧是己所不知时之功夫，慎独是己所独知时之功夫，此说如何？"
> 先生曰："只是一个功夫，无事时固是独知，有事时亦是独知。人若不知于此独知之地用力，只在人所共知处用功，便是作伪，便是'见君子而后厌然'。此独知处便是诚的萌芽。此处不论善念恶念，更无虚假，一是百是，一错而错。正是王霸、义利、诚伪、善恶界头。

---

① （明）王阳明：《传习录上》，《王阳明全集》卷一，线装书局，2012，第92页。
② （明）王阳明：《传习录上》，《王阳明全集》卷一，线装书局，2012，第90页。

于此一立立定，便是端本澄源，便是立诚。古人许多诚身的功夫，精神命脉，全体只在此处，真是莫见莫显，无时无处，无终无始，只是此个功夫。今若又分戒惧为己所不知，即功夫便支离，便有间断。既戒惧，即是知，己若不知，是谁戒惧？"①

王阳明的弟子问《中庸》所说戒惧是自己不知时的修养功夫，慎独是自己独处时的修养功夫，这种说法是正确的吗？王阳明说这两个方面其实就是一个功夫，一个人如果不懂得在独处的时候用功夫，而仅仅在与别人相处的时候才去用功夫，这就是虚伪，就是见到他人去隐藏自己不善的一面。独处的时候修炼的正是诚的萌芽，要内心澄然，毫无虚假，以本真之心体认天理。正是在这个萌芽之处，无论善念恶念，毫无作伪，是非对错当即可见，截然分清，这里正是王与霸、义与利、诚与伪、善与恶的分界点，如果在源头处做足功夫，就是正本清源，就是立诚了。古人许多诚身的功夫，它的立意主旨，精神命脉的根本就在这里了。可见作为情感经验层面的"诚"，既是良知所发必然包含的情感取向，也是修养功夫的基础，如此王阳明对个体感性情感的认知和重视可以说达到了古典哲学的最高点，理学的转向也由此开始，体现了王阳明完善理学体系的努力，使情理融合为一，突出人的感性存在。正如海德格尔的"诗意的栖居"，本真的情感正是达到诗意而自由之境的基础。

值得注意的是，王阳明在七情之外，突出了"乐"这一情感体验。"乐是心之本体，虽不同于七情之乐，而亦不外于七情之乐。虽则圣贤别有真乐，而亦常人之所同有，但常人有之而不自知，反自求许多忧苦，自加迷弃。虽在忧苦迷弃之中，而此乐又未尝不存，但一念开明，反身而诚，则即此而在矣。"②"孔颜乐处"一直是儒家推崇的精神境界，它指的是一种摆脱了物质欲求之后的精神愉悦，在宋儒周敦颐之后，成为理学家追求的与天地万物一体同流的最高的道德理想。王阳明此处的"乐"也承袭了这一传统，"乐"是圣贤的真乐，突出了精神的愉悦，但不同的是，他也将"乐"作为心的本体，而且此"乐"不在七情的乐之外，如此这种

---

① （明）王阳明：《传习录上》，《王阳明全集》卷一，线装书局，2012，第111~112页。
② （明）王阳明：《传习录中》，《王阳明全集》卷一，线装书局，2012，第147页。

精神上的快乐就与感性的快感有了共同之处，并且普通人也是有此乐的，只是没有觉知而已。这样王阳明此处的"乐"，已经从圣贤境界返归到了普通人的层面，把这种乐作为人心当然所有一种情感体验，这实际上消解了北宋以来道德理想境界的至高无上性，而把它作为普通人修养可以达到的体验。有人曾问"乐是心之本体，不知遇大故，于哀哭时，此乐还在否？"王阳明是这样回答的："须是大哭一番了方乐，不哭便不乐矣。虽哭，此心安处即是乐也。本体未尝有动。"① 遇到大的变故，只有大哭了才能乐，不哭就不会乐，虽然在痛哭，可是作为本体的心却得到了安慰，因而也是乐的。心的本体并没有因为痛哭而有所改变，因为痛哭就是心的本体。所以只要顺情而发，当哭则哭，当乐则乐，主体情感自然流露，自然宣泄，这就是心的本体内容了，就是圣贤之乐了，如此王阳明也强调主体感性情感的自然释放，避免因外在道德强制而对自然情感有所抑制，主张保留人的感性情感在主体意识中的地位，杨国荣将其定位为一种"宣畅之乐"可以说极其恰切。②

王阳明将人的情感体验作为良知本体的重要方面，注重个体内心的自主意愿，这就突破了传统儒学中人的感性因素与天理的紧张关系，由良知而成就德性的过程中，洋溢着丰富的情感体验，情理并重，从而突出了个体存在的自主性。

三 "心"与"身"

王阳明肯定个人的主体意识，而在主体意识的构成中，知情意的心理结构必然延伸到人的感官存在与行为举止，也就是作为实像的身体本身，它是人的思维意识作用的对象，也是行动实践的直接承载者。王阳明首先强调"身""心"的依存关系，"耳、目、口、鼻、四肢，身也，非心安能视、听、言、动？心欲视、听、言、动，无耳、目、口、鼻、四肢亦不能。故无心则无身，无身则无心。但指其充塞处言之谓之身，指其主宰处言之谓之心。"③ 无"心"，身体的感性活动就无法进行，而没有人的感官

---

① （明）王阳明：《传习录下》，《王阳明全集》卷一，线装书局，2012，第191页。
② 杨国荣：《王阳明与心性之辨》，《孔子研究》1996年第二期，第51页。
③ （明）王阳明：《传习录下》，《王阳明全集》卷一，线装书局，2012，第168页。

作为对象，意识情感也会失去作用，充分肯定了感官存在的重要性。而且身心是相互依赖的存在，身是物质实体，心是身的主宰。"人君端拱清穆，六卿分职，天下乃治。心统五官，亦是如此。今眼要视时，心便逐在色上；耳要听时，心便逐在声上。"① 人心统领五官，感官活动必然受到理智意识、情感思维的影响。王阳明将知性思维，天理主宰的心作为"真己"，作为人的天赋本性，这个本性是禀赋纯良的，而这个纯良的本性与感官活动、人的"躯壳"之间也有一种对应的存在关系，那就是"真己"与"躯壳之己"的关系。

> 这视、听、言、动皆是汝心。汝心之视，发窍于目；汝心之听，发窍于耳；汝心之言，发窍于口；汝心之动，发窍于四肢。若无汝心，便无耳、目、口、鼻、四肢。所谓汝心，亦不专是那一团血肉。若是那一团血肉，如今已死的人，那一团血肉还在，缘何不能视、听、言、动？所谓汝心，却是那能视、听、言、动的，这个便是性，便是天理。有这个性，才能生这性之生理，便谓之仁。这性之生理发在目便会视，发在耳便会听，发在口便会言，发在四肢便会动，都只是那天理发生。以其主宰一身，故谓之心。这心之本体，原只是个天理，原无非礼。这个便是汝之真己，这个真己是躯壳的主宰。若无真己，便无躯壳。真是有之即生，无之即死。汝若真为那个躯壳的己，必须用着这个真己，便须常常保守着这个真己的本体。戒惧不睹，恐惧不闻，惟恐亏损了他一些。才有一毫非礼萌动，便如刀割，如针刺，忍耐不过，必须去了刀，拔了针。这才是有为己之心，方能克己。②

这一段话王阳明要解决的是如何克去自私的问题，他的弟子萧惠说，"惠亦一心要做好人，便自谓颇有为己之心。今思之，看来亦只是为得个躯壳的己，不曾为个真己"。萧惠自谓想做个好人，也感觉有些为己之心，如今想来也只是空有躯壳的我，并非真实的自我。王阳明回答，"真己何曾离着躯壳？恐汝连那躯壳的己也不曾为。且道汝所谓躯壳的己，岂不是

---

① （明）王阳明：《传习录上》，《王阳明全集》卷一，线装书局，2012，第97页。
② （明）王阳明：《传习录中》，《王阳明全集》卷一，线装书局，2012，第113~114页。

耳目口鼻四肢？"真正的我怎能离开身体？只是恐怕你也不曾为那空有躯壳的我啊，你所说的空有躯壳的我，难道不是指耳、目、口、鼻、四肢吗？萧惠回答："正是为此。目便要色，耳便要声，口便要味，四肢便要逸乐，所以不能克。"眼睛爱看美色，耳朵爱听美声，嘴巴爱吃美味，四肢喜欢享受安逸，这样就不能克己了。王阳明说，美色使人目盲，美声使人耳聋，美味使人口伤，放纵令人发狂，所有这些，对你的耳、目、口、鼻、四肢都有损害，怎么会说是为了"躯壳的己"呢？如果真的为了耳、目、口、鼻、四肢，就要"非礼勿视，非礼勿听，非礼勿言，非礼勿动"，这样才是真正为了耳、目、口、鼻、四肢，而要做到你的感官作为都合于礼，这需要你的心起作用，视听言动都是你的心的作用，心的视听言动要通过耳、目、口、鼻、四肢这些感官来实现，如果心不存在，就没有你的耳、目、口、鼻和四肢了，而所谓心也并非那一团血肉，如果心专指那团血肉，现在有个人死了，那团血肉仍在，为什么不能视听言动呢？所以真正的心，是那能使你视听言动的"性"，也就是"天理"。有了这个"性"，才有了"性之生理"，性生生不息的理，那就是仁，这个理显现在眼时便能看，显现在耳时便能听，显现在口时便能说，显现在四肢时便能动，这都是天理的作用，天理主宰着我们的身体，又叫作"心"，这心的本体就是真实的自我，它是人的躯体的主宰。如果真的为了自己的躯体，一定要依靠这个真我的本体，常存这个真我的本体，害怕这个真我的本体有一丝的损伤，这样才是真正的为了自己，只有真正为了自己才能克除私意。这一段论述逻辑分明，层层递进，王阳明指出追求声色享受并不是为了感官躯体之己，而是对身体感官的损伤，只有依靠天理存在的真心去视听言动，这样才是"为己"，所以为了感官的"善"，更须体认天理，常存本心，这里王阳明将外在的道德律内化延伸为主体的感官体验，人的生命实体在通往道德境界的过程中有着重要的地位和作用，人可为私，但是要分辨何为私，真正的感官享受，其实是一种内外贯通，上下一体的体认生命本真的过程，这样作为物质存在的身体实像也有了一种价值维度的生命开启，而个体的意义世界，就是从感官开始，通达天理的过程。王阳明在肯定感官的基础上，把这一身心统一的过程叫作"知行合一"。

良知是一种本然和"真己"的存在，这种存在是人人共有的，但由天赋的本然到人心的自觉，还需要一个致良知的过程，也就是"行"。所谓

"知如何而为温清之节、知如何而为奉养之宜者,所谓知也,而未可谓之致知。"① 知道如何做到使父母冬暖夏凉,知道如何奉养合宜,这只是天赋之知,而并非致知。"必致其知如何为温清之节之知,而实以温清;致其知如何为奉养之宜者之知,而实以之奉养,然后谓之致知。" 一定要切实做到,才叫作致知。因为"吾子谓语孝于温清定省,孰不知之。然而能致其知者鲜矣。若谓粗知温清定省之仪节,而遂谓之能致其知,则凡知君之当仁者,皆可谓之能致其仁之知,知臣之当忠者,皆可谓之能致其忠之知,则天下孰非致知者邪?以是而言可以知致知之必在于行,而不行之不可以为致知也,明矣。"② 如果说大约知道温清定省的礼仪,便说能致良知,那么,只要是知道君主应该仁的人,都可以说他做到仁了,知道臣属应该尽忠的人,都可以说他做到尽忠了,那么天下还有谁没有做到良知的要求呢?所以,致知必须体现在行动上,不去做就不是致知。王阳明强调的是主体行的功夫。

《中庸》将学习的方法概括为:"博学之,审问之,慎思之,明辨之,笃行之。"(《礼记·中庸》)一般认为第五点才是针对踏踏实实地去做,王阳明认为这五个方面都是知行合一的功夫,"盖学不能以无疑,则有问,问即学也,即行也。又不能无疑,则有思,思即学也,即行也。又不能无疑,则有辨,辨即学也,即行也。辨既明矣,思既慎矣,问既审矣,学既能矣,又从而不息其功焉,斯之谓笃行。非谓学问思辨之后,而始措之于行也。是故以求能其事而言谓之学,以求解其惑而言谓之问,以求通其说而言谓之思,以求精其察而言谓之辨,以求履其实而言谓之行。盖析其功而言则有五,合其事而言则一而已。此区区心理合一之体,知行并进之功,所以异于后世之说者,正在于是。"③ 学习一定会有疑问,有疑就有辨,辨就是学,就是行。辨已明,思已慎,问已审,学已能,连续用功,这就是笃行了。并不是说在学问思辨之后,才肯着手去行,这样就会把知行分作两截,知有尽力,行则有损。对做事而言,为学;对解除困惑而言,为问;对通晓事物的道理而言,为思;对精细考察而言,为辨;对踏踏实实地做而言,为行。分析他们的功用,有五个方面,综合起来说其实

---

① (明)王阳明:《传习录中》,《王阳明全集》卷一,线装书局,2012,第126页。
② (明)王阳明:《传习录中》,《王阳明全集》卷一,线装书局,2012,第128页。
③ (明)王阳明:《传习录中》,《王阳明全集》卷一,线装书局,2012,第124页。

只有一件而已,那就是以心理合一为本体,知行并进的功夫。王阳明认为这正是他不同于朱熹观点的地方。晚年更提出这样的观点,"知之真切笃实处即是行,行之明觉精察处即是知。知行功夫,本不可离。只为后世学者分作两截用功,失却知行本体,故有合一并进之说。真知即所以为行,不行不足谓之知。"① "若行而不能精察明觉,便是冥行,便是'学而不思则罔',所以必须说个知;知而不能真切笃实,便是妄想,便是'思而不学则殆',所以必须说个行;元来只是一个工夫。"② 所以说知行是学习工夫的不同方面而已,"真切笃实""明觉精察"就是知行统一过程中的要求,"知是行之始,行是知之成。若会得时,只说一个知,已自有行在;只说一个行,已自有知在"。③ 只有经过知行合一的过程,人的本然之知才会通过具体的感官实践而转化为主体自觉的认知行为。

在王阳明看来,知行合一的过程,也就是通过格物以达到天赋良知的过程。"若鄙人所谓致知格物者,致吾心之良知于事事物物也。吾心之良知,即所谓天理也。致吾心良知之天理于事事物物,则事事物物皆得其理矣。致吾心之良知者,致知也。事事物物皆得其理者,格物也。"④ 致知格物,就是把我心的良知通过行为实践推致到各种事物上,这样各种事物都能得到理了,同样这样一个格物的过程,对主体意识也是一个反馈和修正,我们以天赋之理去认识和考察万物,去行为实践,在行为的过程中,也不断地通过感性的印象和主体思维而去补充完善我们天赋之知,所以经过这样一个过程,此"知"已并非本然之知,而是成为与主体意识情感融合为一的一种自觉履践,这个过程也同样提升了主体的思维意识和道德境界,使自我本然生命成为一个不断开启价值之维的道德主体,真正地将主体意识由自为而进达自由之境。

总之王阳明的心性观,它以天理之良知为中心,全面阐发了一个道德内化的过程,个体在现实存在中展现了一个由理入心、化心为情、意、行的主体意义世界,感性的知觉情感在王学体系里有了合法地位。这既是对北宋理学的修正和完善,也与王阳明所处的时代息息相关。明代中期以后,统治阶

---

① (明) 王阳明:《传习录中》,《王阳明全集》卷一,线装书局,2012,第120页。
② (明) 王阳明:《答友人问》,《王阳明全集》卷一,线装书局,2012,第306页。
③ (明) 王阳明:《传习录上》,《王阳明全集》卷一,线装书局,2012,第78页。
④ (明) 王阳明:《传习录中》,《王阳明全集》卷一,线装书局,2012,第123页。

层内部斗争激烈,权力弱化,各种礼教规范也失去了它的权威性,当天理不再具有限制人心的作用,王阳明抓住人心对于贯彻天理的重要性,将道德的自觉转化为人心固有的良知,从而改变了天理的抽象意义,建立了一个以人为中心的理论体系,在肯定了道德主体的同时,也将人的感性存在的合理性做了论证,这一具有颠覆意义的本体转换,与时代的需求正相呼应,在其后学泰州学派的阐述下,个体意识走向了意志主义的极端发展。

第二节 泰州学派的人文启蒙与儒学平民化

"阳明心学"之后,以"良知"为基础,其思想逐渐分化,清初黄宗羲著《明儒学案》一书,以王学师承的地域为界,将阳明学派分为浙中王学、江右王学、泰州王学等七派。其中泰州学派以"良知现成""良知见在"的思想,成为明代后期最有影响力的一个学派。泰州学派的创始人是王艮(1483~1541),主要人物有王襞、王栋以及颜钧、何心隐、罗汝芳、李贽等。东林学派顾宪成曾经评价过王学之后的学术风向,"正嘉以后,天下之尊王子也,甚于尊孔子,究也率流而狂"。[①] 这一蕴含贬义的定位却十分恰切地描述了这一时期的特质,它以狂风卷石般的气势和魄力,慢慢侵蚀辗碎了传统伦理罗织的大网,顺应市民阶层崛起的时代,开启了中国传统社会最初的启蒙,这一任务在思想领域就是由泰州学派承担的。王阳明以"心"通"理",对"吾心"情、志、意的肯定就把道德律的合理性返归具有个性特点的主体之心,从而肯定了主体的能动作用,但是心学在其本质意义上还是为了去心的私欲之蔽,维护"天理",肯定道德规范的合理性。所以在王阳明处,主体意识只是开端,并未形成对时代道德风向的冲击作用。而泰州学派却将这种主体意识发展到了极致,主张"百姓日用即道",并注重儒学的下层传播,所以其门人遍布各个阶层,上自师保公卿、下逮士庶樵陶农吏,黄宗羲曾评价王艮门下曰:"其人多能赤手以搏龙蛇,传至颜山农、何心隐一派,遂复非名教之所能羁络矣。"[②] 这一派别以

---

① (明)顾宪成:《泾皋藏稿》卷十《日新书院记》。
② (明)黄宗羲著,沈善洪主编《黄宗羲全集》第7册,浙江古籍出版社,2005,第820页。

极富个性化的色彩，重视个体与本我，肯定人欲与私心的合理性，冲破了传统礼教的束缚，开启了人文启蒙思潮，也推动了儒学的平民化进程。

一 "良知现成"与"安身立本"

王艮（1483～1541）是泰州学派的创始者，字汝止，号心斋，泰州府安丰场人，以烧盐为业，贫民出身，7岁就读乡塾，11岁时因家贫中途辍学，38岁才拜王守仁门下，在为学过程中时有奇异之举，如北上京师，传播阳明学说，并亲自动手制作了一辆"蒲轮"，在车上悬挂长幅标语："天下一个，万物一体，入山林求会隐逸，过市井启发愚蒙。遵圣道天地弗违，致良知鬼神莫测，欲同天下人为善，无此招摇做不通，知我者其惟此行乎？罪我者其惟此行乎？"① 不仅在行动上宣传维护"良知"之说，在其思想体系中，他也将王阳明的"良知"向前推进，阐发了"现成良知"的思想，使得"良知"成为贯穿百姓日用的"简易之道"。

心斋认为良知本体"要之自然天则，不着人力安排"。良知对个体来讲是一种现成的存在，人人都具备的，不是后来通过学习修炼才能达到的道德境界。"良知一点分分明明，亭亭当当，不用安排思索"②，也就是说当下的认知经验就是良知的直接体现，人只要自然活动就会自然合于良知，这样本体和功夫在王艮处融通为一，"'天理'者，天然自有之理也，'良知'者，不虑而知，不学而能者也。惟其不虑而知、不学而能，所以为天然自有之理。"③ "不用安排思索"，"不虑而知不学而能"，也就是说良知的体现没有任何外力的强制，就是一个自然的，自由的过程，良知就是本心，自由自觉即为自律，从而把人的主体意识发挥到了极致，以这种思维推导，人的主体意识就是天理，就是良知，就是天道。所以人的道德本体并不是高深莫测的存在，也不需要在个体生活之外去寻找，因为它就体现在我们的日常生活之中，就是人伦日用，"良知天性，往古来今，人

---

① （明）王艮撰，陈祝生等校点《年谱》，《王心斋全集》卷三，江苏教育出版社，2001，第71页。
② （明）王艮撰，陈祝生等校点《诗文杂著》，《王心斋全集》卷三，江苏教育出版社，2001，第43页。
③ （明）王艮撰，陈祝生等校点《语录》，《王心斋全集》卷一，江苏教育出版社，2001，第31页。

人具足，人伦日用之间举措之耳"。① 这样王艮进一步将阳明心学的"良知"返归人的本性，它先天地存在于人心之中，而且体现于我们当下的日常生活，如此，道德实践并不需要克制本心的功夫，只是我们现实生活的自然流淌，自然发用，"亭亭当当""分分明明"，当下即是。那何为"人伦日用"呢？王艮也举了一个例子具体说明，"先生言百姓日用是道。初闻多不信，先生指童仆之往来，视听持行，泛应动作处，不假安排，俱自顺帝之则，至无而有，至近而神"。② 僮仆往来就是人伦日用，把这种自然的，原本如此的生活行为表现出来，这就是"道"了。甚至"愚夫愚妇与知能行，便是道。与鸢飞鱼跃同一活泼泼地，则知性矣"。③ "愚夫愚妇"在传统儒家的主流意识看来是和天道存在相背的群体，但在王艮的思想，万物只要各得其所，各行其是，就是天道良知了。王阳明也从良知出发，认为"良知良能，愚夫愚妇与圣人同。但惟圣人能致其良知，而愚夫愚妇不能致，此圣愚之所由分也"。④ 王阳明认为在人人皆有良知这一普遍的天性上，圣人和愚夫愚妇是一样的，也就是说在良知的起点上，二者是平等的，但能否"致良知"，也就是学识能力上能否达到良知，这就是圣贤和愚夫愚妇的差别了，可见王阳明在通达良知，也就是修炼功夫上承认两者之间的区别，这也为现实中阶级间的不可逾越性提供了一个思想和理论的根据。王艮的思想显然继承了王阳明，但不同的是，他将"致"换成了"知"，而且将"愚夫愚妇"的知行和"鸢飞鱼跃"相类比，明显是接着王阳明的话继续说，或者说又是对阳明学的转向，如此"愚夫愚妇"无论是在通达天理，还是在现实生活中都有了其独特的地位，他们的世俗生活本身就构成了天理的一部分，"百姓日用条理处，即是圣人之条理处。"⑤ 并进一步说，"圣人之道，无异于百姓日用，凡有异者皆谓之异端"，圣人之道就是百姓日用之道，如果不是在世俗生活中呈现天道，这就是异端

---

① （明）王艮撰，陈祝生等校点《答朱思斋明府》，《王心斋全集》卷二，江苏教育出版社，2001，第47页。
② （明）王艮撰，陈祝生等校点《年谱》，《王心斋全集》卷三，江苏教育出版社，2001，第72页。
③ （明）王艮撰，陈祝生等校点《语录》，《王心斋全集》卷一，江苏教育出版社，2001，第6页。
④ （明）王阳明：《传习录中》，《王阳明全集》卷一，线装书局，2012，第127页。
⑤ （明）王艮撰，陈祝生等校点《语录》，《王心斋全集》卷一，江苏教育出版社，2001，第10页。

了。可见王艮将王阳明思想中显露的平等观念发挥到了极致，这与其布衣儒者的身份有着很大的关联性，同时也表达了时代的诉求，新兴的市民阶层渴望超越精英阶级对文化知识的垄断，渴望超越现实的阶级限制，实现平等的愿望。王艮的"现成良知"说就将平民百姓，世俗生活带入了哲学的或精神的领域，进一步使得儒学走向了平民化。

从"现成良知"到"百姓日用即道"是一种本体的转化，当本体之道"如其所是"的呈现于日常生活，它与个体直接关联的必然是经验之身，这也正是王艮思想体系的关注点。因此他将传统的"格物致知"加以转化，"格物"即是"安身"，这就是著名的"淮南格物"说。"格物致知"是宋明理学的重大议题，其依据是对《大学》文本的解释问题，朱熹对"格物"章补传，他认为格物致知就是在外在事物上"致知"，得到关于事物的理的认识。但此说被王阳明批判为"析心与理为二"，是一种外向求知的方法，因此王阳明解释"格物"聚焦于"诚意"问题，认为《大学》格物的重点就是"诚意"，主体意识的对象是外在事物，格物就是将自我意识所在的外物的观念合于天理良知的要求，所以格物就是格心之物，就是正心，革除本心过多的欲望。而王艮的"淮南格物"说与前两者截然不同，他在《大学》文本的释义中找到了经验之身的存在之域。

> "格"如"格式"之格，即"后挈矩"之谓。吾身是个"矩"，天下国家是个"方"。挈矩则知方之不正，由矩之不正也，是以只去正矩，却不在方上求。矩正则方正矣。方正则成格矣。故曰"格物"。吾身对上下、前后、左右是"物"。絜矩是"格"也。"其本乱而末治者否矣"一句，便见挈度"格"字之义。①

王艮对"格物"做了一个颠覆性的解释，他说自我之身是"矩"，天下国家是"方"，"絜矩"就是格自我之身，自身先修正好了，国家自然就安定了，围绕着自我经验之身的上下、前后、左右的物事，或者说自我之身的日常生活，就是"本"，而治国平天下是"末"，"本乱"是不可能实

---

① （明）王艮撰，陈祝生等校点《答问补遗》，《王心斋全集》卷一，江苏教育出版社，2001，第34页。

现"末治"的。这样王艮的"物",既非外在事物,也不是自我之心,而是经验性的身体存在。那如何"修身"呢?他将"修身"解释为"安身","故曰'自天子以至于庶人,壹是皆以修身为本'也。'修身','立本'也,'立本','安身'也。"① "修身"即为"安身",他也具体解释了"安身"的重要性。

> 修身,立本也,立本,安身也,安身以安家而"家齐",安身以安国而"国治",安身以安天下而"天下平"也。故曰"修己以安人","修己以安百姓","修其身而天下平"。不知安身便去干天下国家事,是之谓"失本"也。就此失脚,将或烹身、割股、饿死、结缨,且执以为是矣。不知身不能保,又何以保天下国家哉?②

以"安身"为基础,才能"安人""安百姓""天下平",如果不以安身为先,而去治国平天下,这就失去了根本。"安身"也就是"保身",要使自己身体完整,生命存在。王艮也有一个著名的论断叫作"明哲保身"论。

> 知保身者,则必爱身如宝。能爱身,则不敢不爱人。能爱人,则人必爱我。人爱我,则吾身保矣。能爱人,则不敢恶人。不恶人,则人不恶我,人不恶我,则吾身保矣。能爱身,则必敬身如宝。能敬身,则不敢不敬人。能敬人,则人必敬我。人敬我,则吾身保矣。能敬身,则不敢慢人。不慢人,则人不慢我。人不慢我,则吾身保矣。此"仁"也,"万物一体之道"也。以之"齐家",则能爱一家矣。能爱一家,则一家者必爱我矣。一家者爱我,则吾身保矣。吾身保,然后能保一家矣。以之"治国",则能爱一国矣。能爱一国,则一国必爱我矣。一国者爱我,则吾身保矣。吾身保,然后能保一国矣。以之"平天下",则能爱天下矣。能爱天下,则天下凡有血气者莫不

---

① (明)王艮撰,陈祝生等校点《答问补遗》,《王心斋全集》卷一,江苏教育出版社,2001,第34页。
② (明)王艮撰,陈祝生等校点《答问补遗》,《王心斋全集》卷一,江苏教育出版社,2001,第34页。

"尊亲",莫不"尊亲",则吾身保矣。吾身保,然后能保天下矣。此"仁"也,所谓"至诚不息"也。①

王艮以实体存在的身为基础,阐述了他保身、爱身、敬身的原则,可见保证生命实体的完整,也并不仅仅是保有自然之体,还涉及人的生命归属感和生命尊严,涉及人的生命意义的完成。而且他认为以血肉存在作为形而下的身体之器,是道德实践的先决条件,正因为人人都有保身、爱身的一己之私,才能真正地推己及人,施行仁道。因为作为本真的人的日常生活,最真切的体验就是经验之身,以一种直接的身体的感性经验作为推导基础,有了一种交互性的真切体验,在社会交往过程中,更容易以己度人,这也是万物一体之道的基础,如此才能齐家治国平天下。王艮"明哲保身"论的提出是有着政治背景的,主要是由于目睹了嘉靖初年在"大礼议"政治风波中发生的官员集体被杖实践,因而引发了这样一种议论:"身且不保",则修齐治平何从谈起?这便是他"明哲保身"论的核心观点,其中显然含有政治角度的考量,是作为一种现实政治的应对措施而被强调的。② 正所谓"仕以为禄也,或至于害身,仕而害身,于禄也何有?仕以行道也,或至于害身,仕而害身,于道也何有?"③ 如果不能保身,外在的功名利禄有什么用呢,如果不能保身,追求天道有什么用呢?表达了一种简单的实用理性。"身与道原是一件,至尊者此道,至尊者此身。尊身不尊道不谓之尊身,尊道不尊身不谓之尊道。"④ 所以"身"与"道"具有同等意义,无身即无道,这对于儒家传统思想来说是一次极大的突破,在传统思维看来,精神与道德的追求才是人的本真之域,而身体往往与个体欲望相联系,是被排斥的对象。

王艮对"身"的肯定,同样的他也承认人的欲望的合理性,他认为人类生存的第一个层次就是一种物质的生存欲望的满足,他说:"人有困于

---

① (明)王艮撰,陈祝生等校点《明哲保身论》,《王心斋全集》卷一,江苏教育出版社,2001,第29页。
② 吴震:《泰州学派研究》,中国人民大学出版社,2009,第124页。
③ (明)王艮撰,陈祝生等校点《语录》,《王心斋全集》卷一,江苏教育出版社,2001,第8页。
④ (明)王艮撰,陈祝生等校点《答问补遗》,《王心斋全集》卷一,江苏教育出版社,2001,第37页。

贫而冻馁其身者,则亦失其本而非学也。吾岂匏瓜也哉,焉能系而不食?"① 但他也强调欲的合理性,而去欲的方法,就是顺其自然,像鸢飞鱼跃一样,要"不着意","才着意,便是私心。"② 他举了一个例子,"朋之来也,而必欲其成就,是予之本心也,而欲其速成,则不达焉。必也使之明此良知之学,简易快乐。优游厌饫,日就月将,自改自化而后已"。③ 他从学习的角度谈顺其自然的方法,那就是要使人的身体经验感到简单快乐,不能有任何速成的意识或者外在的强制,要优游自在,日积月累自然达于本性。王艮有一首《乐学歌》:"人心本自乐,自将私欲缚。私欲一萌时,良知还自觉。一觉便消除,人心依旧乐。乐是乐此学,学是学此乐。不乐不是学,不学不是乐。乐便然后学,学便然后乐。乐是学,学是乐。于乎,天下之乐何如此学,天下之学何如此乐!"④ 良知的体达就是身体之乐,若身体不能感到快乐,并不是真正的学习良知的过程,也就是良知天理要与人的本性相适应,王艮此说看到了自觉学习实践的重要性,也为自我情感欲望的合理化奠定了理论基础。但另外,个体如果顺应天性,自然体认良知,那欲望自然也是天性的表现,这就为欲望流于泛滥埋下了隐患,当个体存在专注于身体与欲望的顺情适性,这必然会消解人类精神与意义的存在价值,而成为一种物质与欲望的符号,这也是王艮放大自我之身的弊端所在。

二 "放心体仁"

继王艮之后,泰州学派另一个重要人物是颜钧。颜钧(1504~1596),字子和,号山农,又号樵夫,晚年因避明神宗朱翊钧讳,改名铎。明江西吉安府永新县三都中陂村(今江西永新县)人。颜钧是王艮门人徐樾(字

---

① (明)王艮撰,陈祝生等校点《语录》,《王心斋全集》卷一,江苏教育出版社,2001,第13页。
② (明)王艮撰,陈祝生等校点《语录》,《王心斋全集》卷一,江苏教育出版社,2001,第13页。
③ (明)王艮撰,陈祝生等校点《勉仁方》,《王心斋全集》卷一,江苏教育出版社,2001,第31页。
④ (明)王艮撰,陈祝生等校点《乐学歌》,《王心斋全集》卷二,江苏教育出版社,2001,第54页。

子直,号波石)的弟子,因曾亲见王艮,并得其传授"大成仁学",所以他也常称从师于王艮。颜钧上承王艮,下启罗汝芳,何心隐,是泰州学派的重要代表人物。他的思想特点是融合传统儒学"仁"的观念与王阳明的"心",创立"放心体仁"的简易儒学,强调"心"对"身"的主宰与能动作用,"窃谓天地之所贵者,人也。人之所贵者,心也。人为天地之心,心为人身之主"。① 阐扬人的主体意识,进一步推动了儒学的平民化。

什么叫作"放心体仁"呢?在《颜钧集》卷九里收录了贺贻孙作的《颜山农先生传》,其中记述了颜钧指点罗汝芳的故事:

> 始罗(罗汝芳)为诸生,慕道极笃,以习静婴病,遇先生(颜钧)在豫章,往谒之。先生一见即斥之曰:"子死矣,子有一物,据子心,为大病,除之益甚,幸遇吾,尚可活也。"罗公曰:"弟子习澄湛数年,每日取明镜止水,相对无二,今于死生得失不复动念矣。"先生复斥曰:"是乃子之所以大病也,子所为者,乃制欲,非体仁也。欲之病在肢体,制欲之病乃在心矣。心病不治,死矣。子不闻放心之说乎?人有沉疴者,心怔怔焉,求秦越人决脉,即诊,曰:'放心,尔无事矣。'其人素信越人之神也,闻言不待针砭而病霍然。已,有负官帑千金者,入狱,遽甚。其子忽自商持千金归,示父曰:'千金在,可放心矣'。父信其子之有千金,虽荷校负铰铛,不觉其身之轻也。夫人心有所系则不得放,有所系而强解之又不得放。夫何故?见不足以破之也。蛇师不畏蛇,信咒术足辟蛇也。幻师不畏水火,信幻术足辟水火也。子惟不敢自信其心,则心不放矣。不能自见其心,则不敢自信,而心不放矣。孔子谓:'朝闻道,夕死可矣,'放心之谓也。孟子曰:'学问之道无他,求其放心而已矣。'但放心则萧然若无事人矣。观子之心,其有不自信者耶!其有不得放者耶!子如放心,则火燃而泉达矣。体仁之妙,即在放心。初未尝有病子者,又安得以死子者耶?"罗公跃然,如脱鞴鞘,病遂愈。②

---

① (明)颜钧著,黄宣民点校《急救心火榜文》,《颜钧集》,中国社会科学出版社,1996,第1页。
② 贺贻孙:《颜山农先生传》,《颜钧集》卷九,中国社会科学出版社,1996,第82~83页。

颜钧认为罗汝芳"大病"的原因是"制欲",强行化解内心的欲望,欲望在于身,是身体顺情适性的自然反应,如果自我意识强行节制欲望,那就是心病了。由此他提出了"放心"之说,并引入了心理暗示的例子,一人认为自己有病,而当医者诊断说,"放心,你没事!"听此语,不用药石针灸就会霍然病已。此处的"放心"就是放松心情,卸去心上负担,更进一步说心无所系,心无挂碍,因为"心有所系则不得放,有所系而强解之又不得放",而不能"放心"的根本原因是"不能自见其心"从而"不敢自信其心",不能认识到顺其自然就是"心"的根本所在。颜钧引用了孟子著名的"放心"说,但是他的理解和孟子本意是截然相反的,是对孟子"放心"说的新解,孟子说:"学问之道无他,求其放心而已矣。"这里的"放心",实为"求其放心",意思是将自己的本心重新收回,节制欲望的牵绊。而颜钧此处的"放心",是一种自然主义论调,强调自然顺性,即使有欲望,这也是人心的自然流露,不能强行去节制化解,应该率性而为,这样才能体验到仁的妙合无穷。可见颜钧的体仁观以"心"为立足点,此心并非王阳明的"良知","良知"说认为人心是感性与道德理性的合体,"致良知"就是通达人的道德理性,而因"致"的过程,"愚夫愚妇"和"圣人"界限两分,也就是说一般人虽然与圣人的本性相同,但是在现实生活中很难达到圣人境界,所以圣人境界依然是普通百姓很难企及的理想。颜钧"放心"说的意义就是消解了圣人境界高不可攀的神圣性,将道德的主体置换为普通民众,像黑格尔的名言,存在即合理,凡是现实存在的东西都是合乎理性的,即使是人的感性之欲望,也有它合理的价值,人心要做的就是顺情适性,顺其自然。这一方面肯定了人欲的合理性,同时也赋予了每个人掌握道德主动权的可能性。因此他说:"为仁由己,岂由人哉!"[①]又谓:"仁远乎哉?我欲仁,斯仁即至矣!"以人人皆可做到的"放心",这就是仁了,进一步推动了儒学的平民化。值得注意的是,颜钧和王艮一样对儒家经典重新阐释,王艮通过对《大学》的释义提出"安身立命"这一命题,而颜钧则强调了"自我"这一主体意识,在肯定平常人与圣贤皆可做到"放心"这一通达天命的修炼原则之外,进一步

---

① (明)颜钧著,黄宣民点校《论大学中庸大易》,《颜钧集》,中国社会科学出版社,1996,第18页。

彰显了人的主体意识与能动性。

在颜钧的解释里，什么是《大学》《中庸》呢？他在《衍述大学中庸之义》内写道：

> 大：自我广远无外者，名为大。
> 学：自我凝聚员神者，名为学。
> 中：自我主宰无倚者，名为中。
> 庸：自我妙应无迹者，名为庸。①

《大学》《中庸》是儒家传道授业的基本教材，是儒者的必读书，但在不断流传的过程中，对经典的解读注疏也逐渐趋于繁杂，这就为后学者理解经典增加了难度，对于平民百姓来说更是可望而不可即的天书。而颜钧的解释直接从《大学》《中庸》的书名开始，以确立主旨。他在"大、学、中、庸"四字解释中，突出了"自我"的位置，"自我"是身心的合体，是对主体意识的强调，因此所谓学，"自我"既是起点，又是终点，如果能把握"自我"这一主体，就会"大自我大，中自我中，学自我学，庸自我庸，纵横曲直，无往不达"。② 这里的"自我"更变成了一种本体意义的存在，颜钧要做的就是不断强化个体的价值和意义，任何经典必然是为"我"的存在，这种方法虽然有将经典诠释过于简单化的倾向，但它也赋予自我生命一种无上的价值，这种生命所蕴含的不分贤愚的平等性，以及"放心"的简易道德实践性，都完成了一种平民化理论体系的建构。余英时曾经指出颜钧的思想导致了"儒学的宗教化转向"，他的思想及活动"走上了化儒学为宗教的道路。"③ 这是有一定道理的，颜钧著名的"七日闭关法"虽然是学习王阳明的良知心学，但他的修炼方法也参照了道教的修炼法门，带有宗教的神秘体验，他的讲学活动也有一种布道的宗教精神，其《急救心火榜文》，直接指出"急救心火事，掀揭人心"，会集四方

---

① （明）颜钧著，黄宣民点校《衍述大学中庸之义》，《颜钧集》，中国社会科学出版社，1996，第 76 页。
② （明）颜钧著，黄宣民点校《衍述大学中庸之义》，《颜钧集》，中国社会科学出版社，1996，第 76 页。
③ 参见余英时《士商互动与儒学转向——明清社会史与思想史之一面相》，《士与中国文化》，556~555 页。

远迩仕士耆庶，及赴秋闱群彦与仙禅、贤智、愚不肖等，凡愿闻孔孟率修格致养气之功，息邪去诐放淫之说，咸望齐赴行坛，一体应接，辅翼农讲，成美良会。① 通过一种大众更易接受的宗教性质的讲学，将简易化的儒家经典广为传播，在这方面可以说颜钧功不可没。

三 "育欲"说

何心隐（1517～1579）是颜钧的弟子，原名梁汝元，字柱乾，号夫山，江西吉安永丰县人，后改名为何心隐。在泰州学派内，黄宗羲将其与颜钧并列，是泰州学派的重要人物之一。何心隐的主要学术创见是对人欲观的全面探讨，颠覆了传统理与欲之间的对立，提出了以"欲"为核心的人性观和社会发展观。

> 濂溪言无欲。濂溪之无欲也，其孟轲之言无欲乎？孔子言无欲而好仁，似亦言无欲也。然言乎好仁，乃己之所好也。惟仁之好而无欲也。不然，好非欲乎？孟子言无欲其所不欲，亦似言无欲也。然言乎其所不欲，乃己之不欲也。惟于不欲而无欲也。不然，无欲非欲乎？是孔孟之言无欲，孔孟之无欲也。岂濂溪之言无欲乎？且欲惟寡则心存，而心不能以无欲也。欲鱼欲熊掌，欲也。舍鱼而取熊掌，欲之寡也。欲生欲义，欲也。舍生而取义，欲之寡也。能寡之又寡，以至于无，以存心乎？欲仁非欲乎？得仁而不贪，非寡欲乎？从心所欲，非欲乎？欲不逾矩，非寡欲乎？能寡之又寡，以至于无，以存心乎？抑无欲观妙之无，乃无欲乎？而妙必妙乎其观，又无欲乎？抑欲惟缴尔，必无欲乃妙乎？而妙必妙乎其无缴，又无欲乎？然则濂溪之无欲，亦无欲观妙之无欲乎？辨辨。②

何心隐对传统的无欲观加以辩说，孔孟都讲无欲，但他指出，"然言乎好仁，乃己之所好也。惟仁之好而无欲也。不然，好非欲乎？" "好仁"

---

① （明）颜钧著，黄宣民点校《急救心火榜文》，《颜钧集》，中国社会科学出版社，1996，第2页。
② （明）何心隐著，容肇祖整理《辩无欲》，《何心隐集》，中华书局，1960，第42页。

第二章　心学与理学融合下的人性重建

是人之所好，岂不就是人之所欲吗？没有欲望，就不会有所好，有道德的追求了。所以欲望也是形成道德理想的基础。而孔孟、周濂溪之所以说自己无欲，其实并不是没有欲望，而是欲望在人心中的存在程度较低而已，"欲惟寡则心存，而心不能以无欲也"。正因为少欲，而"心存"，能够葆有道德良知的至上性，但是人心不能没有欲望。比如孟子说"鱼与熊掌不可兼得"，选择鱼还是熊掌的过程，就是"欲"的体现，"舍鱼而取熊掌，欲之寡也。欲生欲义，欲也。舍生而取义，欲之寡也。能寡之又寡，以至于无，以存心乎？"能够舍鱼而取熊掌，这就是寡欲，是选择自己的生命还是道义，这也体现了欲的选择，如果能够选择以牺牲生命成就道义，这就是寡欲了，把欲望不断地减少到"无"的程度，这样还是存心吗？这必然不是存心，而是无心了。所以在何心隐的思想体系里，欲是人心必不可少的部分，是人性的自觉趋向，如"性而味，性而色，性而声，性而安佚，性也。"① 所以我们不是要将理与欲对立，还是相对减少人欲对于认知理性的影响。在肯定人欲的基础上，何心隐提出了在社会治理方面的"育欲"说，认为统治者只有承认尊重人的平等欲望，才会建立一个和谐社会。

> 欲货色，欲也。欲聚和，欲也。族未聚和，欲皆逐逐，虽不欲货色，奚欲哉？族既聚和，欲亦育育，虽不欲聚和，奚欲哉？聚和有教有养，伯叔欲率未列于率，惟朝夕与率，相聚以和，育欲率也；欲辅未列于辅，惟朝夕与辅，相聚以和，育欲辅也；欲维未列于维，惟朝夕与维，相聚以和，育欲维也。育欲在是，又奚欲哉？昔公刘虽欲货，然欲与百姓同欲，以笃前烈，以育欲也。太王虽欲色，亦欲与百姓同欲，以基王绩，以育欲也。育欲在是，又奚欲哉？仲尼欲明明德于天下，欲治国、欲齐家、欲修身、欲正心、欲诚意、欲致知在格物，七十从其所欲，而不踰平天下之矩，以育欲也。育欲在是，又奚欲哉？汝元亦奚欲哉？惟欲相率、相辅、相维、相育欲于聚和，以老老焉，又奚欲哉？②

---

① （明）何心隐著，容肇祖整理《寡欲》，《何心隐集》，中华书局，1960，第40页。
② （明）何心隐著，容肇祖整理《聚和率老老文》，《何心隐集》，中华书局，1960，第72页。

人都有喜好财货、美色的欲望，同样的也有聚合的欲望，如果没有聚合，每个人都追逐自己的欲望，以个体之力去追求欲望，往往难以达成所愿。而如果作为一个宗族的整体去追求欲望，作为宗族的整体目标，这样才更容易实现愿望，对欲望的追求，对每个人欲望的满足就是宗族设置的合理依据。因此要形成宗族的团结和谐，关键是对于宗族成员要"育欲"，使个人的欲望聚合而成宗族内共同的欲望，使个体利益成为集体共同利益。而且何心隐从宗族的"育欲"出发扩展到国家社会，统治者必然也有欲望，但治理国家的关键是"与百姓同欲"，能够同样尊重满足百姓的欲求。"昔公刘虽欲货，而欲与百姓同欲，以笃前烈，以育欲也。太王虽欲色，亦欲与百姓同欲，以基王绩，以育欲也。"育欲就是贤王治理天下的秘诀所在，孔子想要天下人皆有明德，正心、诚意、格物、致知、修身、齐家、治国、平天下的根本也在于"育欲"，将己欲作为百姓之欲，将自己的道德要求作为百姓的道德要求，如果能够将己欲作为天下人之欲，还有什么个人的欲望呢？何心隐的"育欲"说，以"欲"作为统治阶层和普通百姓平等的基础，以"共享"作为人性求欲的社会理想，表达了明中晚期之后市民阶层崛起后的利益诉求，体现了人文启蒙时期的先进意识。但何心隐对欲望的肯定并未贯彻到底，他在为欲的合理性做了明确的解说的同时，也提出温和的"寡欲"论。

性而味，性而色，性而声，性而安佚，性也。乘乎其欲者也。而命则为之御焉。是故君子性而性乎命者，乘乎其欲之御于命也，性乃大而不旷也。凡欲所欲而若有所发，发以中也，自不偏乎欲于欲之多也，非寡欲乎？寡欲，以尽性也。尽天之性以天乎人之性，而味乃嗜乎天下之味以味，而色、而声、而安佚，乃又偏于欲之多者之旷于恋色恋声而苟安苟逸已乎？乃君子之尽性于命也，以性不外乎命也。命以父子，命以君臣，命以贤者，命以天道，命也，御乎其欲者也。而性则为之乘焉。是故君子命以命乎性者，御乎其欲之乘于性也，命乃达而不堕也。凡欲所欲而若有所节，节而和也，自不戾乎欲于欲之多也，非寡欲乎？寡欲，以至命也。至天之命以天乎人之命，而父子乃定乎天下之父子，以父以子，而君臣，而贤者，而天道，乃又戾于欲之多者之堕于委君委臣委贤而弃天弃道已乎？乃君子之至命于性也，以命不外乎性也。凡一臭，一宾主，亦莫非乘乎其欲于性，御乎其欲于命者，君子亦曷尝外之，而有不尽性至命于欲之寡乎！①

何心隐首先肯定了欲望是人的天性所在，人天生就喜好美味、美色、美声，喜好肢体的安乐舒适，所以感性欲望是必然存在的，"乘乎其欲者也"，关键在于要以命为之"御"，也就是说要能够用理性去引导控制自己的感性欲望，而不使欲望过于泛滥。《中庸》谓："喜怒哀乐之未发，谓之中。发而皆中节，谓之和。"（《礼记·中庸》）喜怒哀乐在未发之时就要时时警惕控制，何心隐也说："凡欲所欲而若有所发，发以中也，自不偏乎欲于欲之多也，非寡欲乎？寡欲，以尽性也。"欲望有所发要合于中，也就是要适度，目的是"寡欲"，尽量减少欲望，才能使自己的纯良本性得以显现，如果欲望过多，身体就会耽于声色安逸，但是人的本性是天命所在，而天命就是要"御欲"，"君子命以命乎性者，御乎其欲之乘于性也，命乃达而不堕也。凡欲所欲而若有所节，节而和也，自不戾乎欲于欲之多也，非寡欲乎？寡欲，以至命也"。所以寡欲才能尽性，也才能实现天下的安定和谐。何心隐主张在顺应自我欲求的基础上有所节制。但此寡欲说并未起到它应有的作用，欲望合理化与时代的浪潮相呼应，突破了传统儒家观念的禁欲说，逐欲之风成为新的社会潮流。另外何心隐的学说也有着早期民主思想的萌芽，他认为人与人之间应没有贵贱尊卑之分。"义无有不尊也，惟尊贤之为大，非徒君臣之尊贤已也，亦惟尊其所可尊，以至凡有血气之莫不尊，则尊又莫大于斯。"② 凡有血气之人莫不尊，也就是说无论统治阶级，还是普通百姓，都有被平等尊重的诉求，从而超越了爱有等差的传统思路，这一人生而平等的早期人文启蒙思想，对传统宗法观念造成了一定的冲击。

四 "赤子之心"

罗汝芳（1515~1588），字惟德，号近溪，江西建昌府南城县泗石溪

---

① （明）何心隐著，容肇祖整理《寡欲》，《何心隐集》，中华书局，1960，第40~41页。
② （明）何心隐著，容肇祖整理《仁义》，《何心隐集》，中华书局，1960，第27页。

人。罗汝芳早年从学程朱理学,以去除私欲作为修学目的,后得颜钧指点,道德修养非从"制欲"处得,而是遂心尽兴,形成了著名的"制欲非体仁说",因此其思想体系的要点之一就是顺其自然,发扬本心、本性,这一本体阐发继承了王阳明的心说和王艮的"现成良知",并融合了其师颜钧的仁说,他将良知本体从源头上定义为"赤子之心"。

"赤子之心"这一概念,源于《孟子·离娄下》,"大人者,不失其赤子之心","赤子"意谓婴儿,"赤子之心"就是婴儿般善良纯洁的真心,罗汝芳认为这就是人本心的良知,是人的天性,这个天性是先天具足的天赋良知,道德修炼的目的就是恢复本心。

> 《礼记》谓:"人生而静,天之性也。"孟子曰:"大人者,不失其赤子之心者也。"夫赤子之心,纯然而无杂,浑然而无为,形质虽有天人之分,本体实无彼此之异。故生人之初,如赤子时,与天甚是相近。奈何人生而静后,却感物而动,动则欲已随之,少为欲间,则天不能不变而为人,久为欲引,则人不能不化而为物。甚而为欲所迷且没焉,则物不能不终而为鬼魅妖孽矣。此等田地,其喜怒哀乐岂徒失天之则,亦且扑人之性,岂惟拂人之性,亦且造物之殃,此处又何可着力也。今日果欲天则本然一一于感发处,节节皆中得恰好,更无毫厘之过,亦无毫厘不及,停停当当,成个中和此即后天而奉天时,顺而循之而非勉强之能与;卒而应之而非意见之能及。善学者,于此处识得,难以用功,决须猛省,逆将回转说道。吾人与天原初是一体,天则与我的性情原初亦相贯通,验之赤子乍生之时,一念知觉未萌,然爱好骨肉,熙熙恬恬,无有感而不应,无有应而不妙。是何等景象!何等快活!奈何后因耳目口体之欲,随年而长,随地而增,一段性情初焉偏向自私,已与父母兄弟相违,及少及壮,则天翻地覆,不近人情者,十人而九矣。今日既赖师友唤醒,不肯甘心为物类妖孽,又不肯作人中禽兽,便当寻绎我初起做孩子时,已曾有一个至静的天体,又已曾发露出许多爱亲敬长、饥食渴饮,停当至妙的天则,岂如今年长便都失去而不可复见也?[①]

---

① (明)罗汝芳:《一贯编·房经》,明长松馆刻本,第4页。

"赤子之心"就是与天合一的本体存在,所以在为婴孩状态时,赤子之心就是天心,而随着年龄的增长,人与外物交感而应,人欲随之而起,欲望是人的本质所在,而如果长久被欲望牵引,人与动物就无所分别了,而若在欲望中迷失自我,就变成鬼魅妖孽了,如果贪欲到如此程度,所谓喜怒哀乐未发已发的修养功夫,早已不起作用,关键处还是要回溯到初生时未被物欲牵引的"赤子之心",反求诸己,发现自然本心,"顺而循之而非勉强之能与;卒而应之而非意见之能及",如此自然"节节皆中得恰好",自然中和。罗汝芳认为这一本心的自然体现就是孝亲之情,"验之赤子乍生之时,一念知觉未萌,然爱好骨肉,熙熙恬恬,无有感而不应,无有应而不妙"。以此之善性、善行推而广之,自然无所不能。这就是良知的源头,而后来之所以偏向自私,不近人情是因为物欲的遮蔽,罗汝芳将心学的良知,具体化和通俗化,所谓良知,就是孩提时期的善良本性,而道德修养就是发现内心,将这已失去的天性找回,顺此天性,就是成就天道了。而且他强调这一天性是天赋所在,先天具足的,是每个人都有的普遍法则。所谓不学而知,不虑而能。

问:"孩提良知,原是不学不虑,而《大学》致知格物,却有不免于虑且学也?"罗子曰:"学亦只是学其不学,虑亦只是虑其不虑。以不学为学,乃是大学,以不虑为虑,乃其虑而能得也。今观天下是个大物,了结天下大事,却有个发端,有个完成。自其发端处,叫做天下之本,自其完成处,叫做天下之末。天下国家,从我身发端,我身却以家、国、天下为完成。其实,这场物事,究竟言之,只是个父子兄弟,其为父子兄弟足法,便是发端之本,而人之父子兄弟,自然法之,便是末,无不完成矣。故物有本末,是物之格也,先本后末,是格物以致其知也。虽似有个工夫,然必是孩提不虑而爱,方为父子足法;不虑而敬,方为兄弟足法,则其格致工夫,却又须从不学不虑上用也。然则谓不学为学,不虑为虑,何不可也!"[1]

---

[1] (明)罗汝芳:《近溪子集·卷御》,《罗汝芳集》(上),凤凰出版社,2007,第117页。

罗汝芳沿着泰州学派的平民化路向，强调"赤子之心"具有不学而知，不虑而能的普遍性，从而将道德的合理性回归作为生物意义的平等个体。而且他认为"赤子之心"的本体义落入实践层面，是一个孝亲的伦理过程，"天下国家，从我身发端，我身却以家、国、天下为完成。其实，这场物事，究竟言之，只是个父子兄弟，其为父子兄弟足法，便是发端之本，而人之父子兄弟，自然法之，便是末，无不完成矣"。"我身"是天下国家的发端，但罗汝芳并未过于强调身体的感性存在，而是把身体作为伦理关系的起点，身体的第一层伦理关系就是家庭关系，是孝悌的自然情感，这是根本，将这种情感自然推扩，就能治国平天下了，因此所谓格物就是返本，先本孝亲后末能治国平天下，这就是格物以致知，所以罗汝芳强调本真情感的自然生发，"赤子之心"就是行为实践的依据，"不学不虑"这一回溯本心的方法，将成圣的修炼途径变成了个体的自然反应，因此他也有著名"童子捧茶是道"的例子，这与王阳明"满街皆圣人"的思想是相一致的。罗汝芳寻求的正是这种自然而然，不受外在道德律令，不受强力意志约束的本心，这一本心的必然反应就是孝亲之情，本能之心与伦理关系的交集，既是其思想体系的基础，也是他思想内容的完成，因此孔孟一直追求的道德理想境界仁义，它的实质内容也是孝亲。

  盖天下最大的道理，只是仁义。殊不知仁义是个虚名，而孝弟乃是其名之实也。今看人从母胎中来，百无一有，止晓得爱个母亲；过几时，止晓得爱个哥子。圣贤即此个事亲的心，叫他做仁，即此个名而已。三代以后，名盛实衰，学者往往知慕仁义之美，而忘其根源所在。[①]

孔孟一派以仁义为追求的道德境界，但是罗汝芳指出，仁义只是个虚名，孝悌才是仁义的实在内容，人们只知道追求仁义，但却不知仁义的实质就是孝悌，所以要行仁义，它的行为要求就是孝亲。在婴儿状态时，本心自然爱亲，圣贤存此孝亲之情，便把它叫作仁，所以仁只是虚名。罗汝芳指出当下的现实，人们只是徒慕仁义之美，在经典中讨论、解说，而在实际作为中却没有真正落入实处，忘记了仁义的根本就是孝亲，这也是推

---

① （明）罗汝芳：《一贯编·孟子下》，明长松馆刻本，第128页。

己及人、爱人的情感基础。

> 赤子出胎，最初啼叫一声，想其叫时，只是爱恋母亲怀抱，却指着这个爱根而名为仁，推充这个爱根以来做人，和而言之曰"仁者人也"。亲亲为大，若做人的常是亲亲，则爱深而其气自和，气和而其容自婉，一些不忍恶人，一些不敢慢人。所以时时中庸，其气象出之自然，其功化成之浑然也。
> 问："孝弟为仁之本，孝弟之道亦多矣，如何方是为仁的本处？"罗子曰："贤只目下思，父母生我千万辛苦，而未能能报得分毫；父母望我千万高远，而未能做得分毫，自然心中悲伦，情难自已。便自然知疼痛。心上疼痛的人，便满腔皆恻隐，遇物遇人，决肯方便慈惠，周恤博济，又安有残忍栽贼之私耶？"①

可以说罗汝芳以孝亲为起点进而爱人的解说，从根本处理解了孔孟的精髓，赤子恋母，就是自然孝亲，有了这个爱的根，或者用他的话说，有了这个爱的种子，以此来做人，自然行"仁"，在做人气象上，"爱深而其气自和，气和而其容自婉"，从而"气象出之自然，其功化成之浑然也"。由亲亲之爱，而生未能报父母之恩的悲痛情感，有此情感"便满腔皆恻隐"，"遇物遇人，决肯方便慈惠，周恤博济，又安有残忍栽贼之私耶？"所以由孝亲，而生对他人之情，从而能够慈济博爱。而且孝亲也是治国平天下，实现社会和谐的基础。

> 由一身之孝弟慈而观之一家，一家之中未尝有一人而不孝弟慈者；由一家之孝弟慈而观之一国，一国之中未尝有一人而不孝弟慈者；由一国之孝弟慈而观之天下，天下之大亦未尝有一人而不孝弟慈者。又由缙绅士夫以推之群黎百姓，缙绅士夫固是要立身行道，以显亲扬名、广大门户，而尽此孝弟慈矣；而群黎百姓虽职业之高下不同，而供养父母、抚育子孙，其求尽此孝弟慈，亦未尝有不同者也。又由孩提少长以推之壮盛衰老，孩提少长固是爱亲敬长，以能知能行此孝弟慈

---

① （明）罗汝芳：《近溪子集·卷礼》，《罗汝芳集》（上），凤凰出版社，2007，第15页。

矣。便至壮盛之时，未有弃却父母子孙而不思孝弟慈；岂止壮盛，便至衰老临终，又谁肯弃却父母子孙，而不思以孝弟慈也哉。……总是父母妻子之念固结维系，所以勤谨生涯，保护躯体，而自有不能已者。其时《中庸》天命不已与君子畏敬不忘，又与《大学》通贯无二。①

在罗汝芳的伦理体系中，孝悌慈是个人、家庭、国家、社会的连接点，一人能行孝悌慈，则一家能行之，推之于国家，到天下，无不以此道德规范作为普遍的准则。这就是《中庸》的"天命"，这与《大学》所强调的孝道及修身、齐家、治国、平天下是相贯通的，而且他认为在这一伦理体系中，缙绅大夫和黎民百姓只是职业的高下不同，但在供养父母，抚养子孙方面是同样的。而且从孩提少长到壮盛衰老，都不会失去孝悌慈的赤子之心，正因为对父母妻子的牵挂，所以能够保护自我的躯体，能够勤谨工作生活。总之，孝悌慈是从自我保身到治国、平天下的基本原则。在罗汝芳的思想体系里，他将孔孟仁学的孝亲之情无限放大，将其作为伦理关系的主要因素，并推扩为治理国家、维系社会的基本原则，从人性的自然本能到行为法则，再到普遍的社会原则，罗汝芳就构建了一个理想社会的模式，他看到了人之本能的自觉性，并将其作为一个自律原则，但这一原则怎样明辨是非善恶，如何保证社会建制的合理性却有待进一步商榷，其思想体现了社会普遍的平等的要求，但将这一要求回归于人性的本能的善良之心，却有着时代的局限性。

五 "童心说"

李贽（1527~1602），原姓林，名载贽，后改名为李贽，字宏甫，号卓吾，别号温陵居士、百泉居士等，福建泉州晋江人，是泰州学派思想的集大成者他吸收了王阳明的"良知"，王艮"安身立命"思想，何心隐的欲望观，罗汝芳的"赤子之心"等，在其思想体系里，身、心、欲、利等个体性因素被进一步阐发和强调，他消解了道德规范的先验存在，对个体的自然情感和本能加以本体性的肯定，强调人的个性需求，推崇一种自

---

① （明）罗汝芳：《近溪子续集》，《罗汝芳集》（上），凤凰出版社，2007，第232~233页。

然人性论。李贽生活的时代已处于明朝晚期，各种社会矛盾复杂交错，急遽的社会变迁，都要求一种思想上的变革，而李贽的一生都充满着对传统思想和历史的重新清算，也因此被传统道学家视为"异端之尤"，其思想体系的核心就是"童心说"，"童心"就是"最初一念之本心"，就是"真心"。

> 夫童心者，真心也。若以童心为不可，是以真心为不可也。夫童心者，绝假纯真，最初一念之本心也。若失却童心，便失却真心；失却真心，便失却真人。人而非真，全不复有初矣。①

与前述罗汝芳对"赤子"仁孝本性的阐发不同，李贽的"童心"落脚点在"真"，"真"与伪相对，强调人的意识情感的直接反应，也就是"最初一念之本心"，这一"本心"就是"一念"之间，是行为动机的直接表现，这样"童心"并不仅仅是赤子或者儿童的状态，而是人人皆有的当下反应，这种反应摒弃了本心对闻见知识、道德规范等外在因素的考量，是"绝假纯真"的"真心"，有了"真心"才是真人，是独立的本真的个体存在。而对道德规范的追寻正是人们失却童心，使人不能成其为人的原因。

> 然童心胡然而遽失也？盖方始也，有闻见从耳目而入，而以为主于其内而童心失。其长也，有道理从闻见而入，而以为主于其内而童心失。其久也，道理闻见日以益多，则所知所觉日以益广，于是焉又知美名之可好也，而务欲以扬之而童心失；知不美之名之可丑也，而务欲以掩之而童心失。夫道理闻见，皆自多读书识义理而来也。②

童心为什么会失去呢？李贽认为首先是人的感官所见所闻，如果被闻见之知主宰内心，那童心就会失去了。等到长大，开始读书，书中所记的圣贤之理通过感官，左右我们的本心，童心再次失去。而慢慢地随着我们知觉到的外在经验和圣贤道理越来越多，感知到的外部世界也越来越丰

---

① （明）李贽：《童心说》，《焚书》卷三，中华书局，1975，第115页。
② （明）李贽：《童心说》，《焚书》卷三，中华书局，1975，第92页。

富，于是了解到了美名对我们自身的好处，追求美名，童心又会失去。了解到不好的名声对我们个人形象是有害的，以虚伪的表现去掩盖不好的行为和举止，童心也会失去。这是个体在成长过程中，童心逐渐丧失的过程，而且道理和闻见之知，大多是从读书识义理的过程中得到的，也就是所谓的圣人之理。这里联系李贽对"童心"的定义，他并不是一味地反对后天的学习过程，而是反对那些以圣学名义，掩盖自己的先天本性、本心的虚伪的假道学，或者借着圣人之学的名义，实则行沽名钓誉的虚伪行径。因此他说，"古之圣人，曷尝不读书哉！然纵不读书，童心固自在也，纵多读书，亦以护此童心而使之勿失焉耳，非若学者反以多读书识义理而反障之也"。① 人在社会化的过程中，必然要有道理和闻见之知，这些道理也必然要通过读书获得，但多读书明理的目的是保持自我的真心，如果为了功名利禄，为了应和圣学要求，而扭曲自我的本心，扼杀个性的需求，就会失去作为个体之人的主体性，而人没有主体性，成为一种类的或者模式存在物，还有什么思想的自主和精神活力呢？为了强调人的个性，使人成为"真人"，李贽不惜贬低圣贤和经典。

> 夫天生一人自有一人之用，不待取给于孔子而后足也。若必待取足于孔子，则千古以前无孔子，终不得为人乎？故为"愿学孔子"之说者，乃孟子之所以止于孟子，仆方痛憾其非夫，而公谓我愿之欤？②

"天生一人自有一人之用"，每个人都有自己独特的个性，有其独立的品质和才能，每个个体都是完善的自足的存在，为什么一定要像孔子一样才能算作人呢，那在孔子以前，就没有人可以称作人吗？在孔子身后，亦步亦趋学习孔子，这就是后人的成就不如他的原因了。至于圣人的经典也是值得怀疑的。

> 《六经》、《语》、《孟》，非其史官过为褒崇之词，则其臣子极为赞美之语。又不然，则其迂阔门徒，懵懂弟子，访忆师说，有头无

---

① （明）李贽：《童心说》，《焚书》卷三，中华书局，1975，第98页。
② （明）李贽：《答耿中丞》，《焚书》卷一，中华书局，1975，第16页。

尾，得后遗前，随其所见，笔之于书。后学不察，便以为出自圣人之口也，决定目之为经矣，孰知大半非圣人之言乎？纵出自圣人，要亦有为而发，不过因病发药，随时处方，以救此一等懵懂弟子，迂阔门徒云耳。药医假病，方难定执，是岂可遽以为万世之至论乎？然则六经、《语》、《孟》，乃道学之口实，假人之渊薮也，断断乎其不可以语于童心之言明矣。呜呼！吾又安得真正大圣人童心未曾失者而与之一言文哉！①

所谓经典，不过是史官的溢美之词，或者是臣子赞美之语，或者是不才弟子回忆师说，有头无尾的记载，因此经典只是一些不够完整和准确的思想，后人把经典当作模本学习，却不知其中大半的言论并非出自圣人之口，而即使真的是圣人所说，也不过是为开解懵懂、迂阔的弟子，"因病发药""随时处方"，他人的病症岂会对你有效？又怎能把这些病症当作万世不可更改的圣人言论呢？所以这些经典，不过是理学用来压抑个性的工具，是真正虚伪至极的，与个体的真心是没有办法相提并论的。李贽对经典的怀疑和颠覆，确实是惊世骇俗的，他的目的就是把人从一种常规范式中解放出来，使人成为具有主体人格的独立的人，自我并不需要以圣人经典，以外在规范作为是非善恶的标准，作为行为的参照。"童心"就蕴含着自我独立的精神和人格，它的特点是真诚不虚，换句话说只要是真诚的就是合理的，所当然的推论是人心所内含的感性欲望，人的私欲必然也是理所当然的，所以在某种意义上"童心"也就是"私心"。

李贽首先肯定包含自我欲望的私心是人心当然之理，"夫私者人之心也，人必有私而后其心乃见，若无私则无心矣。如服田者私其秋之获，而后治田必力；居家者私积仓之获，而后治家必力"。② 私心是人性之本，而且人必有私心，本心才会体现，如果没有为我的自私之心，那必然也没有真心，不是真人了，而且私利是社会生产的动力，是人的本能追求。"如好货，如好色，如勤学，如进取，如多积金宝，如多买田宅为子孙谋，博求风水为儿孙福荫，凡世间一切治生产业等事，皆其所共好而共习，共知

---

① （明）李贽：《童心说》，《焚书》卷三，中华书局，1975，第99页。
② （明）李贽著，张建业主编《德业儒臣后论》，《李贽文集》第三卷，社会科学文献出版社，2000，第626页。

而共言者,是真迩言也。于此果能求之,顿得此心,顿见一切圣贤佛祖大机大用……趋利避害,人人同心。是谓天成,是谓众巧。"① 李贽进一步肯定趋利本性是人人共有的,趋利之心才是天赋的本能。甚至社会伦理关系,也包含着利益诉求,如父"以子为念",也是因为"田宅财帛欲将有托,功名事业欲将有寄,种种自大父来者,今皆于子乎授之,安能不以子为念也?"② 父亲以子为念,不过因为要将从祖辈继承而来的田宅钱物有所托付,功名事业有所寄托。朋友亦不过是势利之交,"以利交易者,利尽则疏;以势交通者,势去则反,朝摩肩而暮掉臂,固矣"。③ 甚至要行正义之事,也须有利益驱动,"夫欲正义,是利之也。若不谋利,不正可矣。"④ 如果不为谋利,人人都不会去做正义之事了。所以趋利是人的本性所在,是不能加以忽视和掩盖的事实。

> 寒能折胶,而不能折朝市之人;热能伏金,而不能伏竞奔之子。何也?富贵利达所以厚吾天生之五官,其势然也。是故圣人顺之,顺之则安之矣。⑤

追求富贵利达是人的耳、目、口、鼻、四肢之所好,是人的肉体存在的基础,所以圣人欲治理天下,就是要充分尊重人的欲望,满足顺从人们的物质欲求就能够安天下了。所谓"圣人无常心,以百姓之心为心"⑥,圣人的"道心"并非设置一套道德规范强制让人执行,而是遵从百姓的意愿,满足百姓的私心。

> 只就其力之所能为与心之所欲为,势之所必为者以听之,则千万其人者各得其千万人之心,千万其心者各遂其千万人之欲,是谓物各付物。天地之所以因材而笃也。所谓万物并育而不相害也。今之不免相害者,皆始于使之不得并育耳。若肯听其并育,则大成大,小成

---

① (明)李贽:《答邓明府》,《焚书》卷一,中华书局,1975,第40~41页。
② (明)李贽:《答李真如》,《焚书》增补卷一,中华书局,1975,第254页。
③ (明)李贽:《论交难》,《续焚书》卷二,中华书局,1961,第76页。
④ (明)李贽:《德业儒臣后论》,《藏书》卷三十二,中华书局,1959,第626页。
⑤ (明)李贽:《答耿中丞》,《焚书》卷一,中华书局,1975,第17页。
⑥ (明)李贽:《老子解》,《李贽文集》第七卷,社会科学文献出版社,2000,第19页。

小，天下更有一物之不得所者哉？①

如何满足百姓的私心呢？并不是一味地顺从张大欲望的尺度，李贽提出了"并育"说，要结合"其力之所能"与"心之所欲为"，以其个性所在，"各遂其欲"，这就是"物各付物"，人以其不同而所得不同，顺万物的特点"因材而笃"，如此则"万物并育而不相害"，每个人都以其自身的个性和真性情，得以自由的发展，这样便是善，便能平治天下了。

可见李贽的"童心"包含着两层意涵，就"童心"的形式特点而言，"童心"即"真心"，是与虚伪相对的真性情。就其内容而言，"童心"即为私心，私心是天性，欲望即合理，满足合理的欲望就是"真"了，而满足百姓的欲望，就是圣人的"道心"，也是统治者治国平天下的目标。可见在李贽的思想体系内，他将传统的天理权威意义消解殆尽，天命与本体所在唯有百姓的日常生活，继"百姓日用为道"，"捧茶童子即道"之后，李贽谓："穿衣吃饭，即是人伦物理；除却穿衣吃饭，无伦物矣。世间种种皆衣与饭类耳，故举衣与饭而世间种种自然在其中，非衣食之外更有所谓种种绝与百姓不相同者也。"②穿衣吃饭的日常生活就是天理人伦，百姓日用就是天地大道，而其中包含的普通百姓的情感与欲望也构成了天地之理的必然内容，这些思想正应和了晚明时期市民阶层崛起的浪潮，儒学变成了普通民众之学，并赢得了广泛的认同。儒者也遍布社会各个阶层，晚明时期儒学在民间的传播可谓空前绝后。

值得注意的是，与晚明时期的哲学观念相呼应，文学领域掀起了一股"尚情"思潮。在写作风格上，"情"与自我个性相关，提倡文章抒发自我真性情。内容上，"情"转化为男欢女爱的情感主题，在戏曲与小说领域表现得尤为显著，将男女之情、夫妇关系作为人生，甚至家国天下的起点与基础，展现了晚明士子在人伦关系中探索救世道路的努力。

明初适应程朱理学的发展，文坛上流行台阁体的诗文风格，题材常是"颂圣德，歌太平"的应制和应酬之作，具有"雍容典雅"的文风特点，

---

① （明）李贽：《明灯道古录》，《李贽文集》第七卷，社会科学文献出版社，2000，第365页。
② （明）李贽：《答邓石阳》，《焚书》卷一，中华书局，1975，第4页。

但脱离社会生活,内容贫乏,毫无生气。针对诗文的这一弊端,明中叶以后,出现了前后七子的复古运动,他们欣赏盛唐诗文的情感抒发,主张"文必秦汉,诗必盛唐",一扫台阁体的空虚诗风,但严守复古模拟的情感抒发,也造成了矫揉造作的创作格局。随着晚明心学的发展,在泰州学派颠覆传统、任情自由的思想影响之下,复古派更凸显了其弊端。因此从李贽的"童心自文"理论开始,以反复古主义为旗帜,出现了一股重视人性自然,尚真、尚情的文艺思潮,并占据了中国文坛的中心地位,为文学的自由创作开辟了道路。

(一)李贽:"童心自文"

"童心自文"是李贽的文学主张,强调不拘于古礼格制,主张情感之真与创作形式的自由。其著《童心说》云:

> 天下之至文,未有不出于童心焉者也,苟童心常存,则道理不行,闻见不立,无时不文,无人不文,无一样创制体格文字而非文者。诗何必古选,文何必先秦,降而为六朝,变而为近体,又变而为传奇,变而为院本,为杂剧,为《西厢记》,为《水浒传》,为今之举子业,皆古今至文,不可得而时势先后论也。①

"童心"即真心,李贽认为人皆具"最初一念"的自然本心,道理、闻见等都是童心获得的障碍,只要有真心,任何人、任何时候都能做出天下至文。是否能体现真心是唯一的创作标准,因此古今雅俗的为文规则都是不可靠的。并在此段之后总结曰:"故吾因是而有感于童心者之自文也",提出"童心自文"的理论主张,有"童心"自然成文,从而反对一味拟古,虚情假意,强调思想情感之真与形式自由。

他提出"化工"与"画工"的说法,认为"画工"为"惟作者穷巧极工,不遗余力,是故语尽而意亦尽,词竭而味索然亦随以竭。吾尝揽琵琶而弹之矣,一弹而叹,再弹而怨,三弹而向之怨叹者无复存者。……且

---

① (明)李贽:《童心说》,《焚书》卷一,中华书局,1975,第98页。

夫世之真能文者，比其初皆非有意于为文也。"① 进一步否定文章的形式与技巧，"化工"即无工，是真心直接流露，而非形式为文，是真正的能文者。《焚书·读律肤说》亦云：

> 淡则无味，直则无情。宛转有态，则容冶而不雅。沉着可思，则神伤而易弱。欲浅不得，欲深不得，拘于律则为律所制，是诗奴也，其失也卑。而五音不克谐，不受律则不成律，是诗魔也，其失也亢。而五音相夺伦，不克谐则无色，相夺伦则无声，盖声色之来，发于情性，由乎自然，是可以牵合矫强而致乎？②

可见李贽对受于律的排斥与否定，提倡诗文发于自然情性的自然表现论。

> 故自然发于情性，则自然止乎礼义，非情性之外复有礼义可比也。惟矫强乃失之，故以自然之为美耳，又非于情性之外复有所谓自然而然也。故性格清彻者言调自然宣畅，性格舒徐者音调自然疏缓，旷达者自然浩荡，雄迈者自然壮烈，沉郁者自然悲酸，古怪者自然奇绝，有是格，便有是调，皆情性自然之谓也。莫不有情，莫不有性，而可以一律求之哉！然则所谓自然者，非有意为自然而遂以为自然也。若有意为自然，则与矫强何异？故自然之道，未易言也。③

自然表现，关乎个体情性，情性不同，则诗文格调亦不同。"自然"不是寻求一致，而是承认差异；"自然"不是模仿，而是天性使然。不遵循天性，有意去表现自然，并非"童心至文"。文章的风格特征和性情，真情是密切相关的，因为有情，才会有所抒发，心中有所感慨，才能诉诸文字，这种真性情才是诗文的关键与核心。因此《焚书》卷三《杂说》中云：

> 且夫世之真能文者，比其初皆非有意于为文也。其胸中有如许无状可怪之事，其喉间有如许欲吐而不敢吐之物，其口头又时时有许多

---

① （明）李贽：《杂说》，《焚书》卷三，中华书局，1975，第87页。
② （明）李贽：《读律肤说》，《焚书》卷三，中华书局，1975，第132页。
③ （明）李贽：《读律肤说》，《焚书》卷三，中华书局，1975，第132～133页。

> 欲语而莫可所以告语处,蓄极积久,势不能遏,一旦见景生情,触目兴叹;夺他人之酒杯,浇自己之垒块;诉心中之不平,感数奇于千载,既已喷玉唾珠,昭回云汉,为章于天矣,遂亦自负,发狂大叫,流涕恸哭,不能自止。宁使见闻者切齿咬牙,欲杀欲割,而终不忍藏于名山,投之水火。①

这一段论述呈现了心中之情自然蓄积抒发的过程,李贽强调"初皆非有意于为文",只是自然抒发,触物生情,不可遏止,而这情的力量与气势之大,可"喷玉唾珠","昭回云汉",甚至"发狂大叫,流涕恸哭,不能自止"。可见李贽将作家的真情实感看作为文的关键因素,这与其哲学思想密切相关,也开启了文学领域的"尚情"风尚,对小说、诗文及戏曲各界都有深刻的影响。

(二) 公安派:"性灵说"

受李贽的影响,袁宗道、袁宏道、袁中道为代表的公安派在明后期成为文坛主流,他们针对前后七子的复古倾向而大倡文学革新,主张抒发自我胸臆,追求个性解放,形成了以"性灵说"为代表的文学思想。"性灵"就是自我之心,自我真实的情感欲望。"性灵说"是袁宏道在评论袁中道诗歌时使用的概念,集中体现在《叙小修诗》之中,他评价中道的诗曰:"大都独抒性灵,不拘格套,非从自己胸臆中流出,不肯下笔。"②"性灵"虽是直承"童心"而来,但李贽的"童心说"带有很强的哲学色彩,与传统伦理相对,强调自然之真心,从而对文学进行深刻的审视。"性灵说"则是一种人生态度的扩张与表现,注重自我之个性之下的情感自然流露,带有狂放与洒脱不羁的随性,对美酒、美色的享乐,耽于自然山水的慵懒闲适都是自然性灵内容,因此"性灵说"更是一种人生观的体现。

在《叙小修诗》序文最后一段中,袁宏道谓:

> 盖弟既不得志于时,多感慨;又性喜豪华,不安贫窘,爱念光

---

① (明)李贽:《杂说》,《焚书》卷三,中华书局,1974,第87页。
② (明)袁宏道著,钱伯城笺校《袁宏道集笺校》卷四《续小修诗》,上海古籍出版社,1981,第187页。

景,不受寂寞。百金到手,顷刻都尽,故尝贫;而沉湎嬉戏,不知樽节,故尝病;贫复不任贫,病复不任病,故多愁;愁极则吟,故尝以贫病无聊之苦发之于诗,每每若哭若骂,不胜其哀生失路之感。予读而悲之。大概情至之语,自能感人,是谓其诗,可传也。①

由此可见"性灵"是一种随性生活态度的自然体现,中道的"性喜豪华","爱念光景","百金到手,顷刻都尽","沉湎嬉戏,不知樽节"表现在诗文创作中,"愁极则吟","若哭若骂,不胜其哀生失路之感"即为"情真",而"情至之语,自能感人",因此"性灵"是士人追求个性、情感自由的精神投射。在颠覆传统,否定一切的时代潮流之下,士人狂诞之心的生活表达与诗文诉求,在袁宏道身上体现更甚,他认为的世间"真乐"为:

　　目极世间之色,耳极世间之声,身极世间之鲜,口极世间之谭,一快活也。堂前列鼎,堂后度曲,宾客满席,男女交舄,烛气熏天,珠翠委地,皓魄入帷,花影流衣,二快活也。箧中藏万卷书,书皆珍异。宅畔置一馆,馆中约真正同心友十余人,人中立一识见极高,如司马迁、罗贯中、关汉卿者为主,分曹部署,各成一书,远文唐宋酸儒之陋,近完一代未竟之篇,三快活也。千金买一舟,舟中置鼓吹一部,妓妾数人,游闲数人,泛家浮宅,不知老之将至,四快活也。然人生受用至此,不及十年,家资田地荡尽矣。然后一身狼狈,朝不谋夕,托钵歌妓之院,分餐孤老之盘,往来乡亲,恬不知耻,五快活也。士有此一者,生可无愧,死可不朽矣。②

袁宏道的"真乐"实谓享乐,是自然本性的尽情袒露,情感、欲望无所藏匿,而是自然抒发,并欣赏自我的情欲,冠之以"真""趣""韵"等,袁宏道解释"趣"曰:"世人所难得者唯趣。趣如山上之色,水中之

---

① (明)袁宏道著,钱伯城笺校《袁宏道集笺校》卷四《续小修诗》,上海古籍出版社,1981,第188页。
② (明)袁宏道著,钱伯城笺校《袁宏道集笺校》卷五《龚惟长先生》,上海古籍出版社,1981,第205~206页。

味，花中之光，女中之态……趣得之自然者深，得之学问者浅。"① "趣"是自我觉知的感官享受，是超越伦理道德，圣贤闻见的自在、自由状态，所有感知的快乐与美好都来源于自我生命的体味与享受，由此"性灵"，也是对自我生命体认的灵心慧性，并自然付诸笔端，自然抒发的审美趣味。故公安派反复强调："任性而发"："无闻无识真人所作……任性而发，尚能通之于人之喜怒哀乐嗜好情欲，是可喜也。"②

（三）汤显祖："至情观"

汤显祖的"至情观"主要体现在其戏剧创作理论之中，以《紫钗记》《牡丹亭》《南柯记》《邯郸记》为代表的"临川四梦"，虽结构上各自独立，但都本着一个"情"字。尤以《牡丹亭》的"至情观"表现最为突出，写男女之情，"情"之真可超越生死，对抗礼教，并将情感与艺术想象相结合，提出了"因情成梦，因梦成戏"的建构图式，情—梦—戏的梦幻化表现形式，极具浪漫的理想主义色彩。

汤显祖在《牡丹亭·题词》中说："情不知所起，一往而深。生者可以死，死可以生。生而不可与死，死而不可复生者，皆非情之至也。梦中之情，何必非真？"③ 可见汤显祖认为男女之情是天性所具，自然而生，至情可超越生死。《牡丹亭》中的杜丽娘是汤显祖"至情"的完美化身，至情至性在她的身上体现得淋漓尽致。《惊梦》一出，杜丽娘游园伤春"原来姹紫嫣红开遍，似这般都付与断井颓垣。良辰美景奈何天，赏心乐事谁家院！"④ 她带着"年已及笄，不得早成佳配，诚实虚度青春，光阴如过隙耳可惜妾身颜色如花，岂料命如一叶乎"。⑤ 少女怀春情欲的萌发，揭示了杜丽娘在生活中被压抑的生命本能，于是在梦中实现了与情人的交欢，荐枕欢洽，既不必顾及伦理道德，也没有女子的羞怯避讳，表现出了真实的自我。在现实中的杜丽娘因梦成思，思极而死，死犹不甘，与阎王据理力

---

① （明）袁宏道著，钱伯城笺校《袁宏道集笺校》卷十《叙陈正甫会心集》，上海古籍出版社，1981，第1463页。
② （明）袁宏道著，钱伯城笺校《袁宏道集笺校》卷四《续小修诗》，上海古籍出版社，1981，第188页。
③ （明）汤显祖著，徐朔方，杨笑梅校注《牡丹亭》，人民文学出版社，2005，第6页。
④ （明）汤显祖著，徐朔方，杨笑梅校注《牡丹亭》，人民文学出版社，2005，第53页。
⑤ （明）汤显祖著，徐朔方，杨笑梅校注《牡丹亭》，人民文学出版社，2005，第53页。

争，幽魂飘荡，终得复生，与柳梦梅结成完美婚姻，完成了她生命的抗争和追求。这是一个超越生死的情感追求大轮回。对情的执着，对自由的憧憬，皆因内心情之真切，是自我的真实，亦是生命自由意志的体现，这种真实的生命力，对抗了封建礼教，也超越了自然生命。

《牡丹亭》体现了汤显祖的文学理想与追求，人生而有情，情是人的天性，是生命的原始本能，对情的压抑是人生痛苦的根源。而情能超越生死，其力量的强大就是对礼俗禁锢的挑战与蔑视。但在《牡丹亭》中也流露了作者的思想困境，杜丽娘对礼教的挑战，不是现实发生，而只能寄托梦境，更凸显了现实生活对个性、情欲的压抑。梦中的无所顾忌，影射了现实的重重阻隔，巨大的反差，也使戏剧的悲剧意识油然而生。杜丽娘历经生死，梦中，她反抗封建礼教，对爱情不顾一切并执着追寻，梦醒后，只能回归到彬彬有礼的封建伦理规范之中，以"奉旨完婚"、和谐美好的大团圆方式结局。也让我们看到了作者的矛盾与苦闷，在现有的政治体制与道德规范之中，找不到情欲自由实现，人性自我满足的方式，只能在一番抗争之后重新回到"理"的现实，人性觉醒与觉醒后的无路可寻在汤显祖的戏剧中得到充分展现。在其《南柯记》《邯郸记》中，汤显祖将淳于棼的一生功业，视为南柯一梦，卢生的一世风光也不过黄粱一梦，梦醒之后淳于棼皈佛，卢生的入道，是汤显祖对现实的无力选择，也是中国古代无数失意文人共同的心理皈依，无法改变现实，只能逃世、避世，寻找自我的心理安慰，这一生存困境与悲剧意识既是戏剧传达出来的，也是作者对现实迷茫无助的体现。

（四）冯梦龙："情教观"

冯梦龙的"情教观"将"情"诠释为万物的基础，他在《情偈》中谓："天地若无情，不生一切物；一切物无情，不能相环生。生生而不灭，由情不灭故。四大皆幻设，惟情不虚假。有情疏者亲，无情亲者疏。无情与有情，相去不可量。"[①] 认为只有"情"是最真实的存在，天地万物因"情"而生，在人类社会中同样如此，"情"是人与人之间相亲相爱的基础。男女之情更是一切伦理道德的中心。"饮食男女，人之大欲"，男女亲合是造

---

① （明）冯梦龙：《情史·龙子犹序》，远方出版社，2005，第1页。

物主赋予人的本能。因此他在"三言"中有三分之一以上的篇幅涉及情爱,尤其塑造了一批大胆追求情欲与个性解放的女子,具有进步意义。

重"情"的目的是"借男女之真情,发名教之伪药",以"情"之真反抗虚伪的礼教,将以"理"为基础的传统礼教转换为以"情"为基点的新伦理。冯梦龙首先对传统经典重新诠释,认为"六经皆以情教也,《易》尊夫妇,《诗》有《关雎》,《书》序嫔虞之文,《礼》谨聘奔之别,《春秋》于姬姜之际详然言之,岂非以情始于男女,凡民之所必开者,圣人亦因而导之,俾勿作于凉,于是流注于君臣、父子、兄弟之间而汪然有余乎!异端之学,欲人鳏旷以求清净,其究不至无君父不止,情之功效亦可知已。"①男女之情是天然本能,六经中皆有阐述,圣人是在男女之情的基础之上对人们进行道德教化。以此为起点,才能将"情"推广到君臣、父子、兄弟之间,才能有人伦教化的必然和谐。在《情史·情芽类》中有《孔子》的记载:"或问:'孔子有妾乎?'观《孔丛子》载:宰予对楚昭王曰:'夫子妻不服彩,妾不衣帛,车器不雕,马不食粟。'据此,则孔子亦有妾矣。"在该篇末,冯梦龙议论说:"人知惟圣贤不溺情,不知惟真圣贤不远于情。"②进一步将仁义道德的根源归结为"情"。

冯梦龙将狭义的男女之"情"扩展为一般意义上的最广泛的人情——君臣、父子、兄弟、夫妇、朋友之情等。他在《情史》中谓:"我欲立情教,教诲诸众生。子有情于父,臣有情于君。推之种种相,俱作如是观。万物如散钱,一情为线索。散钱就索穿,天涯成眷属。"③可见其推行"情教"的最终目的是回归传统伦理道德。因此,冯梦龙又谓:"尝欲择取古今情事之美者,各著小传,使人知情之可久。于是乎无情化有,私情化公,庶乡国天下,蔼然以情相与,于浇俗冀有更焉,……是编分类著断,恢诡非常,虽事专男女,未尽雅驯,而曲终之奏,要归于正。善读者可以广情,不善读者亦不至于导欲。"④可见冯梦龙所著"情事之美者",是让无情之人有情,将男女私情推而广之为天下之爱,从而变化时俗,使家国天下在"情"的基础上和谐有序,亦即通过对"情"的改造,使向"理"靠拢。

---

① (明)冯梦龙:《情史·詹詹外史序》,远方出版社,2005,第3页。
② (明)冯梦龙:《情史》(中),远方出版社,2005,第429页。
③ (明)冯梦龙:《情史·龙子犹序》,远方出版社,2005,第1页。
④ (明)冯梦龙:《情史·龙子犹序》,远方出版社,2005,第1页。

第二章　心学与理学融合下的人性重建

冯梦龙所处的时期是晚明末期，继《金瓶梅》之后艳情小说大肆流行，人欲泛滥，社会风气堕落腐化，复古与实学思潮兴起，以期拯救世道人心。冯梦龙通过将"情"改造，纳"情"入"理"的伦理建构方式，既消解了"理"所具有的强制性特征，同时也为"情"注入了道德内涵。他认为，"自来忠孝节烈之事，从道理上作者必勉强，从至情上出者必真切。夫妇，其最近者也，无情之夫，必不能为义夫；无情之妇，必不能为节妇。世儒但知理为情之范，孰知情为理之维乎！"① 把"情"纳入合理化轨道，从而建构一个以"情"为本，"情""理"兼容的"情"理想境界，这也是晚明时期"情""理"斗争的结果。

值得注意的是随着晚明文学观念的转变，小说的地位随之提高，小说在中国古代文学序列中一直被视为"小道"，而在晚明文学家的探索与努力之下，将小说列入传道正途，小说的价值得以重视，并在小说理论探索方面取得了很大的成就。

小说作为概念使用，源于汉代，班固在《汉书·艺文志》中对小说定位："小说家者流，盖出于稗官。街谈巷语，道听途说者之所造也。孔子曰：'虽小道，必有可观者焉；致远恐泥，是以君子弗为也。'然亦弗灭也。闾里小知者之所及，亦使缀而不忘。如或一言可采，此亦刍荛狂夫之议也。"② 将小说作为"道听途说，街谈巷语"，贬低小说的地位，并把诸子之书归纳为九流十家，小说不在九流之列，在十家之中亦排最末。又谓："诸子十家，其可观者九家而已"，③ 实际上将小说又排除在十家之外。

晚明小说兴起有其特殊的历史原因，市民阶层崛起，使通俗读物有了广阔市场。加之官僚集团的黑暗，文人阶层一方面对封建政权颇多失望，另一方面因进入仕途的门路狭窄，为维持生计，写作小说就成为重要的谋生途径。因此为小说正名，以提高小说的地位也成为必然趋势。文人们首先将小说与六经诸史相比较，指出小说与经史的不同，小说自成一体，远胜坟、典，有独立的地位与价值。如李贽对《水浒传》的评论曰："昔贤比于班马，余谓进于丘明，殆有春秋之遗意焉。"④ 李贽认为《水浒传》胜

---

① （明）冯梦龙：《情史》（上），远方出版社，2005，第31页。
② （汉）班固编撰，顾实讲疏《汉书艺文志讲疏》，上海古籍出版社，1987，第165~166页。
③ （汉）班固编撰，顾实讲疏《汉书艺文志讲疏》，上海古籍出版社，1987，第166页。
④ 陈曦钟等辑校，金圣叹评《水浒传会评本》，北京大学出版社，1981，第7页。

于司马迁的《史记》、班固的《汉书》，并能与孔子相提并论，小说的地位与价值自不待言。管窥子为《今古奇观》做序曰："小说之传，由来久矣。自汉迄明，代有作者。遐搜博采，摛藻扬华，各有专门，以成一家之说。虽属稗官野史，不无贯穿经典，驰骋古今，洋洋大观，足与班、马媲美者。"① 认为小说有其历史承继性，属一家之说，贯穿经典，足可与司马迁、班固相媲美，抬高小说地位。

冯梦龙亦将通俗小说与儒家经典比较，在《警世通言叙》中谓："《六经》、《语》、《孟》，谭者纷如，归于令人为忠臣、为孝子、为贤牧、为良友、为义夫、为节妇、为树德之士、为积善之家，如是而已矣。经书著其理，史传述其事，其揆一也。理著而世不皆切磋之彦，事述而世不皆博雅之儒。于是乎村夫稚子、里妇估儿，以甲是乙非为喜怒，以前因后果为劝惩，以道听途说为学问，而通俗演义一种遂足以佐经书史传之穷。"② 《六经》《语》《孟》具有劝善的作用，但其功用也仅限于此。经书、史传各有其长，或著理，或述事，皆属上层的雅文化，不适于市井之人阅读，而通俗演义小说写普通人的喜怒哀乐，以因果报应作为教化手段，可以补充经书史传的有限性。并进一步谓："大抵唐人选言，入于文心；宋人通俗，谐于里耳。天下之文心少而里耳多，则小说之资于选言者少，而资于通俗者多。试今说话人当场描写，可喜可愕，可悲可涕，可歌可舞；再欲捉刀，再欲下拜，再欲决脰，再欲捐金。怯者勇，淫者贞，薄者敦，顽钝者汗下。虽小诵《孝经》、《论语》，其感人未必如是之捷且深也。噫，不通俗而能之乎？"③ 为通俗小说做辩护，唯其通俗，才能以"捷且深"的效果感化人心。

可见小说以传道为宗旨，具有劝惩、教化效果，能够益名教，正风化。张尚德亦谓读小说可知"忠孝节义必当师，奸贪谀佞必当去，是是非非，了然于心目之下，裨益风教，广且大焉"。④ 冯梦龙"三言"，取名为《喻世明言》《警世通言》《醒世恒言》，正如其解释："明者，取其可以导愚也。通者，取其可以适俗也。恒则习之而不厌，传之而可久。三刻殊名，其义一耳。"亦可看出小说家将劝善作为自己写作的宗旨。且通俗小说以

---

① 丁锡根：《中国历代小说序跋集》，人民文学出版社，1996，第794页。
② 丁锡根：《中国历代小说序跋集》，人民文学出版社，1996，第776页。
③ 丁锡根：《中国历代小说序跋集》，人民文学出版社，1996，第774页。
④ 丁锡根：《中国历代小说序跋集》，人民文学出版社，1996，第888页。

因果报应，暗含劝惩，扬忠孝节义，辨善恶是非，对世道人心更有助益。

另外与正史的艰涩枯燥相比，小说具有娱人的效果。袁宏道在《东西汉通俗演义序》中谓："予每检十三经或二十一史，一展卷，即忽忽欲睡去，未若《水浒》之明白晓畅，语语家常，使我捧玩不能释手者也。"① 正史与通俗小说吸引力的差异由此可见。

晚明个性解放的思潮也体现在小说领域，晚明的思想家将小说与经史比较，使小说获得了自身的独特性。并在理论技法上，对小说写作做了梳理与总结。李贽、袁宏道、叶昼、金圣叹是晚明重要的小说批评家，尤以金圣叹在小说理论探索方面的成就最高，为小说理论的发展做出了重大贡献。

李贽提出"史笔"的小说写法，虽未详细表述，但把小说从与正史的比较中解脱出来，不再以事实的可靠性来证明"史笔"，而是强调小说叙述行文的艺术功力，以语言动作的细腻生动，情节构造的巧妙等来指称"史笔"，将小说的艺术性作为关注焦点。袁宏道的小说评点更加随性，追求小说的娱乐价值，评点也较为简单述略。叶昼对小说理论的探索也有很大贡献，他的小说评点已经具有写实主义的倾向，对文学艺术与现实的关系做了正确的阐发。认为艺术源于真实生活，叶昼在《水浒传一百回文字优劣》一文中说："世上先有《水浒传》一部，然后施耐庵、罗贯中借笔墨拈出。若夫姓某名某，不过劈空捏造，以实其事耳。如世上先有淫妇，然后以杨雄之妻、武松之嫂实之；世上先有马泊六，然后以王婆实之；世上先有家奴与主母通奸，然后以卢俊义之贾氏、李固实之。"② 人物形象来源于生活，在生活的基础上才可以达到艺术的真实。在人物的描写上，叶昼主张"传神写照"，重视人物个性与共性结合的写作手法，重视小说的细节描写。

金圣叹是晚明小说理论的集大成者，对小说特征与技法的探索也更加成熟。在小说艺术与生活真实之间，金圣叹继承了叶昼的观点，强调作品的虚构性。提出叙事手法的"因文生事"特点，他认为"《史记》是以文运事，《水浒》是因文生事。以文运事，是先有事生成如此，却要算计出一篇文字来，虽是史公高才，也毕竟是吃苦事。因文生事却不然，只是顺

---

① 丁锡根：《中国历代小说序跋集》，人民文学出版社，1996，第882~883页。
② 朱一玄，刘毓忱编《水浒传资料汇编》，南开大学出版社，2012，第186页。

着笔性去,削高补低都由我。"① 所谓"运事",是根据既有的社会生活客观如实地记载描述,因此小说写作必然受到事实限制。而"生事"则是基于作者的想象,只要符合叙事逻辑,便可以虚拟事件,以满足创作需要。可见金圣叹认为小说写作虽需要事实基础,但更应遵循小说本身的逻辑性,文学的艺术虚构成分应大于事实描写。当然虚构也须服从生活逻辑的制约,不得随意编造。金圣叹喻其为"依枝安叶,依叶安蒂,依蒂安英,依英安瓣,依瓣安须"②,写作之时,按照生活逻辑合理编排,遵循因果关系,艺术作品才具有可信性与感染力。

金圣叹也注重文章的结构安排,"凡人读一部书,须要把眼光放得长。如《水浒传》七十回,只用一日俱下,便知其二千余纸,只是一篇文字;中间许多事体,便是文字起承转合之法。若是拖长看去,却都不见。"③ "起承转合"之法即文章的结构之法,譬如各种铺垫、转折、隐喻虽从眼前看去有些无用之处,但从整个文章来看却是不可或缺,作者的有意安排,增加了文章的内部联系,使文章的情节更加紧凑生动。他亦看重章法的曲折,但情节的紧张与舒缓要有过渡。在评《水浒传》中谓:"夫千岩万壑,崔嵬突兀之后,必有平莽连延数十里,以舒其磅礴之气;水出三峡,倒冲滟滪。可谓怒矣,以有数十里迤逦东去,以杀其奔腾之势。今鲁达一番使酒,真是捶黄鹤、踢鹦鹉,岂惟作者腕脱,兼令读者头晕矣。此处不少息几笔,以舒其气而杀其势,则下文第二番使酒,必将直接上来,不惟文体有两头大中间细之病,兼写鲁达作何等人也。"④ 节奏起伏,情节曲折更能吸引读者的注意力。在小说的创作语言上,金圣叹重视"辞达",即人物语言与其身份要相符合,他赞赏《水浒传》曰:"并无之乎者也等字,一样人,便还他一样说话,真是绝奇本事。"⑤

总之,小说地位的提高与小说理论的探索,为晚明时期通俗小说的流

---

① 陈曦钟等辑校,金圣叹评《水浒传会评本·读第五才子书法》,北京大学出版社,1981,第16页。
② 陈曦钟等辑校,金圣叹评《水浒传会评本》第八回,北京大学出版社,1981,第186页。
③ 陈曦钟等辑校,金圣叹评《水浒传会评本·读第五才子书法》,北京大学出版社,1981,第16页。
④ 陈曦钟等辑校,金圣叹评《水浒传会评本》第三回,北京大学出版社,1981,第112页。
⑤ 陈曦钟等辑校,金圣叹评《水浒传会评本·读第五才子书法》,北京大学出版社,1981,第17页。

行奠定了基础。诗文领域的"尚情"思潮，在通俗文学中，"情"的表达更具有世俗化特点，表现为一种"情欲"的觉醒与爆发，形成了这一时期市民文学的独特景观。

第三节　晚明的复古与实学思潮

晚明时期在人文启蒙、个体意识觉醒的同时，也存在一股复古与实学思潮，他们以东林党人及复社组织为主力，力图改革王学的空疏学风，致力于经世致用之学。

一　东林党人的实学思想

王阳明创立心学，本意也为维护道德伦理纲常，以心体理，将道德规范与社会责任返归个体，提倡"知行合一"，反对悬空口耳相传。但其学说本身的特点，再加之王学左派对率性自然，顿悟成圣的进一步强调发展，心学到后期逐渐流于空疏，背离了儒家的"外王"传统。以顾宪成、高攀龙等为首的东林党人为革除时弊、修正王学左派空谈心性的学风，倡导实学，主张经世致用。

东林党派在万历中叶成立，被削职返乡的顾宪成在家乡无锡重修东林书院。在聚众讲学的过程中逐渐发展成以顾宪成、高攀龙、钱一本、安希范、刘元珍等为首的学术与政治流派。他们有固定的章程《东林会约》，在会约中标明其宗旨为"躬修力践"。如顾宪成在首次东林大会上强调讲学的目的，"务在躬行实践"，认为"救弊之道在实学，不在空言"，[①] 主张复归儒家传统的"修己治人之实学"。[②] 在东林学人的推广之下，经世救国的务实之学很快成为"一时儒者之宗"。

在思想上，《东林会约》颁布"四要"，这也成为东林党人的指导思想和活动宗旨，提倡尊经重道。这"四要"为："一曰知本。知本云何？本者

---

① （清）颜元：《存学编》卷三，商务印书馆，1985，第38页。
② （清）顾炎武著，（清）黄汝成集释，栾保群、吕宗力校点《日知录集释》卷七《夫子之言性与天道》，花山文艺出版社，1990，第310页。

性也。学以尽性也。尽性必自识性始，性不识难以语尽，性不尽难以语学。吾绎朱子白鹿洞规，性学也，不可不察也"；"一曰立志。立志云何？夫志者，心之所之也。是人之一生精神之所聚结也，是人之一生事业之根柢也。要在能自立而已"；"一曰尊经。尊经云何？经，常道也。孔子表章六籍，程子表章四书，凡以昭往示来，维世教，觉人心，为天下留此常道也；""一曰审几。审几云何？几者，动之微，诚伪之所由分也。本诸心必征诸身，本诸身必征诸人，莫或爽也。"① 此"四要"简言之，即尊四书五经，知性以知天理，以礼教道德要求时时反省自身，实现修齐治平的"外王"之道。可见，东林党人并未提出推翻以往学说的治世思想，而是以回归传统作为救世方法，这也体现了他们思想的局限性。另外，他们针对心学局限，对王学空疏之风的批判，一定程度上起到了改良社会风气的作用。影响较大的如东林党人与王学关于"无善无恶"的论争。以管志道、周汝登为首的心学派认为，心本无善恶之分，只要发现自己的良知本心，率性而为，即可体认圣贤之道。顾宪成则批判了"无善无恶"之说，认为："'无善无恶'四字最险、最巧。君子一生兢兢业业、择善固执，只著此四字，便枉了为君子。小人一生猖狂放肆，纵意恣行，只著此四字，便乐得做小人。语云：'埋藏君子，出脱小人'，此八字乃'无善无恶'四字膏肓之病也。"② 以社会治平为关注点，尖锐的抨击心学派，指出"无善无恶"之心，会造成社会的是非不分，黑白不明，不利于惩恶扬善，发扬世风。他也全面分析了心学的利弊，"当士人桎梏于训诂词章间，骤而闻良知之说，一时心目俱醒，恍若拨云雾而见天日，岂不大快！然而此窍一凿，混沌几亡，往往凭虚见而弄精魂，任自然而藐兢业，陵夷至今，议论益玄，可尚益下。高之放诞而不经，卑之顽钝而无耻。"③ 心学任随自然，却忽视了对世事的关注，也放弃了士人对家国天下的责任。这正是东林党人所否定的心学之弊，因此他们扬实学，以天下平治为己任。东林党人带领市民开展的反矿税斗争，即是实学实践的一大成就。

---

① （明）顾宪成撰《顾端文公遗书·东林会约》，《四库全书存目丛书·子部·儒家类》，齐鲁书社，1995，第363~364页。
② （明）顾宪成撰《顾端文公遗书·东林会约》，《四库全书存目丛书·子部·儒家类》，齐鲁书社，1995，第362页。
③ （明）顾宪成：《小心斋札记》卷三，广文书局（影印光绪丁丑泾里宋祠藏本），1975，第62页。

二 复社的复古与实学

复社是东林党之后影响最大的一个社会团体，成立于崇祯时期，复社成员中有张溥、顾炎武、黄宗羲、方以智、吴伟业、陈子龙、侯方域、归庄、吴应箕、谭元春、孟称舜等一大批思想家。以"兴复古学""务为有用"为思想宗旨，其复古学说的提出有政治、思想方面的原因。一方面，在政治上，崇祯初政，皇帝"临雍讲学"，"郊庙辟雍之盛"，明王朝似有再度复兴的瑞兆，给了士人们很大的信心，因此复兴圣人之学，以重振朝纲。而天启年间的魏党之祸，也暴露了士人学问和人品的弊端，因此大力弘扬忠臣杰士的英雄气概以疗救时弊。张溥谓："嗟乎！大阉之乱，缙绅而不易其志者，四海之大，有几人欤……由是观之，则今之高爵显位，一旦抵罪，或脱身以逃，不能容远近，而又有剪发杜门，佯狂不知所之者，其辱人贱行，视五人之死，轻重固何如哉？"① 复兴古学有着重塑士人群体精神风貌的意义。另一方面，思想上，为摆脱王学的空疏学风，尊遗经，贬俗学，复社继承了东林党派的实学思想，对政治、军事、经济、人才、教育、官制、法律等有关国计民生的问题给予了极大关注，并取得了很大成就。

复社兴复的古学，简言之，就是张溥所言的"诗书之道"，即儒家经典之学。在复社盟约中规定"毋读非圣书"，复社成员即致力于经学的研究，并通过集会结社活动，推广经学的影响。张溥在经学方面的成就有《周易注疏大全合纂》68卷、《尚书注疏大全合纂》（卷数不详）、《诗经注疏大全合纂》34卷、《春秋三书》32卷、《四书注疏大全合纂》等，张采有《周礼合解》18卷，杨廷枢有《易论》1卷，杨彝有《四书大全节要》，杨彝和顾梦麟合撰《四书说约》20卷，顾梦麟有《诗经说约》28卷、《四书十一经通考》28卷、《重订说约》20卷，黄宗羲有《易学象数论》6卷、《四书私说》1卷，顾炎武有《日知录》（前七卷皆论经义），方以智有《易余》等。② 阐释经典的同时，将实学精神注入经学之中，改造了旧经学，开创了新的治经之路。通过尊遗经，读圣书，也弘扬了忠臣

---

① （明）张溥：《古文存稿》卷3《五人墓碑记》《七录斋诗文合集下》，台北伟文图书出版社，1977，第823页。
② 吴琦、袁阳春：《晚明复社的社会活动与社会思想》，《安徽史学》2007年第4期，第29页。

义士的思想，宣传士人的名节道义观。

复社成员中影响最大的是黄宗羲与顾炎武，二人以经世致用为治学纲要，对理学及心学批判改造，提倡实学。

（一）顾炎武的实学思想

顾炎武（1613～1682），明朝南直隶苏州府昆山（今江苏省昆山市）千灯镇人，本名绛，别名继坤、圭年，字忠清、宁人，亦自署蒋山佣；南都败后，因为仰慕文天祥学生王炎午的为人，改名炎武。因故居旁有亭林湖，学者尊为亭林先生。顾炎武生活的时代属于明末清初，明朝的覆亡，知识阶层痛心疾首，也开始了对文化、社会、制度等的深切反思与总结，顾炎武学术思想就是在这种背景下产生的。

顾炎武生于江东望族，"本出吴郡，五代之际或徙于滁。宋南渡时讳庆者自滁徙海门县之姚刘沙。庆次子伯善又徙昆山县之二十四保地名花蒲。"① 其家族传统即以注重实务而著称，据顾炎武的《钞书自序》载，其高祖在时，家中就藏有书籍六、七千卷，其后家族一直持有这一传统，仅顾绍芾一家中就收有图籍五、六千册。顾家藏书不追求外表装帧的华丽及"牙签锦轴之工"，唯求内容切合实用。② 而顾炎武从小就跟随嗣祖顾绍芾读书学习，顾绍芾博学务实，尤其喜好四处游历，通晓国家的典章制度，他认为"为士，当求实学。凡天文、地理、兵、农、水土及一代典章之故不可不熟究。"③ 在其指导之下，顾炎武十岁起就开始阅读大量的历史古籍、兵法布略，注重为学实践，务为有用之学，因此他对心学一派的蹈虚学风极为反对。

顾炎武对理学的态度，可以用四个字来概括，那就是"抑理扬经"。他提出的"理学，经学也"的论断，既否定了陆王心学，也是对程朱理学的重新阐释，抬高了经学的地位。他说："古之所谓理学，经学也，非数十年不能通也。故曰：'君子之于《春秋》，没身而已矣'。今之所谓理学，禅学也不取之五经而但资之语录，校诸帖括之文而犹易也。又曰：'《论

---

① （清）顾炎武：《顾氏谱系考》，齐鲁出版社，1997，第2页。
② 王立、宋天宇：《顾炎武经世致用思想成因探究》，《吉林师范大学学报》2010年第4期，第107页。
③ 赵俪生：《顾炎武传略》，上海人民出版社，1955，第4页。

语》,圣人之语录也'。舍圣人之语录而从事于后儒,此之谓不知本矣。"①顾炎武认为理学自古有之,就是经学,现在所谓的理学其实流于禅学一脉,只关注自我心性而走向了虚无,理学的源头必然要从孔孟处发微,这才是治学的根本。在《与友人论学书》中,顾炎武完整阐述百余年来理学的学术弊端及其思想主张。

> 窃叹夫百余年以来之为学者,往往言心言性,而茫乎不得其解也。命与仁,夫子之所罕言也;性与天道,子贡之所未得闻也。性命之理,著之《易传》,未尝数以语人。其答问士也,则曰"行己有耻";其为学,则曰"好古敏求";其与门弟子言,举尧、舜相传所谓危微精一之说一切不道,而但曰:"允执其中,四海困穷,天禄永终。"呜呼!圣人之所以为学者,何其平易而可循也,故曰:"下学而上达。"颜子之几乎圣也,犹曰:"博我以文。"其告哀公也,明善之功,先之以博学。自曾子而下,笃实无若子夏,而其言仁也,则曰:"博学而笃志,切问而近思。"今之君子则不然,聚宾客门人之学者数十百人,"譬诸草木,区以别矣",而一皆与之言心言性,舍多学而识,以求一贯之方,置四海之困穷不言,而终日讲危微精一之说,是必其道之高于夫子,而其门弟子之贤于子贡,祧东鲁而直接二帝之心传者也。我弗敢知也。《孟子》一书,言心言性,亦谆谆矣,乃至万章、公孙丑、陈代、陈臻、周霄、彭更之所问,与孟子之所答者,常在乎出处、去就、辞受、取与之间。以伊尹之元圣,尧、舜其君其民之盛德大功,而其本乃在乎千驷一介之不视不取。伯夷、伊尹之不同于孔子也,而其同者,则以"行一不义,杀一不辜,而得天下不为"。是故性也,命也,天也,夫子之所罕言,而今之君子之所恒言也;出处、去就、辞受、取与之辨,孔子、孟子之所恒言,而今之君子所罕言也。谓忠与清之未至于仁,而不知不忠与清而可以言仁者,未之有也;谓不忮不求之不足以尽道,而不知终身于忮且求而可以言道者,未之有也。②

---

① (清)顾炎武:《与施愚山书》,《亭林文集》卷四,商务印书馆,1937,第268页。
② (清)顾炎武:《亭林文集·与友人论学书》,《顾亭林诗文集》,中华书局,1983,第40~41页。

顾炎武认为百余年来的学者，以心性之说作为头等要务，但往往茫然不得其解，天命与仁道，这是孔子很少谈及的内容，性与天道，在与子贡的问答中更从未提及，在孔子所著《易传》中虽有说到性命之理，也大多寥寥几语。孔子的答问语录中只有两个原则，那就是"行己有耻"与"好古敏求"，对自己的行为应该有羞耻之心，凡认为是可耻的就不去做，为学应向古人学习，勤奋刻苦的学习知识。孔子在与门人讲述尧、舜相传的"危微精一之道"时，强调的也是"允执其中，四海困穷，天禄永终"，关注实际生活，以治国平天下为己任，若百姓穷困，一个王朝的天命也必然面临终结的危险，这都是平常易学的人生道理，在生活中实际作为，如此才能上达天命。像孔子弟子颜回的德行近于圣贤了，依然以广博学习古人的典籍来充实自己的生命，子夏求仁，也专注于"博学""笃志""切问""近思"。而今日学者一味言心言性，不于古籍中探求圣人之理，而是于心性中求贯通之道，对百姓的穷困生活置之不理，"终日讲危微精一之说"。《孟子》一书虽有谈及心性问题，也是与实际生活真切相关的，孟子所答也主要在"出处、去就、辞受、取与"的日常生活之中，古代圣贤、帝王其思想可能有不同，但在实际作为中无不以行义为自己的行为准则，所谓"行一不义，杀一不辜，而得天下不为"，做一件不义之事，杀一个无辜的人，即使这样做了会得到天下，也是君子所不齿的行为。所以古今学问之不同，在于孔子很少谈及性、命、天道，而今天的学者终言心性之学；日常生活的行为规范，这是孔孟等圣贤所关注的内容，而今天的所谓君子却很少说了，他们说忠于职守和品德清高是不能达到仁的境界的，却不知道没有这些品德而可以谈仁，也是从来没有过的；他们认为不嫉妒不贪求不能达到仁的境界，却不知道终日嫉妒贪求而可以谈仁，这也是从来没有过的。这样顾炎武就解构了终日言性、道理学的存在意义，圣人之道必要"博学于文"，"行己有耻"。

愚所谓圣人之道者如之何？曰："博学于文"，曰："行己有耻"。自一身以至于天下国家，皆学之事也；自子臣弟友以出入、往来、辞受、取与之间，皆有耻之事也。耻之于人大矣！不耻恶衣恶食，而耻匹夫匹妇之不被其泽，故曰："万物皆备于我矣，反身而诚。"呜呼！士而不先言耻，则为无本之人；非好古而多闻，则为空虚之学。以无

第二章　心学与理学融合下的人性重建

本之人，而讲空虚之学，吾见其日从事于圣人而去之弥远也。虽然，非愚之所敢言也，且以区区之见，私诸同志，而求起予。①

"行己有耻"也是顾炎武实学思想的重点，从修己到治国平天下，这都是实学的内容，"子臣弟友"，"出入、往来、辞受、取与"的人伦关系与行为准则都要以自我的羞耻之心作为检验标准，孟子曾经说过羞耻之心于人是极为重要的，作为君子不以粗衣劣食等物质生活的简陋为耻辱，而是因以己之力没有使百姓受到恩泽为耻辱。所以孟子说：万物皆备于我的时候，反躬自问而没有愧疚，这就是"诚"了。所以如果不把是否有羞耻之心放在首位，就是没有根基的人。不在圣贤典籍中广泛学习，就是空虚的学问。以没有根基的人来讲空虚的学问，虽然天天提到圣人，可是却离开圣人越来越远了。所以顾炎武反对离开实际生活空言心性之学，强调个体的社会责任。

顾炎武的实学思想不仅消解了心性学是圣贤之学的观点，而且他以一种实际生活经验，对孟子的性善论也提出了质疑。他认为人有"恒性"，只是具有差不多相近的本性，只是"近于善"，而并非全善。"人亦有生而不善者，如楚子良生子越椒，子文知其必灭若敖氏是也。……凡人之所大同，而不论其变也。若纣为炮烙之刑，盗跖日杀不辜，肝人之肉，此则生而性与人殊，亦如五官百骸人之所同，然亦有生而不具者，岂可以一而概万乎？故终谓之性善也。"② 前已所述朱熹理学与王阳明心学以天赋的先验的人性论作为其立论的起点，在这种性善论下，人可以发觉本心的善性，从而规范自我的行为。无论是朱熹的"道心"，还是阳明的"良知"都是肯定人心中所蕴含的自觉自为的能力，朱熹认为人心与道心，理与欲是对立的，修炼"人心"便可通达"道心"。到了心学派则认为"人心"即"道心"，心即性，心即理，将人心置于放纵恣肆的状态。而顾炎武首先否认心即道，心即理的说法，他也不同意朱熹将理欲二分的心性观，他认为人心既包含着善性，也天然地有着利益欲

---

① （清）顾炎武：《亭林文集·与友人论学书》，《顾亭林诗文集》，中华书局，1983，第 40～41 页。
② （清）顾炎武著，黄汝成集释《日知录集释》上册，上海古籍出版社，2006，第 415 页。

望的私心,"孳孳为善者,心,孳孳为利者,亦未必非心。"① "心能具性,而不能使心即性也。"② 心学者的弊端就是"求心",而"求心则非,求于心则是"。求于心的原则是回归孟子的"求放心",将自己良善的心找回,"以礼制心,以仁存心"。③ 顾炎武的思想虽以复古为主,但在心学及泰州学派的影响之下,他也保留了其合理的成分,肯定私利欲望的合理性,而其"天下为公"的思想就是以肯定百姓之私为根据的,其实学思想也由个体的心性修养之学转向了平治天下的外王之学。在《郡县论》中顾炎武写道:

> 天下之人各怀其家,各私其子,其常情也。为天子为百姓之心,必不如其自为,此在三代以上已然矣。圣人者因而用之,用天下之私,以成一人之公而天下治。夫使县令得私其百里之地,则县之人民皆其子姓,县之土地皆其田畴,县之城郭皆其藩垣,县之仓廪皆其囷窌。为子姓,则必爱之而勿伤;为田畴,则必治之而勿弃;为藩垣囷窌,则必缮之而勿损。自令言之,私也,自天子言之,所求乎治天下者,如是焉止矣。一旦有不虞之变,必不如刘渊、石勒、王仙芝、黄巢之辈,横行千里,如入无人之境也。于是有效死勿去之守,于是有合从缔交之拒,非为天子也,为其私也。为其私,所以为天子也。故天下之私,天子之公也。公则说,信则人任焉。此三代之治可以庶几,而况乎汉、唐之盛,不难致也。④

人有私利,各怀其家,各私其子,这是人之常情。作为统治者,为己之心必然胜过为百姓之心,这在三代以前就已经形成了,然而圣王之治就在于顺应百姓的私欲,以天下之私,成就一人之公,君主以公心满足天下人的利益,君主的利益才能得到保障,天下才可能平治。郡县之治同样如此,必须以实际措施保护百姓的利益。如果百姓的利益都得到满足,天下公利就可以实现了。因此顾炎武主张效仿先王做法,恢复井田分封制。

---

① (清)顾炎武著,黄汝成集释《日知录集释》中册,上海古籍出版社,2006,第1052页。
② (清)顾炎武著,黄汝成集释《日知录集释》中册,上海古籍出版社,2006,第1052页。
③ (清)顾炎武著,黄汝成集释《日知录集释》中册,上海古籍出版社,2006,第1052页。
④ (清)顾炎武:《亭林文集·郡县论五》,《顾亭林诗文集》,中华书局,1983,第14~15页。

自天下为家，各亲其亲，各子其子，而人之有私，固情之所不能免矣。故先王弗为之禁；非惟弗禁，且从而恤之。建国亲侯，胙土命氏，画井分田，合天下之私以成天下之公，此所以为王政也。①

顾炎武"合天下之私以成天下之公"的思想与何心隐的"育欲"说以及李贽的"并欲"说有着相似之处，都反对君主以一己之私而罔顾天下人的利益。东林党派也反复强调君主一人之私是天下之大害，"窃惟天下之事，所以至于破坏而不可收者，其初起于一人之私而已"。②顾炎武则以三代之治，希望以制度的规定限制君主权力，虽有理想化的倾向，但对君主专制制度的思考和挑战已经具有极大的进步性。

（二）黄宗羲的实学思想

黄宗羲（1610~1695），浙江绍兴府余姚县人，字太冲，号南雷，别号梨洲老人、梨洲山人等，学者称为梨洲先生，与顾炎武、王夫之并称为"明末清初三大家"。父亲黄尊素是东林党人，因上书弹劾魏忠贤被阉党迫害致死，其思想主张就是经世之学，黄宗羲曾描述其父，"以开物成务为学，视天下之安危为安危，苟其人志不在宏济艰难，沾沾自顾，拣择题目以卖声名，则直鄙之为硁硁小人耳"③，为人正直，注重实务，关注天下民生，对一味贪求功名的小人嗤之以鼻。黄宗羲自十四岁起跟随父亲左右，深受其思想性格的影响，其父去世之后，拜明代儒学大师，蕺山学派创始人刘宗周为师，发奋研读经典，并加入复社反对阉党倒行逆施。在明亡后，辗转组织抗清运动，虽以失败而告终，但黄宗羲坚持气节，拒绝清朝的招安。晚年专注于著书立说，倡导经世致用之学，内容涉及史学、经学、舆地、天算、律吕、诗文等各个领域，著书50余种，近千卷，如《宋元学案》《名儒学案》《明夷待访录》等。他将朱熹的理学与王阳明的心学加以整合修正，提出了内圣外王合一的实学思想。

---

① （清）顾炎武著，黄汝成集释《日知录集释》上册，上海古籍出版社，2006，第148页。
② （明）顾宪成：《泾皋藏稿》卷2《上颖翁许相国先生书》，文渊阁四库全书第1292册，台湾商务印书馆，1972，第14~15页。
③ （清）黄宗羲：《黄宗羲全集》第八册，浙江古籍出版社，1992，第864页。

在本体论上，黄宗羲首先针对朱熹理学理气二分的支离问题，主张将理气合一，他认为"理"并没有独立的存在空间，"理"必须依存于"气"才能发挥作用，"理"是"气"运行的主宰和条理，理气是同一物。"无气外之理，以为气一则理一，气万则理万，气聚则理聚，气散则理散，毕竟视理若一物，与气相附为有无，不知天地之间只有气，更无理。所谓理者以气自有条理故立此名耳。"① 所以天地之间只有"气"，而没有"理"，所谓的"理"不过是"气"自身所具备的条理和规律。

> 朱子谓理之乘气，犹人之乘马，马之一出一入，而人亦与之一出一入，若然则人为死人而不足以为万物之灵，理为死理而不足以为万物之原。今使活人骑马，则其出入行止疾徐，一由乎人驭之如何尔，活理亦然。先生之辨虽为明晰，然详以理驭气仍为二之气，必待驭于理，则气为死物。抑知理气之名由人而造，自其浮沉升降者而言，则谓之气，自其浮沉升降不失其则者而言，则谓之理，盖一物而两名，非两物而一体也。②

在朱熹看来，理不会动静，须依赖于气，"马之一出一入，而人亦与之一出一入"，但是这样一来，"理"就失去了其主体与能动性，形象地比喻即"人为死人而不足以为万物之灵，理为死理而不足以为万物之原"，这就是所谓的"死人乘活马"，明代理学家曹端将朱熹此说修正为"活人骑马，则其出入行止疾徐，一由乎人驭之如何尔，活理亦然"。这样"理"就有了化生万物的主动性。但是黄宗羲指出，"先生之辨虽为明晰"，但是以"理驭气"，"理"和"气"仍为二分，而非一体，而且以"理"具有主宰性，"气"就变成了被动的"死物"。其实"理""气"只是由人所命名的存在物，"气"的特点是随物流行，升降变化，而"理"是"气"运行，或者说是万物运行的条理和规律，"理"与"气"只是万物存在依据的两个名字，而并非两物，所以在黄宗羲看来，我们现实生活中能感知的是万物的实体，在这实体的背后论其规律主宰而言为理，以其材质的组成

---

① （清）黄宗羲：《黄宗羲全集》第八册，浙江古籍出版社，1992，第487页。
② （清）黄宗羲：《黄宗羲全集》第八册，浙江古籍出版社，1992，第355～356页。

而言则为"气",它们是相统一的,而并非两物。如此"理气合一"就成为其思想体系的本体论基础。而在此基础之上,黄宗羲对心性关系也进行了新的阐发。

> 百家谨案,孟子师说,天地间只有一气充周,生人生物,人禀是气以生,心即气之灵处,所谓知气在上也,心体流行,其流行而有条理者,即性也,犹四时之气和,则为春,和盛而温,则为夏;温衰而凉,则为秋;凉盛而寒,则为冬;寒衰则复为春。万古如是,若有界限于其间,流行而不失其序,是即理也。理不可见,见之于气,性不可见,见之于心。心即气也,心失其养,则狂澜横溢,流行而失其序矣。养气即是养心,然言养心犹觉难把捉,言养气则动作威仪,旦昼呼吸,实可持循也。①

天地之间只有一"气",以"气"之流行生发万物,人禀是"气"以生,心是"气"的灵处,心可以感知作用,它的主宰是"理",也即是在人之性,这就像四季交替,"理"的条理处便是春夏秋冬,"理"即是其中的界限,就是气"流行而不失其序"的所在。但是"理"是不可见的,可见的是"气"。理气作用于人心,也是同样道理,"性不可见,见之于心","气"流行而生心,"心失其养,则狂澜横溢,流行而失其序矣"。所以"养气就是养心",在其根本处也就是养性,因为"养气者,使主宰常存,则血气化为义理;失其主宰,则义理化为血气,所差在毫厘之间。"②"养气"的目的就是要使"理"的主宰常存,人的血气必然包含着欲望,这是人的自然本能,但"理"的作用是能够调节理欲关系,以"理"去引导控制欲望。所谓"人受天之气以生,只有一心而已,而一动一静,喜怒哀乐,循环无已,当恻隐处自恻隐,当羞恶处自羞恶,当恭敬处自恭敬,当是非处自是非,千头万绪,轇轕纷纭,历然不能昧者,是即所谓性也。"③人性,也就是"理",这是人心活动的依据,是本能私欲的调控力量,而且在黄宗羲看来,人性具有一种天赋的善性,这种先验性与王阳明的"良

---

① (清)黄宗羲:《黄宗羲全集》第一册,浙江古籍出版社,1992,第360页。
② (清)黄宗羲:《黄宗羲全集》第一册,浙江古籍出版社,1992,第61页。
③ (清)黄宗羲:《黄宗羲全集》第八册,浙江古籍出版社,1992,第408~409页。

知"有着异曲同工之说。而且他进一步对"性"的恰当处做了论述,"窃以为气即性也,偏于刚,偏于柔,则是气之过不及也。其无过不及之处方是性,所谓中也"。① 他也对性与情的关系作出了判定,他认为与心理合一同样,性情也不应二分,性与情是统一的。这是由理气一体自然推出的性情关系,从而避免了理学性情二分所导致的"情"一直所处的恶的层面。事实上,"喜怒哀乐"是情,而性就是这些情感的"中和"状态,所以性与情不是对立的,而是统一的。至于现实生活中的恶,并不是人性的表现,而是后天习染和杂糅的结果,因此黄宗羲提出了"无情何以觅性"的命题,以强调性情的统一和情对于性的基础意义。② 同样的,因后天影响而生的还有"人欲",黄宗羲肯定个体所具有的合理欲望的正当性,他将这种合理欲望称作"公共之物",所谓公共之物,就是人人共有之私利,与"公共之物"相对的就是"人欲","人欲"即为后天影响之下的过度欲求,而人欲过多,必然导致对他人正当欲望的侵占,因此修养方面重在去除人心的过度欲求。黄宗羲继承了王阳明的心学主张,在其功夫论层面,"格物"也并非外在的事事物物,而是和主体的意念及价值判断相联系的心内之物,强调"格物"过程中主体之心的能动性,也就是以良知这一天赋的良善本性贯彻于万事万物。但同时,他也对心学的功夫论做了修正和改进,在《明夷待访录》中提出了"心无本体,工夫所至即其本体"③ 的观点,"致字即是行字",④将良知的重心落在"行"上,本体就存在于日常的践履功夫,只有通过行为才能够把握本体,以革除王学的空疏学风,将良知的重心落在"行"上,是实学思想的体现。

在维护天下公利的基础之上,黄宗羲也提出了其社会治理思想,批判君主专制制度,喊出了"天下为主,君为客","君为民害"的论断。他认为设立君主的作用是实现天下人的公利,在"三代"时期,君主代表天下公利,但在"三代"之后"国天下"变成了"家天下","后之为人君者不然。以为天下利害之权皆出于我,我以天下之利尽归于己,以天下之害尽归于人,亦无不可。使天下之人不敢自私,不敢自利,以我之大私为天

---

① (清)黄宗羲:《黄宗羲全集》第七册,浙江古籍出版社,1992,第721页。
② 程志华:《困境与转型——黄宗羲哲学文本的一种解读》,人民出版社,2005,第170页。
③ (清)黄宗羲:《黄宗羲全集》第七册,浙江古籍出版社,1992,第3页。
④ (清)黄宗羲:《黄宗羲全集》第七册,浙江古籍出版社,1992,第197页。

下之大公。……敲剥天下之骨髓，离散天下之子女，以奉我一人之淫乐，视为当然"。① 将天下国家变成了"一家之法"，"一姓之朝廷"，这样的君主是"天下之大害"。如何避免君主的一人之私，黄宗羲除了回溯孔孟的仁政，也提出了分权的民主进步思想。他对君臣关系进行了深刻的反思，天下之大，并非君主一人可以治理，所以有了君臣的分工。君为民而设，同样的臣子的职责也不是为君主服务，而是为万民分忧，"我之出而仕也，为天下，非为君也；为万民，非为一姓也"。② "臣为君而设也，君分吾以天下而后治之，君授吾以人民而后牧之，天下人民为人君囊中之私物。今以四方之劳扰，民生之憔悴，足以为危吾君也，不得不讲治之牧之之术。苟无系于社稷之存亡，则四方之劳扰，民生之憔悴，虽有诚臣，亦以为纤芥之疾也。"③ 因此所谓"忠臣"，并非以君主的意愿为衡量标准，而是以民生的忧乐为考量依据，如果民生憔悴，虽被誉为"诚臣"，也并非尽到"臣"的使命，天下人民是忠臣与否的衡量标准。所以君臣之间也不再是主仆关系，而是提倡一种师友之间的平等关系，只有职责分工不同，而没有地位的等差。"臣之名，从天下而有之者也。吾无天下之责，则吾在君为路人。出而仕于君也，不以天下为事，则君之仆妾也。以天下为事，则君之师友也。"④ 为了限制君权，黄宗羲又提出了恢复宰相职位，设置内阁政府的民主进步思想，从而能够分君权，并限制君权的一家独大。他也批判了封建的科举取士制度，科举体制之下培养的是钻营和虚伪的庸俗之人，主张改革人才选拔制度，尤其是学校的设置，并不仅是人才培养的作用，还应"公是非于学校"，⑤ 将学校作为士人参政议政的主要场所，所谓"学校所以养士也。然古之圣王，其意不仅此也，必使治天下之具，皆出于学校，而后学校之意始备。"⑥ 从社会层面，将学校作为君主及朝廷政策的监督机构。在经济上，黄宗羲提出了"工商皆本"的进步观念，这既适应了时代的需求，也是知识分子寻求社会发展的实学实践，另外其在征兵、赋税等各个方面都提出了一系列的政策举措，其思想的中心始终围绕

---

① （清）黄宗羲：《黄宗羲全集》第一册，浙江古籍出版社，1992，第 2~3 页。
② （清）黄宗羲：《黄宗羲全集》第一册，浙江古籍出版社，1992，第 4 页。
③ （清）黄宗羲：《黄宗羲全集》第一册，浙江古籍出版社，1992，第 4 页。
④ （清）黄宗羲：《黄宗羲全集》第一册，浙江古籍出版社，1992，第 5 页。
⑤ （清）黄宗羲：《黄宗羲全集》第一册，浙江古籍出版社，1992，第 10 页。
⑥ （清）黄宗羲：《黄宗羲全集》第一册，浙江古籍出版社，1992，第 10 页。

天下公利的主题，可以说到明末清初民本思想的发展达到了顶点，也有向民主思想转折的趋向，这是具有深刻的历史意义的，但是在复古思想指导之下的民主，也必然带有其思想的局限性。

　　总之继东林党之后，复社沿着经世致用的道路，对王学及其后学加以修正，复兴经学，革除时弊，力主实学，显示了知识分子的社会责任和历史担当。此时，在心学及泰州学派影响下，市民阶层的个体意识，情欲泛滥，与知识分子的复兴经学，实学救国，在社会形成两大思潮。反映在文学中，则是情与理的斗争与拉锯战，晚明的写实之风，从《金瓶梅》到艳情小说的流行，将市民阶层的思想解放，欲望泛滥反映得淋漓尽致，而在晚明末期，冯梦龙的情教观，对传统伦理的提倡与宣扬，与复古实学的发展是分不开的。

第三章 《金瓶梅》对情欲的表现与身体审美

　　《金瓶梅》是中国文学史上第一部长篇写实主义小说,它开人情小说之先河,早在明末清初就与《西游记》《水浒传》《三国演义》并称为"四大奇书",清康熙年间的张竹坡评点《金瓶梅》,又称其为"第一奇书",小说中的人物、思想、艺术等都以大胆的开创性,突破了传统的小说观念,在中国古代的历史长河中,引起争议无数,对其评价也褒贬不一,更被统治阶级视为"淫书",长期归入禁书之列。

　　20 世纪以来,《金瓶梅》引起学界的广泛关注,并迅速成为跨国界的学问,对《金瓶梅》的评价趋向于更加公正与客观的态度,但对《金瓶梅》的疑题与悬案依然不断,尤其对作者"兰陵笑笑生"的探讨,被称为"金学"中的"哥德巴赫猜想",作者候选人,包括袁中道、屠本峻、谢肇淛、沈德符等达 57 人之多,至今仍是无解之谜。对《金瓶梅》的成书时间,学界基本统一为明隆庆至万历年间,现存有年代可考的最早的记载是明代万历二十四年(1596),袁宏道给书画家董其昌的信谓:"《金瓶梅》从何得来?伏枕略观,云霞满纸,胜于枚乘《七发》多矣。后段在何处?抄竟当于何处倒换?幸一得示。"① 可见明万历二十四年之前《金瓶梅》已问世。现存最早的刊本《新刻金瓶梅词话》一百回,被称为"万历本"或"词话本",成于明万历四十五年(1617),但直到 1932 年才在山西介休被发现。本书所用资料即为由欣欣子作序,香港太平书局刊发的《金瓶梅词

---

① 朱一玄:《明清小说资料选编》,齐鲁书社,1989,第 613~621 页。

话》一百回。

现今学界对《金瓶梅》研究众多，并形成了以考察作者、成书等的"瓶内学"与研究人物、艺术等的"瓶外学"，笔者亦将"瓶内学"的疑题搁置，立足于《金瓶梅》的文本解读，以个体感性的"情欲"为中心，通过对主要人物的形象分析，深刻揭露中国式的生存环境与生命形态。

第一节 "人"的存在：情欲觉醒及对传统审美观念的冲击

中国伦理观片面强调人的道德理想与精神境界，致使以情感欲望为中心的感性主体的缺失。表现在文学中则形成了以善恶为区分的单一的人物类型，从而服务于文治教化的功用目的，个体的欲望需求，情感的真实以及人性的复杂等在古典文学形象中往往成为缺失的所在。而《金瓶梅》的意义也正在于此，它还原了"人"的真实存在，颠覆了传统的文学与审美观念，为我们展现了一个情欲觉醒的感性世界，也深刻揭示了中国传统伦理的缺陷。

一 传统审美观念与"人"的缺失

中国传统审美观念的形成与先秦儒家哲学密切相关。孔子学说以仁为本，以礼为用的思想原则，形成了审美的伦理化倾向，"善"为审美的重点，善即美。《论语》中36次提到"善"字，28次指善行，美德。14次提到"美"字，其中10次指善德，而最大的善即"仁"。"仁"的表现虽具有多样性，其道德要求之一是"修身"，即立德，如"士不可以不弘毅，任重而道远。仁以为己任，不亦重乎？死而后已，不亦远乎？"（《论语·泰伯》）"君子喻于义，小人喻于利"（《论语·里仁》），君子行事须合于道义，凡事保持自己的独立人格，忠义的品质，不曲意奉迎，不谋求私利。"君子食无求饱，居无求安，敏于事而慎于言，就有道而正焉，可谓好学也已。"（《论语·学而》）即君子应注重精神追求，应苦中作乐，保持人格的高洁。孔子形容自己："饭疏食饮水，曲肱而枕之，乐亦在其中矣。不义而富且贵，于我如浮云。"（《论语·述而》）无锦衣玉食，食粗粮，喝冷水，物质条件简陋，也会得到快乐，仁义就是其精神食粮。孔子也曾赞赏学生颜回，"一箪食，一瓢饮，在陋巷，人不堪其忧，回也不改其乐"（《论语·雍也》）。充分说明孔子认为的人格之美，就是超越物质功利的精神追求。庄子亦谓："德有所长而形有所忘。"注重人的内在精神之美，忽视外形的美丑。其著名的"逍遥游"说，也是指不依赖于外在物质条件的精神的畅游，心无挂碍，才能自在快乐。孟子注重"浩然之气"的人格之美，认为"大丈夫"须"富贵不能淫，贫贱不能移，威武不能屈"（《孟子·滕文公下》）。只有苦心志，劳筋骨，饿体肤的人，才能有崇高的品格，成就一番伟业。"心斋""坐忘"等修身之法，目的是忘记自己的物质身体，而保持精神生命的独立自由。如此才可以与天地相通，与万物为一，实现"天人合一"的至高精神境界。

可见，中国儒家传统对"圣人""仁人""君子"的理想定位，是精神至上的严格的人性论，须摒除物欲私心，甚至要在艰苦的物质环境中修身养性，直至完全忽略身体欲望，使自我精神自在、自由，如此才能实现人生的至乐。儒家将精神追求作为人生理想，肯定德行修为有其积极意义。但同时也造成了对人性压抑的消极后果，利欲追求是人之天然本能，只强调道德之善，精神至上，而忽略了人的自然欲求，忽略了人性的复杂多面，致使中国传统文化中具有情感丰富性的真正的人的存在长期缺席。

儒家哲学对人格之美的崇尚，对艺术理论也产生了重要的影响，客观事物之"真"可以忽略不计，只追求精神境界与人格之"善"。这一思想影响了对自然万物的审美视角，形成了中国式的君子"比德"传统，"岁寒，然后知松柏之后凋也"（《论语·子罕》），"知者乐水，仁者乐山"（《论语·雍也》）自然之所以美，是因与人的道德精神相契合，在自然美的欣赏中包含了道德内容。中国古典美学的重要范畴"意象""意境"，其"境"之造，实为一种精神人格的传达。"意象"即客观之物，只有当其为造"境"的需要时，才能进入审美主体的遴选范围。梁启超"境者心造"论即是对"意境"说的本质概括。物之"真"是虚幻和不可靠的，心的真实才是艺术美的关键与核心。中国古代的绘画艺术强调所谓"以形写神""气韵生动"，亦是精神品格的扩展与延续。所以中国古典的审美品格总是含蓄蕴藉，朦胧缥缈，言有尽而意无穷。具有科学精神之"真"被忽略，事物的特性、人性、社会性的复杂与多面都成为中国古典艺术中的一大缺憾。这也造就了中国人性格中的保守意识，用自省的方式压抑、否认人性之恶丑，只退守自我虚构的精神世界。因此在古典文艺之中，真实的、有情欲私心的人是极为少见的，人只是寄情于物，寄情山水的精神符号、道德标识。加之孔子对文艺功利化的强调，曰："诗可以兴，可以观，可以群，可以怨。迩之事父，远之事君。"（《论语·阳货》）《毛诗序》亦谓："正得失，动天地，感鬼神，莫近于诗。先王以是经夫妇，成孝敬，厚人伦，美教化，移风俗。"诗歌的作用重在"美刺""讽喻""教化"。"兴观群怨""文以载道"说历来是有道义的君子崇奉的文学主流。这一观念的长期浸染，导致文艺的道德说教倾向明显，出现简单化、公式化的文艺作品。正面人物则是能承载道德精神意识的英雄、圣贤、君子，是善的化身与代表，恶的品质则完全不见。与此相对的恶人，则性格中无一处不为恶，普通人物、复杂的人性大多被忽视，形成了对人性的简单化区分。如京剧中就以"红脸""白脸"的脸谱区分人物善恶。

在这种崇尚精神、道德至上的文化传统中，物质化的身体自然成为被忽视的对象。西方从古希腊时期就开始了人体美学研究，但在中国传统观念中，人的身体被认为是羞耻之源，与"色情"相关，因此诗文绘画中的人物只表现其言谈、举止、仪表、神情的神韵、风度、气质等，而将身体用层层衣饰加以遮蔽。人的性意识，也是被严格禁锢的领域，性描写更被视为洪水猛兽。晚明风气开放，《金瓶梅》等小说对身体、性的描写，作者也并非正大光明地专注于身体艺术呈现，而是冠以"以淫止淫"教诲众生的名号，但这类小说的出现，却让我们看到了中国礼制社会对性的过度压抑，它造成了普遍的对人性的扭曲与异化。

"礼"是儒家哲学的另一个重要思想，是"仁"的外在表现与规范。它以孝悌为中心，由家庭之内的父子亲情扩而为君臣之"忠"，形成"君君、臣臣、父父、子子"的等级尊卑伦理。"把'礼'的基础直接诉之于心理依靠，把'礼'以及'仪'从外在的规范约束解说成人心的内在要求"[①]使"礼"更具人性化与可行性。将国家的有序和谐建立在人的自然亲情之上，是孔子的智慧与重要贡献。但《论语·颜渊》也谓："克己复

---

① 李泽厚：《中国古代思想史论》，安徽文艺出版社，1994，第25页。

礼为仁","克己"即对有悖于礼制规定的自我的克制，从而承担对家庭与社会的责任义务，充分说明了"礼"的集体意识远大于个人自然情感的诉求，因此个体必须奉献牺牲，克制欲望的自由表达，以便于维护社会的稳定。辜鸿铭语，中国人一信"无我教"（religion of selflessness），二信"忠诚教"（religion of loyalty），换言之，"每个真正的中国人的生活，都是一种牺牲的生活"。① 可谓对传统国人生活的精辟概括。

　　孔子之后，专制主义国家集权以孔子伦理思想作为立国之本，加强了尊卑等级意识。董仲舒提出"三纲五常"之说，君为臣纲、父为子纲、夫为妻纲。汉代班昭则强调女子的卑下地位，而有"三从四德"之说，认为女子未嫁从父、既嫁从夫、夫死从子，四德是妇德、妇言、妇容、妇功。对妇女的一生在道德、行为、修养方面进行规范要求，到宋代则发展为"从一而终"，更凸显了男权社会的等级伦理。从这些纲领要求来看，中国社会对人性有着普遍的压抑，而对女子尤甚。在古代社会女子没有主体人格，只是男人的附属品，生活范围也只局限于家庭，男人就是其世界与生活的全部，而一夫多妻制，使仅有的生存空间也被割裂占有。妻妾之间也有严格的等级之分，因此处于"妾"地位的女子生存的尊严与空间更是少得可怜。所谓"妻妾之争""妒妇""悍妇"就是在围绕一个男人的家庭之中，争夺生存空间与人格尊严的情况下而产生的。女子处于附属的"被看"的地位，以男人的标准作为对自我形体的审美要求。最典型的莫如裹脚之风，足部因外力导致畸形，被冠以"三寸金莲"的诗意名词。起源则为南唐后主对嫔妃小脚在莲花上跳舞的痴迷，后在宋代普遍实行。男人对"金莲"的喜好，实为满足其变态的性心理。女子小脚视觉上会造成胸部、臀部的丰满效果，而走路不便，更易形成柔弱之态，小、弱、柔等正是男权社会对女子的审美要求。古人将身体之欲作为精神获得的障碍，从而形成对身体的遮蔽意识，女子的身体更被视为导致男人欲望的渊薮。古典文学中并不乏对女性美貌的描写，而美貌并未上升到美的欣赏，而将其作为"情欲"的一部分，一方面对美貌爱之深，另一方面"非礼勿视"对自我进行压抑，并冠以"红颜祸水""色字头上一把刀"等将男人所谓的"恶""不仁""不道德"，转嫁到女子身上。宋时对女子"贞洁观"的规定，就

---

① 辜鸿铭：《中国人的精神》，海南出版社，2007，第85页。

是男性借对女子身体压抑的方式,强调自我道德精神上的纯洁。潘知常在《谁劫持了我们的美感——潘知常揭秘四大奇书》中将其称为男权社会"心理强迫症"的体现。宋时积弱,中国的中心从西北向东南,一直退守到杭州,软弱民族的自救自立,无法在军事上、物质上与强敌抗争,就退而对精神道德的自我严格要求,由于心理强烈的不安全感,所以特别关注自我的一点点小失误,"我把自己维护到100%的地步,我不犯任何错误,你就没有办法进攻我了",而他们首先把道德纯洁的压力转移到女人身上。① 潘知常将其视为中国男人"爱无能"的表现,可谓独到而精准。中国古典审美文化体现出一种谦和、中庸的阴柔气质,这与纲常规范有很大关系,中国是典型的"家国同构"模式,在家里的"夫为妻纲",造成了女子的卑下与柔顺,而在社会中的"君为臣纲",男子在君臣关系中的地位正如女性在夫妻关系中的位置。以君主为中心,忠义为品格,若君主贤明,男子的才干会得到赏识,而若君主昏庸,文人士子只会在诗文中抒发怀才不遇的苦闷,乞求贤明君主的赏识,屈原《离骚》中以美人比拟自我,就是明证。

人首先是一种感性存在,在此基础上追求生命之善,追求道德与精神理想。审美也是以视听、生理感性为基础。而中国道德至上性与专制伦理规范的结合,回避个体的私利欲望,将德性与伦理放大,身体这一最本真的存在被层层遮蔽,因此,真正的"人"在古典文艺中长期缺席。晚明专制统治松懈,个体意识觉醒,个体存在开始专注自我的私欲与享乐,《金瓶梅》在此时应运而生,普通家庭、市民、女子第一次成为文学的主角,身体、性的出场,既是对几千年性压抑的反抗,又深刻揭示了中国体制下的人性,揭示了中国式的生存与生活,也让我们看到了真正的人的生命存在。

二 《金瓶梅》的人物

《金瓶梅》是一部颠覆传统之作,从诞生之初,对其评价就存在很大争议,视为"淫书",长期入于禁书之列。但也有袁宏道的"云霞满纸,

---

① 潘知常:《谁劫持了我们的美感——潘知常揭秘四大奇书》,学林出版社,2007,第227~228页。

胜于枚生《七发》多矣",张竹坡称其为"第一奇书",刘廷玑亦谓:"若深切人情世务,无如《金瓶梅》,真称奇书。"① 《金瓶梅》确实具有奇书的品格,它是对中国传统价值观的完全颠覆,在古典文学中无疑起到了平地一声雷的效果。中国文艺以"怨刺"为中心的功利性趋向,目的是教化人心,讽喻上政,因此人物多为作者理想的化身。明朝的四大小说,除《金瓶梅》之外,其他皆以英雄、将相、神怪为主角,忠义、正直、谋略等为主题内容,视钱财如粪土、不近女色的性格也符合了传统的价值观。《金瓶梅》之奇,首先表现在人物选择上,市井人物西门庆和他的妻妾成为书中主角,西门庆被称为流氓式人物,既不读书又没有超群的武艺,反而财色酒气无一不沾,完全没有伦理道德观念,对女色的追求也达到了疯狂的程度。在传统文学中,女子须表现其贤良淑德,恭顺柔弱,是衬托男人的配角。在《金瓶梅》中女子也成为主要人物,淫、妒、狠是其性格特征。写人性之丑,也揭露了人性之真,揭露了中国人现实生存的真实,是现实主义文学的杰作。

(一) 西门庆

《金瓶梅》主要以西门庆为中心,以他的家庭生活、经商活动、官场生涯三个交织在一起的活动展开内容,写其从发家致富到纵欲身亡的过程,虽只有短短的7年时间,却全景式地展现了一个极具社会性的人物形象,每一出场都与女人、帮闲朋友、官场、商场紧密相关,对他酒色生涯的描写更是奢侈热闹。书中他极少甚至没有自我独处的时间,更没有才子佳人文学中追求女子而不得的忧思惆怅,有的只是前呼后拥,风光无限,追求女人则每每到手,为他,潘金莲不惜杀死武大,花子虚也是得知李瓶儿与西门庆的奸情之后气闷而死,西门庆拥有一妻五妾,却仍不满足,又收了春梅等丫鬟,占有如意儿、仆妇宋惠莲、王六儿,私通林太太,先后与19位女性发生过性关系,嫖妇宿妓还不在此内,而这些女性皆自愿跟随。在迎娶孟玉楼的过程中,遭到孟玉楼母舅张四的反对,张四原本想促成孟玉楼与尚推官儿子尚举人,因"是斯文诗礼人家,又有庄田地土,颇过得日子",而西门庆"积年把持官府,刁徒泼皮","况他房里,又有三

---

① 刘廷玑:《历朝小说》,《在园杂志》卷二,中华书局,2005,第84页。

四个老婆", "单管挑贩人口,惯打妇熬妻。稍不中意,就令媒人卖了","行止欠端,在外眠花卧柳。又里虚外实,少人家债负。"①张四对西门庆的评价虽有些夸张也多为实情,然而却遭到孟玉楼的一番抢白。"把持官府"的市井泼皮强于"诗礼人家",除却西门庆长相的"风流浮浪,语言甜净"之外,财富、交通官府的能力也是重要的因素。且看媒婆薛嫂儿对西门庆的介绍:"咱清河县,数一数二的财主,西门庆大官人!在县前开这个大生药铺。又放官吏债。家中钱过北斗,米烂陈仓。""清河县数一数二的财主,有名卖生药、放官吏债西门大官人。知县、知府都和他往来。近日又与东京杨提督结亲,都是四门亲家,谁人敢惹他!"②孟玉楼钱财不缺,因此尚举人与西门庆虽皆家道殷实,而后者交通官吏的能力才是西门庆胜出的重点。通过迎娶孟玉楼与李瓶儿,加之从亲家处得来的许多货物。这些财富是西门庆发迹的开始,西门庆两次升官与商业上的成功都与此密切相关。一次是《金瓶梅》第三十回,给蔡太师送生辰礼物,得到理刑副千户的职位,第二次是第五十五回,西门庆亲自给蔡京送礼,当上了蔡京的"干生子",关系更近一步,随后则升迁为正千户掌刑。西门庆的官僚交际网也从初时清河县城的下级官僚如夏提刑、荆都监、张团练、周守备、贺千户等,到中级官僚如蔡状元、宋御史、杨提督及朝中的上层权贵蔡太师、杨戬等人。官助商势,商仗官威,他的生意也越做越大,名下有绒线铺、缎子铺、绸绒铺和生药铺,同时利用两淮巡盐御史蔡蕴的关系,提前一个月预支盐引,获得了巨大的利润。在当上正千户掌刑之后,利用职务之便贪赃枉法更是不胜枚举。从刚出场时候的毒死武大,发配武松,气死花子虚,陷害蒋竹山,诬陷来旺,逼死宋惠莲,到最后的打死宋仁迁为正千户掌刑。但这些恶行并未影响西门庆的人生坦途,无怪乎官场、商场、情场所向披靡的西门庆口出豪言:"咱只消尽这家私,广为善事,就使强奸了嫦娥,和奸了织女,拐了许飞琼,盗了西王母的女儿,也不减我泼天富贵。"③

对于西门庆的形象,张竹坡称其为"混账恶人",后来的"金学"研究者们多将其定位为"官僚、恶霸、富商三位一体的典型人物"或"新兴

---

① 兰陵笑笑生:《金瓶梅词话》,香港太平书局,1982,第81页。
② 兰陵笑笑生:《金瓶梅词话》,香港太平书局,1982,第80页。
③ 兰陵笑笑生:《金瓶梅词话》,香港太平书局,1982,第782页。

商人""资本主义萌芽时期封建商人的典型"等都有一定的道理,而笔者这里并不想对其进行道德的或者阶级的定位。西门庆这一形象的塑造有典型性,更带有普遍性,是一个懂得交际手腕,会钻营的普通人,而这样的人在传统中国,乃至现代社会也并不在少数,《金瓶梅》则真实地刻画了这一群体的人物肖像。西门庆的发迹纵然有贪官污吏、权钱交易的印记,也是中国独有的关系人情的产物,在《金瓶梅》一文中作者即有此感叹:"公道人情两是非,人情公道最难为。若依公道人情失,顺了人情公道亏。""人情"归根结底与专制社会体制有着极大的关系,严格的等级伦理,"君君、臣臣"要求臣对君的无条件忠诚,官民关系同样适宜,"官"则代表着权力,在只有"权"而监管体制严重不足的情况下,贪污受贿、以权谋私的现象长期存在,权力也就成了私欲的代名词。中国人的"做官"情结,甚少与主公道、为民谋福祉相联系,而更多的是一种对权力私欲的期盼,这是专制伦理体制几千年浸淫的结果。如此来看,西门庆这一形象极具代表性,是对传统道德观念的颠覆,真实地写出了市民大众的生存图景。

(二)《金瓶梅》中的女人:以金、瓶、梅为首

《金瓶梅》刻画了一群女性形象,女子成为主角,更重要的是这群女性不是传统文学中温柔婉约、怀春思春的少女,而是已婚妇女,甚至主要刻画西门庆的小妾,而非正妻。《金瓶梅》的书名即是以潘金莲、李瓶儿、春梅,取姓名的其中一字组合而成。这也足见此书之"奇",它涉足的是之前文学从未留意的身份与人物,她们在礼制链中属于末端,尤其是春梅,她以丫鬟的身份被西门庆收用,介于小妾和奴婢之间,充其量只能算作半个妾。之前对《金瓶梅》女人的评价尤其是潘金莲,基本上是一片骂名,以男性主义的立场,称其为败坏妇德的"淫娃荡妇",最近的研究则趋向于宽容与理解。笔者认为这也是作者的本意,读《金瓶梅》,在男人、女人紧张的"性战""商战"等之后,总能感觉作者的眼光如影随形,带着愤懑、痛苦、了然与理解,是对个体的,也是超越个体的忧患意识。潘金莲、李瓶儿不是直接进入西门庆的小妾生活,而是带着"妾"之前的生活印记。《金瓶梅词话》谓:

这潘金莲，却是南门外潘裁的女儿，排行六姐。因他自幼生得有些颜色，缠得一双好小脚儿，因此小名金莲。父亲死了，做娘的因度日不过，从九岁卖在王招宣府里，习学弹唱，就会描眉画眼，敷粉施朱，梳一个缠髻儿，着一件扣身衫子，做张做势，乔模乔样。况他本性机变伶俐，不过十五，就会描鸾刺绣，品竹弹丝，又会一手琵琶。后王招宣死了，潘妈妈争将出来，三十两银子转卖与张大户家。（第一回）①

张竹坡评点《金瓶梅》谓："金莲不是人"。② 这句话虽是对潘的骂声，也是极为准确的。潘金莲从出生之日起就不是作为"人"的品格生活，首先以"物"的特征命名，因脚小，得"金莲"之名。其次被当作物品加以买卖，九岁就被卖到王招宣府，后又以三十两银子卖给张大户家。在王招宣府学艺的过程，是"物"向"人"的觉醒，会"描眉画眼，敷粉施朱"，"会描鸾刺绣，品竹弹丝，又会一手琵琶"，从外貌形体到技艺，潘金莲都是"上等物品"，因此作为"人"对自我的期许与价值定位随之上升，这为潘金莲后文不惜杀害武大，与"物"的命运抗争提供了性格线索。但可悲的是，潘金莲未摆脱作为"物"的命运，又被卖到了张大户家，被张大户收用，但张大户此时已经是"年约六旬之上"的年纪，潘金莲又不被正妻所容，"将金莲甚是苦打"，不要武大一分钱嫁给他做妻，自此潘金莲终于得到了社会所认可的"妻"的地位，然而武大却是被称为"三寸丁、谷树皮"的男人，只是一个卖烧饼的小贩，"为人懦弱，模样猥获"，张大户趁武大郎不在，经常与金莲私会，虽一时撞见，却并不出声。加以性能力不足，"着紧处却是锥耙也不动"，潘金莲的"上等物品"又遭到了极大的贬值，因此潘金莲弹唱《山坡羊》谓：

不是奴自己夸奖，他乌鸦怎配鸾凰对！奴真金子埋在土里，他是块高号铜，怎与俺金色比！他本是块顽石，有甚福抱着我羊脂玉体！好似粪土上长出灵芝。奈何，随他怎样，到底奴心不美。（第一回）③

---

① 兰陵笑笑生：《金瓶梅词话》，香港太平书局，1982，第10页。
② 朱一玄：《金瓶梅资料汇编》，齐鲁书社，1989，第432页。
③ 兰陵笑笑生：《金瓶梅词话》，香港太平书局，1982，第12页。

第三章 《金瓶梅》对情欲的表现与身体审美

潘金莲对自己身体，对自我的认可接连遭到了现实的打压，喜欢上了武松，却被鄙视与责骂，西门庆的出现，使潘金莲作为"人"的反抗找到了出口。私会偷情，在西门庆处，潘金莲终于体会到了人生的快乐，也使自我的期许与价值得到了肯定，最终毒杀武大，嫁给西门庆做"妾"。进入西门家庭的生活，虽然使"物"价值得到了提升，按照一般人的想法，也该低眉垂首的安然度日，但潘金莲心高气傲的性格偏偏使她处处拔高争先，想独占西门庆的宠爱，而西门庆虽有一妻四妾，仍四处猎艳，潘金莲只是他宠幸的近二十位女性之一。她没有孟玉楼、李瓶儿的财力，吴月娘正妻的身份，除了才貌，一无所有，因此只能用身体拉拢西门庆，西门庆的各种变态性要求在金莲这里都会得到满足，她对西门庆猎艳的宽容，如春梅、李瓶儿、宋惠莲等，对西门庆情事的窥探，不是对西门庆的爱或者大度，而是压抑内心的强烈不安全感，对西门庆的迁就讨好。对其他妻妾的斗争，则显出其嫉妒、狠毒的一面，最明显的是与李瓶儿的斗争，尤其在李瓶儿怀孕生子之后，潘金莲对她恶言相向，故意把秋菊打得"杀猪也似叫"，吓唬官哥，用雪狮子将官哥吓死，李瓶儿也最终身亡。潘金莲无法忍受被西门庆冷落的孤独，只在第八回"潘金莲永夜盼西门庆"中，表现出对西门庆的怨恼。到第十二回，西门庆在丽春院半月不归时，她便与琴童私通，与女婿陈经济苟且。在西门庆死后，更放肆地发泄情欲，以填补内心的孤寂，直至惨死武松刀下，她的整个生活经历都呈现出一个不断寻找自我价值的悲剧人物形象。

李瓶儿是西门庆的第四任小妾，《金瓶梅》中对其过往的婚姻生活也有所描述，第十回谓：

> 原来花子虚的浑家，娘家姓李，因正月十五所生，那日人家送了一对双鱼瓶儿，就小字唤作瓶姐。先与大名府梁中书为妾。梁中书乃蔡太师女婿，夫人性甚嫉妒，婢妾打死者多埋在后花园中，这李氏只在外书房内住，有养娘服侍。只因政和三年正月上元之夜，梁中书同夫人在翠云楼上，李逵杀了全家老小，梁中书与众人各自逃生。这李氏带了一百颗西洋大珠，二两重一对鸦青宝石，与养娘走上东京投亲。那时花太监由御前班直升广南镇守，因侄男花子虚没有妻室，就

使媒人说亲，娶为正室。①

且不说李瓶儿在梁中书家中经历怎样提心吊胆的生活，即使已嫁为人妻，实际上仍是花太监的玩物。在十七回李瓶儿对西门庆说："他（花子虚）逐日睡生梦死，奴那里耐烦和他干这营生！他每日只在外边胡撞，就来家，奴等闲也不和他沾身。况且，老公公在时，和他另在一间房里睡着，我还把他骂的狗血喷了头，好不好对老公公说了，要打白棍儿，也不算人。什么才料儿，奴与他这般玩耍，可不硄碜杀奴罢了！谁似冤家这般可奴之意，就是医奴的药一般。白天黑夜，教奴只是想你。"② 可见，李瓶儿虽有正妻身份，却并未得到正常的婚姻生活，要应付太监公公的变态性渴求，而正牌丈夫花子虚对此不闻不问，又整日眠花卧柳，包占妓女，心里根本没有李瓶儿。李瓶儿的生活也是孤寂、压抑与痛苦的。西门庆的出现，满足了她的情欲，也唤起了她内心对正常生活的渴求。因此她将西门庆称作"药"，这"药"让她勇敢，甚至决绝地放弃了之前的生活，将自己的财富偷偷运到西门庆家中，设计使西门庆买了花子虚的宅第，并合伙气死了花子虚。而当西门庆卷入杨戬案，她便如丢了魂儿一般，"形容黄瘦，饮食不进，卧床不起"。情欲的觉醒，让她难耐生活的寂寞，因此将蒋竹山招赘入门，谁知蒋竹山腰中无力，"是个中看不中用的蜡枪头、死王八"，③ 最终嫁给西门庆，做了第六房小妾。李瓶儿追求的只是性欲的满足，她不缺钱财，是花子虚、蒋竹山的正妻，却甘愿做西门庆的妾，西门庆给予她的性欲满足，也是十足男人气概的体现，不管这一气概是如何钻营、耍手段，甚至害人性命，却有着被世俗认可的钱财与权力，这由书中各种人物对西门庆的恭维亦能看出。西门庆在鞭打李瓶儿的时候，李瓶儿也吐露了心声："他（蒋竹山）拿什么来比你？你是个天，他是块砖。你在三十三天之上，他在九十九地之下。休说你仗义疏财，敲金击玉，伶牙俐齿，穿罗着锦，行三坐五，这等为人上之人，自你每日吃用稀奇之物，他在世几百年，还没曾看见哩！"④ 比较李瓶儿之前的男人，梁中书对悍妒

---

① 兰陵笑笑生：《金瓶梅词话》，香港太平书局，1982，第117页。
② 兰陵笑笑生：《金瓶梅词话》，香港太平书局，1982，第200～201页。
③ 兰陵笑笑生：《金瓶梅词话》，香港太平书局，1982，第228页。
④ 兰陵笑笑生：《金瓶梅词话》，香港太平书局，1982，第237页。

妻子的怕，花子虚对公公霸占自己妻子的忍气吞声，蒋竹山的外装老成，内在空虚，只能依仗女人开药铺，打官司。西门庆确实在各方面显示出其为人上之人，对西门庆的依靠与满足，也使得李瓶儿的性格向着善的方向发展，正如冯文楼在《四大奇书的文本书化学阐释》中所说，如果说潘金莲在欲望的"革命"中走向了"阳性化"，那么李瓶儿则在这一"革命"中走向了"母性化"。① 她行为大方、性格温良、处事得体。对潘金莲嫉妒挑衅是一忍再忍，并且多次送东西给潘金莲，即便是潘姥姥也夸赞李瓶儿好性儿，但这一好性儿，却使孩子死于非命，最终也付出了生命代价，不可不谓懦弱的表现。另外，也说明李瓶儿对自己生存状况的满足，因此努力维持西门大家庭的"和谐"。潘金莲与李瓶儿两相比较，突出了李瓶儿的"有"和潘金莲的"无"，李瓶儿的巨额钱财、子嗣，只对财权霸气十足的男人的依靠，对地位的不在乎，都使得潘金莲的嫉妒走向变态，害人害己。

庞春梅是潘金莲的服侍丫头，如果说潘金莲有"物"的价值，并想方设法向"人"靠拢，那春梅只能算作半个"物"，连"物"的独立品格都没有。她被卖入西门府，因其较为出众的体貌："性聪慧，喜谑浪，善应对，生的有几分颜色"，② 被西门庆收用，成了一个没有公开身份的"暗妾"和"半奴婢半主子"。但春梅的性格特点却因此暴露无遗，她心高气傲、盛气凌人。表现为对府外之人耍奸猾，在家内显得没规矩。因叫不动申二姐唱曲，春梅在月娘房内当众怒骂了申二姐，羞得这位客人提前跑回了家，弄得吴月娘脸上很不好看。事后，月娘大骂春梅"奴才显得没规矩！"这一下挫伤了春梅的心，气得几天不吃不喝，后经西门庆舍力哄劝才进食。这也是春梅对自己位置与身份的觉醒，春梅被西门庆收用，却得不到小妾的待遇，只能处于"半主子半奴才"的地位，注定了她在西门府内没有任何安全与保障可言，这也造就了她"人生在世，且风流了一日是一日"享乐主义态度，这一态度正是对自己地位与处境的了然与绝望，也是她淫荡的理由与借口。西门庆纵欲身亡后，她被吴月娘卖到守备府，被周守备买作"二房"，因生下了儿子，便晋升为"正夫人"，然而她并未因

---

① 冯文楼：《四大奇书的文本文化学阐释》，中国社会科学出版社，2003，第328页。
② 兰陵笑笑生：《金瓶梅词话》，香港太平书局，1982，第119页。

此安分,想尽办法与陈经济暗中淫乱,陈死后,又勾引家人李安,不成,又勾引仆人周义,终因纵欲过度而死。

三 "人"的存在与审美真实

《金瓶梅》写出了欲望之下的众生相,张竹坡在《批评第一奇书金瓶梅·读法》中指出:"其书凡有描写,莫不各尽人情。然则真千百化身,现各色人等,为之说法者也。"①《金瓶梅》突破了之前文学中人物性格的单一化特点,使扁平人物更加丰满与立体,人物描写各尽人情,超越了传统道德的局限,让我们看到了更加真实的"人"的存在,他们不再为善的道德代言,而是为欲而生,为欲而死,有丑、恶的性格,却让人可恨又可怜,《金瓶梅》以丑的视角,表现了审美的真实。

首先,欲望至上是《金瓶梅》表现的一个重点。而欲望也是人性的必要组成部分,先秦荀子在《正名》中即谓:"性者,天之就也;情者,性之质也;欲者,情之应也,以所欲为可得而求之,情之所必不免也。"可见情欲是人的天性。《金瓶梅》中的人物突破了道德伦理的束缚,以自然情欲的满足为人生追求,他们的言行"无德",却更流露出一个自然人对于情感的需求,对生存的珍惜,对更好生活的向往。而物质、情感的欲望与满足不就是一个世俗普通人的理想吗?《金瓶梅》之真,就在于它将人的欲望,哪怕是最丑恶不堪的部分都公开袒露、毫无忌讳,反对虚假、伪善的道德。文中的主人公西门庆原本就是一个地痞流氓之类的人物,没有经过任何诗书道德教化,他的人生哲学就是想方设法满足自己对财、权、色的追求,而这样的人物做官则步步高升,经商可谓一夜暴发,女人则自愿上门,宁愿放弃传统伦理所肯定的正妻身份,也要做西门庆的小妾,并得到"仗义疏财"的名号,人人巴结,个个奉承,虽未寿终正寝,也是死在自己欢愉的事情上,人世荣华、美色都被他享用殆尽,因此平静地接受了自己死亡的事实,并将身后之事都一一安排布置。这一人物对自我欲望的成功实现就是对传统道德伦理的一大嘲讽,修身立命、仁义、忠孝等都在西门庆闪耀的人生光环之下不值一

---

① 黄霖编《金瓶梅资料汇编》,中华书局,1987,第81页。

第三章 《金瓶梅》对情欲的表现与身体审美

提,反而近于迂腐与做作。十载苦读寒窗的新科状元蔡蕴都需西门庆"留之一饭",借盘缠,在财、色的拉拢之下便为归西门庆所用,将"三万引盐"提前一个月支出,使西门庆获得了巨大的经济利益。蒋竹山在潘金莲口中是"谦恭礼体""一个文墨人儿","见了人把头儿低着",西门庆却一语道破,"他低着头儿,他专一看你的脚哩!"作为医生,理当以病人的安危为上,却担心鱼被楼下的猫叼走,"忘记看脉",只问病重的人:"嫂子,你下边有猫儿也没有?"① 蒋竹山这一外似老成儒雅,实则猥琐、小气的形象则跃然纸上了。饱读诗书,知礼义廉耻的人反而不如市井流氓西门庆磊落坦荡,也无怪乎李瓶儿舍弃蒋竹山,巴巴上门求做西门庆的小妾。《金瓶梅》给我们展示了一个欲望合理的世界,传统文学中"诗意""道德""理想"的面纱都被一一撕开,我们存在的就是一个有欲望的世俗社会,这才是真的人生与现实。虽然血淋淋的真实,让我们不忍面对,但只有揭开了温情脉脉的面纱,才让我们看到了真正的人性,真实的人的存在。

其次,与欲望相伴随的人性的丑、恶在《金瓶梅》中也暴露无遗。尤其是《金瓶梅》中的女性,她们自私、淫荡、凶狠、嫉妒、虚荣,在她们身上有着人类本性的一切弱点,她们颠覆了传统文学中知诗书,懂礼仪的淑女形象,也冲击着传统伦理所设定的美善理想,呈现了一个"至丑"的世界,人性中对情欲的渴望,在她们身上得到一种疯狂的体现。《金瓶梅》中的女性与传统道德伦理是相悖的,但同时女性长期被礼教社会压抑的欲望,第一次有了充分展现的舞台,也让男权社会的"看客"们第一次知道了女人的欲望与需求。女性也是独立的个体,有着长期被压抑的自主意识,从这个意义上讲,《金瓶梅》也是一部女人的斗争与反抗史,虽然形式极端,并最终付出死亡的代价,在中国的文学与美学史上却有着重大的意义。她们无法忍受命运的安排,寻求自我情欲的满足,追求自己认为"幸福"的生存方式,争取自己的生存空间与人格尊严,在中国古典文学中女性不仅成为主角而且终于发出自己的呼声。相较之下宋代烟粉类话本主要写男子与女鬼相遇,传奇话本则主打奇人奇事,《三国演义》《水浒传》《西游记》的女性不仅都是配角,而且大部分被妖魔化了。再回想历

---

① 兰陵笑笑生:《金瓶梅词话》,香港太平书局,1982,第 227~228 页。

史中流传下来的女性，花木兰代父从军，表现其忠孝，罗敷不为权势诱惑，忠于爱情，崔莺莺、杜丽娘等冲破礼教束缚，追求自由爱情，她们无一不容貌美丽，对爱情有着勇敢执着的精神，但这些精神也都是男性世界所认可的美。《金瓶梅》是女人第一次真正的觉醒与斗争，她们有欲望，有追求自己生存与生命满足的权力。罗德荣先生在《金瓶梅三女性透视》中分析："（潘金莲）如不去偷情，就只能一味忍受麻木下去。而人的麻木，则是失去对个体权利和幸福的起码追求。旧时代的真正悲哀，不在于出现了偷情的潘金莲，而在于制造了无数屈从命运，安分守己，漠然死去的中国妇女"。① 如此，《金瓶梅》中女人的"丑""恶"实则为一种不得不为之的极端反应，正如女性主义波伏娃的名言："女性不是天生的，而是被造就的"，从她们身上，让我们看到了人性的真实，也看到了男权主义统治之下，女人的生存实况。所谓的"坏女人"，实则是道德和礼教都无法判定善恶的女性的情欲与血肉之躯，她们是真正的"人"，而不再是道德的代言与男人的附庸。《金瓶梅》提供了一个丑陋的美学视角，却凸显了审美的真实，因为"真"的残酷，引导我们对人性与社会进行更深入的反思。

  传统美学以"善"为核心的道德中心主义，将人、人性或者人的整个存在加上了理想主义的光环，放弃了对自我欲望的发现，并将欲望存在，当作有悖人性与道德的耻辱。因此中国文化是一种"耻感文化"，这一文化造成了对人性与欲望的普遍压抑，而当这种压抑稍微松懈，人的欲望则如洪水般冲决而出，这也可以解释晚明时期大量艳情小说出现的原因了。包括国人对"性"超乎寻常的热情，"偷窥狂""恋物癖"等，就是在这种不敢正大光明的"看"文化中形成的心理变态。因此正如谢刚所言，这种以"至善至美"为核心的中国美学完全是一种盲目乐观的理想主义，它既缺乏牢固的现实基础，更谈不上有什么发展和出路。因为"人的感性欲求"与排斥人的自然生命的道德根本无法"和谐统一"。② 《金瓶梅》则为突破传统美学与传统文化做出了重要的贡献。

---

① 罗德荣：《金瓶梅三女性透视》，天津大学出版社，1992年。
② 谢刚：《美丑尽在情与欲之间——〈金瓶梅〉的文学地位与美学价值》，《学术论坛》2002年第6期，第88页。

第二节　身体展示的世界：卑微的生存与扭曲的灵魂

道德至上是中国哲学与艺术的特点，将中国群体像罩上了一派儒雅祥和的人格面纱，在经书、典籍中，我们看到是非对错的道德说教与人格修炼，却独独缺乏了对"真"的了解与深思。《金瓶梅》的一大成就是还原了"真"，除了帝王将相、儒者名士、才子佳人，展现了更广大的普通人的生存与生活，这里有真实的人物与性格，是一个有欲望的丑的世俗世界。但其书所揭示的却远不止于此，它突破了传统伦理对身体的羞耻与遮蔽意识，使身体出场，读者成了正大光明的"身体"的看客，而在这种"写实性"的身体叙事中，以性为中心，直指最本能、最原始的生命存在，探索身体与灵魂的隐秘关系。

一　《金瓶梅》中的"身体"出场

西方世界推崇理性，用理性去剖析与观照事物，虽忽视了身体的感官诉求，但另外，由理性发展而来的科学方法成为一大传统。尤其在文艺复兴之后，主体意识抬头，人体写实的艺术方法得到重新宣扬，各种裸体画盛极一时，表现人自身的力量或者动态之美。丹纳曾经说过，"人的身体，有肌肉包裹的骨骼，有色彩有感觉的皮肉，单凭它们本身的价值受到了了解和爱好"。[①] 艺术家"所要表现给人看的，首先是天然的人体，就是健康、活泼、强壮的人体"[②]，从而将物质化的身体作为审美对象。中国儒家文化虽强调修身，但此"身"是精神性的"身"，而非肉身与自然之身，排斥身体的直接呈现，裸露身体与礼相悖，直接与儒家抵制的"性"相关联。"传神"的美学原则，就是以"神"统筹指导，"以形写神"揭示人物的精神本质。因此"身体"或曰裸体，在中国哲学与美学中并未得到合

---

① 〔法〕丹纳：《艺术哲学》，傅雷译，人民文学出版社，1963，第369页。
② 〔法〕丹纳：《艺术哲学》，傅雷译，人民文学出版社，1963，第75页。

理的表现与发展,一直受到道德伦理的打压排挤。与之相应的,人的感性情欲对自然身体的好奇与渴望,也只能以遮蔽的扭曲的方式表现。

《金瓶梅》提供了中国式身体呈现的艺术实例,书中对身体的描述占了很大篇幅,尤其是女性身体的展现,带有男性的"性"心理窥视,而非自然、正常的身体美的呈现。如潘金莲的出场,"回过脸来看,却不想是个美貌妖娆的妇人。但见他黑鬒鬒赛鸦翎的鬓儿,翠湾湾的新月的眉儿,清冷冷杏子眼儿,香喷喷樱桃口儿,直隆隆琼瑶鼻儿,粉浓浓红艳腮儿,娇滴滴银盆脸儿,轻袅袅花朵身儿,玉纤纤葱枝手儿,一捻捻杨柳腰儿,软浓浓白面脐肚儿,肉奶奶胸儿,白生生腿儿,还有一件紧揪揪,红绉绉,白鲜鲜,黑裀裀,正不知是什么东西"。① 这是西门庆第一次看到潘金莲,在各种衫、裙、裤穿戴整齐之下,却"窥"到了潘金莲的裸体,这就是男人对女性的"看",一种对裸体的性幻想表现。随后,书中即谓"观不尽这妇人容貌,且看他怎生打扮。……"② 先想象裸体怎样,然后才注意潘金莲的打扮衣着,当然,这符合西门庆"好色"的性格特点,另外,也让我们看到了文明礼仪包裹之下,对身体的强烈欲望。

女性被"看"的另一个身体体征是小脚,《金瓶梅》中谓之"金莲"。潘金莲、宋金莲(后改为宋惠莲)都以脚作为社会身份的标识。身体("三寸金莲")是她们取得社会认可的重要工具,这里的"社会"主要是男性变态的审美眼光与性需求。将脚人为地扭曲变形,造成足部无力,身姿袅娜的柔弱之态,在视觉上更突出了女性的性体征,从而满足男性对身体窥看的欲望。《金瓶梅》中的女性虽容貌各异,但对"金莲"的突出却取得了相当的一致性。第三回西门庆勾引潘金莲,情节安排,将箸正好掉落妇人脚边,"西门庆连忙将身下去拾箸,只见妇人尖尖趫趫刚三寸恰半抈一对小小金莲,正趫在箸边。西门庆且不拾箸,便去他绣花鞋头上只一捏"。③ 紧接妇人谓:"官人休要啰唣,你有心,奴亦有意。你真个勾搭我?"脚本身所具有的"性征"之意,再加之西门庆的一捏,男女的情意也就不言而喻了。同一回对潘金莲的脚再加强调,如西门庆"看见他(她)一对小

---

① 兰陵笑笑生:《金瓶梅词话》,香港太平书局,1982,第25页。
② 兰陵笑笑生:《金瓶梅词话》,香港太平书局,1982,第25页。
③ 兰陵笑笑生:《金瓶梅词话》,香港太平书局,1982,第48页。

第三章 《金瓶梅》对情欲的表现与身体审美

脚，穿着老鸦缎子鞋儿，恰刚半扠，心中甚喜。"① 金莲自知小脚的价值，不失时机地炫耀它们，如她会故意对西门庆说："奴家好小脚儿，官人休要笑话。" 还专门作曲，将自己的小脚喻为"似藕生芽，如莲卸花"的妙物。再如薛嫂为促成西门庆与孟玉楼，唯恐西门庆不喜欢，"慌的薛嫂向前用手掀起妇人裙子来，裙边露出一对刚三寸恰半扠，一对尖尖趫趫金莲脚来，穿着大红遍地金云头白绫高底鞋儿，与西门庆瞧。西门庆满心欢喜"②，李瓶儿亦"裙边露一对红鸳凤嘴，尖尖趫趫立在二门里台基上"。③宋惠莲虽出身低微，却姿容出众，会妆扮，尤有甚者，她长着一双比潘金莲更为小巧精致的小脚，西门庆赞赏道："谁知你比你五娘脚儿还小。"④宋氏也以自己的小脚自鸣得意，在元宵节时，在自己的鞋子外面套上潘金莲的红鞋，而且一路上"左来右去，只和经济嘲戏"。⑤畸形的小脚成为引起男人注意与欢愉的身体资本。对女性小脚的审美，也是中国对人体欣赏的独创了。它与传统道德伦理对自然身体的刻意回避有着极大的关系，谈性色变，对身体欲望的强制压抑，对性的围追堵截，只能让人的天性以一种非正常的渠道得到满足。

《金瓶梅》中最惹人争议的身体出场就是其中的性描写，虽只有近两万字，占全书比例不过百分之一二，但极其逼真细腻地展现了西门庆和妻妾的隐秘生活，以现实主义的手法写出了普通男女对情欲的渴望。作者敢于将人的本能需求诉诸笔端，并影响人物的命运选择，呈现了真实的人的生命需求，有其进步之处。但另外，主人公对性有着疯狂的变态追求，杀人、偷情、乱伦都随之而来，甚至因此丢掉性命，"性"与死亡如影随形。两性结合是生之本能，以爱情为基础，才能真正体会生命初始的快乐。按照弗洛伊德的观点，没有性的欲望转化成更多的生产性领域，就不会有文明，也就不会有美。"美的观念植根于性刺激的土壤之中"。⑥劳伦斯也把性当作生命的美，他说："按照科学的定义，性是一种本能……哪儿有生

---

① 兰陵笑笑生：《金瓶梅词话》，香港太平书局，1982，第51页。
② 兰陵笑笑生：《金瓶梅词话》，香港太平书局，1982，第79页。
③ 兰陵笑笑生：《金瓶梅词话》，香港太平书局，1982，第151页。
④ 兰陵笑笑生：《金瓶梅词话》，香港太平书局，1982，第288页。
⑤ 兰陵笑笑生：《金瓶梅词话》，香港太平书局，1982，第297页。
⑥ 〔美〕托马斯·门罗：《走向科学的美学》，石天曙等译，中国文联出版公司，1985，第22~23页。

命,哪儿就有性……其实,性和美是一回事,就像火焰和火是一回事一样。如果你憎恨性,你就是憎恨美。如果你爱上了有生命的美,你就是在敬重性……性和美是不可分隔的,就像生命和意识那样……实际上,性的吸引就是美的吸引。"① 他的小说《查特莱夫人的情人》以极其浪漫、富有诗意的语言描述人的本能之性,表现对生命的崇拜和肉体的赞美,从而将性上升为对生命的审美与欣赏。相较之下,《金瓶梅》中的性描写更像一种动物似的"肉战"或"肉搏",是一种互相利用的征服与被征服的关系。西门庆的四处猎艳,鲜有情爱的成分在其中,更多的是为满足自己的占有欲与征服欲。小说七十八回西门庆与如意儿偷情过程的对话便是西门庆性心理的真实展示:"西门庆叫道:'章四儿淫妇,你是谁的老婆?'妇人道:'我是爹的老婆。'西门庆教于他:'你说是熊旺的老婆,今日属了我的亲达达了。'"② 这种"妻不如妾,妾不如偷"心理的真实再现,以寻求刺激为目的,也是普遍的性压抑之后,以西门庆为例的极度反弹。《金瓶梅》更有对身体的性虐倾向,如第二十七回,"潘金莲醉闹葡萄架",为西门庆变态性心理的又一表现,潘金莲"双目瞑息,微有声嘶,舌尖冰冷,四肢微收,躺然于衽席之上矣"。醒来之后作娇泣声说道:"我的达达!你今日怎的这般大恶!险不丧了奴之性命。今后再不可这般所为,不是耍处。我如今头目森森然,莫知所之矣。"③一个"闹"字有突出男女情事的情趣之意,岂不知险些要了潘金莲的性命,这样的性场面又岂有欢愉之感,怎会体验生命的欢乐。再如前所述西门庆与如意儿偷情一节,西门庆竟在如意儿身上烧三处香,香火直接"烧到肉根前",如意儿只能"蹙眉啮齿,忍其疼痛",而当性事结束之后,西门庆"寻了一件玄色段子粧花比甲儿与他(如意儿)"作为交换。④ 这样的性场面描写,在《金瓶梅》中多处可见,有"淫"的部分,但更多的让人心生悲愤与同情。身体出场,突出了性别差异,是对现实的一种更深刻的暗喻,照见了扭曲的灵魂与生命实景,在下一节中将详细阐述。

---

① 〔英〕劳伦斯:《劳伦斯散文选》,姚暨荣译,花城出版社,1988,第104页。
② 兰陵笑笑生:《金瓶梅词话》,香港太平书局,1982,第1206页。
③ 兰陵笑笑生:《金瓶梅词话》,香港太平书局,1982,第348页。
④ 兰陵笑笑生:《金瓶梅词话》,香港太平书局,1982,第1206页。

二 卑微的女性生存地位

中国的等级伦理建立在男权社会之上，女性一直被看作男人的附属品。男人三妻四妾，包括在外寻欢问柳被视为常态，女人则应相夫教子、顺从谦恭、忠贞不渝，违反"七出"之条，不顺父母、无子、淫、妒、有恶疾、口多言、窃盗，男人有休妻的权力。《金瓶梅》完全颠覆了传统女性形象，《金瓶梅》中的女性以潘金莲为首，是既貌美、妖娆、风情，又淫荡、妒忌、狠毒，是美与丑的结合体，因此自其问世以来一直骂名不断。以男性世界的眼光与参照来看，《金瓶梅》中的女性确实可恨，但以"第二性"与"他者"的女性身份体会，《金瓶梅》中的女性是可怜又可悲的，它写出了女性在自我意识觉醒下的挣扎与抗争，却在体制内以失败而告终的女性命运。我们听到了女性的声音，却曲终和寡，惨淡收场，作者兰陵笑笑生也在对女性既同情又鞭策的矛盾心理下服从了男性的世俗体制，潘金莲最终被剖心惨死，就是顺应了恶有恶报的世俗心理。

亚里士多德说："女性之为女性是因为缺乏某些品质"，托马斯·阿奎那也断定女人是"有缺失的人""意外"的存在。[①] 诚然，男女如阴阳两极，男性所创立的规则世界与女人的天性相悖，男人用理性与道德来思考世界与存在，女人却是情绪丰富的感性实在，喜怒哀乐之情在女性身上会得到更集中的体现，因此女性是天生的美学家或合格的审美者，对自我美的发现，对大自然等外在的美的变化总有细腻的观察与体认。先秦孔子谓"唯女子与小人难养也"，"难养"是因为变化无测，而无被世俗认可的品格。精神与心理分析卓有成就的弗洛伊德都将女性的心理比喻成一块"黑暗的大陆"，因为以男性为中心的数据分析无法在女人身上同样适用。因此，当男性权威所创立的意识形态成为社会的主体时，女性则被异化，边缘化成为男人的附属品，女性的"属人"的存在被长期忽略。《金瓶梅》中的女性，当作为"人"的意识稍微抬头时，立刻遭到男性世俗社会的鄙弃与唾骂，《金瓶梅》入列禁书几百年，与其说是男权社会对移风易俗的

---

① 具体参见〔法〕西蒙娜·德·波伏瓦《第二性》，郑克鲁译，上海译文出版社，2011，第8页。

担忧,不如说是对女性挑战男权社会的恐慌。

《金瓶梅》是对女性生存境遇的真实写照,自我的身体是她们进入男权社会,并唯一能够把握的实在。她们自出生就没有独立的人格,属于怎样的男人是她们对未来的唯一期许,而身体则是仅有的资本与武器。潘金莲的成长经历三次被"卖",对自我美的价值认知却在"卖"的过程中不断贬值,从王招宣府到已六旬的张大户,再到侏儒式的武大郎,她弹唱《山坡羊》:"他乌鸦怎配鸾凤对!奴真金子埋在土里",已流露出对自我生命的悲愤与不甘。女性,即使"物"的存在环境,却拥有天生的"人"的属性,有自我价值满足的需要,这种需要和生命的寄托,与生命存在的理由密切相关,是不可或缺的精神内容。潘金莲一直所处的压抑状态,更激发了她对自我生命的珍视与渴望。因此当武松出现时,她心里寻思道:"奴若嫁得这个,胡乱也罢了。你看我家那自身不满尺的丁树,三分似人,七分似鬼。奴那世里遭瘟,直到如今。据看武松又好气力,何不交他搬来我家住?谁想这段姻缘却在这里。"[1] 这是潘金莲对生命燃起的第一次希望,也是真正属于自己的第一次选择,却不料被武松骂为"不识羞耻"。这一次打击,让潘金莲心灰意冷的同时,也强化了她的自我意识与好胜心理。因此在与西门庆偶遇之后,当身体终于找到它的赏识之人与存在价值时,潘金莲义无反顾地偷情并毒杀武大。试想假如潘金莲在豆蔻年华便可自由选择自己心仪之人,假如可以自主地与武大解除婚姻关系,再或者武松对她也情投意合,即使作为女人的地位再低,也会找到坐稳"物"的一点价值,而不至于背负千年骂名。波伏娃的名言,"女人不是天生的,而是被形成的",在此又得到进一步的印证。

读《金瓶梅》,以潘金莲为首的女性,包括春梅、李瓶儿、宋惠莲等都处于一种急切的状态之中,她们急切地想抓住自我存在的理由,急切地证明自己的价值,可悲的是这种价值唯一的获得途径只能是男人,而女人取悦男人的最大资本就是身体。因此在《金瓶梅》中裸体、肉体不断出现,潘金莲用它来取悦西门庆,将他作为自己全部身心的寄托,但在武大死后,西门庆忙着迎娶有钱的新寡孟玉楼,将潘金莲冷落几个月之后,金莲对彼此感情付出的不对等已经有所觉悟,她送给西门庆做寿的物件附诗

---

[1] 兰陵笑笑生:《金瓶梅词话》,香港太平书局,1982,第14页。

一首云:"奴有并头莲,赠与君关髻。凡事同头上,切勿轻相弃。"① 可谓自己满腔真切情意的寄托,可西门庆并未断了猎艳之途,收了丫鬟春梅,又与李瓶儿暗中往来,如意儿、宋惠莲等,或者连续半月在妓院度过,潘金莲的身体又不断地遭到冷落,她在《山坡羊》中唱:"奴家不曾爱你钱财,只爱你可意的冤家,知重知轻性儿乖。"② 潘金莲不爱钱财地位,对自我身体的肯定与满足就是她生存的最大需求,因此她想方设法拢住西门庆的心,即使西门庆性虐待或者再无理的要求她都会答应。第十二回,西门庆为哄妓女李桂姐开心,以剪下潘金莲的一缕头发作为赌约,而潘金莲明知西门庆非正途所用,却忍辱受气,甘愿顺从。只是娇声哭道:"奴凡事依你,只愿你休忘了心肠。随你前边和谁好,只休抛闪了奴家!"在金莲看来,西门庆的负心是她生命价值的最大威胁,因此,一方面,为了讨西门庆欢心,她在床笫之上每每竭尽所能奉迎,"恨不得钻入他腹中,在枕畔千般贴恋,万种牢笼,泪搵鲛绡,语言温顺,实指望买住汉子心"③,甚至不惜替西门庆咽溺,醉闹葡萄架一节,差点丧了性命。在此过程中,她鲜有身体的快感与欢愉,反而要忍受折磨与苦痛,即便如此,她也甘之如饴,并认为得到了自己所认为的存在价值。可见男权社会中性的体征暗示,也成了女性的自我认知,于是自身价值与身体、性欲有了同等的意义,身体展现便成了她此在的生存样式。另一方面,对身体空间的抢占,也让她心理狭隘与扭曲。她嫉妒排挤其他妻妾,窥听并通过假意大方,掌握西门庆的风流韵事,作为占有西门庆心的一种方式。而在李瓶儿生子之后,孩子成了她拉拢西门庆的大敌,因此用计将官哥儿害死。这样的苦心谋划,男人的心却依然不能全部在她身上,所以当她骂宋惠莲时说:"我对你说了罢,十个老婆买不住男子汉的心。"④ 这里与其说她是在提醒宋惠莲,倒不如说是她自己的切身体会。这种身体价值与自我意识合一的最终失落,促使她与琴童、陈经济的出轨,实则是对自我价值的再次肯定与寻找,也是对男人的恶意报复,是对男权制度的反抗与挑战。

如果说潘金莲用身体来寻找自己在世的位置与价值,《金瓶梅》中另

---

① 兰陵笑笑生:《金瓶梅词话》,香港太平书局,1982,第 92 页。
② 兰陵笑笑生:《金瓶梅词话》,香港太平书局,1982,第 92 页。
③ 兰陵笑笑生:《金瓶梅词话》,香港太平书局,1982,第 503 页。
④ 兰陵笑笑生:《金瓶梅词话》,香港太平书局,1982,第 290 页。

有一部分女性,她们付出的身体只为换取钱物,甚至是虚幻的尊严与社会地位。宋惠莲是来旺儿媳妇,在《金瓶梅》中只出现在第二十二回到二十六回,并最终含羞自缢,是一个可悲又可怜的人物。宋惠莲虽然是下人的老婆,但生的有几分姿色,且比潘金莲的脚还要小些,她内心是极认可自己身体价值的,因此到西门庆府一月有余,"看了玉楼、金莲众人的打扮,他(她)把髻垫的高高的,梳的虚笼笼的头发,把水鬓描的长长的"。① 这一对身体的改造与筹划,显示出她不甘卑微身份的自尊心理,以奴仆身份向着主人位置看齐。在与西门庆结合之后,一方面自恃身份不同,"越发在人前花哨起来,常和众人打牙犯嘴,全无忌惮"②,"每日和金莲、瓶儿两个下棋抹牌"。③ 元宵节西门庆妻妾都上座,"宋惠莲不得上来"等上边呼唤要酒,她也不起身,只是骂其他仆役,"来安儿,画童儿,娘上边要热酒,快偾酒上来! 贼囚根子,一个也没在这里伺候,多不知往哪里去了!"④ 从这些细节可看出宋惠莲已全然忘记自己奴仆的身份,她指点孟玉楼如何掷筛子,在"走百病"时,竟在自己鞋子外面套上潘金莲的红鞋,无不显现出她欲跨越奴仆与主妇界限的行为意向。另一方面,在与西门庆发生关系之时,她用身体作为获得钱物的工具,"爹,你有香茶再与我些。前日你与的那香茶都没了"。又道:"我少薛嫂儿几钱花儿钱,你有银子与我些儿,我还他"⑤,"冷合合的,睡了罢,怎的只顾端详我的脚? 你看过那小脚儿的来。相我没双鞋面儿,那个买与我双鞋面儿也怎的? 看着人家做鞋,不能勾做"。⑥ 身体=香茶=几钱银子=一双鞋面儿,这就是宋惠莲身体的价值,但她却认为自己通过身体获得了与西门庆其他妻妾的平等地位,却不知即使是同样的身体也有着不平等的价值,所谓"身体平等"的自尊与虚荣不过是她一厢情愿的想象。因此当她的丈夫遭到西门庆陷害而她的求情又落空之后,正如被她轻蔑地称之为"上灶的"惠祥责骂她的那样,终于醒悟了自己和"上灶的"并无区别,"促织不吃癞虾蟆肉——都是一锹土上人"。她从自以为是的幻境中苏醒过来,由身体培植的极度自

---

① 兰陵笑笑生:《金瓶梅词话》,香港太平书局,1982,第274页。
② 兰陵笑笑生:《金瓶梅词话》,香港太平书局,1982,第290页。
③ 兰陵笑笑生:《金瓶梅词话》,香港太平书局,1982,第292页。
④ 兰陵笑笑生:《金瓶梅词话》,香港太平书局,1982,第294页。
⑤ 兰陵笑笑生:《金瓶梅词话》,香港太平书局,1982,第285页。
⑥ 兰陵笑笑生:《金瓶梅词话》,香港太平书局,1982,第288页。

尊与虚荣，导致她走上自杀之路。

春梅、如意儿、王六儿、孙雪娥等女性同样如此，她们有着奴仆的身份，有着现实中的低下卑贱的地位，身体只是她们换取一点钱物，或者虚幻的社会身份的工具。《金瓶梅》中所谓的"坏女人"，以潘金莲、春梅为代表，不过是对生存环境与价值的争取与反抗，在男权社会的主流意识形态之下，她们顺从了男性的身体暗示，身体与女性自我合一，她们的反抗也只能走上身体的冲撞与出逃，这也暗示了她们以失败告终的悲剧命运。

三 西门庆的性权力与爱无能

西门庆是《金瓶梅》中女性身体的看客与占有者，在他身上体现着一种肯定本能欲望追求的原始生命力。而当这种生命力进入男权社会的等级体制后，则表现为对女色的疯狂的占有与征服欲，是一种性权力的放大与昭示。西门庆是个体，却代表着男性在男权社会的整体心理与行为走向。权力膨胀所导致的灵魂扭曲，让男性们失去了对自我的认知与把握，他们快乐的来源只是通过权力不断占有的刺激与快感。生理需要被夸张得无限上扬，对自我价值的肯定，却是与人的情感与尊严无关的生理欲求。因此等级体制下的男性生存，有着先天的营养不良与畸形发展，身体的疯狂，比照着灵魂的扭曲与羸弱，具有爱无能的先天特性。

《金瓶梅》中西门庆占有的女性有几个特点，一是多，根据张竹坡的统计，与西门庆发生关系的女性有19人之多。正式娶进门的有陈氏（已逝）、吴月娘、李娇儿、卓二姐、孙月娥、孟玉楼、潘金莲、李瓶儿。妓院的郑月儿、李桂姐、吴银儿，仆妇如庞春梅、宋惠莲、如意儿、贲四嫂、王六儿等，王招宣府遗孀林太太。二是西门庆霸占的女性多为有夫之妇。潘金莲、李瓶儿在西门庆的教唆下，将自己的丈夫迫害致死，进而成为西门庆的小妾。宋惠莲、贲四嫂、王六儿、如意儿也都有自己的丈夫，后与西门庆暗中勾搭。其征服心态淋漓尽致的表现莫过于在与别人的妻子交欢时（如如意儿），让妇人重复她虽是别人之妻，此刻却属西门庆的描写。三是西门庆对归属自己的女性，有着强烈的独占欲。他可以流连妓院半月不回，却在得知潘金莲与琴童的丑事后，欲将潘金莲鞭打致死。花子虚死后，李瓶儿难耐寂寞，与蒋竹山成婚，西门庆则设计陷害蒋竹山，娶到李瓶儿之后，又拿鞭子抽打她以示惩罚。再如"西门庆大闹丽春院"一回，西门庆因长时间不到丽春院，李桂姐接待了杭州商人丁二官人，这本属妓院经营常事，西门庆得知后，"不由心头火起"，"不由分说把李家门窗户壁床帐都打碎了"，"口口声声只要采出蛮囚来，和粉头一条绳子，墩锁在门房内"①。

可见西门庆在男女的身体关系中，有着强烈的占有欲与征服欲，这些欲望的呈现，是他性权力中心地位的体现，也是男权意识在女性世界的潜在规则，男性拥有对女性身体的社会占有和权力控制。这一规则一方面造成了女性的痛苦，另一方面也使得男性在身体的呈现过程中，并非单纯地以获得身体愉悦为目的，而是拼命证明自我的强大，外在的权势更助长了男性性权力的膨胀。因此《金瓶梅》中描述的多处性场面，随着西门庆财势的增长，也呈现出一种更加疯狂的状态，性虐待、"性战"成为常态，财势浸染之下，身体的快感要求也表现为一种变态的需求。第七十八回的标题即为"西门庆两战林太太"，语言描写不啻于《水浒传》中的战争场面，如"迷魂阵摆"，"摄魂旗开"，"跨一匹掩毛凹眼浑红马，打一面发雨翻云大帅旗"，"摄魂旗下，拥一个粉骷髅，花狐狸"，"鼓震春雷，那阵上闹挨挨"。② 林太太是西门庆占有女性中身份最高的一位，而征服这一女性，是西门庆自我能力的又一证明。身体的战争场面，充分体现了男性在女人身体之上实现的攻城掠地的征服心理，在这个过程中，没有对女性生理及心理的抚慰与思量，只是一种疯狂的自我实现，甚至用女性的痛苦唤起自我快感。

沈雁冰在《中国文学内的性欲描写》中指出："色情狂的病态本非一种，而在中国性欲小说内所习见的是那男子在性交以使女性感到痛苦为愉快的一种。《金瓶梅》写西门庆喜于性交时在女子身上'烧香'，以为愉快。而最蕴藉的性欲描写，也往往说到女性的痛苦，衬出男性的愉快。"③ 男性对自我生命力的肯定，通过男权的制度规定，蒙蔽了对自我的清醒认识，他以不对等的权力压制，包括财、势、性等方面，企图获得他人的崇拜与生命的快乐，却忽略了对情感与尊严的平等关照，因此他没有得到真

---

① 兰陵笑笑生：《金瓶梅词话》，香港太平书局，1982，第253页。
② 兰陵笑笑生：《金瓶梅词话》，香港太平书局，1982，第1200页。
③ 周钧韬：《金瓶梅资料续编：1919-1949》，北京大学出版社，1991，第29页。

正的快乐，他不会爱，也自然得不到同样的爱的回报，只是将自我陷入无爱的荒野，也成为权力的奴隶。他对女性的爱、恨、奖、惩，包括自我的痛苦、快乐等，一切都付诸性行为，这就是他对于男女情感的唯一表达方式，在他身上生殖器既是权力的重要象征与表达，也代替了属于人的一切思考与情感。

西门庆难得的真情流露是在李瓶儿死后，《金瓶梅》中几次提到西门庆悲痛欲绝，"这西门庆也不顾的什么身底下血渍，两只手抱着她香腮亲着，口口声声只叫'我的没救的姐姐，有仁义好性儿的姐姐，你怎的闪了我去了！宁可教我西门庆死了罢，我也不久活于世了，平日活着做什么！'"① "西门庆在前厅，手拘着胸膛，不由的抚尸大恸，哭了又哭，把声都呼哑了。口口声声，只叫我的好性儿有仁义的姐姐不住。"② "西门庆只顾哭起来，把喉音也叫哑了，问他与茶也不吃，只顾没好气。"③ "西门庆大哭李瓶儿"一回的描写，是西门庆唯一的真情流露，这不仅让看者对西门庆这一人物形象也有了一些改观，然而一面对李瓶儿怀念不已，"白日间供养茶饭"，"行如在之礼"，紧接着就在李瓶儿房中与奶子如意儿苟合，西门庆连怀念的方式都通过性行为表达，不仅让人心生可怜。西门庆处在一片无爱的荒原之中，既得不到女人真正的爱情，也不知道如何去表达爱，是真正的用"下半身"思考的动物，是一种爱无能的体现。因此西门庆对自己的充实与武装只能通过不断强化生殖器的力量，《金瓶梅》行文叙事中多次提到西门庆对各种春药、性具的使用，这充分说明了他对自己原始生命力的不自信，他对权力欲所带来的性快感的疯狂追求，是一种畸形的生理需求，也导致了他的身心分离与灵魂扭曲，并最终走向了死亡。

巴尔扎克曾说过，小说是一个民族的秘史，《金瓶梅》的身体出场，就暴露了我们民族遮掩的身体。西门庆这一形象既有典型性，又代表着专制社会普遍的男人共性。这是一个可怜的人物，除了性、钱、权之外，他一无所有，在男权的光环笼罩之下，男性自生之初，就被推到等级的顶端，建功立业，财势、权力就是世俗认可的男性标志，属"人"的情感、欲望、精神甚至灵魂，则须忽略、压抑，因此他们遗失了对感性生命的看

---

① 兰陵笑笑生：《金瓶梅词话》，香港太平书局，1982，第885页。
② 兰陵笑笑生：《金瓶梅词话》，香港太平书局，1982，第887页。
③ 兰陵笑笑生：《金瓶梅词话》，香港太平书局，1982，第889页。

顾，不会甚至不屑表达爱的情感。情感的缺失，即使外在如何成功，都掩盖不了内心的软弱与卑小。中国文学中多为没有七情六欲的英雄形象，才子佳人小说则突出小姐慧眼识人，打破世俗规则的勇气，男性虽有情欲的萌动，但扮演的是不得不接受的角色，小姐的一往情深再加上对上京赶考盘缠的赞助，然后状元及第，洞房花烛，皆大欢喜。故事总是在大团圆的结局中结束，而再想下去，难保不是一个西门庆与潘金莲的形象再生，这就是中国的人性真实，缺乏情感的成长环境，只能变成外在权势的奴隶，也只能走向灵魂的畸形与扭曲。

第三节 悲悯：《金瓶梅》的另类视角与审美旨归

文学是人学，因此凡是涉及人生活的各个层面，在文学中都有表达的必要。而优秀的文学作品，也必然是对人类生存的关照与思考。《金瓶梅》是中国传统妻妾文化的真实写照，它超越了一般的叙事层次，通过身体出场，呈现了一系列矛盾，这些矛盾包含了作者对人生困境的思考。在道德说教背后的情欲场面，感官欢愉与死亡情结，在感性与理性，审美与道德的碰撞中，是如张竹坡谓"泄愤"说，抑或是同情悲悯，《金瓶梅》也为读者留下了思考的空间。

一 作者的矛盾心理：道德归罪与同情怜悯

《金瓶梅》中身体的自然主义出场，对身体体征或者"色情"场面的描写，为我们呈现了一个充满情欲的世俗空间。作者不仅写出了世俗社会中人与人之间复杂多样的矛盾冲突，而身兼作者与评论者于一体的双重身份，也表现了作者内心深处的矛盾。一方面对情欲场面的描写细腻而生动，欣赏情欲所体现的生命本能，同时又将情欲与道德说教相结合，把情欲描绘成毁灭性的力量，并与死亡直接相连。另一方面，作者以男性的写作视角，既描述女性的美的体貌动作，堪怜的身世与成长，又将其视为红颜祸水，并最终给予死亡的结局，在行文之中透露出对女性生存处境的怜悯与同情。这一矛盾的叙事结构,也将作者分离为理性与感性的双面体,对身体关系的羡慕欣赏是自我感性情欲的释放,而不可避免的死亡情结,则是传统道德理性的复苏。是真实的对感官享受的兴趣和对性放纵严重后果的恐惧,无怪乎荷兰学者高罗佩称《金瓶梅》为"伟大的色情小说","色情"与人性同时出场,身体的性行为不再是一种孤立的本能,而是生命的释放与困境,人性堕落与无奈的冲撞与结合。

（一）肯定情欲与道德说教

《金瓶梅》中的道德说教主要在章回的诗词之中,这是宋以来小说这一文体形成的独特传统,以增加这一"稗官野史"的社会正功能,同时也是士人阶层家国天下责任心的艺术体现。因此尽管作者在正文中对西门庆的财色追求,以极尽细腻的笔触描画了一派世俗的感官场景,道德说词则与正文的情欲生活形成相互对比的两极,它构成了文本叙述的矛盾,也是作者矛盾心理的体现。在小说矛盾的人物关系之外,形成了虽似边缘实则居于核心的作者的内心冲突,因此小说不可避免地呈现出一种人性的挣扎与痛苦,即使在一片莺歌燕舞的欢愉场面之后,都隐藏着作者的冷眼旁观,甚至是悲愤与恐惧。

《金瓶梅词话》第一回作者的词曰：

> 丈夫只手把吴钩,欲斩万人头。如何铁石,打成心性,却为花柔？请看项籍并刘季,一似使人愁。只因撞着,虞姬戚氏,豪杰都休。
>
> 此一支词儿,单说着情色二字,乃一体一用。故色绚于目,情感于心,情色相生,心目相视。亘古及今,仁人君子,弗合忘之。晋人云："情之所钟,正在我辈。如磁石吸铁,隔碍潜通。无情之物尚尔,何况为人终日在情色中做活计,一节须知。""丈夫只手把吴钩",吴钩乃古剑也,……言丈夫心肠如铁石,气概贯虹蜺,不免屈志于女人。①

在叙说项羽、虞姬及刘邦、戚姬的故事之后,又各附诗如下：

---

① 兰陵笑笑生：《金瓶梅词话》,香港太平书局,1982,第1页。

拔山力尽霸图赊,倚剑空歌不逝骓。明月满营天似水,那堪回首别虞姬。

刘项佳人绝可怜,英雄无策庇婵娟。戚姬葬处君知否,不及虞姬有墓田。①

作者对情欲的矛盾心理在《金瓶梅》开篇就暴露无遗,他指出"情色"乃不可避免的天性,如磁石吸铁,男女结合是自然之理。同时以男权主义代言人的身份,既遗憾于女色诱惑使得豪杰"屈志","都休",又同情同为妾的虞姬、戚姬的遭遇,谓之:"虽然,妻之视妾,名分难殊,而戚氏之祸,尤惨于虞姬。然则妾妇之道以事其丈夫,而欲保全首领于牖下,难矣。"②紧随其后《金瓶梅》的序言则又强调"情色"与"死亡"相连的危险隐患,女子则为悲剧的主要承担者:

说话的,如今只爱说这情色二字做甚?故士矜才则德薄,女衔色则情放。若乃持盈慎满,则为端士淑女,岂有杀身之祸。今古皆然,贵贱一般。如今这一本书,乃虎中美女,后引出一个风情故事来。一个好色的妇女,因与了破落户相通,日日追欢,朝朝迷恋,后不免尸横刀下,命染黄泉,永不得着绮穿罗,再不能施朱傅粉,静而思之,着甚来由。况这妇人,他死有甚事?贪他的断送了堂堂六尺之躯,爱他的丢了泼天哄产业,惊了东平府,大闹了清河县。③

章回开篇的诗句与章末"有诗为证",在正文的叙述中一直相伴随行,《金瓶梅词话》中有诗、词、曲约 600 多首,大多是道德说教的直接载体,而以章首尾尤甚。如第三回首诗:"色不迷人人自迷,迷他端的受他亏;精神耗散容颜浅,骨髓焦枯气力微;犯着奸情家易散,染成色病药难医。古来饱暖生闲事,祸到头来总不知。"④ 第五回首诗:"参透风流二字禅,好姻缘是恶姻缘。痴心做处人人爱,冷眼观时个个嫌。野草闲花休采折,

---

① 兰陵笑笑生:《金瓶梅词话》,香港太平书局,1982,第 2~3 页。
② 兰陵笑笑生:《金瓶梅词话》,香港太平书局,1982,第 3 页。
③ 兰陵笑笑生:《金瓶梅词话》,香港太平书局,1982,第 1 页。
④ 兰陵笑笑生:《金瓶梅词话》,香港太平书局,1982,第 33 页。

真姿劲质自安然。山妻稚子家常饭，不害相思不损钱。"① 第三十四回：
"自恃官豪放意为，休将喜怒作公私。贪财不顾纲常坏，好色全忘义理亏。
狎客盗名求势利，狂奴乘饮弄奸欺。欲占后世兴衰理，今日施为可类
知。"② 第七十九回西门庆纵欲致死，亦有："二八佳人体似酥，腰间仗剑
斩愚夫；虽然不见人头落，暗里教君骨髓枯"。③ 劝诫世人戒财、色贪欲，
并暗喻人物的结局，因此小说的正文叙述沉浸在一片死亡的阴影之中。但
同时，作者也有对感官享受，对情欲追求的妥协与认同。如第十回有：
"紫陌春光好，红楼醉管弦。人生能有几，不乐是徒然。"④ 第十五回回首
诗："日坠西山月出东，一年光景似飘蓬。点头才羡朱颜子，转眼翻为白
发翁。易老韶华休浪度，掀天富贵等云空。不如且讨红裙趣，依翠偎红院
宇中。"⑤ 第二十七回"李瓶儿私语翡翠轩　潘金莲醉闹葡萄架"中回首
曰："头上青天自恁欺，害人性命霸人妻。须知奸恶千般计，要使人家一
命危。淫孽从来由浊富，贪嗔转念是慈悲。天公尚且含生育，何况人心忒
妄为。"⑥ 而在章末则肯定感官的欢愉生活："朝随金谷宴，暮伴绮楼娃，
休道欢娱处，流光逐暮霞。"⑦ 可见兰陵笑笑生提供给读者的是两个不同的
审美空间，感性与理性相对应的是真实的生活与作者对这种生活的理性鉴
定与评价。作者"理"与"情"的挣扎与矛盾，也是晚明士人思想的真实
写照，当情欲觉醒，并逐渐成为社会主流之时，传统道德以一种潜移默化
而又根深蒂固的集体无意识，对情欲的放纵有着潜在的终极审判力量。
《金瓶梅》就是这两种力量斗争的真实反映，因此《金瓶梅》呈现出悲凉
的情感基调，思想困境与人生困境的结合，让小说角色呈现出一种身体的
疯狂状态，当这种矛盾无法调和之时，也只能以主人公的死亡作为终结。

(二) 死亡结局与同情怜悯

《金瓶梅》的主人公在身体的狂欢之后，无一例外地走向了死亡。死

---

① 兰陵笑笑生：《金瓶梅词话》，香港太平局，1982，第 55 页。
② 兰陵笑笑生：《金瓶梅词话》，香港太平局，1982，第 427 页。
③ 兰陵笑笑生：《金瓶梅词话》，香港太平局，1982，第 1230 页。
④ 兰陵笑笑生：《金瓶梅词话》，香港太平局，1982，第 118 页。
⑤ 兰陵笑笑生：《金瓶梅词话》，香港太平局，1982，第 177 页。
⑥ 兰陵笑笑生：《金瓶梅词话》，香港太平局，1982，第 337 页。
⑦ 兰陵笑笑生：《金瓶梅词话》，香港太平局，1982，第 348 页。

亡是对性诱惑无能为力的表现，也表明了传统伦理与情欲不可调和的结局。作者的矛盾心理则是一面对死亡的夸张，恐惧的渲染，另一面也对这种身体惩罚寄予了一定的同情与怜悯。

西门庆的死亡是权力膨胀的必然后果，封建等级伦理所赋予的男性权力再加之世俗的财势，让他失去了对生命的自我认知，生命的有限性被权力的假象无限扩张。在《金瓶梅》四十九回"永福寺践行遇胡僧"，胡僧赠予的百十粒春药丸，又增强了他的身体能力，"一夜歇十女，其精永不伤"，但同时也吩咐西门庆"不可多用。戒之！戒之！"① 因此欲望的膨胀与肉体的有限生命形成了相互对立的矛盾，也暗示了西门庆不可避免的死亡结局。而在西门庆生命后期，他不顾身体频发的种种衰退暗示，对自我性能力的自信与无度索求，加速了他的死亡。潘金莲将胡僧赠的仅剩三四粒春药全部给西门庆服下，是西门庆死亡的直接诱因。春药用尽与身体死亡直接相连，西门庆生命的虚弱与假象存在也暴露无遗。作者详尽地描述了这一"强者""霸王"的生命尾声，在正月十三日与潘金莲的性行为，"初时还是精液，往后尽是血水出来，再无个收救。西门庆已昏迷过去，四肢不收"。"到次日清早晨，西门庆起来梳头，忽然一阵晕起来，望前一头抢过去。"十五日，"下边虚阳肿胀，不便处发出红晕来了，连肾囊也肿的明滴溜如茄子大。但溺尿，尿管中犹如刀子犁的一般，溺一遭，疼一遭"。"比及到晚夕，西门庆又吃了刘橘斋第二贴药，遍身痛，叫唤了一夜。到五更时分，那不便处肾囊肿胀破了，流了一滩鲜血，龟头上又生出疳疮来，流黄水不止。西门庆不觉昏迷过去。""到于正月二十一日，五更时分，相火烧身，变出风来，声若牛吼一般，喘息了半夜。捱到早辰已牌时分，呜呼哀哉，断气身亡。"② 年仅三十三岁的西门庆，就在八天之内，结束了他"显赫一时"的生命。作者对西门庆死亡的详细描绘，渲染了道德惩罚的恐怖氛围，但同时也有对西门庆死后"树倒猕猴散"结局的悲哀与同情。因此他对西门庆刚死，李娇儿就席卷财物潜逃，另谋出路大加谴责。"堪叹烟花不长久，洞房夜夜换新郎，两只玉腕千人枕，一点朱唇万客尝；造就百般娇艳态，生成一片假心肠，饶君纵有牢笼计，难保临时思

---

① 兰陵笑笑生：《金瓶梅词话》，香港太平书局，1982，第655页。
② 兰陵笑笑生：《金瓶梅词话》，香港太平书局，1982，第1229~1242页。

第三章 《金瓶梅》对情欲的表现与身体审美

故乡。"① 而应伯爵之类在西门庆生前极尽巴结奉承,西门庆刚死就改投有财势的张二官,"在他那边趋奉,把西门庆家中大小之事,尽告诉他",并撺掇张二官娶潘金莲,作者也有一段诗曰:"昔年义气似金兰,百计趋奉不等闲;今日西门身死后,纷纷谋妾伴人眠。"② 第八十一回"韩道国拐财倚势力 汤来保欺主背恩",奴仆在西门庆死后也谋财离心,甚至西门庆临死时最舍不得的潘金莲,也在他尸骨未寒之时就与陈经济暗中往来。因此虽从理性的角度,作者给西门庆安排了恐怖的死亡结局,但通过对人情凉薄的感慨,又对这一人物有着同情的成分。

潘金莲的死亡则是作者恐惧情结的再次升级:

> 这武松一面就灵前一手揪着妇人,一手浇奠了酒,把纸钱点着,说道:"哥哥你阴魂不远,今日武二与你报仇雪恨。"那妇人见头势不好,才待大叫,被武松向炉内挝了一把香灰,塞在她口,就叫不出来了,然后脑揪翻在地。那妇人挣扎,把鬏髻簪环都滚落了。武松恐怕他挣扎,先用油靴只顾踢她肋肢,后用脚踏她两只胳膊,便道:"淫妇,自说你伶俐,不知你心怎么生着,我试看一看。"一面用手去摊开他胸脯,说时迟,那时快,把刀子去妇人白馥馥心窝内只一剜,剜了个血窟窿,那鲜血就冒出来。那妇人就星眸半闪,两只脚只顾登踏。武松口噙着刀子,双手去斡开他胸脯,扑挖的一声,把心肝五脏生扯下来,血沥沥供养在灵前,后方一刀割下头来,血流满地。迎儿小女在旁看见,諕的只掩了脸。③

这一血淋淋的恐怖场面,作者也禁不住大呼"武松这汉子,端的好狠也"。可怜潘金莲的一生,姿色最甚,心性最高,却在《金瓶梅》人物中落得一个最悲惨的下场。这是作者对女性道德归罪的必然结果,但对这一人物的同情也极其真实。《金瓶梅》第三十八回:"潘金莲雪夜弄琵琶"即借潘金莲之口谓:"为人莫作妇人身,百般苦乐由他人。痴心老婆负心汉,

---

① 兰陵笑笑生:《金瓶梅词话》,香港太平书局,1982,第 1257 页。
② 兰陵笑笑生:《金瓶梅词话》,香港太平书局,1982,第 1260 页。
③ 兰陵笑笑生:《金瓶梅词话》,香港太平书局,1982,第 1339~1340 页。

悔莫当初错认真。"① 生前情感无所依附的迷惘与绝望，反抗之后却死的更加悲惨凄凉，正如作者的评论：

> 可怜这妇人，正是"三寸气在千般用，一日无常万事休！"亡年三十二岁。但见"手到处青春丧命，刀落时红粉亡身。气魄悠悠，已赴森罗殿上；三魂渺渺，应归无间城中。星眸紧闭，直挺挺尸横光地下，银牙半咬，血淋淋头在一边离。好似初春大雪压折金线柳，腊月狂风吹折玉梅花。这妇人妖媚不知归何处，芳魂今夜落谁家？"古人有诗一首，单悼金莲死的好苦也：堪悼金莲诚可怜，衣服脱去跪灵前，谁知武二持刀杀，只道西门绑腿顽；往事堪嗟一场梦，今身不值半文钱，世间一命还一命，报应分明在眼前。②

对潘金莲死亡的描述，哪里还有所谓对英雄的崇拜，所谓英雄也无非是杀人不眨眼的魔头，况且这杀人也不够光明磊落，而是利用潘金莲对他的情意，设置婚姻骗局，"敢烦妈妈对嫂子说，他若不嫁人便罢，若是嫁人，如今迎儿大了，娶得嫂子家去，看管迎儿，早晚找个女婿，一家一计过日子，庶不教人笑话。"③ 这样真诚的谎言，难怪潘金莲会心生希望"这段姻缘，还落在他家手里！"因此不等王婆叫他，自己出来答应武松的迎娶，孰知是走向死亡的先声。武松如剖尸般对待潘金莲花朵般的身体，哪里有嫉恶如仇的美德，反而是没有七情六欲的冷血动物，潘金莲唯一拥有的，她所认为的最有价值的身体正如诗所言"不值半文钱"，也寄予了作者对潘金莲在世生存最深切的同情。在对待潘金莲的死亡上，作者虽有道德说教，因果报应之说，不可否认的是在行文中，也满含着对潘金莲的怜悯与同情，它超越了理性道德，甚至有着对传统伦理冷血无情的嘲讽与颠覆。

相较之下李瓶儿虽早死，却比潘金莲等幸运得多，作者对其死亡的描述还有些温情在其中，只是形体日渐消瘦，在她将后事嘱咐完之后，"不

---

① 兰陵笑笑生：《金瓶梅词话》，香港太平书局，1982，第499页。
② 兰陵笑笑生：《金瓶梅词话》，香港太平书局，1982，第1341页。
③ 兰陵笑笑生：《金瓶梅词话》，香港太平书局，1982，第1336页。

知多咱十分,呜呼哀哉,断气身亡!"① 李瓶儿的死亡没有多少痛苦,死后也是风光大葬,并且赚足了西门庆的悲痛与怜惜。比较潘金莲被武松剖尸之后,丢在街心无人认领,先后托梦给陈经济、春梅,才终得入土为安,作者的道德观是极分明而又严苛的,但对人物死亡的恐惧与同情也真实地存在。《金瓶梅》另外的两大主角庞春梅、陈经济也以死亡告终,陈经济在与春梅偷情之后,被仆人张胜所杀,"那经济光赤条身子,没处躲,搂着被,吃他拉被过一边,向他身上就扎了一刀子来。扎着软肋,鲜血就邀出来。这张胜见他挣扎,复又一刀去,攮着胸膛上,动弹不得!一面踩着头发,把头割下来。可怜经济青春不上三十九,死于非命!"② 而庞春梅纵欲过度,最后竟死在19岁的奴仆周义身上。东吴弄珠客言:"金莲以奸死,瓶儿以孽死,春梅以淫死。"(《金瓶梅词话序》)作者以人物作为,按照果报观设置相应的惩罚,对情欲诱惑无能为力的恐惧在死亡的结局中表现得淋漓尽致,但对深陷情欲之中的男女主人公又有着同情与怜悯,天生之情欲,人性的贪婪,社会对人的塑造,这一切都构成了人之形成与生存的因素。在面对选择之时,虽历来文学中都宣扬善德、道义至上,兰陵笑笑生却让我们看到了人类在选择时,情欲的至上性与道德的软弱特点。生命的真实与道德至上的信仰在作者身上形成了相互对立的矛盾,因此在作者以理性给予主人公愤恨的道德惩罚之时,又不可避免地流露出对人之生存的悲哀与同情。

二 悲悯的审美旨归

《金瓶梅》是丑的艺术,作者一方面对现实中丑的人情世态进行否定性批判,另一方面则融入了自我的审美情感,对人之生命与存在寄予了悲悯的同情与理解,通过世俗现象透视了人性本质。《金瓶梅》中个体意识突出,有生命本能对权势、异性的欲望与占有,也表现了自我的异化与扭曲。伦理符号将人与自然区分开来,同时也造成了自然天性与社会伦理无法融合的冲突,这是人物悲剧的主要原因。雅斯贝尔斯说:"悲剧呈露在

---

① 兰陵笑笑生:《金瓶梅词话》,香港太平书局,1982,第885页。
② 兰陵笑笑生:《金瓶梅词话》,香港太平书局,1982,第1499页。

人类追求真理的绝对意志里。它代表人类存在的终极不和谐。"① 鲁迅亦说:"悲剧将人生的有价值的东西毁灭给人看,喜剧将那无价值的撕破给人看。"②《金瓶梅》中人物对自我生命的种种努力与抗争,是自由意志对礼制体系的反抗,却如在佛祖手心的孙悟空,成为自以为是的笑柄。我们观看舞台上的一个个跳梁小丑,在一番嘲笑鄙视之后,却看到了真实的生命与自我,这就是《金瓶梅》这一悲剧带给我们的最大的价值。我们痛恨唾骂道德败坏之人,如西门庆,如潘金莲等,而当把我们置于同样的境遇之中,我们或许就是另一个潘金莲;我们总是指责、愤懑于世界的冷漠,却孰知自己就是这群势利冷漠群体的一员。既如此,我们还有什么理由为自己的优越而扬扬得意呢?以人为镜,才能真正以谦逊、理解、同情的目光来看待自我与他人的生命。我们懂得了生活的真实,生命的悲剧,才能真实地去正视它,寻找超越生命的所在,也往往在这之后,才会有真正的美的欣赏与领会。正如潘知常所言:"生存的超越本质并不直接体现于现实活动中,它只是发生于现实生存的缺陷中,即由于现实生存的不完善性(异化的存在),人才会努力超越现实。这种努力最终在充分的精神活动即审美活动中(同时也包括哲学思辨和信仰中)得到实现。"③

孔子提倡"己欲立而立人,已欲达而达人","己所不欲勿施于人",从关怀自己的角度去理解同情他人,但因缺少对生命真实的洞察与了然,这种同情就失去了现实基础,悲与悯从来是密切相连的。儒家将生命存在与道德实用性紧密相连,只要道德高尚就能获得名、利与生命的不朽,因此《中庸》谓:"故大德必得其位,必得其禄,必得其名,必得其寿",这样斩钉截铁的预言与结论使得无数仁人志士对自己的生命充满信心,却不期然在灾祸面前被打击的丑态百出,体无完肤。所谓"善有善报,恶有恶报"不过是道德的一种功利性谎言,却成为中国人的生存信念,这让我们忽略了对生命悲剧性的发现与探求,也导致了道德原则的不确定性。甚至道德本身也变成了功利性的行为,顺境之时作为生命的当然,从而蒙蔽了对生存真实的探究,而当遇到挫折与打击时,做人原则的改变,道德的沦丧,从中国的历史长河来看,也比比皆是。这一切都源于中国传统道德与

---

① 〔德〕雅斯贝尔斯:《悲剧的超越》,亦春译,工人出版社,1988,第30页。
② 鲁迅:《论雷峰塔的倒掉》,《鲁迅全集》第一卷,鲁迅全集出版社,1938,第192~193页。
③ 杨春时:《走向后实践美学》,安徽教育出版社,2008,第79页。

人性的混淆，以及道德的实用功利性基础。因此儒家传统道德虽然有同情之心，却没有对人性，对生命悲剧性的清醒认识，也不可能真正做到悲悯的审美情怀。

《金瓶梅》的价值正在于此，它虽没有跳出善恶报应的道德惩罚论，却让我们看到了国人的生存实相与人性本然，个体自我在礼制体系内的生存挣扎，构成了小说生存世界的一系列矛盾，而作者在道德归罪与审美情感之间的摇摆与迷惘，则成为小说文本的叙事矛盾。这些矛盾的一一呈现，揭露了伦理体制下的人性异化，它构成了人生的悖论与悲剧，伦理符号将人与动物区别开来，人类骄傲于自己创建的文明，却在现实发展中，成为自我人性的牢笼。尤其是中国式的礼制社会，人不再是向着未来敞开的现实生成，而是一种安排式的道德符号，男女、父子、君臣等成为社会的各种已然存在，事无巨细地规定了各种责任，却唯独扼杀了主体自我的声音，生存的原则就是要意识到个体的微不足道，服从集体主义精神。在道义、道德的光环之下，我们的生存成为必然如此的虚幻的假象，并在这种虚假的存在中，失去了自我意识与思考，既没有对自我悲剧式生存的洞察，也缺少对他人生存的同情与怜悯之心。中国人喜欢在集体之中再次拉帮结派，形成各种小团体，似乎在团体之中，自我才有了存在的位置，以团体为掩护，也避免了个体声音的"枪打出头鸟"，当这个团体因利益而结合时，往往也因利益散去而分崩离析。如围绕在西门庆身边的帮闲团体，在西门庆死后立马转而投向新的财势力量，冷漠无情甚至落井下石与之前的奉迎讨好形成鲜明的对比，人情凉薄如此，也确实让我们对中国式的仁义道德心存疑惑。吴月娘在《金瓶梅》中是西门庆的正室，在小说中可以说是道德与权力（相对于其他女人妾的地位）的象征，她恪守道德本分，一心想着为西门庆传宗接代，延续香火，却不如流氓式的西门庆还有几分真情。在李瓶儿死后，西门庆大哭，"月娘听了，心里就有些不耐烦了。说道：'你看韶刀，哭两声儿丢开手罢了！一个死人身上，也个忌讳，就脸挝着脸儿哭。倘呼口恶气，撲着你是的！他（李瓶儿）没过好日子，谁过好日子来？人死如灯灭。半响时，不借留的住他倒好。各人寿数到了，谁人不打这条路儿来！'"西门庆三次大哭，有两次都得到月娘劝解，看似有理有据的话语，却少了几分温情。再者月娘在得知武松迎娶潘金莲时，虽暗中跌脚，明知潘金莲有杀身之祸，却并不通知王婆，也不提醒潘金莲，而是冷眼旁观，冷漠寡情的态度，并不因为她站在一个道德的制高点上，就减少几分。可见专制体制与儒家道德的结合虽是中国意识形态的主流，但在人性善的推动作用上，却并未起到实质性的作用，反而导致了人性的异化与扭曲。

兰陵笑笑生在一系列矛盾的提出后，最终选择了佛教归宿。借普静和尚对冤魂的训诫走向了信仰之"悯"，"你等众生，冤冤相报，不肯解脱，何日是了？汝当谛听吾言，随方托话去吧！"偈曰：

> 劝尔莫结冤，冤深难解结。一日结成冤，千日解不彻！若将冤报冤，如汤去泼雪。若将冤报冤，如狼重见蝎！我见结冤人，尽被冤磨折。我见此忏悔，各把性悟彻。照见本来心，冤怨自然雪。仗此经力深，荐拔诸恶业。汝当各托生，再勿将冤结！改头换面轮回去，来世机缘莫再攀！①

以"冤冤相报何时了"的佛教谶语将人事的罪恶都化作生命的悲悯，将人生无可奈何的矛盾与困境诉诸信仰式的对生命的宽容与理解。在普静和尚念经超度之下，西门庆、陈经济、潘金莲、李瓶儿、庞春梅等都得以重新投胎做人。这也是作者为自我内心情感所寻找的出口，虽带有逃避的幻想性，却也传递了一种悲悯的审美情感，而真正美学的眼光也应该是对人类悲剧性命运的"宽恕"和"忏悔"。② 审美本是连接现实与幻境的必经之途，而审美情感的传递却有着实在的可行性，既然有限的生命与无限的渴望，情欲的自由与礼教的束缚，自我的实现与他人的利益，等等，生命的普遍苦难与悲剧性，是人类所共有生存实态与普遍命运。在这种情况下，最有效的解决途径，莫过于克服自我的自私与冷漠，真正地做到对人类命运的清醒认识，对人之生存的悲悯，如此才能实现同情、理解、宽恕、温暖、爱的主体间性的存在。舍勒的"情感现象学"就认为同情是主体间性的纽带。海德格尔晚期提出"诗意的栖居"思想，也触及了主体间性和同情的问题，以扭转前期偏于主体性和理解的思路。《圣经》谓："你

---

① 兰陵笑笑生：《金瓶梅词话》，香港太平书局，1982，第 1516 页。
② 潘知常：《生命美学论稿：在阐释中理解当代生命美学》，郑州大学出版社，2002，第 265 页。

愿意人怎样对待你们，你们也要怎样待人。"耶稣以自己的死来宽恕救助世人，他的启示就是要我们去悲悯有罪的生命。释迦牟尼，也正因对宇宙人生真相彻底的了知、大彻大悟，才能真正地以悲悯的佛经来救助世人。可见，只有心存悲悯，对生命了然与洞察，并转化为对自我与他人生命的敬畏与爱护，怜悯与宽容，才具有真正的生命存在意义。

第四章 艳情小说的情欲泛滥与审美病态

《金瓶梅》之后,艳情小说大量涌现,它以性行为与性生活为叙述中心,以单纯追求感官刺激为目的,使"情"走向了卑下与低俗的单纯欲望追求,呈现出一种庸俗与颓废的滥情之风。情欲中心叙事一方面冲击着传统道德伦理,另一方面则以一种病态畸形的生命形态,表现了晚明时期普遍的精神困境。

第一节 情欲泛滥及对传统伦理的彻底颠覆

艳情小说在晚明发展成熟,与当时社会的纵欲风气直接相关,它夸大了纵欲享乐的感性生命体验,以满足市民阶层的低级趣味,也直接冲击着以道德伦理为主体的传统价值观念。

一 晚明的纵欲风气与艳情小说的成熟

晚明是中国历史上最为放荡纵欲的时代,文学作为时代的镜子与灵魂则真实地记录了这一段独特的生活风貌,《金瓶梅》还将情欲表现与反映社会生活紧密联系,发展到艳情小说,男女之间赤裸裸的性描写成为主要内容,因此又名之曰淫秽小说、猥亵小说。鲁迅先生最早在《中国小说史略》中对末流的人情小说界定:"著意所写,专在性交,又越常情,如有

第四章 艳情小说的情欲泛滥与审美病态

狂疾。"① 石麟认为这些小说应称之为"浓欲艳情"小说。在描写男女"情"与"欲"二者之间的关系时，这类小说与明末清初大量涌现的"才子佳人"小说大异其趣。"才子佳人"小说大多以写男女之"情"为主，而"欲"次之；"浓欲艳情"小说则以"欲"为主，"情"次之。② 总之欲望至上，带有原始本能的性行为成为艳情小说的标志与特征，这一小说类型在晚明时期成熟，有其自身历史发展的轨迹，与晚明时期的纵欲风气直接相关。

中国传统文化以性崇拜为源头，男女是万物之端，并提升为阴阳的抽象概念，后发展为对天下一切道理的最高概括。《周易》曰："天地氤氲，万物化醇，男女构精，万物化生。"（《周易·系辞下》）又说："有天地然后有万物，有万物然后有男女，有男女然后有夫妇，有夫妇然后有父子，有父子然后有君臣，有君臣然后有上下，有上下然后礼仪有所错。夫妇之道，不可以不久也，故受之以恒。"（《周易·序卦》）《中庸》谓："君子之道，造端于夫妇，及其至也，察乎天地。"荀子则说："夫妇之道，不可不正也，君臣父子之本也。"（《荀子》）可见两性是天地之始，也是父子、君臣关系的起点，只是随着礼教体系的发展，儒家将男女两性局限于繁衍生殖的作用，强调伦理责任与义务，"性"与"欲"相分离，两性结合本身的快乐与美好只能以潜在或扭曲的方式表达出来。"性"作为人的本能，一定程度上却在文学作品中得到保留与发展，在晚明封建统治松懈之时，更引发了艳情小说的全面爆发。

《诗经》中就有对男女情爱的坦诚表达，性爱描写以隐喻的方式暗含其中。至汉代司马相如的《美人赋》，张衡的《同声歌》，都在文中穿插了直白的性爱场面。魏晋南北朝时期的淫奢之风，反映在乐府诗的艳情篇目之中。宫廷诗更将男欢女爱作为时尚，并有描写娈童的诗篇，如简文帝的《娈童》，吴均的《咏少年》，刘孝绰的《咏小儿采莲》等，但这些诗篇多用意象，简略而含蓄，追求意境之美。到唐传奇就较为具体和细腻了，其情节模式和性爱经历为明清艳情小说的直接源头，元稹的《莺莺传》开了私会、偷情的先例，张鷟的《游仙窟》以主人公的性活动为线索展开情节。宋元话本传奇则进一步发展，出现了较为粗俗的性描写篇目，更趋口

---

① 鲁迅：《中国小说史略》，东方出版社，1998，第 143 页。
② 石麟：《〈浪史〉〈肉蒲团〉比论——兼谈艳情小说的若干问题》，《广东技术师范学院学报》2012 年第 6 期，第 16 页。

语化的表达，开启了艳情小说与市民生活结合的新领域，为明末艳情小说的大量出现作了铺垫，如《迷楼记》《海山记》《周秦行纪》《赵飞燕别传》《骊山记》等。明朝中后期是艳情小说的成熟期，嘉靖三十一年（1552）之后，随着刻售通俗作品书坊的兴旺，艳情小说作为其中一类大受市民欢迎，最初流行的两部小说是《如意君传》和《痴婆子传》，它们以浅易的文言体形式写成，具有通俗化小说特点。《如意君传》以宫廷生活为背景，露骨的写出武则天与男宠薛敖曹的性生活，将男女沉溺性爱的细节以及性享受与快乐表现得淋漓尽致。《痴婆子传》则以主人公上官阿娜性经历的回忆展开，用第一人称倒叙写成，从对性的好奇，到嫁后，陷入各种主仆、翁媳、叔嫂的偷情、奸淫的乱伦性行为之中，后与塾师谷德音热恋，惹众怒而事败，遭夫毒打后遣归母家，开始了对自己人生的忏悔。小说细腻地表达了女性的性爱感受，也反映了家庭乱伦的丑陋世态。其后的《浪史》《绣榻野史》《闹花丛》《僧尼孽海》等都沿袭了之前的性爱模式，形成千篇一律的公式化特点。主人公以性欲满足为人生的最大追求，士子、商贾、僧道、夫人、小姐、仆妇等都成为性欲的奴隶，将原本身体与精神相契合的正常男女情感，变为只有性交的简单技术，欲的宣泄对传统伦理道德造成了极大的冲撞与颠覆，各种乱伦畸变的现象，是晚明时期纵欲风气的集中体现，在第一章中已经详述了晚明风气骤变的政治、思想及经济原因，追求性欲及感官刺激的满足成为晚明时期新的道德与审美风尚，从统治阶层到士子、平民，上行下效的性爱风气，是艳情小说泛滥的时代原因。

沈德符在《万历野获编·佞幸·士人无赖》中载：

> 国朝士风之敝，浸淫于正统而糜溃于成化……至宪宗朝万安居外，万妃居内，士习遂大坏。万以媚药进御，御史倪进贤又以药进万，至都御史李实、给事中张善俱献房中秘方，得从废籍复官。以谏诤风纪之臣，争谈秽媒，一时风尚可知矣。①

"上有所好，下必甚焉。"最高统治者的淫乱是晚明纵欲风气的始作俑者。

---

① （明）沈德符：《万历野获编》卷二十一，中华书局，1980，第541页。

第四章 艳情小说的情欲泛滥与审美病态

正德时期武宗朱厚照就好淫乐,且喜男风,宠幸的男子有江彬、钱宁等,最后死于他专设的"豹房"。明世宗、明穆宗广寻秘方、滥服春药,据《万历野获编》"进药"载,相传邵元节、陶仲文用红铅,取童女初行月事,炼之如辰砂以进皇帝。世宗中年饵此热剂以发阳气,名曰"长生"。① 穆宗三十六岁亡,在位仅六年,因服春药而死。明神宗后宫荒淫,且蓄男宠,万历十一年三月,竟然一日而娶九嫔。玩弄女色的同时,还玩弄小太监。当时宫中有10个长得很俊的太监,就专门服侍皇帝,并同床起卧,号称"十俊"。许多高官也以美色为好,如沈德符《万历野获编》"人臣渔色无等"中就记载了官员追逐美色,甚至强娶帝王之妻的行为。② 权臣严嵩最为典型,他不仅淫逸无度,花样更是畸形变态,他吐痰不用痰盂,而要侍女用口去接,名为"香痰盂";夜壶用黄金铸成,并且制成美女型,化装涂彩,小便时如性交状。

晚明时期的娼妓业十分发达,狎妓是士人风流的重要标志。谢肇淛《五杂俎》卷八曰:"今时娼妓布满天下,其大都会之地动以千百计,其他穷州僻邑,在在有之。"③ 许多文人名士流连烟花之地,并成为一时美谈,冠之曰"名士风流"。文酒生伎之会在当时的江南一带也成为风尚,被誉为盛世豪举,人所艳羡。如《板桥杂记》所载:

> 嘉兴姚北若,作十二楼船于秦淮,招集四方应试知名之士百余人。每船邀名妓四人侑酒,梨园一部,灯火笙歌,为一时盛事。先是嘉兴沈雨若,费千金定花案,江南艳称之。④

纵欲之风亦在市民阶层体现,除了狎妓宿娼,药石秘术,春宫画册也普遍流行。男风兴起,并与妓院相应,产生了专门的男院。可见晚明时期从上至下形成了一股纵欲的时代潮流。艳情小说的产生,迎合了广大市民的庸俗趣味,其粗俗、淫秽与猥亵的程度也令人叹为观止。在艳情小说中,彻底剥离了人的理性精神,将性欲放大,人沦为兽的存在,乱伦、强

---

① (明)沈德符:《万历野获编》卷二十一,中华书局,1980,第583页。
② (明)沈德符:《万历野获编》卷十一,中华书局,1980,第317页。
③ (明)谢肇淛:《五杂俎》卷八《人部四》,中华书局,1959,第225页。
④ (清)余怀著,刘如溪点评《板桥杂记》,青岛出版社,2002,第85页。

奸、狎童、群交、杂交等随处可见。这一在中国历史长河中的奇特现象，揭示了晚明时期人们的生存状态。如果说《金瓶梅》是对传统文明发展弊端的揭示，艳情小说的成熟与流行，则裹挟了传统之下的人性畸变及晚明时代背景造就的人性异化，暗示了国人灵魂的整体缺失。礼崩乐坏，纲纪不振的社会现实，使得人们放纵自己的感性存在，将生存焦点转向情欲与快感的满足，对性欲疯狂追求的背后是虚无而焦灼的灵魂呈现。

艳情小说在内容与类型上又可分为几大类，一是以宫廷淫乱的性生活为主体，除了《如意君传》之外，另有《昭阳趣史》《赵飞燕外传》等；第二，以民间男女的家庭生活为中心，反映市民阶层的情欲生活，如《痴婆子传》《浪史》《绣榻野史》等；第三，以和尚、尼姑的淫欲为主体，如《僧尼孽海》《灯草和尚》等；第四，反映男子同性恋的题材，如《弁而钗》《宜春香质》等。一部小说也往往存在几种类型的交集，笔者以《浪史》与《绣榻野史》为例详加分析。

二 情欲泛滥与肉体狂欢

与《金瓶梅》相较，艳情小说进入了一个更加放纵与狂欢的世界，《金瓶梅》中的"性"与死亡是紧密相连的，纵欲背后是作者的恐惧和忧虑，在冲破传统礼教的束缚，寻求个我存在的尝试中，作者于彷徨痛苦之外，最终未能逃离道德惩罚的窠臼。艳情小说则充分肯定了人之本能的合理性，以一种坚决的态度摧毁了一切阻碍，它是一种感性自我的解放，在对快感与享乐的过度追求中，个体却陷入了一种无我的肉体存在。笔者以《金瓶梅》之后的两部小说《绣榻野史》与《浪史》作为案例分析。

《绣榻野史》分上下两卷，卷首题"情颠主人著，小隐斋居士校正"的字样。叙扬州秀才姚同生，又号东门生，先娶魏家的女儿，但此妇容貌十分丑陋又整日生病，二十五就死了。东门生恨前妻不好，定要寻个绝色标致的做继老婆。先用了许多手段与小他十二岁的标致小秀才赵大里交好，"白天是兄弟，夜里同夫妻一般"。后东门生娶了一个十八岁的美貌女子金氏为妻，赵大里亦同东门生同食共寝，并与金氏暗生情欲，东门生因极爱二人，便撮合赵与金氏同宿，赵与金氏皆性能力过人，但金氏因纵欲伤阴之后，感到有愧于东门生，便撺掇东门生与赵大里的寡母相好。赵大里之母麻氏,三十三岁,姿容美丽,金氏设计引诱麻氏,麻氏也自谓守节之苦,在与东门生交好并体验到情欲的巨大快乐之后,断然放弃守节,让金氏转与赵大里为妻而自己嫁给东门生。但婚姻名分只成为他们混乱性关系的外在屏障,实际上四人杂居,同性恋、异性恋同时进行,丫鬟塞红、阿秀与小娇亦参与其中。床榻之侧,母子相见不以为羞;卧室之内,男色女色交叠进行。后被举报其家行为有亏,东门生合家逃到业推山里住。在山里头起了六七间小屋儿,团圆快活过日子,麻氏同东门生快活了三年,生了两个儿子后因不曾遇满月的时节过度行乐,得日月风而死。后金氏、赵大里也因纵欲过度,相继死亡,并分别托生为母猪、公骡、母骡,东门生忏悔罪过,他三人后得以托生为人,东门生从此剃度出家,并以自己罪过,劝诫世人。

《绣榻野史》应在《金瓶梅》之后写成,从主人公东门生与西门庆的对应亦可看出。但前者摒弃了小说与社会生活的深刻联系,只聚焦于男女之性,单纯追求肉欲享乐,《金瓶梅》中还有对男女容貌衣饰的描述,《绣榻野史》则将人的外在尽数褪去,个体变成性的符号与标识,成了只有"下半身"的动物。小说结尾也以因果报应的说教对纵欲之人给予惩罚,金氏、赵大里与麻氏变为牲畜,但与《金瓶梅》人物的结局比较,道德惩罚的意义近乎为无,且在东门生的忏悔之下又转世为人。之后的《浪史》则完全转向纵欲之乐,主人公皆入仙籍,晚明纵欲风气的深入由此可见。

《浪史》40回,又作《浪史奇观》《巧姻缘》《梅梦缘》,作者亦不可考,只在抄本署"风月轩又玄子著"。叙元朝至治年间,钱塘地方的小秀才梅素先,年十八岁,因他惯爱风月中走,人都叫他浪子。浪子的父亲曾做到谏议大夫,因得罪铁木御史,被罢官田里,不几年,夫妇双亡,谏议大夫之前曾抱一个侄女做继女,叫作俊卿,年芳十六,与浪子如嫡亲姊妹一般。浪子家只有二人,并有陆珠、晋福两个跟随,陆珠只十六岁,生得俊俏如美妇人,浪子十分爱他,如夫妇一般。一日清明佳节,浪子遇着王监生妻李文妃,惊其美艳,与张婆子谋计偷情,李文妃亦属意浪子,收买后门赵大娘,将浪子藏于其家,与之私通。赵大娘三十三岁,守寡在家,也看上浪子,并勾搭成奸,赵大娘又将自己的女儿妙娘说动,母女二人一起淫乐。被李文妃的丫鬟春娇撞见后,也与浪子发生关系。听说李文妃有一义姐姿容绝世,二十一岁,守寡在家,便买通其门侧婆子从中说合,后素秋贪欲以致病亡。俊卿也在侍女红叶的撺掇之下，与陆珠发生关系，后又设计与其哥浪子交合。李文妃的丈夫王监生死，浪子送金银与族长，娶李文妃为妻。新婚之夜又将文妃让给娈童陆珠，三人同榻，交互淫乱。不久，陆珠也纵欲而死。淮西濠州司农铁木朵鲁邀请浪子暂住几月，侍女樱桃、文如争相与其私通，又与铁木朵鲁的妻子安哥交好，而铁木朵鲁早已看破红尘，辞官卸职，欲辟谷入山，修黄老之术，将妻子侍妾及百万家财都付于浪子。两年之后，浪子登黄甲，赐进士出身，浪子也不听选，告病在家。一年四季无日不饮，无日不乐，又娶着七个美人，共两个夫人与十一个侍妾，共二十个房头。每房俱有假山花台，房中琴棋书画，终日赋诗饮酒，快活过日，人多称他为地仙。后归隐山林遇铁木朵鲁，告知浪子原登仙籍，夫人侍妾都是天上的仙姬。浪子便居此山，自号石湖山主，称两夫人为石湖山君，与尘凡相隔，终羽化登仙。

小说充溢着享乐至上的生命宗旨，如李文妃送浪子的金凤笺道："人生欢乐耳，须富贵何为。"① 俊卿的侍女红叶谓："吾想人家女子只图快活，如今年纪渐大，没有一个男子陪伴，青春错过，诚难再得。"② 又说："不图快活，枉生在世。"③文中虽有潘素秋与陆珠的死亡，作者也只描述为身体耗竭的自然过程，没有任何道德归罪的因素，浪子及其妻妾的名登仙籍，将性欲与死亡的关系彻底摆脱，转而为欣赏与肯定。小说有其进步之处，以人的自然本性反对道德理性的压抑，对传统文化造成了极大的冲击，但在反拨的过程中，作家为满足大众庸俗的审美趣味，一味渲染性爱的过程与场面，语言低俗露骨，在发泄性欲的同时，也暴露了情感与精神追求的缺失，人的存在变为器官性的存在，人生的意义以及美的追求，都变为夸张的快感享受，在摧毁理性压迫的同时，个体也导向了另一种异化，成为无价值的动物存在。

三　艳情小说对传统伦理的彻底颠覆

性欲是人类的自然属性，随着文明的进步与发展，却对其造成了一定

---

① 风月轩又玄子：《浪史》，台北天一出版社，第18页。
② 风月轩又玄子：《浪史》，台北天一出版社，第43页。
③ 风月轩又玄子：《浪史》，台北天一出版社，第75页。

程度的压抑，正如弗洛伊德在《性学三论》中所指出的，"文明与性行为自由"之间是一种"相悖关系"，① 二者具有不可调和的矛盾。人类"对自由的渴望，反倒会被转到反对文明的特定形式和要求，或者彻底反对文明方向上。……人永远要反对集体意志，维护对个体自由的要求"。② 晚明艳情小说的大量涌现就是对文明的背离与反叛，《金瓶梅》对性欲自由的追求还有着遮遮掩掩的痛苦与彷徨，艳情小说则进入对传统伦理的彻底颠覆，以一种极端的方式直接冲击着传统价值观念。

首先，对女性贞节观的反思与否定。所谓贞节，就是要求女性保持性的纯洁与专一，早在西周时期就有对女性贞节的自觉要求，《周易》言："恒其德，贞，妇人吉，夫子凶。"意思是女性对男人做到"贞"则吉利，男性如此则会有灾祸。乾隆五十二年出版的《女学言行纂·四德篇》谓：

> （女子）谨护其身如执玉、如捧盈、如临大敌、如防小窃，可生可杀，可饥可寒，而不可使偶涉于不义，稍沾于不洁，值变不得从权以偷生，不得惜死以改节，处常则一念不可苟，一步不可苟。③

贞洁超过身体饥寒甚至生死，而宋明以来随着专制集权与理学的统一，对贞洁的要求也更为严苛，所谓"饿死事小，失节事大"即是写照。并且"严男女之大防"，女子还未成年之时便禁步闺阁，习读《女诫》，将男女隔离，成年之后更以居室为限，不得逾矩。《宋氏家要部》记载："男不言内，女不言外，皆以居室为之限耳，古人不亲授受，不共湢浴，正所以避嫌也。为家而无内外以别之，男女杂处，则与禽兽不远矣。"④ 仅男女共处就被视为禽兽，对两性的禁锢由此可见。明初期统治者对女性节烈的表彰也愈演愈烈，竟成为守寡女性的潜在规则，有些妇女守寡几十年，就为获得烈女的评价与表彰。甚至出现了殉夫、殉未婚夫的妇女，或者为未婚夫守贞的女性，"烈女无二夫""好女不吃两家饭"成为女性高尚人格的

---

① 〔奥〕弗洛伊德：《性学三论·爱情心理学》，太白文艺出版社，2004，第183页。
② 〔奥〕弗洛伊德：《文明及其缺憾》，安徽文艺出版社，1987，第38页。
③ 《女学言行纂》之《四德篇·引证妇德》，谧园藏版。转引自吴存存著《明清社会性爱风气》，人民文学出版社，2000，第29页。
④ （明）宋诩：《宋氏家要部》，见《北京图书馆珍本丛书·子部》，转引自吴存存著《明清社会性爱风气》，人民文学出版社，2000，第31页。

信念与追求，这其中已经完全没有情感的成分，只是在舆论的表扬与压力之下，以彻底压抑欲望的方式，对自我的戕杀。艳情小说中即有对守寡女性苦闷心理的表述，《绣榻野史》以麻氏的口吻自述守节给她带来的性痛苦：

> 依妇人守节，起初的还过了，三四年也就有些身子不快活，一到春天二三月间，春暖花开，天气温和，又合合弄的人昏昏倦倦的，只觉得身上冷一阵、热一阵，腮上红一阵、腿里又酸一阵，自家也晓不得，这是思想丈夫的光景。到二十多岁，年纪又小，血气正旺，夜间易睡着，也还熬得些，一到三四十岁，血气枯干了，火又容易若动，昏间夜里盖夹被，反来伏去没思想，就远不的了；到了夏间，沐浴洗到小肚子下，遇然挖着，一身打震蚊虫声儿嬰的把蜜又咬，再睡不安稳。汗流大腿缝里，浸的半痒半疼，委实难过了；到了秋天凉风刮起，人家有一夫一妇的，都关上窗儿，生了吃些酒儿，做些事儿，偏偏自己冷冷清清，孤孤凄凄的，月亮照来，又寒的紧，促织的声，敲衣的声，听得人心酸起来，只恰得一个人儿搂着睡才好；一到了冬天，一发难过，日里坐了对着火炉也没趣，风一阵、雪一阵，只要睡了，冷飕飕盖了棉被，里边又冷，外边又薄，身上又单，脚后又像是水一般，只管把两脚缩缩了才睡，思热烘烘的睡，搂了一个在身上，便是老头也好，思想前边才守的几年，后边还不知有四五十年，怎么捱的到老，有改嫁的体面不好，叫人睡的，那个人又要说出来，人便要知道……①

这一段自述入情入理，对守寡女性的心理与生理需求的描述极为真实，是对女性节烈观的反驳与控诉。因此《浪史》中婆子对潘素秋劝解道："人生快活是便宜，守了一世的寡，只落个虚名，不曾实实受用，与丈夫又有何益，娘子啊说寡妇不守，便没了丈夫的情，怎的恁般恩爱的夫妻，妇人死了，便又娶着一个婆娘，即将前妻丢却，据老媳妇看起，可不是守寡的痴也。"② 这一番说辞对男女不平等境遇已有深刻的认知，而艳情小说中的

---

① 情颠主人：《绣榻野史》，红旗出版社，1997，第 82~83 页。
② 风月轩又玄子：《浪史》，台北天一出版社，第 71 页。

守寡女性也都走上了另一个极端，以纵欲作为反抗方式，如《绣榻野史》中的麻氏，《浪史》中的寡妇赵大娘、潘素秋、李文妃。作者对主人公的行为也持肯定态度，详尽描述其感官快乐，即使纵欲身亡也心甘情愿。但这些女性的结局除了麻氏死后托生为牲畜，其他皆未见报应或惩罚，甚至有羽化登仙，如李文妃，而麻氏也在东门生稍微忏悔之下，又托生为人，可见艳情小说将道德礼教的防线完全撕毁，充分肯定了性欲的合理性。女性贞洁在小说也不再重要，《绣榻野史》中东门生的第二任妻子金氏美貌无双，东门生十分欢喜，"拣了个好吉日娶过门来"，"听人说金氏做女儿时节，和小厮们常常有些不明不白的事，东门生也不计较这样事儿"。①《浪史》中寡妇赵大娘居然劝女儿妙娘失节，鼓励其与浪子交合，"做了女子，便有这节，你娘先与他干了，我也爱他，把他心肝，你却不爱这个标致书生，却不错过？"② 浪子的新婚之夜，将文妃让于娈童陆珠，并道："你容我放这个小老婆（陆珠），我怎不容你寻一个小老公。"③ 可见，艳情小说已经完全摒弃了贞节观对女性的道德压力，甚至在欲望的需求与满足方面，女性也在一定程度上获得了与男性同等的地位。

其次，对伦常关系的僭越。封建社会以君臣、父子、夫妇、兄弟、朋友为五种基本的伦常关系。在以家庭为中心的儒家伦理体系中，伦常关系以"夫妇"为基础，形成有序的等级秩序。乱伦，即近亲间或者不同等级之间发生的性关系被视为大恶，在刑律里也列入"十恶"之"内乱"条，正所谓"乱人伦，禽兽行"，会受到极严厉的惩罚。《唐律》即详细规定了乱伦之罪，包括血缘亲属及尊卑之间的性乱伦，存在姻亲关系的当事人之间的性行为，不同身份等级之间的相奸行为。到明初，随着族法家规的完善与惩处的有效性，对乱伦行为的处罚更为残酷，尤其对于女子偷情，有火烧和沉江之刑。但晚明时期，纵欲与享乐风气的形成，表现在艳情小说中，则出现了对伦常关系的无视与僭越。《金瓶梅》中潘金莲与小厮、女婿陈经济的性行为已开启了乱伦风气之先，但作者对此抱着愤懑的态度，并最终给予道德惩处。到艳情小说，这种乱伦行为已变为惯例与常态，《绣榻野史》中麻氏母子与西门生夫妇形成四人杂居的混乱性关系。《浪

---

① 情颠主人：《绣榻野史》，红旗出版社，1998，第 3 页。
② 风月轩又玄子：《浪史》，台北天一出版社，第 31 页。
③ 风月轩又玄子：《浪史》，台北天一出版社，第 112 页。

史》中俊卿既与下人陆珠偷情,又为体验性满足,设计与其哥浪子相交。浪子与李文妃、陆珠也同榻而眠,主仆、贵贱、尊卑等人伦礼教在艳情小说完全不在考虑范围之内,只有赤裸的本能欲望,并将其视为自然。

最后,对禁欲观的完全颠覆。儒家思想推崇道德理性,压制欲望,对男女两性的自然欲求,封建伦理看重繁衍子嗣的社会功用,排斥两性结合的快乐及享受。但这种对人类天性的禁锢也带来了消极后果,正常的男女关系因刻意压抑而发生畸变,尤其对女性的身心发展造成了难以估量的影响。艳情小说对性欲的纵容,各种极致夸张的性行为,一方面是对禁欲的反叛,另一方面也是极度压抑之下的一种变异现象。艳情小说中的性描写是极丑的艺术夸张,令读者触目惊心,甚至感到污秽不堪,它强调性器官的巨大能量,男女之间除了肉体的接触,感性的欲望,将其他一切排除在外,男风之好,群交、杂交等无奇不有,两性关系的表达也只有庸俗低级趣味,忽视了思想情感的交流与升华。这如洪水般的情欲泛滥,是对传统价值观的一种极端反叛,它摧毁了传统道德观念,也将自我的理性精神尽数毁灭。

因此晚明艳情小说在颠覆传统,肯定欲望的同时也走向了另一个极端,自我存在除了肉欲主体,没有其他任何意义,这也反映了晚明时期普遍的精神困境。

第二节　审美病态与晚明的精神困境

晚明艳情小说体现出一种审美趣味的病态化特点,道德理性被颠覆之后,肉体本能被无限放大,男性以性器官为权力武器,在极端发展之后又跨越男女之界。偏于感性的审美追求,表现为精神缺失的庸俗化审美特点,它反映了晚明的时代特征。士人阶层带有性幻想的写作特点,在迎合市民审美趣味的同时,也暴露了这一阶层的生存实况与精神困境。

一　艳情小说中的男同性恋风气

同性恋之风在中国有较早的起源,最早有关"同性恋"的史料记载始于商代，《商书·伊训》有"三风十衍"之说，"乱风"中的"一衍"就是"比顽童"，春秋战国时期的"龙阳君""安陵君"等称谓也是同性恋者的标识。魏晋南北朝是同性恋兴盛的时代，《晋书·五行志》对此有"自咸宁、太康之后，男宠大兴，甚于女色，士大夫莫不尚之，天下咸相仿效，或有至夫妇离绝，怨旷妒忌者"的记载。[①] 在唐代衰微之后，宋朝又见男风兴起，而到明朝中后期达到鼎盛，上至皇帝权贵，再到士人风流，地方风俗，男色之好成为一种普遍的社会风气。反映在艳情小说中，男同性恋与异性恋有着同等地位，《浪史》中的陆珠，《绣榻野史》中的赵大里同时扮演着双性恋的角色，并且出现了专门描写男风的话本小说《龙阳逸史》《宜春香质》《弁而钗》成为一大奇观。

《龙阳逸史》共二十回，每回演一个故事，作者为醉竹居士，现存日本佐伯市图书馆佐伯文库，书前有崇祯五年（1632）的题辞和序，知其为晚明刊本。小说以记录小官的生活为主，小官一般是对少年男子的称谓，这里指少年同性恋者，并且与大老官的称呼相对，特别指称同性恋关系中被动的一方。小说对晚明时期的男风流行有详尽的描述，具体表现了几个方面。首先是大老官对男色的喜好，作者在第一回中就说道："这个词儿，一半说着小官，一半说了大老。怎么倒先说做大老的？只看近来有等好撒漫主顾，不肯爱惜一些钱钞，好干的是那风流事情。见着一个男色，便下了心腹，用尽刻苦工夫，催到一年半载，决然要弄上手。纵是那从来不肯相处朋友的，听他那一甜言媚语派头的说话，免不得要上了他的香饵。"[②] 如韩涛痴迷裴幼娘竟相思成疾病；第四回，秀才宝楼本有家俬上万，因痴迷小官，而冷落妻子，败尽家财。第六回，员外钱坤为寻标致的小官秋一色，不惜奔走到福建建宁。第九回，储玉章迷恋柳细儿，将其男扮女装带回家去，后被妻子赶走，储玉章相思成疾，后抛弃家庭，与小官同到上海。第八回竟写到小官榻坊与娼妓抢生意，后被娼妓告上公堂。第十一回，姑苏上妓韩玉姝到杭州竟不如其弟韩玉仙有生意，可见当时社会男风的流行程度。

其次，加入小官阶层的人员增多，且有了较为固定的组织与活动。第

[①] 转引自施晔《明清同性恋现象及其在小说中的反映》，《明清小说研究》2002年第1期，第61页。

[②] 京江醉竹居士：《龙阳逸史》，青海人民出版社，1994，第41～42页。

五回写道:"且说当初郑州有个骆驼村,周转有一二十里,共有百十个人家。这也是那村中的风水,倒出了二三十个小官。"① 牵头则专门负责小官和大老之间的供需关系,第二回作者谓:"这个词儿,说道相处小官,大约要些缘分。缘分中该得有些儿光景,比如一个在天东,一个在天西,转弯抹角,自然有个机会凑着。这个机会,虽是缘分所使,中间也决少不得一个停当的牵头说合拢来。"② 第三回中的乔打合就是牵头,"结交了几个大老官。后来一日兴了一日,要买货的也来寻他,要卖的也来寻他。"③ 也出现了专门收购小官,聚居买卖的专人和场所,如第八回的小官榻坊,第十四回写襄城县卞若源专一收了些各处小官,开了个发兑男货的铺子。并分类别将小官按照年岁分为天字上上号,地字上中号。人字中下号,和字下下号四类。第十五回崔舒员外,"不做一些别的经营,一生一世专靠在小官行中过活。……他见地方上有流落的小官,只要几分颜色,便收到家里,把些银子不着,做了几件时样衣服,妆粉了门面,只等个买货的来,便赚他一块。后来外州外府都闻了他的名,专有那贩小官的,时常贩将来交易,两三年做成天大人家。"④ 小官们也有定期的活动,如新年时节祈福,"这是我们做小官的年年旧例。一到新正来,是本境住的小官,每一个要出五分银子,都在这土地庙里会齐,祈许五夜灯宵天晴的愿心。"⑤

小官阶层对年龄的要求极为严格,从十四五岁到十八九岁,只有三四年的时间,且按照年岁还分上中下三等,过了十八九岁就很少为人待见了,如第五回写刘玉,是一个二十多岁的掳头小官,被大老邓东所骗,便纠结村里十七八个下等小官到衙门告状,却因"年方约三旬,强逞未冠美丽"竟输了官司,他因怕上中等小官耻笑,再不回村。作者在第五回即谓:"人生在世,免不得有个老来日子,大凡做小官的,年纪在十五六岁,正是行运时,到了十八九岁,看看时运退将下来,须要打点个回头日子。"⑥ 因此小官对金钱极为看重,只爱撒漫爱使钱的主儿,嫌贫爱富,贪得无厌也成了小官的特征。第十六回作者谓:"这些做小官的心肠都是这

---

① 京江醉竹居士:《龙阳逸史》,青海人民出版社,1994,第 115~116 页。
② 京江醉竹居士:《龙阳逸史》,青海人民出版社,1994,第 59 页。
③ 京江醉竹居士:《龙阳逸史》,青海人民出版社,1994,第 78 页。
④ 京江醉竹居士:《龙阳逸史》,青海人民出版社,1994,第 272 页。
⑤ 京江醉竹居士:《龙阳逸史》,青海人民出版社,1994,第 78 页。
⑥ 京江醉竹居士:《龙阳逸史》,青海人民出版社,1994,第 115 页。

样，结交了富的，就把贫的撇了，结交了贵的，就把富的撇了。"① 第十八回："但看如今的小官，个个贪得无厌，今日张三，明日李四，滋味都尝过。及至搭上了个大老官，恨不得一顿里，连他家伙都弄了过来。所以说贪字，是个贫字。是这一贪，连个主顾都弄脱了。"② 作者对小官阶层既有同情，也暴露了小官的妓家心态与贪婪行径。

《宜春香质》也揭露了小官的奸诈丑恶与无情忘义，作者为醉西湖心月主人，分风、花、雪、月四集共二十回，据考证与《弁而钗》同为晚明崇祯时期作品。③《风集》主要写苏州虎丘少年孙宜之的"荡情"。宜之从小喜龙阳自献，在校与同学、师长，在家与兄长寻求性满足，后为王仲和伴读，二人恩爱甚笃。但在无赖的引诱之下，背弃王仲和，孙宜之后与和尚、道士、嫖客等鬼混，又流落至京，被恶棍干将、莫邪打死。《花集》批判"枭情"，揭露松江南翔人单秀言的贪婪与无情，先与谢裕交好，看其钱财荡尽便掉臂而去，后又骗取和宾王大量钱财，为得到铁生之妾，不惜勾引铁生，设计将铁生定罪并买回其妾，和宾王求助盘缠，单秀言也闭门不见，最终被谢、和、铁三人杀死。《雪集》也批判人只重钱财，不顾情意的世态炎凉。主人公是淮安府山阳人伊人爱，自小便卖身赚钱，后引诱盐商商新，骗取钱财，使得商新家财荡尽，后商新重振家门，而伊人爱则沦为乞丐，死于街头。《月集》则揭示以美貌沉溺淫欲，必遭杀身之祸。讲温陵才子钮俊，生得丑陋不堪。幸遇风流广化天尊、烟花主盟宣情弘爱真君、男情教主情奇爱真君、圆情老人将其变为美男子，先入宜男国中状元，立昭仪又被选为皇后，后到圣阴国，得到国王的宠爱，但被骆驼国攻入后，受尽凌辱，不男不女，最终醒悟，后弃家修道。

《弁而钗》与《宜春香质》为同一作者，小说结构风格也极为一致，共四记二十回，为情贞记、情侠记、情烈记、情奇记，但与前者的写作宗旨却完全不同，对男同性恋加以肯定，并正面歌颂小官的真情意。《情贞记》写翰林风翔对赵王孙一见倾心，并相思成疾，赵王孙为其情所感，遂与之交好，被张狂、杜忌二人嫉妒，赵父得知后，将二人拆散，但二人情

---

① 京江醉竹居士：《龙阳逸史》，青海人民出版社，1994，第296页。
② 京江醉竹居士：《龙阳逸史》，青海人民出版社，1994，第319页。
③ 参见吴存存《〈弁而钗〉〈宜春香质〉的年代考证及其社会文化史意义发微》，载香港大学《东方文化》第32卷第1期，1994年。

意不减，风翔助赵王孙一路高升，得擢高魁，风翔触怒权贵，下狱问斩，得赵王孙上书鸣冤，大力救免，后二人弃官，世世相好。《情侠记》叙天津卫小舍张机文武双全，在攻打凤凰山匪徒之时，收伏王飞豹，并使其投诚官府，王飞豹遂将两女嫁于张机，自己也被封为参将。后秀才钟图南对张机心生爱慕，设计灌醉张机，趁机奸之。张机醒后虽大怒，亦为其所感动，与其相交，二人日久情深，并约定同试秋闱，因闻王飞豹被困于相山，张机放弃考试前往援救，钟图南则名列二甲，入翰林，外放陕西。两年后张机亦赴京会试，中探花。逢陕西兵乱，钟图南上书求救，张机乃自荐率军援救，又大获全胜，与图南相会，二人乃叙旧情。三年后，四川又有兵乱，张机奉命征讨，胜利后即坐镇川中十八年之久。后张机与图南都上表辞官，归隐南山，两家世代联姻。《情烈记》则写文韵与云汉情之贞烈，超越生死。先是文韵家道中落，因前曾与财主之女订亲，财主悔婚并买通大盗杀害文韵。文韵逃脱后，入戏班，并结识云汉，文韵感遇知己之恩，自荐枕席，从此欢好，文韵组织戏班，赚钱供云汉读书。孰知遭人暗算，文韵为表情之忠贞，自杀而死，在观音的帮助下借尸还魂，追随云汉，并助其破案，助云汉成就姻缘，后得道成仙。《情奇记》重在写奇情，福建闽县人李又仙随父上京，途中被盗所劫，只得卖身男院，搭救父亲。因才气出众，被誉为男院第一人，李又仙做《梁州序》感慨自身遭遇，匡时听闻，先寻又仙，又救其出男院。李决定用三年时间报答匡时，遂男扮女装嫁于匡时为妾，二人恩爱非常，三年无人得识。后匡时遭陷害抄家，李又仙扮作尼姑将匡时之子匡鼎培养成才，匡鼎中状元后，为父平反，寻得亲生父母。李又仙报恩十八年，最终离开，重返仙境。

  这两部小说一反一正，作者肯定男同性恋的同时，提出了重情抑欲的思想宗旨，也充分说明了当时小官阶层无情重利的整体特点。《宜春香质》在鞭笞小官阶层的过程中，放大了对无情小官的道德惩罚，而主动方的大老虽是男风之欲的始作俑者，却得加官进爵。即使是《弁而钗》认为男男之间也存在真情关系，处于被动方的男性也常以女性的忠贞辅助身份出现，可见在男同性恋的关系中，也暗喻着性别的不平等。男人对女性的权力关系，在男男关系中直接得到移植与转嫁，这对中国古代的男同性恋研究极有价值。男同性恋在中国式的伦理环境下，是另一种畸变的男权体现。

二 性别角色的倒置与男权畸变

在男同性恋的小说中，虽将晚明的情欲泛滥置换到同性角色之中，却构成了另一种异化的男女关系，在男同性恋中的被动方，依然承担着女性的角色责任与心理期待，呈现出一种性别角色的倒置现象。男同性恋被动方的女色容貌往往是情欲的诱因，而行为方式与道德意识与传统道德对女性的心理暗示有着极其一致的相似性。袁书菲"视同性恋为异性恋的镜像"，"同性恋是对异性恋的模仿和代替""实际上重申了异性恋作为'常态'的地位。"[①] 既如此，这种非"常态"的出现，就不单单是生理上的需求，而暗含着一种性别文化现象。男权主流话语系统，在感官欲望的刺激驱动之下，将目光又转向了新的猎艳领域，即处于下层的年少男性，或曰娈童，并在男性世界中寻求一种权力所带来的规范与秩序，男风流行，实则是男权的另一种畸变形态。

首先，男同性恋中的被动方表现出女性的外在特质。以女性化的名字自拟，如裴幼娘、杨若芝、秋一色、史小乔、许无瑕、伊人爱等，而在容貌行为上也极具阴柔性的特点，《龙阳逸史》第一回对裴幼娘的描述如下：

> 昔日洛阳城中有个小官，名唤裴幼娘。你说一个男人，怎么倒叫了女人的名字？人都不晓得。这裴幼娘虽是个男儿，倒晓得了一身女人的技艺。除了他日常间所长的琴棋书画外，那些刺凤挑鸾，拈红纳绣，一应女工针指，般般精谙。洛阳城中晓得的，都羡慕他，所以就取了这个名字。年纪可有十五六岁，生得十分标致，真个是个小官魁首。就是那些女子班头，见他也要声声喝采。怎见是魁首处？捣练子香作骨，玉为肌，芙蓉作面，柳为眉，俊眼何曾凝碧水，芳唇端不点胭脂。[②]

《宜春香质》中的孙宜之，则"姿容雅谈，清芬逼人，体态妩媚，玉琢情情，旋飘洒落，风致飘然，丰韵轻盈"。单名秀是"丰姿娇媚"，伊人

---

① 张宏生编《明清文学与性别研究》，江苏古籍出版社，2002，第382页。
② 京江醉竹居士：《龙阳逸史》，青海人民出版社，1994，第42～43页。

爱"生得眉清眼媚，体秀容娇，丰神绰然"，钮俊被仙人变容后也"面如傅粉，唇若涂朱，凑首蛾眉，眼如秋水，肤如凝脂，身子也变得小巧俏丽"。①《弁而钗》中《情烈记》的文韵"容貌虽非弥子，娇姿尽可倾城。不必污人粉脂，偏饶出洛精神。脸琢无瑕美玉，声传出谷新莺。虽是男儿弱质，妖娆绝胜双成"。《情贞记》的赵王孙"方十五，眉秀而长，眼光而溜。发甫垂肩，黑如漆润，面如傅粉，唇若涂朱，齿白肌莹，威仪棣棣，衣裳楚楚，丰神色泽。虽貌姑仙子不过是也。人及见之，莫不消魂。"②这些描写若非指出主人公的男子身份，实与女性无异，从肤色、容貌、声音到形体，都突出了女性的娇媚、柔美的特征。

其次，在男男恋的过程中，也是异性恋的相处模式，如《情侠记》中的张机在与钟图南的男男关系中以"妾妇"自居。《情奇纪》中的李又仙不惜"毁坏"男身，用一种特殊的液体洗脚，以便使其看上去像女人，满足匡时的情趣。《情贞记》中的赵王孙在得知风翔生病时，亲侍汤药，并谓："业已身许吾兄，自当侍奉汤药"。③《情烈记》中的文韵为报云汉的知己之恩，情愿以身献之。可见男同性恋中所谓男男相恋，不过是异性恋的另一种表达形态。

最后，男男相恋中的被动方承担起了传统礼教中对女性的道德要求。袁书菲在《规范色欲：十七世纪的男色观念》中将男男相恋的写作模式归结为三种逻辑的不和谐，第三种即"小说和笔记作者一方面声称男性之间的爱欲是旁门左道，另一方面又致力于用男同性恋中的模范来讽刺异性恋者。"④ 在《宜春香质》和《弁而钗》中作者用正反两面的事迹高扬情之忠贞，对贪利忘义之徒给予严厉的果报惩罚，宣扬男同性恋的道德模范。如《宜春香质》的《风集》中孙宜之本与王仲和恩爱非常，但被人诱惑后沉溺淫逸，背弃王仲和，终至被杀。作者在开篇即谓："焉身任其咎试看，从来水性杨花，朝三暮四。有一终令善者否。"⑤ "水性杨花、朝三暮四"是为情之不忠，惨死他乡，也是这一行为的咎由自取。《月集》虽批判"美貌

---

① 参见醉西湖心月主人《宜春香质》，永泰出版社，1994。
② 参见醉西湖心月主人《弁而钗》，青海人民出版社，1994。
③ 参见醉西湖心月主人《弁而钗》，青海人民出版社，1994，第98页。
④ 张宏生编《明清文学与性别研究》，江苏古籍出版社，2002，第382页。
⑤ 参见醉西湖心月主人《宜春香质》，永泰出版社，1994，第43页。

招淫"实则是对"朝王暮李"耽于情欲的愤恨。而《弁而钗》中《情贞记》就是褒扬情之忠贞,"始以情合,终以情全,大为南风增色,不比那始者不必有终,完好者不必完情的。"① 《情烈记》中的文韵宁愿一死也不背弃情意,即便死后也要助情人金榜题名。《龙阳逸史》大部分篇目以及《宜春香质》中的《花集》《雪集》都鞭笞小官的重利忘义,作者称为"枭情","枭薄恶异反脸便无情义",如单秀言、伊人爱之流,他们的报应也极为残酷,单秀言被处以抽肠、开膛等酷刑。伊人爱也沦为乞丐,横死街头。《弁而钗》中重恩之人,如《情奇记》中的李又仙男扮女装报恩十八年,最终得道成仙。作者赋予了男性恋中被动方以女性的忠贞品格,对于耽于淫乐或为财利而背弃情意的小官给予了严厉的惩罚,反之则大多圆满结局,得道升仙。由此可见,男同性恋并未背离异性恋的模式,在晚明艳情小说的纵欲之风中,一方面异性恋中的女性逐渐挣脱了传统伦理的压制与禁锢,在欲望的获得与满足方面甚至得到了男性的支持与肯定;另一方面随着对阳具崇拜的夸大,男性对性快感的片面追求也发展到了一种畸变的程度,精神的极度匮乏,爱情的缺失,使得女性已不能满足他们的征服欲望,因此他们将视线转向了男性中的弱小阶层,在这一领域充分展现了自我的权利话语,对女性的道德苛求,在男性领域又死灰复燃,他们要求同性恋中被动方的秩序与规范,但对主动方的道德要求则极为宽容,充分说明了这种男男恋风气并不仅仅是一种生理上的需求,而是男权的又一体现与畸变。

男同性恋中的主动方绝大多数是情欲的引诱者,但作者对这一阶层的道德要求却极为宽容,甚至对其行为还持赞赏的态度。如《龙阳逸史》第一回洛阳有名的秀士韩涛,本已包占一小官杨若芝,但撞见裴幼娘之后就害了相思,后设计与裴幼娘交好。作者不但未对韩涛的朝秦暮楚加以谴责,反而赞其为英豪,如诗所写,"欲辞苦李觅甜桃,那信甜桃味果高。肯把青蚨容易掷,羡他到底是英豪。"② 第五回,商人邓东强占刘玉,本答应给一些钱钞,却不守信用,被告到衙门后,却是小官收到鞭笞之责,始作俑者邓东却逃脱惩罚。即使是因好小官而荡尽家财的大老,作者也将其

---

① 参见醉西湖心月主人《弁而钗》,青海人民出版社,1994,第40页。
② 京江醉竹居士:《龙阳逸史》,青海人民出版社,1994,第58页。

归罪为小官的诱惑之过。《宜春香质》中《花集》的单秀言被批为无情寡义的典范，先与谢裕好时，谢钱财荡尽。而铁生自从与单秀言交好之后，将艳姬置之高阁，为艳姬与单秀言的偷情创造了机会。单秀言却承担了全部罪责，被抽肠换脏而死，铁生与谢裕辞官后却得道成仙，汪氏也功成名就，退隐山林。《雪集》商生贪恋伊人爱，从而荡尽家财。但主人公的结局却完全相反，商生高中进士，伊人爱则饿死街头。小说开篇谓：

> 我如今说一个浪用钱钞的，被一个小官嫌入情场，荡坏了家计。莫说小官反脸，不来相顾；既是自己兄妹，顿起轻薄，赶逐出门。亏他文通孔孟，武诸孙吴，愤志成名，荣归故里。若非有些抱负，险此做个没头鸟。后来那些肉眼的羞的羞死，悔的悔伤，何济从前之事故。今世之朋友靠不得，亲戚靠不得，连兄妹也靠不住。若要做的小官，若有钱时，一般嘴脸；没钱时，又是一般嘴脸。①

作者控诉世情炎凉，对商生寄予同情，并将小官作为恶因之首。可见，男男相恋的模式中也暗含着一种不平等的权力关系，大老与小官的身份对应蕴含着金钱与阶级的差别关系。小说中的大老多为富商或者有身份的文士阶层，而小官多出身卑微家庭，在《龙阳逸史》中尤其明显，很多小官直接是大户人家的门童仆役。男男相恋在年龄与阶级上都使大老阶层处于一种权力的优越地位，他们可以纵情声色，在女性世界纵横驰骋之后，又打破常规界限，转向同性领域，在满足自我的征服欲望之后，享受制定规范与秩序的尊贵地位与权力主宰。李渔在短篇小说《男孟母》中以许季芳之口表达对年轻男性在生理上的喜爱，《弁而钗》也塑造了男男相恋中的爱情故事，但后者更多的是文人士子对男性恋合理化的辩护与肯定，而前者在生理上的喜好，也代表了大老阶层的一家之言。纪昀在《阅微草堂笔记》里说："凡女子淫佚，发乎情欲之自然，娈童则本是无心，皆幼而受绐，或势劫利饵耳。"② 对同性恋关系有较为深刻的认识。

男风流行是上层男子性特权的表现，这种恶欲的膨胀，也是男性世界

---

① 参见醉西湖心月主人《宜春香质》，永泰出版社，1994，第170页。
② （清）纪昀著，孙致中等校点《纪晓岚文集》第2册，河北教育出版社，1995，第289页。

精神极度匮乏的表征，阳具与自我有了同等意义，性能力向自我领域的扩张，也是一种自我瓦解的开始。

三　审美病态与晚明士人的精神困境

人的存在是不断走向自由的审美过程，但这一过程却充满了冒险、失败和曲折，人的自然属性与社会道德属性，感性与理性就像天平的两端，如何在二者的对立冲突中保持平衡，一直是困惑人类存在的难题。中国历时千年的封建文化体系，对道德与权力过分强调，却将个我存在湮没无声，也因此晚明的历史有其独有的价值与意义，这是一个觉醒的时代，它有着袒露自然欲望的生命勇气，焦灼追寻自我存在的生命冲动，以及摧毁一切道德伦理的决绝的生命状态。它与尼采笔下疯狂的酒神精神极其相似，却并未走向对艺术与美的发现，肯定感性自我的同时也走向了极端的肉体沉沦。对生理刺激和官能满足的单纯追求，使得生命存在中出现了种种触目惊心的反审美现象，也造成了个体存在的迷失。

晚明的艳情小说以纯性欲为原则，传达了一种恶俗的审美趣味。首先，它放大了性能力与需求，并将其作为人生的唯一价值与最高理想，在两性关系中忽略了情感的交流，扭曲了两性结合的真正含义。瓦西列夫说："人的爱情不仅是一种本能、性的欲望和两个人交往中纯生理的享受。它按照和谐的规律把自然的冲动和意识的金线、把机体的生理规律和精神准则交织在一起。"① 而艳情小说中只有夸张的性技术，将人的结合退化为动物本能。其次，艳情小说虽关注个体的感性体验与快乐享受，却将这种感性刺激作为审美快乐，因此它成了永远不能满足的生命需要，不断猎艳就成为维持这种快乐的唯一方式，它摒弃了人的所有理性，父女、母子、兄妹皆可同榻相见，没有任何羞耻感的肉体存在，实际上也是感性自我的毁灭，传递了一种极其颓废的审美观念。最后，在性欲刺激之下，形成了阴阳颠倒的变态的审美追求，男人女相，男越女界成为潮流风气，男男恋是男权社会的产物。对男性器官的夸大与荒诞的形态表现，意味着人类精神的极度贫瘠。"把生活简化为五花八门的性，从而引我们退回前道德世

---

① 〔保〕瓦西列夫：《情爱论》，赵永穆等译，生活·读书·新知三联书店，1984，第32页。

界中去，使我们返回或延长前青春期的幻想——这些幻想置现实于不顾，不顾个性，约束，压力，冲突……导致回到纯粹的性快感原则中去……非人化了的人就会受折磨、受伤害，甚至毫不夸张地说，人就会被吞噬。"[1] 这种审美病态或人性的沉沦与晚明的时代特点密切相关，小说与现实形成互相映射关系，末世的精神群像在士人笔下被进一步夸大渲染。

晚明时期政治衰败与思想的反动为市民阶层的发展提供了一个巨大的保护伞，随着资本主义萌芽出现，经济的繁荣，这一长期被压抑群体的上台，便急切寻找一种内在的释放机制，寻找自我存在的位置与生命意义，纵欲享乐既是上行下效的仿照，也是他们自我选择的结果。而本是思想维护者的士人阶层却陷入了一种尴尬的境地，皇权政治的腐败使他们在机制及思想上都对"外王"之道失去信心，"学而优则仕"的优越感在市民经济繁荣的冲击下也荡然无存，生活窘迫加之社会风气的裹挟，士人也加入纵欲行列。艳情小说的写作，既是对市民阶层审美趣味的迎合，也隐含着他们的精神困境。冲破一切阻碍的性欲狂欢，实为带有性幻想的内心发泄，男主人公以性能力为武器在女性或者男性领域的所向披靡，是对现实事功缺乏的补偿心理，而艳情小说的很多结局为男性携妻带妾归隐山林，不问世事逍遥过活，也暗示了一种对现实无奈的避世心态。

从《金瓶梅》开始，晚明小说逐渐摆脱传统伦理的束缚与控制，聚焦于个体的生命体验，但《金瓶梅》中的男性，虽对性欲有着强烈的渴望，对名利也同样追求。到艳情小说的成熟期，小说家们则将肉体之外的所有事功都加以摒除，专注于男女性事活动过程及其中的生理和心理感受，阳具与男性具有同等的意义。在两性关系的表达上，一方面女性主动投怀送抱，须在男主人公的强大性能力面前，才能满足屈服，突出了男性被需求的中心地位；另一方面，男性不断猎艳，并跨越男女之界，春药被普遍使用，男性的征服欲望加强并再次升级。这种以性幻想的方式突出男性力量，是一种压抑之后发泄心理的体现。弗洛伊德认为，性爱要求是人人都有的本能，人的本能冲动如果受到压抑，疯子会公开发泄，正常人则在白天的幻想和晚上的梦境中发泄，达到变相的满足。艺术家的创作想象——幻想，就是为了使自己受压制的本能得以宣泄，从而使自己（也包括读

---

[1] 〔美〕阿·索伯:《性哲学》，郑卫民等编译，农村读物出版社，1989，第118页。

第四章　艳情小说的情欲泛滥与审美病态

者）得到一种补偿。① 艳情小说中赤裸裸的性描写是本能性压抑之后的反弹，但对男性被需求特点及权力欲的强调，也带有制度之下文人士子阶层的特殊印记。中国封建文化具有权力的层级性特点，除了君主具有高高在上的特权之外，其他阶层都属于相对卑贱的层级。董仲舒从阴阳观念将等级秩序推而广之，"君为阳，臣为阴；父为阳，子为阴；夫为阳，妻为阴。阴道无所独行，其始也不能专起，其终也不得分功。"② 因此要求臣、子、妻对君、父、夫的绝对服从，文人士子与女性某种意义上有着同等的境遇，在君权的专制压力下，臣子永远处于一种唯唯诺诺顺从的臣妾地位，因此从春秋战国时期开始，屈原就以"香草美人"自拟。而这一身份既是无数文人士子所渴望的展现男性气概的途径，也带来了对男性阳刚之气的压抑。叶舒宪先生在分析中国的阉割文化与男性的人格特征时说："以仁爱为号召、以中性化为内核的儒教思想，对于个体而言，具有一种心理阉割的潜能。一旦儒教为权力所利用并以独尊的官学面目强加在个体知识分子的教化之中，此种能量也就获得充分发挥的机遇，将个体朝着中性人格方面加以铸塑陶冶。权力话语再通过褒扬就范者和惩诫不驯者的双重强化示范，把心理阉割———驯化的功能兑现到淋漓尽致的地步。面对以权力为强有力后盾的阉割威胁，个人既不想受阉又不想毁灭的唯一可行性就只有'狂'了。"③ 叶先生此说建立在较为清明的政治统治时期，这种"狂"还具有个别性特点，毕竟士人的价值还有体现与发挥的平台和途径。而当统治者腐化堕落，王朝体制也走向崩塌之时，文人士子展现自我价值的心理或者行为都受到了巨大的冲击，黑暗的阉割时代带来了普遍的心理压抑，艳情小说大量出现，就是士人阶层发泄与补偿的心理体现。他们将在社会、政治领域中受到的压抑，转换到他们有着独特权力的，对女性的征服上，也因此"阳物越具有攻击的威力，越充分发挥他的功能，他就越像个男子汉"。④ 而且性器官所代表的权力能量不仅在女性世界，也向男性自我领域扩展，肉体权力的极度膨胀，凸显了精神的贫乏与空虚。以追逐欲望与快感为中心的生命满足，在撕毁传统道德信念的面纱之后，也使得自

---

① 黄瑞旭：《性文化与性罪错》，厦门大学出版社，1999，第91页。
② （汉）董仲舒撰《春秋繁露·基义五十三》，叶平注译，中州古籍出版社，2010，第161页。
③ 叶舒宪：《阉割与狂狷》，上海文艺出版社，1999，第299页。
④ 康正果：《女权主义与文学》，中国社会科学出版社，1994，第20页。

我失去了安身立命的精神领地。

《金瓶梅》虽有个体的觉醒，但终以因果报应，道德惩罚强调传统伦理的权威与至上性，实际上表达了作者对传统价值观的肯定与信念。但其后的艳情小说则大开纵欲之门，对传统伦理彻底颠覆之后，走向了重享乐，轻惩罚的结局。《绣榻野史》虽安排将赵大里、麻氏与金氏变为牲畜，但与之前长篇累牍的欲望狂欢实在无法相抗衡。《浪史》则是大团圆的结局，浪子淫人妻子却获赠家财，终日淫乐却登黄甲，赐进士出身，浪子也不听选，告病在家，无日不饮，无日不乐，最后避世山林，荣登仙境。《弁而钗》中的《情贞记》《情侠记》主人公皆功成名就后归隐山林。《情奇记》《情烈记》则羽化登仙。《宜春香质》也是代表权力下层的小官因贪财无义得到惩罚，而大老则结局圆满，得取功名，修道成仙。结局安排也表达了作者的理想归宿，沉溺欲望，逃避出世。这种幻想性的人生结局方式，充分体现了士人精神的虚无与放逐。中国传统文化为士人们设定了安身立命的几种方式，儒家的积极入世，道家的避世逍遥，佛教的因果轮回，因此士人们进可积极进取，实现外王的社会理想；退则安身保命，得到精神上的自在满足。后者在艳情小说中得到充分表达，这种消极无为，是士人对现世苦闷却无法找到生命价值的无奈选择。在专制体制松懈加之传统价值体系崩溃的现实面前，或者说当一种集体的有序的群体生活出现危机之时，人们发现了自我的感性欲望，这本应成为个我探寻更为合理的生命方式的契机，代表社会精英阶层或精神引导者的士人们，却在一种放纵与沉沦中，只一味反抗着社会无序性给他们带来的空虚与苦闷。当群体生存失去了意义之后，人们的感性生命似乎也变得没有价值了，即在一种长期的群体思考模式中，忘却了个我意识与主体精神的存在。这也让我们看到了在中国的传统伦理环境之下，个我生存的举步维艰，群体意识已深入人心，并成为主体生产无法摆脱的轮回宿命。晚明是一个发现自我的时代，肉欲狂欢是一种自我寻找的方式，却无力将感性情欲加以升华，更未有对个我全面解放的思考。在欲望泛滥到无法控制时，只能借助宗教式的避世幻想，或者再次回到传统伦理之中为个体生存寻求精神寓所，不可不谓一种遗憾。

总之，《金瓶梅》之后的艳情小说出现了情欲与伦理的短暂的背离时期，情欲以矫枉过正的姿态疯狂冲击着伦理道德的根基，呈现出一种庸俗与颓废的滥情之风。在对传统伦理彻底颠覆的同时，却并未突破思想与时代的局限性，思想的"破"与"立"不同步，对个体感性的片面强调，反而失去了自我存在的生命意义，恶欲流行，以及随之而来的虚无之风，实则导向了一种主体的解构以及人性危机。

第五章 "三言""二拍"尚真情与两性审美

晚明后期拟话本小说也走向了成熟,它是由文人模拟宋元话本而创作的白话小说作品,可追溯到唐代说话,到宋元时期的话本已确立了固定的结构范式和文体功能。冯梦龙在《喻世明言》序中说:"南宋供奉局,有说话人,如今说书之流。其文必通俗,其作者莫可考。泥马倦勒,以太上享天下之养,仁寿清暇,喜阅话本,命内珰日进一帙。当意,则以金钱厚酬。于是,内珰辈广求先代奇迹及闾里新闻,倩人敷演进御,以怡天颜。然一览辄置,卒多浮沉内庭,其传布民间者,什不一二耳。然如《沅江楼》、《双鱼坠记》等类,又皆鄙俚浅薄,齿牙弗馨焉。"① 可见,冯梦龙创作拟话本小说的目的是改革话本小说流传不广及内容的浅陋,对其进行艺术上的雅化。又谓:"天下之文心少而里耳多,则小说之资于选言者少,而资于通俗者多。试令说话人当场描写,可喜可愕,可悲可涕,可歌可舞。再欲捉刀,再欲下拜,再欲决胆,再欲捐金。怯者勇,淫者贞,薄者敦,顽钝者汗下,虽日诵《孝经》、《论语》,其感人未必如是之捷且深也。"② 将拟话本小说与《孝经》《论语》相比较,突出其人心感化功能,从而提高拟话本小说的地位。在冯梦龙的"三言"之后,拟话本小说出现繁荣局面,紧随之后有凌濛初的"二拍"(《初刻拍案惊奇》《二刻拍案惊奇》),陆人龙的《型世言》,醒世居士的《八段锦》,周清原的《西湖二

---

① (明)冯梦龙编,张虹、宋是邦点校《三言》,湖北人民出版社,1996,第3页。
② (明)冯梦龙编,张虹、宋是邦点校《三言》,湖北人民出版社,1996,第3页。

第五章 "三言""二拍"尚真情与两性审美

集》，于霖的《清夜钟》，天然痴叟的《石点头》，东鲁古狂生的《醉醒石》等二十余种，共计小说篇目有数百篇。其中以"三言""二拍"最具代表性。

"三言"即《喻世明言》《警世通言》《醒世恒言》三部短篇小说集的总称，每部40篇，共120篇，分别出版于天启元年（1621）、天启四年（1624）和天启七年（1627）。作者冯梦龙（1574~1646），字犹龙，又字耳犹、子犹，别号龙子犹、墨憨斋主人等，长洲人（今江苏吴县）。他少有才气，并流连烟花，放荡不羁，与兄冯梦桂、弟冯梦熊被称为"吴下三冯"，但科举不得志，五十七岁才补了一名贡生，于是发奋著作，以期引导民风，改革时弊。在崇祯年间任寿宁县知县时，曾上疏陈述国家衰败原因，并进行抗清宣传，最后忧愤而死。"三言"是其在对宋元明话本小说收集改造编撰而成，开启了拟话本小说的创作高潮。"二拍"是《初刻拍案惊奇》与《二刻拍案惊奇》两部短篇小说集的总称，分别出版于崇祯元年（1628）以及崇祯五年（1632），作者凌濛初（1580~1644），字玄房，号初成，另号空观主人，浙江乌程（今吴兴市）人。他与冯梦龙同样科举失意，十二岁入学，却屡试未中，到崇祯七年（1634）始授上海县丞，崇祯十五年（1642），擢徐州判，为抗拒农民起义军，不久就呕血而死。"二拍"基本上为凌濛初的个人创作，是一部白话小说的创作专集。

拟话本小说以反映离合悲欢，世事人情为主要内容，男女相恋及婚姻家庭的篇目占很大比例。据统计，"三言""二拍"共有短篇小说198篇，以婚恋内容为题材的作品占107篇，从不同侧面反映了这一时期的爱情婚姻观。对研究晚明时期的情欲发展有重要价值。冯梦龙在"以情导理"的思想主旨下，宣扬两性之间的"真情"，重视两性的精神契合，以挽救艳情小说中肉欲泛滥的堕落世风。凌濛初的"二拍"也延续了这一创作主旨，但以"情"这一感性因素作为人生的价值取向，因"情"天性的不稳定特点，也陷入了难以界定的尴尬局面，从"情"到"欲"是一个自然过程，而蕴含教化的小说主旨，只能以因缘果报思想，对"理"加以引导规范，也因此拟话本小说的发展在后期呈现萎靡状态，忠孝节烈的一味说教，摒弃了文学应有的艺术价值，使得小说枯燥无趣，缺少创新。到清代中期这一文体就呈现衰微的趋势，只存活了大约一百年的时间。

第一节 "尚真情"的婚恋观与女性地位提升

冯梦龙在《情史序》中说:"天地若无情,不生一切物,一切物无情,不能环相生。生生而不灭,由情不灭故。四大皆幻设,惟情不虚假。"[①] 又谓:"自来忠孝节烈之事,从道理上做者必勉强,从至情上出者必真切。夫妇其最近者也,无情之夫,必不能为义夫;无情之妇,必不能为节妇。世儒但知理为情之范,孰知情为理之维乎。"[②] 视"情"为万物根本,"以情导理",从而达到人性与天理自然融合的目的。将"情"作为本体范畴,颠覆了"理"所代表的男性权力体系,"情"以最普遍的人性范畴,带来了两性之间互相尊重的进步婚恋观,也因"情"本身所蕴含的女性气质,提升了女性的地位与价值。

一 "尚真情"的进步婚恋观

"三言""二拍"在"尚真情"的主旨之下,很多篇目反映的婚恋观已经具有了现代意义的爱情色彩,它肯定自然情欲的合理性,性爱吸引是爱情产生的基础,但不同于艳情小说单纯追求身体快感,或者柏拉图式的精神恋爱,而是追求彼此的身心交融。崇尚真情,愈显礼教的虚伪,在追求自由平等的爱情婚姻过程中,小说主人公显示出一致的挣脱礼教束缚的勇气,"情"可以超越门第与金钱观念,甚至超越生死。两性结合要求彼此的忠诚与尊重,对男性情感付出的同等要求是极大的进步。

(一)因"情"结合,忽视礼法与门第观念,自主追求爱情婚姻

中国传统的婚姻关系以"父母之命,媒妁之言"约定成婚,婚姻是君臣、父子等人伦关系的基础,而其目的是广家族,繁子孙,因此婚姻成为

---

① (明)冯梦龙:《情史》(上),远方出版社,2005,第1页。
② (明)冯梦龙:《情史》(上)卷一《情贞类》,远方出版社,2005,第31页。

第五章 "三言""二拍"尚真情与两性审美

一种社会行为,必须循礼合法才能被家族及社会所认可,当事人是没有选择余地的,更排斥两性的情感交流与身体接触。"男女授受不亲"成为两性交往的伦理原则,尤其是女性被困闺阁,婚姻全凭父母做主,这也是造成很多婚姻悲剧的原因。而下层女性被当作物品买卖的更不在少数。晚明社会开放的思想风气对传统礼法制度加以冲击,从《金瓶梅》的出现到艳情小说的纵欲之风,走向了与传统婚姻对性爱排斥完全相反的另一极端。冯梦龙始创拟话本小说虽以教化为主旨,使"怯者勇,淫者贞,薄者敦,玩钝者汗下"①其"情教观"在对"理""欲"的中和之下,却触及了两性结合的实质:忽视社会规范和伦理要求,注重两性的感性实践与自我生命体验,肯定两情相悦的自主恋爱关系。

在《醒世恒言》卷八《乔太守乱点鸳鸯谱》中,刘璞本已聘下孙寡妇的女儿珠姨为妻,临嫁之时刘璞病重,刘家以"冲喜"为由娶珠姨过门,孙寡妇为保全女儿,让珠姨之弟孙玉郎男扮女装代姐出嫁。刘妈让女儿慧娘与"嫂嫂"伴宿之时,玉郎与慧娘互生爱慕,同榻而眠,私定情意,真相大白后对簿公堂,乔太守巧判之下谓:"弟代姊嫁,姑伴嫂眠。爱女爱子,情在理中。一雌一雄,变出意外。移干柴近烈火,无怪其燃;以美玉配明珠,适获其偶。孙氏子因姊而得妇,搂处子不用逾墙;刘氏女因嫂而得夫,怀吉士初非衔玉。相悦为婚,礼以义起。"② 婚前的性行为,尤其是女性失身,在传统礼法中是极严重的违常越礼行为。而在小说中,事情败露后,刘慧娘主动坦诚与玉郎的情意,"恩深意重,势必图百年偕老","与孙润恩义已深,誓不再嫁",乔太守"移干柴近烈火,无怪其燃"之说,充分肯定两性的自然情欲,并以才貌与感情为婚姻的标准,"相悦为婚,礼以义起"张扬了婚恋自主的精神风气。《喻世明言》卷四《闲云庵阮三偿冤债》中的太尉之女玉兰听到对门阮三吹奏的乐声,情不能已,又闻其才貌出众,暗送戒指通情意,阮三亦相思成疾,后设计在尼姑庵私会偷情,阮三身体虚弱,云雨之后反丢了性命,玉兰守贞育子,传为佳话,因"情"而僭越礼法也被世俗所认可。《喻世明言》卷二十三《张舜美灯宵得丽女》中张舜美与刘素香因美貌吸引,素香主动献身,为免于相思之

---

① (明)冯梦龙编,张虹、宋是邦点校《三言》,湖北人民出版社,1996,第3页。
② (明)冯梦龙编,张虹、宋是邦点校《三言》,湖北人民出版社,1996,第837~838页。

苦，与张舜美私奔，二人走散后，刘素香寄身尼姑庵，三年后才得团圆。《警世通言》卷八《崔待诏生死冤家》中的秀秀因无钱嫁人，献与郡王做绣娘，并爱上碾玉匠崔宁，趁郡王府失火之际，与崔宁当夜结为夫妻。一起出逃，后因郭排军告密，秀秀被郡王打死，死后鬼魂依然追寻崔宁，报仇之后，二人俱亡。《警世通言》卷二十九《宿香亭张浩遇莺莺》是典型的才子佳人小说，张浩与莺莺才貌双全，互相倾慕，偷情并私订终身，在得知张浩叔父逼其与孙氏结亲时，莺莺诉于官府，并用卓文君与贾午志二女私奔，却并未受无媒之谤的故事为己辩护，后判二人成婚。《二刻拍案惊奇》卷九《莽儿郎惊散新莺燕　诌梅香认合玉蟾蜍》亦是才子佳人的偶遇故事，秀才风来仪少年高才，与绝代佳人杨素梅一见钟情，以诗文暗通款曲，并以白玉蟾作为信物，私定情意。后风生一举成名，二人无意中聘定婚姻，认玉蟾再续前缘。《警世通言》卷三十四《王娇鸾百年长恨》中的王娇鸾钟情于周廷章，亦未得其父许可，便暗结婚姻。《醒世恒言》卷二十八《吴衙内邻舟赴约》贺司户之女秀娥爱吴衙内的青年美貌，丰采俊逸，深夜与其解衣就寝，私订终身。《二刻拍案惊奇》卷十七《同窗友认假作真　女秀才移花接木》，闻蜚娥女扮男装入学堂，并考中秀才，并在同窗好友魏撰之与杜子中之间自主选择婚配，后与杜子中结为连理。《二刻拍案惊奇》卷三十五《错调情贾母詈女　误告状孙郎得妻》，贾闰娘与孙小官暗生爱慕，因贾母看守严紧，一直未能成其好事。贾母疑女通奸，闰娘一气之下悬梁自尽，贾母将孙小官骗到家里，欲告官问罪。孙小官与闰娘交合之时，闰娘复活，贾母反被县官责备，并将二人配为夫妇。

可见明朝末期，小说反映了好"色"乃为天性本然，肯定人的自然情欲。对未婚男女的性行为持宽容与理解的态度，自主婚姻成为一时风气。而择偶婚配以才貌相当，两情相悦为标准，已接近了婚姻的实质。其忽视门户差别，钱财多寡，即使对于现代社会，也具有可贵的借鉴意义。如《警世通言》卷二十三《乐小舍拼生觅偶》中的乐和与顺娘幼小读书，就私下结为夫妇，及长成，乐和愈发钟情顺娘，但当他央求父亲及母舅提亲时，二人都因门户不相当而拒绝提亲，乐和无奈立誓待顺娘出嫁后，再考虑自己的婚配。三年之后，临安看潮之时，顺娘落入潮中，乐和不顾性命相救。乐和的钟情感动钱塘潮王，救得顺娘，顺娘父母亦不在乎门户差别，二人得以完婚。《二刻拍案惊奇》卷六《李将军错认舅　刘氏女诡从夫》，刘翠翠与金定在学堂读书时，即两下相爱，私订终身。翠翠到婚嫁之年誓嫁金定，父母虽认为金家家道贫穷，难以门当户对，但在翠翠的坚持下，主动找媒人说亲，在金家难付财礼时，刘家谓："自古道'婚姻论财，夷虏之道'，我家只要许得女婿好，哪在财礼？"《醒世恒言》卷三《卖油郎独占花魁》，花魁娘子莘瑶琴放弃高官富户，选择老实可靠的小油贩秦重。《单符郎全州佳偶》中单符郎是全州司户，而杨玉流落为官妓，单符郎并未因门户之别及身份差异拒绝，反而为她赎身并娶之为妻。

已婚女性在传统礼法中，必须从一而终，谨守妇德。男性有休妻的权利，女性只能被动接受，但在"三言""二拍"中，出现了女子弃夫的现象。如《拍案惊奇》卷十六《张溜儿熟布迷魂局　陆蕙娘立决到头缘》，张溜儿之妻陆蕙娘有姿色，张便假意以表妹相称，将妻子嫁于秀才沈灿若，设计强取其钱财，陆蕙娘则将计就计，以身相许，随沈灿若私奔。《拍案惊奇》卷二《姚滴珠避羞惹羞　郑月娥将错就错》中的姚滴珠，只因公婆凶悍，在离家的途中与吴大郎成亲，成为吴的外室。可见即便已婚妇女，也不再恪守"夫为妻纲"的准则，对婚姻产生不满，对于"不义"之夫，女性有重新追求幸福婚姻的自由选择。

（二）尚"真情"要求两性信诺忠诚，互相尊重，建立平等的婚恋关系

中国传统婚姻制度对女性束缚重重，尤其是宋明理学成为官方思想之后，对女性的要求愈加严苛。在男女关系中，女性必须绝对顺从和无条件的专一，"饿死事小，失节事大"的贞节观，在统治者的推导之下，成为深入人心的女性行为准则。以"天理"伦常为掩饰，礼教社会实质上剥夺了失节女性的生存权利，对女性的摧残可谓登峰造极。对比之下，男性特权则得到一味膨胀，如西门庆之流，妻妾成群在明朝社会司空见惯。随着晚明人性觉醒的思潮，广大女性开始对自我处境进行反思与抗争。反映在文学作品中，作者对女性生存寄予了深切的理解与同情，并在"情"的平等要求之下，对男女两性关系有了新的理解。在《二刻拍案惊奇》的《满少卿饥附饱飏　焦文姬生报死仇》中，作者就对封建婚姻中男女关系的不平等，提出了异议：

> 天下事有好些不平的所在！假如男人死了，女人再嫁，便道是失了节，玷了名，污了身子，是个行不得的事，万口訾议；及至男人家丧了妻子，却又凭他续弦再娶，置妾买婢，做出若干的勾当，把死的丢在脑后，不提起了，并没有人道他薄幸负心，做一场说话。就是生前房室之中，女人少有外情，便是老大的丑事，人世羞言；及至男人家撇了妻子，贪淫好色，宿娼养妓，无所不为，总有议论不是的，不为十分大害。所以女子愈加可怜，男子愈加放肆。这些也是伏不得女娘们心理的所在。①

因此作者在小说中强调互相尊重的平等婚恋关系，爱情的忠贞不仅仅适用于女性，对男性同样要求。男性的背信弃义也会遭到舆论的谴责与果报惩罚，对女性不得已情况下的失身，认为情有可原，则给予宽容和理解。瓦西列夫认为："奴性的顺从、人类尊严的丧失、孤立以及一系列缺陷，这都不是女性的自然属性，而是在丧失社会权利的基础上历史形成的。"② 因此"三言""二拍"中新的两性关系，将话语主权转向平等的情感精神需求，突出了对人的尊严与价值的尊重。

《喻世明言》卷一《蒋兴哥重会珍珠衫》中蒋兴哥与王三巧为新婚夫妇，恩爱非常，兴哥外出打理生意，一年未归，徽商陈大郎在薛婆的帮助设计下，与王三巧偷情，兴哥得知后虽愤怒，却也自我反省："当初夫妻何等恩爱，只为我贪着蝇头微利，撇他少年守寡，弄出这场丑来，如今悔之何及！"王三巧被休之后，欲悬梁自尽，王妈则劝慰道："你好短见！二十多岁的人，一朵花还没有开足，怎做这没下梢的事？莫说你丈夫还有回心转意的日子，便真个休了，恁般容貌，怕没人要你？少不得别选良姻，图个下半世受用。你且放心过日子，休得愁闷。"③ 兴哥在得知王三巧再嫁时，将装有细软的十六只箱笼送给她做陪嫁。陈大郎死后，兴哥娶其妻平氏。而兴哥陷入冤案，因王三巧的求情，得以平白昭雪。兴哥也最终原谅王三巧失节行为，后二人复婚。可见晚明后期，小说所反映的婚姻双方更注重感情实质，对女性的贞洁不再片面苛求，即使女性失节被休，也不影

---

① （明）凌濛初编，罗积勇、余赫烈点校《二拍》，湖北人民出版社，1996，第827页。
② 〔保〕基里尔·瓦西列夫：《情爱论》，赵丹译，安徽文艺出版社，2013，第111～112页。
③ （明）冯梦龙编，张虹、宋是邦点校《三言》，湖北人民出版社，1996，第18～20页。

响再次婚姻。《拍案惊奇》卷二《姚滴珠避羞惹羞　郑月娥将错就错》中姚滴珠在汪锡的哄骗之下，离家做了吴大郎外室，两年后案情得明，姚滴珠原夫潘家将其领回，二人完聚，并不嫌弃姚滴珠的失身。"二拍"中《酒下酒赵尼媪迷花　机中机贾秀才报怨》，贾秀才与妻子巫娘子恩爱非常，贾秀才在外读书半年不归，巫娘子被赵尼姑哄骗，借拜佛之际食用酒浆做成的糯米糕，流氓卜良趁机将其奸污，巫娘子醒后痛不欲生，欲拔剑赴死，秀才不但没有责备她，反而劝道："不要寻短见！此非娘子自肯失身，这是所遭不幸，娘子立志自明。"后夫妻又合伙设机，杀了仇人。"那巫娘子见贾秀才干事决断，贾秀才见巫娘子立志坚贞，越相敬重"，① 可见失去贞节并未影响夫妻之间的情谊，而是相互尊重信任。

　　"三言""二拍"中也塑造了一批"负心汉"形象，从反面表明了作者对两性平等情感付出的要求，爱情的忠贞不仅需要女性单方面的维护，男女两性有着同样的责任和义务。《喻世明言》卷二十七《金玉奴棒打薄情郎》的莫稽初时家贫，不费一钱娶得金团头②之女金玉奴，在玉奴出资帮助之下，莫稽二十三岁便连科及第。他做官后却嫌弃丈人团头的身份，"早知今日富贵，怕没王侯贵戚招赘成婚？却拜个团头做岳丈，可不是终身之玷！养出儿女来，还是团头的外孙，被人传作话柄"。早已忘却贫贱时节，老婆资助成名的功劳。在登舟上任之时，将妻子推堕江中，恰被莫稽的上司淮西转运使许公所救，许公设计莫稽再娶玉奴，玉奴棒打薄情郎，莫稽羞愧谢罪，后二人重归于好。作者揭露并谴责莫稽因外在虚名，忘却旧时恩义，在一系列的因缘巧合之下，给予莫稽以极大的讽刺。《警世通言》卷三十四《王娇鸾百年长恨》中王娇鸾与周廷章诗书传情，暗定情意，周廷章欲与之交合，王谓："妾本贞姬，君非荡子。只因有才有貌，所以相爱相怜。妾既私君，终当守君之节；君若负妾，岂不负妾之诚。必矢明神，势同白首，若还苟合，有死不从。"周央求曹姨为媒，誓结伉俪，二人写成必不负的婚书誓约，结为夫妇。一年后周廷章回乡，临行前谓："多则一年，少则半载，定当持家君柬帖，亲到求婚，决不忍闺阁佳人，

---

① （明）冯梦龙编，张虹、宋是邦点校《三言》，湖北人民出版社，1996，第59页。
② "团头"为乞丐中的领头之人，管着众丐。众丐化得东西来时，团头要收他日头钱。若是雨雪时，没处叫化，团头熬些稀粥，养活这伙丐户。

悬悬而望。"① 回吴江家中后，得知其父已与魏同知家议亲，因访得魏女美色无双，且家有十万之富，嫁妆甚丰，慕财贪色，忘记与王娇鸾的盟约，半年之后与魏氏成亲。王则一心等待，修书三封，三年之后央孙九亲往送信，得知真相之后，王娇鸾悲痛不已，制绝命诗三十二首及长恨歌一篇，并将从前倡和之词及合同婚书，放于吴江县的官文书内，自尽身亡。察院樊公祉明察案情，将周廷章乱棒打死，满城人无不称快。可见对于两性中背弃承诺，朝三暮四，薄情寡义之人，作者也持否定态度，并给予死亡的惩罚。《警世通言》卷三十二《杜十娘怒沉百宝箱》纳粟入监的太学生李甲与京中名妓杜十娘相遇，二人情投意合，山盟海誓，来往一年有余，李甲囊箧空虚，得十娘暗中资助，并在同乡柳遇春的帮助下，将杜十娘赎出妓院，十娘又假称姐妹相帮，取五十两白银作为路资。在回乡途中，遇邻舟孙富，他觊觎十娘美貌，巧言游说李甲，并以千两白银买得十娘。杜十娘次日在船头之上，痛骂李甲负心，孙富奸诈，将描金文具中的万两黄金倾倒江中，抱持宝匣跳江而亡。后李甲终日愧悔，郁成狂疾，终身不痊，孙富也奄奄而逝。这一小说以杜十娘的悲剧，谴责了在封建礼教的无形压力以及金钱诱惑之下男性的怯懦与自私，"情"之真要求平等的感情付出，礼教与金钱是摧毁正常爱情婚姻的罪魁祸首，杜十娘也以死捍卫了人格尊严。《二刻拍案惊奇》卷十一《满少卿饥附饱飏　焦文姬生仇死报》中满生钱囊用尽，遇焦大郎慷慨资助，与大郎之女焦文姬偷情后，自言与其恩深义重，后入赘焦家。两年后满生一举登第，大郎将膏腴之产尽数卖掉，送满生以备选官之用。满生得授临海县尉，被劝归宗族后，因贪着朱从简大夫的宦室之女，自想："文姬与我，起初只是两下偷情，算得个外遇罢了，后来虽然做了亲，原不是明婚正配。况且我既为官，做我配的，须是名门大族。焦家不过市井之人，门户低微，岂堪受朝廷封诰，作终身伉俪哉？我且成了这边朱家的亲，日后他来通消息时，好言回他，等他另嫁了便是。"② 文姬一家举家悬望，受尽苦楚，文姬、大郎与丫鬟青箱相继沦亡。十年后文姬鬼魂上门寻仇，满生一夜暴毙。作者对失信忘恩之人施以因缘果报的惩罚，再次强调婚姻关系中信诺忠诚的必要。

---

① （明）冯梦龙编，张虹、宋是邦点校《三言》，湖北人民出版社，1996，第 659～660 页。
② （明）冯梦龙编，张虹、宋是邦点校《三言》，湖北人民出版社，1996，第 534 页。

二　女性的形象与人格之美

"三言""二拍"塑造了一批个性鲜明的女性形象，她们颠覆了传统女性只能一味依附的"物"的生存环境，反对逆来顺受，她们开始要求经济独立的平等两性地位，有勇有谋，才智过人。对爱情的追求，表现出敢做敢为、义无反顾的抗争精神。而已婚女性，在家庭的维护中也起到了重要的作用，她们在逆境中克制隐忍，对爱情坚贞不渝，最终全家团圆，或者佐助男性，重走正途，成就功名事业，女性在小说中彰显了其存在的价值与意义，张扬了女性的人格之美。

首先，"三言""二拍"中的女性显示出一致的自我意识的觉醒，在追逐情爱的过程中，她们尊重自我的本能欲望，表现出敢做敢为、义无反顾的勇气，前节述自主进步的婚恋观中，女性即表现出打破传统礼法，主动追求情爱的勇气。如《喻世明言》卷四《闲云庵阮三偿冤债》中因听曲情动，主动送戒指定情的陈玉兰；《喻世明言》卷二十三《张舜美灯宵得丽女》中与情人偷情并私奔的刘素香；《警世通言》卷八《崔待诏生死冤家》中对碾玉匠崔宁主动表白并私奔出逃的绣娘璩秀秀。《警世通言》卷二十九《宿香亭张浩遇莺莺》为自己无媒而和辩护的崔莺莺；《醒世恒言》卷二十八《吴衙内邻舟赴约》与吴衙内偷情做爱的贺秀娥；《初刻拍案惊奇》卷二十九《通闺闼坚心灯火　闹图圄捷报旗铃》中与张幼谦私会偷情的罗惜惜；《二刻拍案惊奇》卷六《李将军错认舅　刘氏女诡从夫》不顾门户之别，情属金定的刘翠翠；《二刻拍案惊奇》卷九《莽儿郎惊散新莺燕　诌梅香认合玉蟾蜍》中与秀才凤来仪暗中定情的杨素梅。作者将小说中的女性塑造成"至情"的化身，并表现出为"情"不顾一切的坚决与勇气，甚至能超越生死，将"情"夸大并理想化，突出"情"所具有的人格魅力。如《警世通言》卷三十《金明池吴清逢爱爱》，卢爱爱死后与吴清结为夫妻，后助其躲过牢狱之灾，并成全佳偶。《醒世恒言》卷十四《闹樊楼多情周胜仙》中的周胜仙在金明池畔茶房里巧遇樊楼酒肆的范二郎时，二人借与卖水人争吵之际将自己的姓名，年岁及不曾嫁娶的信息传递给对方，周胜仙相思成疾，并因父亲反对，气急而亡，后因掘坟之人苏醒，又被范二郎误认为鬼，用汤桶砸死，周胜仙在梦中与二郎云雨，并曰："奴两遍死去，都只为官人"，陪伴三日后与之永别，其情之痴让人感动。《拍案惊奇》卷二十三《大姊魂游完宿愿　小姨病起续前缘》为一段奇情，崔兴哥与吴兴娘自小订立婚约，崔家却十五年未通消息，兴娘忧郁而亡，两月之后，崔生到来，兴娘之魂借其妹庆娘之身成就好事，并逃到外县居住，一年之后托梦于崔生，并成就崔生与庆娘的婚姻。

其次，女性自强独立，有着"赛男儿"的出众才华与能力。《喻世明言》卷二十八《李秀卿义结黄贞女》开篇即谓："有智妇人，赛过男子"，"如今单说那一种奇奇怪怪、蹊蹊跷跷，没阳道的假男子，带头巾的真女人，可钦可爱，可笑可歌。正是说处裙钗添喜色，话时男子减精神。"① 小说入话中引用了花木兰代父从军，祝英台与梁山伯以及屡断冤狱的假秀才黄崇嘏的故事。正话以黄善聪为主人公，善聪十二岁时母亲病故，后女扮男装，化名张胜，跟随父亲学做生意，不上两年，父亲也患病而死。善聪与间壁客房住的贩香客人李英结拜为弟兄，合伙做生意达六年之久，始终没有暴露女性身份，真相大白后，二人结为夫妻。《醒世恒言》卷十《刘小官雌雄兄弟》中的刘方，初因母丧，恐途中不便，遂扮男装随父还乡，父殁后拜刘公为义父，并与同遭不幸的刘奇成为兄弟，二人并力齐心，勤苦经营，家业日渐兴隆。刘公夫妇去世后，二人开布店，"一二年间，挣下一个老大家业"。表明身份后，谓前时本欲说明，但思家事尚微，恐兄独力难成，遂共同经营。可见，女性经商不输男子，亦可做到经济上的独立，自强自立为女性生存提供了新的路径选择。

女性也具有不输男子的诗文才华。《醒世恒言》卷十一《苏小妹三难情郎》开首诗曰："聪明男子做公卿，女子聪明不出身。若许裙钗应科举，女儿哪见逊公卿？"对女性才华的赞许溢于言表，列举班固之妹、蔡琰、李易安、朱淑真之才，并引苏小妹之例，苏洵与其子苏轼、苏辙文经武纬，博古通今，并称为"三苏"，苏洵之女苏小妹也聪明绝顶，举世无双，苏洵叹道："可惜是个女子，若是个男儿，可不又是制科中一个有名人物！"苏东坡亦夸："吾妹敏悟，吾所不及。若为男子，官位必远胜于我矣！"② 苏小妹

---

① （明）冯梦龙编，张虹、宋是邦点校《三言》，湖北人民出版社，1996，第 231~232 页。
② （明）冯梦龙编，张虹、宋是邦点校《三言》，湖北人民出版社，1996，第 862~867 页。

以才华，名誉京师，慕名求亲者不计其数，小妹自阅上呈诗文，并选中秦观，新婚之夜更是三难新郎，得到夫君的赏识，也奠定了以后婚姻美满的基础。同样的如《二刻拍案惊奇》卷十七《同窗友认假作真　女秀才移花接木》中的闻蜚娥，"自小习得一身武艺，最善骑射，直能百步穿杨，模样虽是娉婷，志气赛过男子"，"一向装作男子，到学堂读书，外边走动"，"如此数年，果然学得满腹文章，博通经史。这也是蜀中做惯的事，遇着提学到来，他就报了名，改为胜杰，说是胜过豪杰男人之意，表字俊卿，一般的入了对，去考童生，一考就进了学，做了秀才。他男扮久了，人多认他做闻参将的小舍人，一进了学，多来贺喜，府县迎送到家。参将也只是将错就错，一面欢喜开宴，盖是武官人家，秀才乃是极难得的。从此参将与官府往来，添了个帮手，有好些气色。为此，内外大小却像忘记他是女儿一般的，凡事尽是他支持过去。"① 女子入学堂，并通过科举做了秀才，其才智令一般男性都自愧不如，体现了对"女子无才便是德"等传统观念的挑战和反驳。

再次，"三言""二拍"中部分女性在困境之中坚贞不渝，克制隐忍，执着坚守，并最终苦尽甘来，表现了女性的坚定与柔韧。《警世恒言》卷十一《苏知县罗衫再合》中苏云在同夫人郑氏赴任浙江金华府兰溪县大尹时，被徐能一伙人假借换船之故，劫财害命。在徐用的帮助下，苏云被抛入湖中，郑氏逃走。当夜郑氏在尼姑庵产下一子，无奈之下以自己穿的一件罗衫及金钗一股作为凭证，将孩子放于柳树下求人收养，恰被徐能碰到，取名徐继祖，收为子嗣。郑氏隐忍十九年，自觉容貌不同以前，又是道姑打扮，决议以化缘为由寻找孩子，并寻报仇之法。后写成状纸，恰投于已为御史的儿子手中，徐继祖查得真相，惩治真凶，一家团圆。《醒世恒言》卷十九《白玉娘忍苦成夫》写宋末时期，程万里流落外乡时，被叛归元朝的张万户收为家丁，后配得妻子白玉娘，白玉娘也因战乱，被掳为奴，玉娘劝万里，"妾观夫君才品，必非久在人后者，何不觅便逃归，图个显祖扬宗。却甘心在此，为人奴仆，岂能得个出头的日子！"程万里以为是张万户故意试探，第二日即将妻子语告之张万户，张万户欲打玉娘一百皮鞭，在张夫人的求情下得免。玉娘没有怨恨，二劝万里，"然细观君

---

① （明）凌濛初编，罗积勇、余赫烈点校《二拍》，湖北人民出版社，1996，第 591~592 页。

才貌,必为大器,为何还不早图去计?若恋恋于此,终作人奴,亦有何望!"程万里又禀知张万户,玉娘被卖他家,临行之前再劝其夫,"妾以君为夫,故诚心相告,不想君反疑妾有异念,数告主人。主人性气粗雄,必然怀恨,妾不知死所矣!然妾死不足惜,但君堂堂仪表,甘为下贱,不图归计为恨耳!"万里已知妻子诚心,二人换履为证。玉娘被迫嫁给顾大郎作妾,勤勉劳作,但立性贞烈,顾家夫妇将其收为义女,一年后玉娘入庵为尼。程万里也寻机逃出张家,二十年后为陕西参政,寻回玉娘,二人团圆。《醒世恒言》卷三十六《蔡瑞虹忍辱报仇》,蔡武在举家赴任的途中,被陈小四一伙人谋财害命,其女蔡瑞虹虽得保命,却被陈小四强奸。次日蔡瑞虹遇商人卞福,在卞福许诺为其家人报仇后,蔡瑞虹答应为卞之妾,因卞福老婆不能相容,又将她卖与烟花之地。蔡瑞虹欲待自尽,但大仇未报,只能隐忍受辱,因不肯接客,又被卖与绍兴人胡悦,瑞虹述悲惨遭遇,并道:"官人若能与奴家寻觅仇人,报冤雪耻,莫说得为夫妇,便做奴婢,亦自甘心!"谁知胡悦也一味敷衍,本欲在京师拜会相知官员,谋取官差,却被骗尽钱财,胡悦以送瑞虹归家为诱,将她假嫁于人,骗取财物。瑞虹将真相告诉朱源,并以自己的大仇相托,二人结为夫妇,并育一子,后朱源中进士,授武昌县县令,将陈小四等绳之以法,瑞虹访得其父与婢女所生之子,为其复姓,续蔡门宗祠。她则留书一封,自谓不节,自杀身亡,后人赞其节孝。《拍案惊奇》卷十九《李公佐巧解梦中言 谢小娥智擒船上盗》,谢小娥十四岁与段居贞成婚,在一次载舟贸易中,江洋大盗将谢父及段杀害,小娥落水幸免于难,被救起后到妙果寺暂住。夜梦其父与夫相继托梦,梦中二人两句谜语含仇人姓名,小娥借外出乞食之机,逢人拜求,多年后判官李公佐解仇人姓名为申兰,申春,小娥誓报冤仇,男扮女装,化名谢保,数年查访后,进入申兰家为仆,并取得申兰的信任,将一干仇人姓名全部知悉,在申兰与申春酒醉之时,杀申兰,并将申春捆至衙门,终得报仇。《拍案惊奇》卷二十七《顾阿秀喜舍檀那物 崔俊臣巧会芙蓉屏》,崔俊臣赴任途中,被歹人顾阿秀等劫掠财物,崔俊臣跳入水中,其妻王氏也趁船家宴会时候逃走,并在尼院中住下。崔俊臣所画芙蓉图,被顾阿秀等人布施到尼庵,王氏在图上题诗,暗示自己遭遇。御史大夫高公偶然收得此图,却被崔俊臣认出,二人终得团圆,并惩治盗贼。

最后，女性侠肝义胆，知恩图报。《拍案惊奇》卷四《程元玉店肆代偿钱 十一娘云冈纵谭侠》，剑侠十一娘假称无钱付饭，试探徽商程元玉，见其义气，暗告前行有难，并在程元玉被强盗索尽财物时，令其徒青霞带至庵中，并赠丸药，以报答程的恩义德行。《二刻拍案惊奇》卷十二《破勘案大儒争闲气 甘受刑侠女著芳名》，妓女严蕊，色艺双全，琴棋书画，歌舞管弦之类无所不通，善作诗词，又博通古今故事，且行事最有义气，待人常是真心，四方子弟慕其大名。台州太守唐仲友见其十全可喜，良辰佳节或宾客席上，必召其来侑酒。秀才陈同父与仲友交好，陈同父欲娶妓女赵娟，央求仲友为赵脱籍从良，仲友知同父家中空虚，本为赵娟好意，劝其要忍得饥，受得冻。赵娟遂不提嫁人之意，对陈同父也渐冷淡，陈得知后，怨恨仲友，故意挑拨朱晦庵与仲友关系，晦庵以为仲友轻薄，便追取其太守印信，并将严蕊收监，拷问其与太守通奸情状，以便为唐仲友定罪。严蕊却铁石一般，死不招认，受尽苦楚，却对劝她之人谓："身为贱伎，纵是与太守有奸，料然不到得死罪，招认了有何大害？但天下事真则是真，假则是假，岂可自惜微躯，信口妄言，以污士大夫？今日宁可置我死地，要我诬人，断然不成的！"① 严蕊被放出后，四方之人称颂其义气。

"三言""二拍"塑造了一系列女性形象，并突出了其人格之美，从而提升了女性的地位与价值，开始了对女性生命价值的探索，有一定的进步性，但女性经济独立，须女扮男装，假借男性身份才得以进行。对情爱的主动追求，却因男性无法摆脱的礼教世俗心理，往往走向悲剧结局，"三言""二拍"中"负心汉"形象的不断出现即是明证。而婚后女性，往往需要忍辱负重，佐助男性成就，也充分说明了女性无法摆脱的男性附属角色的命运。

三 男性的形象与地位危机

"三言""二拍"两性相恋及婚姻生活的篇目在突出女性形象的同时，也从侧面展现了男性的地位危机，男性以及其所代表的礼教系统的话语主权，在晚明后期呈现出式微与失落的特征，"女助男"式成为惯常现象，

---

① （明）凌濛初编，罗积勇、余赫烈点校《二拍》，湖北人民出版社，1996，第543页。

"负心汉"所造成的两性悲剧,在小说中成为被谴责的重点。男性在制度的支持下,虽依然维持外在的权力主导地位,但在精神、情感与物质各方面,都出现了依赖女性的现象,从而造成了自我形象晦暗不清,边缘化的特点。

首先,"女助男"式的两性关系与男性形象边缘化。《喻世明言》卷十九《杨谦之客舫遇侠僧》中,杨谦之赴任贵州安庄知县,路遇侠僧,杨谦之将自己贫难之事悉数告之,侠僧安排自己的侄女李氏陪伴保护,李氏妖娆美貌,秉性温柔,百能百俐且精通法术、天文,先在牂牁江预知天气,放船入浦,躲过大风。杨谦之不听劝告,买蒟酱,当被人追杀时,只能躲在舱中说道:"奶奶,如何是好?"后仗李氏施法将船钉在水中,将酱归还,得脱祸事。在安县时,杨谦之按捺不住,打了侮辱他的庞氏老人,惹来杀身之祸,杨公没主意,求助李氏:"怎生是好?"又说道:"全仗奶奶"①,李氏抓住恶物,并用计将庞氏全族收伏。他又为杨公备下拜见薛宣尉的礼品,叮嘱交往事宜,杨、薛拜为兄弟,并在离任之后,得到薛送的千金赠礼。杨谦之虽博学雄文,任县令之职,却全仗李氏帮助才得顺利任职三年,杨扮演了求助性的弱者角色,与李氏的才智远见相比,杨谦之这一具有权力地位,且被社会认可的角色却暴露了怯懦、无远见的性格特征。《喻世明言》卷五《穷马周遭际卖䭔媪》的马周,父母双亡,一贫如洗,年过三旬,尚未娶妻。虽自幼精通书史,广有学问,志气谋略,件件过人,只因孤贫无援,无人举荐,"分明是一条神龙困于泥淖之中,飞腾不得",只能借酒消愁。博州刺史达奚聘其为助教,皆因酒醉冲撞,屡被羞辱,后辞职而去。在新丰城,店主王公推荐他到长安外甥女王媪家暂住,王媪留其在店中做寓,一日三餐殷勤供应,并推荐给常中郎,恰逢太宗皇帝诏五品以上官员求言,马周写成二十条,得到太宗赏识,拜为监察御史。马周幸得王媪的资助举荐,才得以仕途得意,作者将女性的帮助,解释为天命使然,因之前神相袁天罡算定王媪他日为一品夫人,虽然有些牵强,但这也增加了女性在两性关系中的价值意义。《拍案惊奇》卷十五《卫朝奉狠心盘贵产　陈秀才巧计赚原房》中的富郎陈秀才,好结客,又喜风月,逐日呼朋引类,或往青楼嫖妓,或落游船饮酒,如此风花雪月,挥霍家财七八年,家财已所

---

① （明）冯梦龙编,张虹、宋是邦点校《三言》,湖北人民出版社,1996,第155~157页。

剩无多。其妻马氏治家勤俭,每每苦劝,陈秀才却旧性不改,银子用光后,去开解铺的卫朝奉处借银三百两,卫是极刻薄之人,有心要换取陈秀才的庄房,三年之后索债,陈只能将一千二三百金的庄房抵账,陈秀才气闷,谓:"我若得志,并当报之。"马氏对其数落一番道:"不怨自己,反恨别人!别个有了银子,自然千方百计要寻出便宜来,谁像你将了别人的银子用得落得?不知曾干了一节什么正经事务,平白地将这样的美产贱送了!难道是别人央及你的不成?"痛骂其错处,后见陈秀才真心悔改,又谓愿以千金之资重振家业,陈秀才道:"莫非娘子有甚扶助小生之处?望乞娘子提缀,指点小生一条路头,真莫大之恩也。"马氏将平日积攒的千余金交给陈秀才,陈设计赎回庄房,后成富室。小说中马氏勤俭节约,看待人情世事深刻犀利,最后助陈恢复家业。陈秀才虽终改过自新,也留下了有钱时纵情享乐,不计后果,落魄时埋怨他人,求助妻子的软弱形象。

相较于传统士人建功立业,内圣外王的忧国忧民,意气风发,上述士人已从两性关系中的主动方变为被动角色。而在普通市民阶层中,部分人更有放弃男性尊严,依靠妻子的美貌换取钱财的行径。如《二刻拍案惊奇》卷二十八《程朝奉单遇无头妇　王通判双雪不明冤》,徽州府岩子街卖酒的李方哥,其妻陈氏,生得娇媚动人,被富人程朝奉看上,程朝奉终日以买酒为由,甜言软语,哄动他夫妻二人,但陈氏正正气气,一时也勾搭不上。程转而以金钱诱惑李方哥,谓:"我喜欢你家里一件物事,是不费你本钱的,我借来用用,仍旧还你。若肯时,我即时与你三十两。"李方哥告诉陈氏,陈氏道:"你听他油嘴!若是别件动用物事,又说道借用就还的,随你奢遮宝贝,也用不得许多贯钱,必是痴心想到我身上来讨便宜的说话了。你男子汉,放些主意出来,不要被他腾倒。"隔一日,程朝奉果然拿了一包银子,直谓看上陈氏,并当面打开,白灿灿一大包,李方哥见了好不眼热,李见程朝奉要收拾银子,便有些沉吟不舍之意,后则半推半就地接了。并转而劝陈氏:"我一时没主意,拿了。他临去时,就说:像得我意,十锭也不难。我想,我与你在此苦挣一年,挣不出几两银子来。他的意思,倒肯在你身上舍主大钱,我每不如将计就计哄他,与了他些甜头,便起他一主大银子,也不难了。也强如一盏半盏的与别人论价钱。"陈氏道:"你男子汉,见了这个东西,就舍得老婆养汉了。"李又谓:"不是舍得。难得财主家倒了运,来想我们。我们拼忍着一时羞耻,一生受用不尽了。而今混账的世界，我们又不是什么阀阅人家，就守着清白，也没人来替你造牌坊，落得和同了些。"① 并主动提出晚上请程朝奉喝酒，他出外躲避以成事。为钱财主动放弃男性尊严，力劝妻子卖身的猥琐形象跃然纸上，也冲击了传统的男性地位。无力改变自我经济状况，只能依靠妻子出卖色相，在夫妻关系中的地位也可想而知了。相似的篇目还有《醒世恒言》卷三十六《蔡瑞虹忍辱报仇》中将小妾蔡瑞虹，假称为妹，嫁于他人，哄骗钱财的胡悦。《拍案惊奇》卷十六《张溜儿熟布迷魂局 陆蕙娘立决到头缘》中假嫁妻，以抢夺钱财的张溜儿。

其次，"三言""二拍"也塑造了一批"负心汉"的男性形象，用情不专、忘恩负义是这一群体的特征。作者在谴责男性的同时，也暴露了男性不会爱，更不懂爱情的生存状态。在处理两性关系上，他们只以欲望为驱动，却未将男女之间的本能吸引上升为两性的审美情感。而掺杂了社会考量的实用心理，是造成爱情悲剧的重要原因。这一群体以士人阶层为代表，更具有讽刺意义，在"情"的考验之下，以家国天下，礼制秩序为己任的主流文化却显示了人性的自私、虚伪与卑劣。

"三言""二拍"中以"负心汉"为主题的共四篇，《喻世明言》卷二十七《金玉奴棒打薄情郎》与《二刻拍案惊奇》卷十一《满少卿饥附饱飏 焦文姬生仇死报》两篇都是"女助男"的关系模式，男性初时穷困潦倒，如莫稽父母双亡，家贫未娶。满生也父母双亡，家财荡尽，妻子不曾娶得，二人皆受女性资助，入赘女家，感恩戴德，誓不忘义。但一经科考登第，便开始嫌弃女方的门第背景，莫稽嫌金家为团头出身，"早知有今日富贵，怕没王侯贵戚招赘成婚？却拜个团头做岳丈，可不是终身之玷！养出儿女来，还是团头的外孙，被人传作话柄。如今事已如此，妻又贤惠，不犯七出之条，不好决绝得。正是事不三思，终有后悔"。② 满生亦想道："文姬与我，起初只是两下偷情，算得个外遇罢了，后来虽然做了亲，原不是明婚正配，况且我既为官，做我配的，须是名门大族。焦家不过市井之人，门户低微，岂堪受朝廷封诰，做终身伉俪哉？"③ 世俗地位提高，

---

① （明）凌濛初编，罗积勇、余赫烈点校《二拍》，湖北人民出版社，1996，第695~696页。
② （明）冯梦龙编，张虹、宋是邦点校《三言》，湖北人民出版社，1996，第228页。
③ （明）凌濛初编，罗积勇、余赫烈点校《二拍》，湖北人民出版社，1996，第534页。

泯灭了天性良善，莫稽在赴任途中，将妻子推堕入江，满生忘妻续娶，致文姬一家受尽苦楚，抱恨而亡。自私与虚荣的男性形象，颠覆了读者对文人士子的道德期待，鲁迅曾说过"悲剧是将人生有价值的东西毁灭给人看"。小说中的悲剧则充分暴露了中国式的爱情环境，固有的伦理经验将个体人生的一切都导向了一种实用的生存状态，这与爱情这一极具感性与个体化的生存方式背道而驰，这也是负心汉现象屡见不鲜的重要原因，爱情在传统中国的土壤中是否有生存发展的可能，是一个值得我们深入思索的问题。再看作者对此问题的解决，前者金玉奴被莫上司收为义女，一定程度上认可了莫稽的门第之别，后者虽以因缘果报进行惩罚，将矛头指向了具体个体，但将现世善恶付诸天理这一未知因素，更多的是人们的一种美好理想，在现实生活中未必有实现的可能，因此没有普遍的道德效力，世俗的伦理环境依然占据主导地位。

　　再如《警世通言》卷三十二《杜十娘怒沉百宝箱》一篇，只是慑于封建家长的威严及世俗舆论的压力，李甲就将昔日情投意合，海誓山盟的恋人杜十娘卖与他人，孙富劝其曰："若挈之同归，愈增尊大人之怒。为兄之计，未有善策。况父子天伦，必不可绝，若为妾而触父，因妓而弃家，海内必以兄为浮浪不经之人。异日妻不以为夫，弟不以为兄，同袍不以为友，兄何以立于天地之间？兄今日不可不熟思也！"① 这一席话正说中李甲心事，可见"情"在中国的伦理社会中没有生长的基础，在世俗礼教面前也愈显脆弱，这是杜十娘爱情悲剧的根本原因。《警世通言》卷三十四《王娇鸾百年长恨》，王娇鸾与周廷章二人门户相当，一见钟情，以诗文相和，互慕其才，这本是爱情成长的理想环境，孰知周廷章回到吴江家中后，慕财贪色，与魏同知之女成婚，背弃前盟。周廷章自私贪婪，其形象的丑化，也暴露了爱情存亡与世俗功利的密切关系。

　　以"情"为尺度，作者对"负心汉"男性形象的丑化与谴责，将爱情的话语主权向女性倾斜，说明了这一时期男性主权地位危机，同时也暴露了爱情与世俗礼教的矛盾关系，中国式的爱情与婚姻如何正常发展这一主题，值得我们进一步的研究与深思。

---

① （明）冯梦龙编，张虹、宋是邦点校《三言》，湖北人民出版社，1996，第642页。

第二节　情欲的救赎与伦理回归

晚明是一个人性觉醒的时代，传统儒家认为两性交合的目的为传宗接代，回避性与个体体验关系，晚明哲学从外在天理转而为关注个体内心之后，情欲解放成为这一时期的主流风气，在艳情小说中更因为欲的自由泛滥，将社会导向了堕落的深渊。"三言""二拍"则表现了对"理""欲"平衡的寻找，在性欲与控制，人的自然属性与社会属性的矛盾中，尝试建立一种合理规范的"性道德"，从而走向了伦理回归的途径。

一　未婚男女的偷情行为与婚姻补偿

"父母之命，媒妁之言"，"未成婚姻，不逾大防"这一传统的两性交往规范，在晚明已失去了影响效力，"三言""二拍"所反映的未婚男女的偷情行为已具有普遍性。作者一方面肯定本能情欲，并借用《醒世恒言》卷八《乔太守乱点鸳鸯谱》中乔太守所言："移干柴近烈火，无怪其燃"，对婚前性行为持宽容与肯定的态度。另一方面则试图用天命姻缘对其解释，并以婚姻补偿的方式，将两性结合纳入人伦正轨。

"三言""二拍"中未婚男女的偷情行为极为普遍。如《喻世明言》卷四《闲云庵阮三偿冤债》的玉兰与阮三；卷二十三《张舜美灯宵得丽女》的张舜美与刘素香；卷三十八《任孝子烈性为神》的梁圣金与周得。《警世通言》卷八《崔待诏生死冤家》的秀秀与崔宁；卷二十九《宿香亭张浩遇莺莺》的张浩与莺莺；卷三十四《王娇鸾百年长恨》的王娇鸾与周廷章；卷三十八《蒋淑真刎颈鸳鸯会》的蒋淑真与阿巧。《醒世恒言》卷八《乔太守乱点鸳鸯谱》的孙玉郎与慧娘；卷十六《陆五汉硬留合色鞋》的潘寿儿与陆五汉；卷二十八《吴衙内邻舟赴约》的贺秀娥与吴衙内。《拍案惊奇》卷九《宣徽院仕女秋千会　清安寺夫妇笑啼缘》的拜住与速哥失里；卷二十九《通闺闼坚心灯火　闹图圄捷报旗铃》的张幼谦与罗惜惜。《二刻拍案惊奇》卷九《莽儿郎惊散新莺燕　㑳梅香认合玉蟾蜍》的凤来仪与杨素梅；卷十七《同窗友认假作真　女秀才移花接木》的闻蜚娥与杜子中；卷三十五《错调情贾母詈女 误告状孙郎得妻》的贾闰娘与孙小官。

对于这些偷情行为作者给予了各种理解与肯定，首先，是男女才貌相当，本能结合，终成姻缘，《乔太守乱点鸳鸯谱》即是最有名的一篇。其次，若天命姻缘前定，即使婚前不轨，也并不妨害婚姻关系。如《醒世恒言》卷二十八《吴衙内临舟赴约》入话中先述秀才潘遇本该状元及第，却因赴考途中与女子幽会偷情，以致落第，此后也连走数科不第，郁郁而终，故事以梦的形式相串联，暗喻破坏礼法，将失却名利富贵。但随后作者即谓："说话的，依你说，古来才子佳人，往往私偕欢好，后来夫荣妻贵，反成美谈，天公大算盘，如何又差错了？看官有所不知。大凡行好卖俏，坏人终身名节，其过非小。若是五百年前合为夫妻，月下老赤绳系足，不论幽期明配，总是前缘判定，不亏行止。"因此贺秀娥虽背着父母家人，将吴衙内藏于床下，夜夜欢会，但吴衙内还是一举成名，二人洞房花烛，婚姻美满。篇末有诗赞曰："佳人才子貌相当，八句新诗暗自将，百岁姻缘床下就，丽情千古播词场。"① 对二人的偷情持褒扬之意。《拍案惊奇》卷三十四凌濛初也有同样言论："假如偷期的，成了正果，前缘凑着，自然配合。"再次，父母对男女偷情也有一定的责任，《喻世明言》卷四作者开首谓："奉劝做人家的，早些毕了儿女之债。常言道：'男大当婚，女大须嫁，不婚不嫁，弄出丑吒。'多少有女儿的人家，只管要拣门户，扳高嫌低，耽误了婚姻日子，情窦开了，谁熬得住？男子便去偷情嫖院，女儿家拿不定定盘星，也要走差了道儿，那时悔之何及？"② 作者认为人的本能情感会冲破礼教约束，因此奉劝做父母的不要在乎门户之别，早日促成婚姻，这也为男女婚前越轨行为找到了新的理由。而作者笔下尽管男女偷情的动机各个不同，却大多走向了婚姻的结局，这也是作者津津乐道，甚至以"佳话"形容的重要原因，从中反映出作者对情欲控制的中庸态度，"好色不乱"，"有始有终"，即便这一过程有违礼教，但结果符合人伦道德，就可以被理解和原谅，中和了本能要求与社会规范，以"情"相引导，并试图使"情"摆脱"欲"的盲目无度，更趋向于"理"的规范

---

① （明）冯梦龙编，张虹、宋是邦点校《三言》，湖北人民出版社，1996，第1087～1098页。
② （明）冯梦龙编，张虹、宋是邦点校《三言》，湖北人民出版社，1996，第47页。

与秩序。但这一安排，明显带有作者的主观理想成分，且不论"情""欲"的界限模糊，晚明时期对女性偷情、私奔等违逆传统伦理行为的宽容度也是一个有待商榷的课题，小说中作者塑造了一系列自主、独立的女性形象，女性生存只有在纳入伦理正轨时，才能得到圆满的结局，而一旦无法与男性成婚，或者男性背信弃义，女性则大部分走向了死亡的结局。

《喻世明言》卷二《陈御史巧勘金钗钿》，顾阿秀从小与鲁学曾订亲，但鲁的表兄梁尚宾冒名顶替，趁机将顾阿秀骗奸，这本是礼法制度的弊端，青年男女不曾谋面，凭借父母之言相约成婚，从而出现只知其名，不识其人的结果，使得奸人有机可乘。顾阿秀在得知真相后，却将所有责任承揽到自己身上，"孩儿一时错误，失身匪人，羞见公子之面，自缢身亡，以完贞性"。①鲁学曾在这一悲剧中也有不可推卸的责任，因好虚表，识人不明，在梁尚宾的言语哄骗之下，错过约定时间。但小说却安排阿秀鬼魂为鲁学曾洗脱冤情，并助其与田氏完婚，结局圆满，皆大欢喜。作者通过小说的情节安排，暴露了对无法进入伦理正轨女性的普遍心理期待与道德归罪。《警世通言》卷二十一《赵太祖千里送京娘》，赵京娘被响马所劫，被赵大郎（赵太祖）所救，并不远千里将京娘送还回家，京娘感其恩义，主动要求婚配，赵大郎为表无私，严词拒绝。还家之后，父母疑京娘已失贞洁，怕人议论，欲将京娘许配给赵大郎，赵大郎一怒之下，纵马离开。而京娘在遭到嫂子奚落之后，自暴自弃："因奴命蹇时乖，遭逢强暴，幸遇英雄相救，指望托以终身。谁知事既不谐，反涉瓜李之嫌，今日父母兄嫂亦不能原谅，何况他人？不能报恩人之德，反累恩人的清名，为奸成歉，皆奴之罪。……千死万死，左右一死，以表奴贞节的心迹。"②于是悬梁自尽。女性自主选择婚姻却遭到拒绝，因歹人强掠，与男性单独相处，便不容于家人，本非女性的错误，女性却成为罪责的中心。女性自己也只是对不幸命运的谴责，而非怀疑礼教风俗的不公，只能以死证明清白。作者为彰显赵大郎直道而行，一邪不染，正义凛然的英雄品质，安排赵大郎多次拒绝与京娘成婚的请求，却未曾考虑京娘的处境，最后竟一走了之。他救了京娘，也是将京娘推向死亡的罪魁祸首之一。可见没有婚

---

① （明）冯梦龙编，张虹、宋是邦点校《三言》，湖北人民出版社，1996，第37页。
② （明）冯梦龙编，张虹、宋是邦点校《三言》，湖北人民出版社，1996，第530页。

姻屏障的女性，失贞与死亡有时候具有相同的含义。同样的还有被负心男抛弃的女性。如《警世通言》卷三十二《杜十娘怒沉百宝箱》，杜十娘因李甲负心将其卖与他人，跳江而亡。卷三十四《王娇鸾百年长恨》，王娇鸾因周廷章另行婚配，自缢身亡。《二刻拍案惊奇》卷十一《满少卿饥附饱飏　焦文姬生仇死报》，焦文姬被满少卿抛弃，抱恨而死。可见未婚男女的偷情行为在婚姻结局的补偿之下，才具有被理解肯定的可能，伦常礼法依然具有强大的力量，并成为影响女性生存的主导因素。陆人龙《型世言》第十一回谓：

　　……不知古来私情，相如与文君是有终的，人都道他无行。元微之莺莺是无终的，人都道他薄情。人只试想一想，一个女子，我与他苟合。这时你爱色，我爱才，惟恐不得上手，还有什么话说？只是后边想起当初鼠窃狗偷的，是何光景？又或夫妇稍有衅隙，道这妇人当日曾与我私情，莫不今日又有外心么？至于两下虽然成就，却撞了一个事变难料，不复做得夫妇。你绊我牵，何以为情？又或事觉，为人嘲笑，致那妇人见薄于舅姑，见恶于夫婿，我又仔么为情？

这一段话对女性处境的分析十分恰切，"幽期"与"偷情"对男性的责罚与影响远小于女性，在传统礼法依然占据社会主流地位的情况下，"未成婚姻，不逾大防"也是对女性的关怀与保护，由此可见作者维护传统伦理的思想趋向。

二　破坏他人家庭的纵欲行为与道德惩罚

中国传统社会的建构以家庭为基础，因此夫妇和谐，家庭稳固也是社会秩序井然的核心，而放纵欲望，破坏他人家庭的行为，一方面败坏社会风气，另一方面也是造成家庭破裂，社会不安定的因素。"三言""二拍"对纵欲及破坏他人家庭的行为给予了严厉的惩罚。

《拍案惊奇》卷二十《李克让竟达空函　刘元普双生贵子》中作者谓："冥冥之中，天公自然照察。原来那夫妻二字，极是郑重，极宜斟酌，报应极是昭彰，世人绝不可戏而不戏，胡作非为。或者因一句话上成就了一家儿夫妇，或者因一纸字中拆散了一世的姻缘，就是陷于不知，因果到底不爽。"① 并在入话中叙吴江秀才萧王宾，本应是状元之才，在路过长洲时，好心帮忙，替人写了一纸休书，结果拆散了一家夫妇，"上天鉴知，减其爵禄"。从而失去了状元之位。因无意中破坏家庭就遭到天谴，对于那些主动行为者的惩罚也更为严峻。《喻世明言》卷一《蒋兴哥重会珍珠衫》中徽商陈大郎看上蒋兴哥之妻王三巧，便通过薛婆，想方设法成其好事，二人离别之时，王三巧以祖传"珍珠衫"相赠，被蒋兴哥巧遇并察知奸情，蒋兴哥虽自责自己离家多时不能相陪，还是忍痛写下了一纸休书。陈大郎先是途中遭遇大盗，后听说丑事暴露，王三巧再嫁，病急而亡。陈妻平氏再嫁蒋兴哥，而原配王三巧也再配蒋兴哥为偏房，从此一夫二妇，团圆到老。陈大郎奸淫别人妻子，自己却客死异乡，妻子也被人所娶，体现了"一报还一报"的因果报应。正如作者在小说开首所谓：

    眼是情媒，心为欲种。起手时，牵肠挂肚；过去后，丧魄销魂。假如墙花路柳，偶然适兴，无损于事。若是生心设计，败俗伤风，只图自己一时欢乐，却不顾他人的百年恩义，假如你有娇妻爱妾，别人调戏上了，你心下如何？古人有四句道得好。人心或可昧，天道不差移。我不淫人妇，人不淫我妻。②

《喻世明言》卷二《陈御史巧勘金钗钿》中骗奸鲁学曾未婚妻的梁尚宾被处决，而梁之妻田氏则嫁给了鲁学曾，可见作者的果报思想。《拍案惊奇》卷三十二《乔兑换胡子宣淫　显报施卧师入定》亦有言："这一件事关着阴德极重，那不肯淫人妻女、保全人家节操的人，阴受厚报，有发了高魁的，有享了大禄的，有生了贵子的，往往见于史传，自不消说。至于贪淫纵欲，使心用腹污秽人家女眷，没有一个不减算夺禄，或是妻女见报，阴中再不饶过的。"③ 入话叙秀才刘唐卿往秀州赴试途中看上船家的女儿，勾引之下二人成欢，却因本非其姻缘，淫他人之妻，阴德受损，被压下一科，迟了功名。作者谓："看官，你看刘唐卿只为此一着之错，罚他

---

① （明）凌濛初编，罗积勇、余赫烈点校《二拍》，湖北人民出版社，1996，第187页。
② （明）冯梦龙编，张虹、宋是邦点校《三言》，湖北人民出版社，1996，第5页。
③ （明）凌濛初编，罗积勇、余赫烈点校《二拍》，湖北人民出版社，1996，第317页。

蹉跎了一科，后边又不得团圆。盖因不是他姻缘，所以阴骘越重了。奉劝世上的人，切不可轻举妄动，淫乱人家妇女。古人说的好：我不淫人妻女，妻女定不淫人。我若淫人妻女，妻女也要淫人。"并以铁生为例，铁生娶妻狄氏，姿容美艳，却看上胡绥之妻门氏，并想将二女皆收罗己用，谁想胡绥与狄氏先行欢好，并哄骗铁生终日不归，铁生耽于酒色，卧病在床，幸得祖先托梦，痊愈后终与门氏成好，并知被胡绥淫妻之事，后胡生病死，狄氏亦亡，铁生娶门氏，知果报不爽，遂戒淫邪，安分度日。作者也再次重申不尊重他人姻缘，自己婚姻也必遭践踏的思想。

"三言""二拍"中很多篇目强调了对破坏他人婚姻的道德惩罚，如《喻世明言》卷三十五《简帖僧巧骗皇甫妻》，一和尚因看上皇甫殿直之妻杨氏，故意寄简帖，皇甫疑妻与他人偷情而休妻，和尚设计娶杨氏，真相大白后，皇甫殿直与杨氏团聚，和尚则被重杖处死。《喻世明言》卷三十八《任孝子烈性为神》，周得与任珪之妻梁圣金偷情，任珪得知后，杀周得及梁圣金和梁的父母，婆娘，使女共五人，任珪在刑场坐化，却被玉帝欣赏，封为土地爷。如此狠毒的报复手段，作者竟赏识其为"忠烈孝义之人"，对婚后奸淫偷情，破坏家庭行为的惩罚可见一斑。《警世通言》卷十一《苏知县罗衫再合》，徐能等一伙人，劫船害命，并欲强娶苏云之妻郑夫人，郑逃出后生子，恰被徐能抚养。十九年后，苏云一家以罗衫团聚，将徐能一伙人斩首。《警世通言》卷三十二《杜十娘怒沉百宝箱》中孙富以一千两黄金做诱，并巧言劝说李甲卖掉杜十娘，致使杜十娘跳江而亡，正如杜十娘在船头骂孙富之言："我与李郎备尝艰苦，不是容易到此。汝以奸淫之意，巧为馋说，一旦破人姻缘，断人恩爱，乃我之仇人，我死而有知，必当诉之神明，尚妄想枕席之欢乎！"① 果然孙富自那日受惊，得病卧床月余，终日见杜十娘在旁诟骂，奄奄而逝，可谓破人姻缘之报。《拍案惊奇》卷二十七《顾阿秀喜舍檀那物　崔俊臣巧会芙蓉屏》中顾阿秀劫夺崔俊臣夫妇，并欲将崔之妻王氏嫁给儿子，王氏逃出并躲入尼姑庵，后凭借芙蓉屏的题诗，与丈夫团聚，顾阿秀等人皆被处死。

坏人婚姻，终将有报，而助人姻缘，必得圆满。作者在《拍案惊奇》卷二十《李克让竟达空函　刘元普双生贵子》中亦说："试看那拆人夫妇

---

① （明）冯梦龙编，张虹、宋是邦点校《三言》，湖北人民出版社，1996，第643页。

的，受祸不浅，便晓得那完人夫妇的，获福非轻。"① 正话叙刘元普，广有家财，却近七十无子嗣，因仗义疏财，仅凭李克让所寄的一纸空函就收留已怀有遗腹子的李妻张氏及子李春郎，后不肯纳枉死清官裴安卿之女兰孙，只认为义女，并助兰孙与李春郎结为夫妇，裴安卿、李克让二公感其恩义，助其增寿三十，并连生二子。《喻世明言》卷九《裴晋公义还原配》，唐璧与黄小娥自幼订亲，因小娥通于音律，被县令、刺史强行买来，奉承晋国公。唐璧得知后，也寻求无门。在任湖州录事参军途中，被强人劫掠，后幸被老者资助，回京后巧遇晋国公，晋国公得知事情原委，亲自为唐璧与黄小娥主婚，复授湖州录事参军，并助千贯资装。后裴令公寿过八旬，子孙繁衍，人皆以为阴德所致。《喻世明言》卷二十七《金玉奴棒打薄情郎》，淮西转运使许德厚夫妇救助被负心丈夫推下水的金玉奴，并收为义女，助玉奴与莫稽再团聚。玉奴感其恩义，待许公夫妇如真爹娘，二人百年之后，玉奴皆制重服，以报其恩。《二刻拍案惊奇》卷十五《韩侍郎婢作夫人　顾提控椽居郎署》，叙江苏太仓卖饼的江溶一家，被人诬陷为海贼赃物的窝家，幸吏典顾芳，为江家求情，真相大白，无罪释放。江老儿为感谢顾芳之恩，将女儿爱娘两送顾家做妾，顾芳正直，将爱娘两次送还。后一徽商看上爱娘，欲娶回家做妾，却梦神人谓爱娘非凡人，徽商夫妇遂认爱娘为义女，并将其嫁于韩侍郎为妾，韩正室病亡，爱娘立为继房，做了正品夫人。顾芳在太仓两年之后，赴京任职，恰在韩侍郎处做差，并与爱娘相逢，韩侍郎将顾芳侠义之事表具朝廷，顾芳被擢升为礼部仪制司主事，后两家愈发亲密，顾芳寿登九十五岁，三子皆读书登第，无病而终。

"三言""二拍"也涉及部分特殊人群，和尚、道士、寡妇等本应禁欲之人，却被人诱惑，放纵欲望，从而破戒丧生，强调诱人之人必遭果报惩罚。如《喻世明言》卷二十九《月明和尚度柳翠》，写临安府尹柳宣教上任之初，临安府人皆参拜迎接，唯城南水月寺竹林峰住持玉通禅师未到，虽闻其修行五十二年未曾出门，柳宣教依然心中不忿，并吩咐妓女吴红莲引诱玉通禅师行云雨之事，并许诺成事后，判红莲从良。玉通禅师被骗破戒，并知真相。圆寂之前写下八句《辞世颂》，曰："自入禅门无挂碍，五

---

① （明）凌濛初编，罗积勇、余赫烈点校《二拍》，湖北人民出版社，1996，第187页。

十二年心自在。只因一点念头差,犯了如来淫色戒。你使红莲破我戒,我欠红莲一宿债。我身德行被你亏,你家门风还我坏。"玉通禅师当夜托生于柳宣教家,其女柳翠即为玉通禅师转世。柳翠先后为人之妾,官卖后被养做外宅,后沦为娼妓,皆为报应所然。在月明和尚的度化下,柳翠终开悟坐化。《警世通言》卷三十五《况太守断死孩儿》,述寡妇邵氏本立心贞洁,被支助看上,因邵氏闺门整肃,无计可施,便诱惑邵氏的小厮得贵,得贵在支助的计策下,与邵氏欢好。谁料邵氏怀孕,生下男婴,被溺死后,支助又巧言得死婴,索要银两,并要挟邵氏与其成欢,邵氏被逼之下,将得贵杀死,自己也自缢而亡。太守况钟寻找死婴,将元凶支助捉拿归案,并判死刑。《拍案惊奇》卷十七《西山观设箓读亡魂　开封府备棺追活命》,寡妇吴氏与子刘达生相依为命,但在去西山观求道士为亡夫渡拔时,道长黄知观见吴氏姿容出众,便起色心,并利用去吴氏家中设箓行持之际,假借其夫亡魂附体与吴氏交好,后假称吴氏为表妹,瞒骗刘达生与其他道士,暗中与吴氏恣行淫乐。刘达生年纪渐大,设法阻止二人见面,谁料吴氏为己贪欲,先欲杀子,后故意告子忤逆不孝,府尹明察之下,当堂打死道士,吴氏惊悸成病,不久即亡。

作者以鲜明而朴素的道德立场,对破坏他人婚姻,贞节或者戒律的行为施以惩罚,助人姻缘,则积累阴德,成就福报。同时也表明了作者对"欲"的态度,不可放纵欲望,个体欲望的表达要以社会伦理要求为限。

三　作者矛盾的世界观与伦理回归

"三言""二拍"呈现了作者矛盾的世界观,一方面,在晚明新思潮与开放风气的影响下,以"情"为主导,两性关系有了平等民主的思想萌芽,婚恋自主在小说中被大加赞赏。女性在两性关系中表现出的勇敢、智慧、坚韧的性格品质直接威胁着传统男性的主导地位。另一方面,作者又以严苛的伦理要求引导两性回归传统模式,不守祖制的悲剧与妇德典型轮番上演,肯定女性的守礼贞节。作者试图用"情""理"中和的方式建立新时代的两性道德,却在传统道德的强大力量面前,走向了伦理回归的路径。

冯梦龙与凌濛初有着极其相似的生平经历,二人皆久困科场,无人赏识，于是发愤著作，晚年才得到任用，又因忧虑国事，清军入关等，老迈忧国而死。可见二人传统的儒者士人形象，积极入世，以科举功名为正途，关注国计民生，救世爱国是其精神追求。虽有感于时代潮流变化风气，却局限于士人的传统道义与阶级立场，因此主张回归传统伦理，以稳定封建社会的规范秩序，是其思想必然。在寻找儒家思想与时代相融合的过程中，以"情"这一人性范畴，对宋明以来的"理"加以改良，概念转换的目的实为更有效的维护道德有序性。如冯梦龙在《情史》卷一总评中说："忠孝节烈之事，从道理上去做者必勉强，从至情上出者必真切。"①在《警世通言·叙》中又谓：

> 六经、《语》、《孟》，谭者纷如，归于令人为忠臣、为孝子、为贤牧、为义夫、为节妇、为树德之士、为积善之家，如是而已矣。经书著其理，史传述其事，其揆一也。理著而世不皆切磋之彦，事述而世不皆博雅之儒。于是乎村夫稚子、里妇估儿，以甲是乙非为喜怒，以前因后果为劝惩，以道听途说为学问，而通俗演义一种遂足以佐经书史传之穷。②

可见拟话本的通俗演义，主要是弥补经书史传的传播局限，忠孝节烈依然是其思想中心。凌濛初在《二刻拍案惊奇序》中也说："夫主人之言固曰：'使世有能得吾说者，以为忠臣孝子无难；而不能者，不至为宣淫而已矣。'此则作者之苦心，又出于平平奇奇之外者也。"③"从来说书的不过谈些风月，述些异闻，图个好听。最有益的，论些世情，说些因果，等听了触着心里，把平日的邪路念头化将转来，这个就是说书的一片道德心肠，却从不曾讲着道学。"④笑花主人评论"三言""二拍"时道：

> 至所纂《喻世》、《警世》、《醒世》三言，极摹人情世态之歧，备写悲欢离合之致，可谓钦异拔新，洞心骇目。而曲终奏雅，归于厚

---

① （明）冯梦龙：《情史》（上）卷一《情贞类》，远方出版社，2005，第30页。
② （明）冯梦龙编，张虹、宋是邦点校《三言》，湖北人民出版社，1996，第364页。
③ （明）凌濛初编，罗积勇、余赫烈点校《二拍》，湖北人民出版社，1996，第406页。
④ （明）凌濛初编，罗积勇、余赫烈点校《二拍》，湖北人民出版社，1996，第538页。

俗。即空观主人壶矢代兴,爰有《拍案惊奇》两刻。……故夫天下之真奇,在未有不出于庸常者也。仁义礼智,谓之常心;忠孝节烈,谓之常行;善恶果报,谓之常理;圣贤豪杰,谓之常人。然常心不多葆,常行不多修,常理不多显,常人不多见,则相与惊而道之。闻者或悲或叹,或喜或愕。其善者知劝,而不善者亦有所惭恧悚惕,以其成风化之美。则夫动人以至奇者,乃训人以至常者也。①

将伦理德行庸常化,以成风化之美是通俗小说的中心意图,从而有补于世道,有益于人心。在这一思想的指导下,冯梦龙所倡导的"情"并未真正成为形而上的思想范畴,而只是与"礼""义"等相互交叉,界限模糊的概念。"三言""二拍"刻画的众多女性形象,有自主婚姻,偷情私奔的女性,更多的则成为维护封建礼教的典范,将守礼贞节作为自己的人生价值。《喻世明言》卷二《陈御史巧勘金钗钿》,鲁学曾与顾阿秀订有婚约,鲁家家贫,阿秀之父顾金事想悔婚,阿秀却道:"妇人之义,从一而终;婚姻论财,夷虏之道。爹爹如此欺贫重富,全没人伦,绝难从命。"又谓:"若鲁家贫不能聘,孩儿宁愿守志终身,绝不改适。当初钱玉莲投江全节,留名万古。爹爹若是见逼,孩儿就拼却一命,亦有何难!"② 阿秀在梁尚宾的设计诱骗下,与其圆房,在得知真相后,阿秀羞愤自缢,"以完贞性"。卷二十《陈从善梅岭失浑家》中张如春被猴精掠走,欲强行云雨,如春"决不依随,只求快死,以表我贞节。古云:烈女不更二夫,奴今宁死而不受辱"。卷二十四《杨思温燕山逢故人》的郑义娘在靖康之变中被虏所掠,撒八太尉喜之,欲成好事,义娘为保贞节,誓不受辱,自刎而死。卷二十八《李秀卿义结黄贞女》,黄善聪女扮男装,与李秀卿相处七年,与姐黄道聪重逢后,自谓不曾失身,验之果然,京城夸谈,李秀卿上门求亲,善聪却立意不肯,并谓:"今日若与配合,无私有私,把七年贞节,一旦付之东流,岂不惹人嘲笑!"视贞节为头等要事,甚至超过自己的本心与男女情意。《醒世恒言》卷九《陈多寿生死夫妻》,王家因陈多寿忽得恶症,本欲退婚,为女儿王多福另配富室,多福却谓:"哪希罕金

---

① (明)笑花主人:《今古奇观序》,黄霖、韩同文选注《中国历代小说论著选》上册,江西人民出版社,1982,第263~264页。
② (明)冯梦龙编,张虹、宋是邦点校《三言》,湖北人民出版社,1996,第27页。

钗玉钗！从没见好人家女子吃两家茶。贫富苦乐，都是命中注定，生为陈家妇，死为陈家鬼。""三冬不改孤松操，万苦难移烈女心。"《二刻拍案惊奇》卷三十一《行孝子到底不简尸　殉节妇留待双出柩》，王良被王俊殴打致死，王良之子王世名为免父被简尸，隐忍和解，五年之后，在生子能够继承香火后，取王俊首级为父报仇，并投案自首，大尹念其忠义，本欲再行为王良简尸，以免其罪，王世名道："今日之事，要动父亲尸骸必不能够；若要世名姓名，只在顷刻可了，决不偷生以负心。"并在县堂阶上一头撞死。王世名之妻，将夫尸停丧三年，儿子不须哺乳后，绝食而死，与夫同葬。朝廷感其孝子节妇，旌表为"节烈"。卷三十二《张福娘一心守贞　朱天锡万里符名》，朱逊随父亲在四川上任时，虽定下苏州大户范氏为妻，未成亲时，先纳妾张福娘，后范家催婚，朱逊将怀有身孕的福娘留在四川，回苏州成婚，福娘几次写信同随，都遭到拒绝，朱逊病死，朱家绝后，后得知福娘甘贫守节，誓不嫁人，独守儿子长成。范家大喜，将福娘与子接回团聚。

可见作者对忠孝节烈的封建伦常要求持肯定与赞赏态度，虽以"情"主导，却走向了"礼义"途径，作者的阶级立场与思想局限暴露无遗。而封建伦理与权力结合的推行模式，经过长期浸染，也成为人们的心理定势，或者说是一种牢不可破的意识形态与价值观念，因此即使开放的时代风气，因为没有新的思想导向，没有新思想发展的环境基础，平等与民主的思想萌芽也迅速走向衰亡。

第三节　两性的审美关系与道德局限

"三言""二拍"开始寻找两性关系的审美化发展，男女之间不仅以子嗣的繁衍为结合的主要目的，而且关注彼此形体与精神的美的吸引与审美愉悦，如瓦西列夫所说："审美化总是把身体和精神结合起来，是身体素质和精神品质的良好统一。美仿佛总是发自体内的光，仿佛是精神的放射。从生理上讲，是同人类意识的高级冲动联系在一起的。"[①] 这一时期小

[①]〔保〕瓦西列夫：《爱的哲学》，王永军编译，国际文化出版公司，2004，第41页。

说中的两性有了对真挚情感的认同，对才气与智慧的欣赏，对精神品质的肯定，逐渐摆脱了《金瓶梅》以来艳情小说等单纯追求性欲满足的关系模式，开始接近爱情的本质。但中国式的伦理环境，又为这种爱情的发展增加了社会风俗与心理习惯等各种阻碍因素，展现了人物与现实的冲突与矛盾。但这种反映生活真相的悲剧精神在小说中并未贯彻完全，结构安排上的大团圆结局模式，以因果报应思想进行善恶惩罚，虽迎合了读者的心理意愿，却掩盖了人生实相，助长了一种不作为的中庸心态，小说以道德教化为主旨，造成了文学狭隘的模式化特点。

一　两性的审美关系

两性的结合体现了一种美的吸引，瓦西列夫认为："审美化作为爱情的成分和因素，具有特殊的作用。陶醉于理想化的情侣，对方就是彼此的审美形象。两人都会在对方身上不断发现美的特征，它在对方的个性中是独一无二的，对双方而言，是一种相互的征服力量。它包括面容、体形、姿态、道德品质和气质等等。"① 这是一种理想的两性关系模式，从外在形体美的吸引，到精神品质的钦慕，是生理与精神价值的统一，也是两性双向的平等选择过程。中国儒家文化将男女的伦理责任凌驾于个体情感与审美追求之上，爱情这一人生必然而美好的感情，存活概率较低。罗素更认为："在中国，爱的情感是罕见的，从历史上看，这仅是那些因淫乱的婢妾而误入歧途的昏君的专利。传统的中国文化反对一切浓厚的情感，认为在任何情况下一个人都应该保持理智。"② 其言论虽然指出了中国爱缺失的特点，却有着过于绝对化的倾向。晚明时期随着儒家文化与官方思想控制的松懈，人们开始对两性关系进行关注与探索，从最初的"欲"的解放，男女单纯追求肉体结合、感官享乐，到"三言""二拍"以"情"对"理""欲"的中和，两性之间从庸俗化走向了一种关注身体与精神结合的审美关系，并在其后发展为才子佳人的小说类型。

"三言""二拍"提供了两种爱情模式，一见钟情式与日久生情式。

---

① 〔保〕瓦西列夫：《爱的哲学》，王永军编译，国际文化出版公司，2004，第37页。
② 〔英〕罗素：《性爱与婚姻》，文良文化译，中央编译出版社，2005，第88页。

首先，二者皆注重仪容外貌的相互吸引，尤其是一见钟情式，以视觉感知容貌与身体的"美质"，"爱情的无限魅力、和谐和充实情感都渊源于视觉感知的丰富性"。"它首先剖析男人或女人的形体美。同时选择、比较现实与自己的理想相吻合或相接近的程度"。① 尤其强调女性体态容貌之美。其次，对才华的欣赏，主要以诗文形式传达情感。"男女的感情结合以对现实的艺术审美化为媒介。爱情产生于审美创造的气氛中，爱和艺术具有某种同一性"。② 艺术对爱情的产生与升华有着重要作用。如《喻世明言》卷三十二《张舜美灯宵得丽女》入话中，张生在元宵看灯时拾得一红绡帕子，附诗曰："囊里真香心事封，鲛绡一幅泪流红。殷勤聊作江妃佩，赠与多情置袖中。"并许一年之约，次年张生在靠近马车时吟咏："何人遗下一红绡？暗遣吟怀意气绕。料想佳人初失去，几回纤手摸裙腰。"车中女子听到吟诗，后观张生"容貌皎洁，仪度闲雅，愈觉动情"，二人成就姻缘。而正话张舜美"是一个年轻标致的秀士，风流未遇的才人"，初见刘素香，描写道："那女子生得凤髻铺云，娥眉扫月，生成媚态，出色娇姿。""舜美一见了那女子，沉醉顿醒，竦然整冠，汤瓶样摇摆过来。""痴呆了半晌，四目相睃，面面有情。"张舜美更作《如梦令》一词，并和歌，女子被其吸引，谓："我因爱子胸中锦绣，非图你囊里金珠。"③《警世通言》卷三十四《王娇鸾百年长恨》，王娇鸾在打秋千之际，忽见一"美少年，紫衣唐巾，舒头观看，连声喝采"，王娇鸾心里想道："好个俊俏郎君！若嫁得此人，也不枉聪明一世"，周廷章则借还手帕之际，写诗传情，王娇鸾回诗，"廷章将诗读了一遍，益慕娇鸾之才，必欲得之"，"自此一倡一和，渐渐情热"。《警世通言》卷二十九《宿香亭张浩遇莺莺》，张浩"才摛蜀锦，貌莹寒冰，容止可观，言词简当"。初见莺莺时"神魂飘荡，不能自持"。但见："新月笼眉，春桃拂脸，意态幽花未艳，肌肤嫩玉生光。莲步一折，着弓弓扣绣鞋儿；螺髻双垂，插短短紫金钗子。似向东君夸艳态，倚栏笑对牡丹丛。"张浩在定情的香罗上赋诗谓："沉香亭畔露凝枝，敛艳含娇未放时；自是名花待名手，风流学士独题诗。"女见诗亦大喜，谓浩曰："君诗句清妙，中有深意，真才子也。"以"貌"吸引，"才"更助

---

① 〔保〕瓦西列夫：《爱的哲学》，王永军编译，国际文化出版公司，2004，第165页。
② 〔保〕瓦西列夫：《爱的哲学》，王永军编译，国际文化出版公司，2004，第48页。
③ （明）冯梦龙编，张虹、宋是邦点校《三言》，湖北人民出版社，1996，第199~202页。

之，男女恋情的发展也顺其自然了。《醒世恒言》卷十四《闹樊楼多情周胜仙》，范二郎出外游赏，偶遇周胜仙，细看那女子，生得："色色易迷难拆，隐深闺，藏柳陌。足步金莲，腰肢一捻。嫩脸映桃红，香肌晕玉白。娇姿恨惹狂童，情态愁牵艳客。芙蓉帐里做鸾凰，云雨此时何处觅？"那女子在茶坊里，四目相视，俱各有情。这女孩儿心里暗暗地喜欢，自思量道："若还我嫁得一似这般子弟，可知好哩！"《二刻拍案惊奇》卷九《莽儿郎惊散新莺燕　诌梅香认合玉蟾蜍》，凤来仪走出书房散步，忽见墙外楼上的杨素梅，"凭窗而立，貌若天人。只隔得一垛墙，差不得多少远近。那女子看见凤生青年美质，也似有眷顾之意，毫不躲闪。凤生贪看，自不必说。四目相视，足有一个多时辰"。二人继以诗文传情，更增情意。①

最后，部分篇目述爱情的产生发展，重视对性格精神的欣赏。如《警世通言》卷三十二《杜十娘怒沉百宝箱》，杜十娘是名妓，容貌之美自不必说，李甲也是"俊俏庞儿，温存性儿，又是撒漫手儿，帮衬的勤儿，与十娘一双两好，情投意合"。"又见李公子忠厚志诚，甚有心向她。"李甲的情意与忠厚性格是十娘中意他的重要原因。②《醒世恒言》卷三《卖油郎独占花魁》，莘瑶琴为花魁娘子，却选择卖油郎秦重从良，只因其"好人，又忠厚，又老实，又且知情识趣，隐恶扬善，千百年难遇此一人"。③ 卷十《刘小官雌雄兄弟》，刘方女扮男装先陪父远行，后与兄刘奇共创家业，刘奇感其挚诚道："原来贤弟用此一段苦心，成全大事。况我与你同榻数年，不露一毫圭角，真乃节孝廉全，女中丈夫，可敬可羡！但弟词中已有俯就之意，我亦决无他娶之理。萍水相逢，周旋数载，昔为弟兄，今为夫妇，此岂人谋，实由天合！倘蒙一诺，便订百年，不知贤弟意下如何？"④卷十一《苏小妹三难新郎》，苏小妹因聪明绝世，才华洋溢，赢得了秦观的好感，婚后也叹赏其才华，愈加敬重。《拍案惊奇》卷二十九《通闺闼坚心灯火　闹图圄捷报旗铃》，张幼谦与罗惜惜因同在学堂读书，年貌相当，日久生情，便私下结为夫妇。《二刻拍案惊奇》卷六《李将军错认舅　刘氏女诡从夫》，金定生来俊雅，又赋性聪明。而刘翠翠也聪明

---

① （明）凌濛初编，罗积勇、余赫烈点校《二拍》，湖北人民出版社，1996，第503页。
② （明）冯梦龙编，张虹、宋是邦点校《三言》，湖北人民出版社，1996，第639页。
③ （明）冯梦龙编，张虹、宋是邦点校《三言》，湖北人民出版社，1996，第772页。
④ （明）冯梦龙编，张虹、宋是邦点校《三言》，湖北人民出版社，1996，第860页。

异常,同学堂读书,并作诗互表爱慕,日久生情,两下相爱,私订终身。《二刻拍案惊奇》卷十七《同窗友认假作真 女秀才移花接木》,闻蜚娥风姿绝世,自小习武,最善骑射,女扮男装到学堂读书,满腹文章,博通经史,并考得秀才,与魏撰之、杜子中同学堂读书,意气相投,"要在两个里头拣一个嫁他,两个人并起来,又觉得杜子中同年所生,凡事仿佛些,模样也是他标致些,更为中意,比魏撰之分处说得投机"。后与杜子中结为夫妇。①

可见"三言""二拍"类小说开始寻求两性结合的审美关系,"美不单纯是作为具有各种生理特点的物质结构的男性或女性身体,它也包含社会因素和精神因素。……审美化总是把身体和意识结合起来,把身体素质和精神品质结合起来",② 这也是理想的爱情模式,中国传统伦理禁绝两性自主恋爱,置身于男权社会的女性更成为男人的私有物品,这就排除了自由与平等的爱情环境,但晚明时期的个性解放思潮,在身体觉醒,欲望狂欢之后,人们开始寻找个我与社会,自我情感与道德伦理的协调融合,两性之间也产生了符合现代爱情标准的审美关系,在伦理责任与性结合之外,增加了恋爱情感这一较为高尚的过程,"从自然规律上说,人的恋爱情感是两性吸引中由心理美感、好感引起的生理感应和冲动,从而产生强烈的性结合愿望。"这种冲动与愿望虽是性结合目的的中间手段,但"理性思维可以将自然感受中细微的成分不断放大,增加无穷的新内容。……随着语言和文字的发明,人类的智慧在恋爱情感中创造了无数的神话、故事和理想。"③ 这一理性思维的加入,缓解了单纯追求感性享乐,肉体结合的颓靡之风,为个我生命增加了精神性的审美愉悦,提升了生命存在的美感。其后发展的才子佳人小说,更放大了这种恋爱情感过程,以审美化的关系,为人们提供了一种含蓄、纯净的情感之美。

二 "大团圆"与道德局限

"三言""二拍"展现了两性的美好情感,也因"情"之真挚,当它

---

① (明)凌濛初编,罗积勇、余赫烈点校《二拍》,湖北人民出版社,1996,第592页。
② 〔保〕瓦西列夫:《情爱论》,赵永穆、范国恩、陈行慧译,当代世界出版社,2002,第209页。
③ 夏国美:《围不住的春色——当代性伦理新论》,湖北教育出版社,2001,第79页。

与现实碰撞，并产生不可调和的矛盾时，悲剧意味更加浓厚，正如鲁迅所说："悲剧是将人生有价值的东西毁灭给人看。"但这种毁灭是不彻底和不完全的，冯梦龙、凌濛初延续了中国戏剧、小说的传统模式，在悲剧的结尾加上"曲笔"，以因缘巧合，"因果报应"等进行离合安排，善恶惩罚，从而营造一个大团圆的结局，冲淡了小说的悲剧意味，在满足观众和谐圆满的心态之后，也完成了道德宣扬的宗旨。在小说中主要表现为恋情与婚姻遭到外界的和主人公思想地位改变所带来的危机或毁灭时，对情之"忠贞"的褒扬，而对背信弃义，破坏他人婚姻的惩罚，"善恶有报"的团圆结局主有四种类型。

首先是果报型。如《喻世明言》卷一《蒋兴哥重会珍珠衫》，陈商引诱蒋兴哥之妻三巧儿，并与之偷情，然陈商先遇大盗，后生病而亡。蒋兴哥因缘巧合之下娶陈商之妻平氏，并将已休的三巧儿纳做偏房，一夫二妇，团圆到老。作者诗曰："恩爱夫妻虽到头，妻还作妾亦堪羞。殃祥果报无虚谬，咫尺青天莫远求。"① 破坏他人姻缘的必以自己婚姻作为补偿。卷二《陈御史巧勘金钗钿》，作者开篇亦谓："世事番腾似转轮，眼前吉凶未为真。请看久久分明应，天道何曾负善人。"② 并述梁尚宾冒名顶替，故意欺骗，与鲁学曾的未婚妻顾阿秀相见，并成好事，真相大白后，顾阿秀上吊自尽，陈御史明察之下，将梁尚宾处决，鲁学曾娶梁之妻田氏，二人婚姻美满，子孙繁衍。《警世通言》卷三十二《杜十娘怒沉百宝箱》，李甲不顾与杜十娘的恩义，轻信孙富之言，并以一千两黄金，将十娘卖于孙富，杜十娘怒沉百宝箱，跳江而亡。后李甲终日愧悔，郁成狂疾，终身不愈。孙富得病卧床月余，终日见杜十娘在旁诟骂，奄奄而逝。而初时借银帮杜十娘赎身的柳遇春，则得杜十娘托梦，并将明珠异宝相赠。《警世通言》卷三十四《王娇鸾百年长恨》，王娇鸾与周廷章情投意合，私订终身，然周廷章回乡之后，贪财慕色与魏女成婚，王娇鸾得知后，制绝命诗三十二首及《长恨歌》一篇寄于公堂后，自缢而亡，周廷章被乱棒打死，以惩其薄幸。

其次是复仇型。如《喻世明言》卷二十四《杨思温燕山逢故人》，郑

---

① （明）冯梦龙编，张虹、宋是邦点校《三言》，湖北人民出版社，1996，第25页。
② （明）冯梦龙编，张虹、宋是邦点校《三言》，湖北人民出版社，1996，第25页。

夫人为守贞而亡，其夫韩思厚发誓终身不娶，以报妻德。刘金坛也因夫亡，发愿出家，然二人成婚，违背誓言，郑夫人鬼魂先是附身于刘氏，后在钱塘江上将二人拽入波心而死。情节安排正如作者所说："负心的无天理报应，岂有此理？"①《警世通言》卷八《崔待诏生死冤家》，碾玉匠崔宁与秀秀趁郡王府着火之际，私自成婚并逃走，一年后被郭排军告密，崔宁亦将逃跑的责任推至秀秀，后秀秀鬼魂杀郭排军与崔宁。《警世通言》卷十一《苏知县罗衫再合》，苏云与夫人郑氏赴任途中，被徐能所劫，苏云落水，郑氏逃到尼姑庵产子，无奈之下，将孩子遗弃。十九年后，凭借罗衫与夫苏云及子团聚，并处死徐能。《醒世恒言》卷三十六《蔡瑞虹忍辱复仇》，蔡瑞虹随父母赴任时，被陈小四抢占，并杀其父母。后蔡瑞虹先后嫁于卞福、胡悦，希望能助其报仇雪恨，却多次被弃，至遇朱源才为全家雪耻，蔡瑞虹为表志节，刺喉而死，被朝廷旌表，特建节孝坊。《拍案惊奇》卷十九《李公佐巧解梦中言 谢小娥智擒船上盗》，谢小娥的丈夫与父亲被江洋大盗所杀，谢小娥根据二人托梦的谜语，寻得仇家，并报仇雪恨，谢小娥则因其孝行至节，被朝廷旌表。《拍案惊奇》卷二十七《顾阿秀喜舍檀那物 崔俊臣巧会芙蓉屏》，崔俊臣同妻王氏赴任途中，因船家劫夺，崔落水，王氏趁机逃脱，并被收留于尼院，后王氏查得真凶，于芙蓉屏的题词，与丈夫相认，惩治元凶。《二刻拍案惊奇》卷十一《满少卿饥附饱飏 焦文姬生仇死报》，满生落魄之时，得焦家父女资助，并与焦文姬成婚，满生状元及第之后，嫌焦家门户低微，另娶他人，终致焦文姬及父受尽苦楚，抱恨而死。后焦文姬鬼魂杀死满生报仇。作者诗曰："痴心女子负心汉，谁道阴中有判断。虽然自古皆有死，这回死得不好看！"②

再次是调和型，即婚姻恋情遇到阻碍时，借助外界的力量，成就圆满美好的结局。如《喻世明言》卷二十七《金玉奴棒打薄情郎》，莫稽将玉奴推堕入江，幸玉奴被莫稽的上司许公搭救，并收为义女，并在许公的帮助下，痛打薄情郎，二人和好。《警世通言》卷二十九《宿香亭张浩遇莺莺》，张浩与崔莺莺私订终身，张浩之父却为其定孙氏为妻，张浩畏父刚暴，不敢抗拒，与孙氏议姻。莺莺得知后，状告张浩，在陈公的明断之

---

① （明）冯梦龙编，张虹、宋是邦点校《三言》，湖北人民出版社，1996，第213页。
② （明）凌濛初编，罗积勇、余赫烈点校《二拍》，湖北人民出版社，1996，第537页。

下，二人成婚，偕老百年。《拍案惊奇》卷九《宣徽院仕女秋千会　清安寺夫妇笑啼缘》，拜住与速哥失里订亲，因拜住家道中落，速哥失里父母将其转嫁他家，速哥失里反抗之下，气绝身亡，后拜住哭柩，速哥失里死而复生，二人成婚，并与父母相认。《拍案惊奇》卷二十九《通闺闼坚心灯火　闹图圄捷报旗铃》，罗惜惜与张幼谦私订终身，罗之父母嫌张家贫穷，将惜惜许下辛家，罗惜惜与张幼谦偷情时，被罗父母发觉，并将张幼谦告上官府，恰逢张幼谦高中状元，并在知府的帮助下，二人成婚。

最后是补偿型，即以虚幻的形式，大多以鬼魂出现，重温旧情，得偿所愿。如《醒世恒言》卷十四《闹樊楼多情周胜仙》，周胜仙心属范二郎，因父亲阻挠，气绝而亡，转醒后又被范二郎当作鬼怪打死，后周胜仙在梦中与范二郎成好事，了其所愿。《拍案惊奇》卷之三十二《大姊魂游完宿愿　小姨病起续前缘》，吴兴娘与崔使君自幼结亲，兴娘因相思而亡，死后鬼魂附身于其妹庆娘，陪伴崔生一年后，助崔生与庆娘结为姻缘。

通过这四种形式，作者将原本存在的现实冲突，转化为平和的结局，并以"善恶有报""始离终合"的美好愿望寻求一种情感平衡。如王国维所说："始于悲者终于欢，始于离者终于合，始于困者终于亨。"① 这种不肯让冲突破裂和毁灭的结局安排，符合了中国人传统的"中庸"心态，所谓"怨而不怒，哀而不伤"的平衡心态，也以一种"想象的满足"补偿了现实生活中的缺陷与不足，强化了对天理道德的坚定与信仰。但同时它也让文学远离了现实，小说只是充当了一种消遣娱乐的工具，让人们在一种虚假幻象中得到暂时的平和与满足。对道德判断的强化，放大了所谓的道德正义，而忽略了生活实相，放弃了对个我生命的审视与思索。很多论者将此称作中国人的乐天精神与生存智慧，但对生命真相与悲剧性回避的智慧，只能称作一种生活的精明，也是一种生命力乏弱的表现。如"三言""二拍"中"负心汉"现象的不断出现，实则反映了个我情感与道德伦理的矛盾冲突，在善恶惩罚的结局之后，人们在现实生活中也会形成一种不作为心态，只是期待天理报应，逃避深入思考与反抗。鲁迅指出："中国的文人，对于人生，——至少是对于社会现象，向来就多没有正视的勇气"，"从他们的作品上看来，有些人确也早已感到不满，可是一到快要显露缺陷

---

① 王国维：《红楼梦评论》，《王国维文集》第一卷，燕山出版社，1997，第 213 页。

的危机一发之机,他们总即刻连说'并无其事',同时闭上了眼睛。这闭着的眼睛便看见一切圆满……于是无问题,无缺陷,无不平,也就无解决,无改革,无反抗。因为凡事总要'团圆',正无须我们焦躁"。① 胡适先生也曾说过:"这种'团圆的迷信'乃是中国人思想薄弱的铁证。……他闭着眼睛不肯看天下的悲剧惨剧,不肯老老实实写天下的颠倒惨苦,他只图说一个纸上的大快人心,这便是说谎的文学。"② 而这一文学模式的常盛不衰与中国人的道德信仰,与文人士子"文以载道"的道义精神是密切相关的,这也注定了中国文学中真正悲剧精神的缺乏。

西方悲剧追求"真",勇于探求人生和世界的真相,因此能够认识到悲剧的根源,从而直面苦难,探寻人类的本质,从而达到超越不幸的目的。而中国人素有的"天人合一"的意识,认为"天道无常""惟德是辅",只有坚守道德才能克服苦难,却在对道德价值,对善恶的过分强调中,失去了对生命与自我的清醒认知。因此这种"大团圆"的结局安排,虽然支撑了民众的精神,但这暂时的解脱,只是以一种假象的形式,用鲁迅的话说为"瞒"与"骗"的文学,掩盖了生命的本真形态,却未能产生真正的超越意识,这是文人士子的悲哀,也是以道德为信仰所产生的思想局限。

---

① 鲁迅:《坟·论睁了眼看》,《鲁迅全集》第一卷,人民文学出版社,1973,第217页。
② 胡适:《文学进化观念与戏曲改良》,《胡适文存》第一集,北京大学出版社,1998,第122~123页。

第六章　晚明人情小说的生命审美特点及现代延伸

晚明是中国历史上一个特殊的时代，封建专制统治松弛，加之心学的思想转变，正如李泽厚所说："不是伦理即心理，而逐渐变成了心理即伦理，逻辑的规范日益变为心理的需求。'心即理'的'理'日益由外在的天理、规范、秩序变成内在的自然、情感甚至欲求了。"① 表现在这一时期的人情小说中，我们看到了本我欲望与道德伦理的拉锯战，如果说《金瓶梅》的出现，在本能释放的同时，还有冷静的道德旁观与主宰，那么，艳情小说的大肆流行，则是感官自我对传统伦理的彻底颠覆，而"欲"的沉溺，也使个体陷入了迷茫和堕落的深渊，文人士子在对"欲"与"理"的中和下，倡"真情"之说，虽对两性情感有了进步认识，却也走向了回归伦理道德之途，情、欲、理的循环在短暂百年之间得到集中呈现，中国历史上也第一次出现了普遍的对生命的体验与探求。在这一过程中，人与社会，人与命运，人与自我等一系列矛盾出现，也暴露了我们民族的生存实相与生命实质。

第一节　晚明人情小说的生命审美特点

在晚明人情小说中，自我生命第一次成为审美对象。本我生命力的张

---

① 李泽厚：《中国古代思想史论》，人民出版社，1986，第233页。

扬，既有摧毁一切道德文明束缚的勇气，又在这一过程中彷徨矛盾，在欲望顶点茫然与堕落，以致最终回归伦理道德，种种生命体验，呈现出一种真实的生命探求过程，一种不断追索的生命审美特点。如潘知常所说："审美活动是一种生存方式，并不或者主要不是一种'对象化'的活动，而是一种自我确证、自我超越、自我发现、自我塑造的'非对象化'活动"。① 发现自我，也是争取自我主体性的过程，但这是一个充满困苦、失败和曲折的历程，在不可避免的自我与社会、情感与伦理的碰撞中，传统的权力规范无处不在，这也意味着本真生命存在的悲壮性与回归伦理的必然性。

一 "本我"存在与生命力的张扬

中国传统的伦理社会犹如一个精致细密的机器，每个人都在一个固定位置，是被规范与控制的存在，而主宰机器运行的则是权力与道德结合的至上"天理"。"天"这一概念既蕴含了中国人朴素而抽象的宇宙观，又是"至高无上"的权力所在，对天的敬畏延伸到现实中则是号称"天子"的君主，群臣由于分享着君王的权威，因而拥有各种名、利、权、位。在帝制的社会生活中，平民百姓唯有仰赖为政者的仁德和慈悲，才能安身立命，群体安和乐利。"天→君→臣→民"拾级而下的权威体系，以及由下而上的"民→臣→君→天"的顺命路线，② 仅是社会政治的层级体系。在家庭生活中，君主的权威又转化为父权，或者是夫妻生活中的夫权，每个个体在不同的社会角色中都有着相应的社会责任与义务，并以伦理道德的形式，成为一种抽象化的意识形态。这一稳固的社会构成，以"文明"为外衣，在人类社会的初始阶段确实起到了远离野蛮、粗暴的生存方式，从而进入有序化、规范化群居生活的作用。但"文明"的代价则是对自我个性，本我生命的压抑与排斥。如李泽厚所说：

> 道德伦理上的所谓"义务"，不仅与任何爱好、愿望、效果无关，

---

① 潘知常：《生命美学论稿——在阐释中理解当代生命美学》，郑州大学出版社，2002，第57页。
② 邬昆如：《明代"天→君→臣→民"之社会哲学思想》，《中山大学学报》2002年第2期，第89页。

而且还正是在与后者的对峙和冲突中,才显示出道德伦理的崇高本质。……道德的根源不在人性,例如爱憎、幸福等等;恰恰相反,道德之所以为道德,正在于它经常是自觉地牺牲幸福、爱憎、生命,不顾利害、效果,不屈服于自然的需要、欲求和愿望,不等同于动物性的求生本能或任何享乐愉快,宗旨是牺牲人作为感性血肉的存在而显示出来,令人钦佩,令人仰慕和敬畏。牺牲自己的肉体生命,既不是为了精神上的名誉、愉快或满足,如法国唯物主义者所认为;也不是为了上帝恩宠或报答,如神学家或唯物论者所认为。它只是为了服从或执行"应当"服从或执行的道德律令而已。在这里,任何经验的喜怒哀乐、利益欲望、目的效果都应摒弃。①

在古代社会,道德律令与君主的权威,与国家权力体系是紧密相连的。而晚明时期,为人们提供精神支撑的两个因素,即固有的道德伦理与政治权力,同时出现了危机,当人们安身立命的依据与信仰坍塌,正如尼采所谓的"上帝死了",当终极价值的光芒黯淡、退却,生命却不可思议地呈现了一种真实的本性与力量的迸发。

"本我"在弗洛伊德的"三重人格结构学说"中是无意识的,基本由性本能组成,按快乐原则活动的一种非理性的结构。它代表着个体之"欲"的满足,在人之本性中,它本是一切生存活动的中心,以"快乐需要、幸福欲望和审美愉悦作为其思想和行为的指导原则和出发点","它自然地随生活环境以及内在欲望的驱动而不断发生变化","从来不知道什么是它必须'符合'的'标准'。正因为这样,它也是最自由的生命单位,又是最活跃和最灵活的创造源泉。"② 但"超我"却充满了制约本能欲望的种种因素,如理性、社会的伦理道德、宗教戒律等,从而造成了对自然生命之美的压抑,使本我生命趋向扭曲和分裂。在中国的伦理体系中,道德规定的严苛更使自我的声音销声匿迹,"不成个人之道"的伦理原则,认为世间长存不朽的只有道义或曰集体主义精神,否定个性与自由意志。并从根本上对性进行压抑,谈性色变,"万恶淫为首"等论断,夸大了性的

---

① 李泽厚:《批判哲学的批判》,人民出版社,1984,第283~284页。
② 高宣扬:《福柯生存美学的基本意义》,《同济大学学报》2005年第1期,第27页。

羞耻感，并将性的功能专注于生殖繁衍的人类自身生产需要。但对本性的压抑，必然造成了道德的伪善与脆弱，如鲁迅在《南腔北调集》中所说的："正人君子，他们骂女人奢侈，板起面孔维持风化，而同时正在偷偷地欣赏着肉感的大腿文化。"① 古代嫖娼业的盛行，以子孙繁衍为借口的一夫多妻制也是最好的证明。因此晚明时期当道德权力势弱之时，个体欲望则如决堤之水般喷涌而出，它以本我情欲的展现为中心，追求个我的感性快乐与满足，从自身寻找生存的意义。

表现在通俗文学中，"身体"频繁出场，本能欲望第一次成为小说的主线，如西门庆、潘金莲等，伴随着情欲的觉醒，人们的生存状态是焦灼与决绝的，以一种近乎疯狂的性索取，展现出冲破一切的生命力，生命本能欲望的强化，近乎于尼采笔下的"超人"。但这种带着狂欢的生命寻找，也暴露了压抑之后的人性畸变。变态与疯狂的行为方式，使得感官享乐更像是末日狂欢，困惑、焦虑、恐惧、无助等如影随形，自我刚刚登上历史舞台，又迅速成为生殖器符号，成为身体的异化部分。《金瓶梅》还将情欲与家庭关系、社会关系纠结在一起，在完整的世俗社会、情欲世界中对人的存在寄予同情与怜悯。到艳情小说，情欲世界已沦为类似"房中术"一类技术性描述的狭小范围，个我已然消失殆尽，只剩下原始、粗野、肤浅、丑陋和充满动物性的性交场面，人的精神意义世界全面崩溃。"本我"最终没有走向自我构成的主体地位，却将人性的阴暗、贪婪与卑劣暴露无遗。

刘士林在考察中国未能完成民族启蒙原因时说："最根本的问题并不是他们'不思考'而是他们总是不能'自己思考'，在于他们的思想历程中总是背负着'主体化'遗存给个体生命的过于沉重的群体负担。"② 这也充分说明了中国道德伦理体系的根深蒂固，它已转变为一种牢不可破的思维方式，通过集体无意识的代代相传，成为主体性构成的最大障碍。这也注定了回归传统伦理的历史必然性，当"本我"的自为生命只能证明为一种人性的倒退与堕落，"个我生命"再一次成为社会的仇敌，因此从"三言""二拍"始，在尚"真情"的救世思想之下，实蕴含了伦理回归的趋向，其后的《型世言》《石点头》等，小说再一次成为道德说教的传话筒。

---

① 鲁迅：《南腔北调集·关于女人》，人民文学出版社，1980，第106页
② 刘士林：《苦难美学》，湖北人民出版社，2004，第303页。

到清朝建立，权力规范的重新确立与有序化，人们又欣然接受这一"坐稳奴隶"的时代。中国的传统社会，就像一只严丝合缝的铁桶，即使有小部分的凹陷，却并未妨碍它整体的封闭性。

晚明资本主义萌芽出现，加之心学思想的启蒙，为个我的"主体化"生产提供了契机，然而情欲觉醒，"本我"在显示出其强大生命力的同时，也因主体自我生产的先天不足，只能重新回归传统伦理的"集体结构"，但这一短暂的时期，也充分揭示了中国社会的伦理本质与生命特性。

二 性别形象与生存差异

晚明人情小说中的性别形象发生了一定变化，较之明朝初期与中期文学中对英雄的崇拜，这一时期的男性以市井人物为主，并从事功与精神主体，转而为阳具符号，进而呈现晦暗不明的侧面化与边缘化特点。同时女性的主体意识逐渐觉醒，她们公然反抗男权社会的道德禁锢，展现自我的内心世界与情感需求，却无法摆脱最终的悲剧命运。作者对女性既有同情，又有对其精神品质的肯定，表现为从阳刚之美到欣赏阴柔之美的颠倒的性属关系与审美特点。

明朝的四大奇书，前期的《三国演义》与《水浒传》，中期以《西游记》为代表，这三部小说以男性世界为主要表现领域，描绘出一幅男性英雄的群体像，"他们大都具有大无畏的英雄主义精神和秉怀忠义，威武不屈的大丈夫人格。他们或是智慧出众，或是武艺超群，或是神通广大，皆具有一种粗犷的野性，具有刚健有力的男子汉气概，身上充溢着旺盛的生命力，在他们身上显示了一种崇高之美、壮烈之美，他们是被作者理想化了的男性的典范"。[①] 在突出阳刚之气的同时，或掩盖女性的性别特征，如顾大嫂、孙二娘等梁山女英雄；或以牺牲女性的幸福作为换取政治利益的手段，如貂蝉、扈三娘等；甚至将女性完全置于男性的对立面，如《水浒传》中的潘金莲，《西游记》中的白骨精等，必欲除之而后快，从而保持男性世界的秩序井然，所谓"红颜祸水"在这几部小说中得到最大限度的体现。到晚明时期的小说《金瓶梅》，绿林英雄、乱世枭雄转而为市井人

[①] 张宏生编《明清文学与性别研究》，江苏古籍出版社，2002，第2页。

物，男性对外在功业，道德正义的追求，变为对金钱财富、权力地位与女性的追逐，以西门庆为代表，一个市井恶霸却在世俗社会中如鱼得水，他所依靠的就是传统儒者所排斥的投机钻营与性能力，奉承权贵、霸占人妻、掠夺财富，同时又慷慨大方、妻妾成群，并不时有真情流露（如三哭李瓶儿）。传统以善恶区分的道德评价标准在这一人物身上不再适用，而是呈现出复杂的人性特点。从西门庆开始，男性的欲望体现已从广阔的政治生活，转向了自我世界，且以对女性的占有为主要领域。这诚然与晚明资本主义萌芽出现，心学对个体欲望、私利的肯定有关，同时也是政治腐败堕落的结果，中下层文人怀揣入世梦想，却频遭打击，外在的失落，必然寻找新的出口以泄其愤，而男性权力的另一体现就是对女性的征服。因此小说中西门庆对众多女性的占有，是非正常的两性情感，更像是一场场攻城略地的战争。不断出现的对阳具的肯定与赞赏，带有男性的自恋与炫耀成分，"男子以阳物为男性优越的象征，因而对他来说，阳物越具有攻击的威力，越充分发挥他的功能，他就越像个男子汉"。[①] 而将男性气概集中于生殖器的能力，必然面对生命耗竭而亡的悲剧。从"三不朽"的大丈夫气概到以阳具为生存证明，阳刚之气的衰落由此可见。艳情小说的盛行，更将阳具的能力夸大到极致，如魏崇新所说："像艳情小说将男性的阳刚之气归之于一介阳具，这显然出于男性作者一厢情愿的性幻想，男性们的英雄梦做到这份上已经到了幻灭的边缘了。"[②] 同时男男恋成为社会认可的普遍风气，这种同性恋实为异性恋的模仿和替代，男性中的被动方不仅神态长相极似女性，且社会地位也普遍低下，暗含着一种权力的渗透与等级关系。男性征服欲望向自我领域的延伸，是其精神极度匮乏的表现，男性阵营在现实中走向分化，并趋向阴柔化的审美倾向。其后冯梦龙、凌濛初以"情"节"欲"，小说中的男性以文人形象为主，并出现了才子佳人式的婚恋模式，男性不仅在相貌上女性化，且精神形象雅驯柔弱，出现了晦暗不明的边缘化特点，在两性相恋过程中，男性一般充当了被动或负心的角色。而这一形象特点在其后的才子佳人小说得以延续，直至清代的《红楼梦》中贾宝玉这一形象的塑造，最终彻底颠覆了崇尚壮美的阳刚之

---

① 康正果：《女权主义与文学》，中国社会科学出版社，1991，第 20 页。
② 张宏生编《明清文学与性别研究》，江苏古籍出版社，2002，第 3 页。

第六章　晚明人情小说的生命审美特点及现代延伸

气，走向了阴柔化的整体审美风格。这一过程与男性外在政治权力的衰弱有很大关系，也是专制统治与礼教禁忌之下，唯命是从，柔弱顺从羔羊哲学的现实体现。

女性在中国传统伦理社会中位于等级序列的末端，父权、夫权加之严苛的道德要求，使其在社会中的地位极为卑微，在明朝的三大奇书中也是陪衬的角色，只能以符号或工具性存在，或被列为"祸水"，与男性世界相对立，从而突出男性的凛然正气。晚明时期思想的开放，人们开始了对女性生存的思考，因此《金瓶梅》的女性群体成为小说主角，虽然作者并未摆脱传统局限，却使女性第一次以"人"的身份得到重新审视与理解，这也意味着女性意识的逐渐觉醒。《金瓶梅》中女性，如潘金莲、李瓶儿等不甘于"物"的存在，而是尊重自我情欲需求并进行反抗，虽然她们采取偷情、杀人此类大逆不道的方式，但在当时的社会环境下，女性除了此种决绝的方式，别无他途。作者对女性的生存环境与遭遇的描写，展现了女性生活的悲惨与痛苦，她们也有自己的情感需求，如潘金莲雪夜弹琵琶一回，将潘金莲急切的盼望、痛苦与失落的情感细腻地表现了出来。她们的纵欲与堕落，是为迎合男权社会的生存法则而导致的人性畸变。《金瓶梅》中的"坏女人"直指传统社会女性的"非人"存在。当她们以有血有肉的个体生命形象第一次出现时，却无法逃脱男权社会的道德惩罚。艳情小说中的女性则成为情欲的化身，以一种更加疯狂的姿态对抗着伦理社会的禁锢，对女性婚前贞洁，守寡等进行了控诉与反抗，并将性的功能专注于感性享乐。以情欲为衡量标准，在男女貌似平等的关系之下，男性作家实则以性幻想的方式，突出了男性的征服力，从这一意义上说，女性依然处于一种陪衬地位。"三言""二拍"中女性"情""欲"并重，其身份也具有多样性，主要分为有文化素养的才女、市井少女、已婚少妇三类，相比于男性形象的侧面与边缘化，这些女性具有鲜明的性格特点，作者肯定其自主选择婚姻的勇气，在两性关系中，她们以智慧、胆识、坚韧的品质处于精神和行动的主导位置，并自尊、自爱，追求自我的独立人格。"三言""二拍"中的女性也开始争取独立的经济与政治地位，经商的如《喻世明言》中的黄善聪，《醒世恒言》中的刘方等，《二刻拍案惊奇》中的闻蜚娥则高中秀才，正如作者所谓"有智女子不输男儿"，这一时期显示了一种阴阳颠倒的、错位的性属关系。但女性在精神及人格上地突出并未改变其世俗社会地位，女性的抛头露面，必然以女扮男装的形式出现，上述黄善聪与男子相处多年，与姐姐重逢后，验过其贞节，才流涕相认，备受夸赞。苏小妹尽管有状元之才，却也只能在婚姻中通过三难新郎，显其才华。即使能力再强的女性，最后也只能相夫教子，成为符合妇德的贤妻良母，女性并未改变婚姻家庭的生活模式。甚至因男性社会地位的提高，或者因来自封建家长的阻力等，付出真情的女性大多沦为"弃妇"，在男权社会的伦理环境下，女性并未改变其最终的悲剧命运。法国女权主义作家西蒙·波伏娃对此有精辟的论述："有时，'女性世界'被用来和男人的宇宙相对照，但我们必须再次强调，妇女从未构成一个和外界隔绝的独立社会；他们是团体的一部分，被男性统治着，处于附属地位。"①

总之，在男性阳刚之气衰退，女性意识逐渐觉醒的情况之下，晚明时期呈现出一种阴阳颠倒、阴柔化的审美倾向，却并未改变男权社会的主流意识形态，女性生存的艰难，更凸显了在权力下的生存实质与女性的悲剧命运。

三 道德伦理与生存实相

从《金瓶梅》开始，文学渐趋于写实主义的创作倾向，以市民为主要阅读阶层，基于生活实际，写男女情事，家庭生活中的悲欢离合，写情感与欲望，以及其中的痛苦和焦灼。但这种写实主义是不完全和不彻底的，作者基于现实的同时，又以主观意图加以干预，最终走向了以因果报应之说，明伦理纲常、善恶之分的固定模式，即以道德理念干预现实，从而掩盖和回避了现实中对立与矛盾普遍存在的生存实相。

中国传统文化尚"善"，美善同义，以善为本，审美发生服从于功利价值，因此教化至上也成为文学的重要旨归。早在汉代的《毛诗序》中，儒者们便提出了"经夫妇，成孝敬，厚人伦，美教化，移风俗"的教化思想，并以"发乎情，止乎礼仪"的创作理念，将个体情感规范在人为的属于意识形态的礼义传统之中，道德便以文学的形式，再一次充当着统治者的精神统治工具。到唐代韩愈、李翱主张"性三品说"，按照人性三品的划分，文学教化也分为三等。上则歌功颂德，称扬美刺；中则以文载道，

---

① 〔法〕西蒙·波娃：《第二性》，桑竹影、南珊译，湖南文艺出版社，1986，第383~384页。

第六章　晚明人情小说的生命审美特点及现代延伸

言志抒情；下则教化劝诫，匡正小民。与此同时，通俗小说在唐宋以后发展起来。既然它的听众、它的读者是下层民众，它就历史地、不可抗拒地承担起教化任务。① 因此即便是以"现实主义伟大著作"著称的《金瓶梅》，作者兰陵笑笑生虽对情欲生活津津乐道，对主人公，尤其是女性的遭遇有着深刻的同情，但终以善恶有报的轮回思想，将西门庆、潘金莲、李瓶儿等以"淫"罪处以极刑，对死亡场景的细致描述，渲染了恐怖氛围，增加了道德惩罚效力。欣欣子在《金瓶梅词话序》中概括了作者写作的道德动机："窃谓兰陵笑笑生做《金瓶梅传》，寄意于时俗，盖有谓也。……传凡一百回，其中语句新奇，脍炙人口，无非明人伦，戒淫奔，分淑慝，化善恶，知盛衰消长之机，取报应轮回之事，如在目前始终。"② 到艳情小说的盛行期，作者对各种淫秽亵语的描写乐此不疲，却多在最后加一个因果报应的尾巴，并标举"诲淫而止淫"的道德目的。这当然与中国的文学传统与知识分子的道义责任有很大关联，但正如董国炎所说，"这与其称作晚明士大夫本色，不如称为个性觉醒思潮的软弱和先天不足，以及中国知识分子不敢正视问题的毛病。喜欢这事物，又不敢承认；说些冠冕堂皇的大话，又未必真正相信，这是中国社会很常见的悲剧。"③ 冯梦龙主张的"情教观"，看似与道德礼教无关，孰知个体之"情"只是方式，"教"才是最终目的，所谓："忠孝节烈之事，从道理上去做者必勉强，从至情上出者必真切。"④ 然而代表个体利益的"情"与代表国家阶级利益的"礼"是不可融合的矛盾关系，"情教"本身就是一个不能解决的"伪命题"。"三言"是冯梦龙"情教观"的文学实践，"喻世明言""警世通言""醒世恒言"的标题就表明了其文学的主张与目的。小说以男女相恋及婚姻家庭题材为主，在结构安排上，"情"的表达有着现实主义倾向，表现出一种打破旧有秩序的勇气，但作者并未任由现实矛盾发展，而是在冲突的高潮，安排一系列因缘际会，从而走向了善恶有报的传统道德模式，以"大团圆"结局，化解现实中的一切问题。凌濛初的"二拍"与"三言"有着直接的承继性，但其针砭现实，道德教化的思想更加明显，充满了各种神

---

① 具体参见董国炎《明清小说思潮》，山西人民出版社，2004，第226页。
② 兰陵笑笑生：《金瓶梅词话序》，香港太平书局，1982。
③ 董国炎：《明清小说思潮》，山西人民出版社，2004，第224页。
④ （明）冯梦龙：《情史》（上）卷一《情贞类》，远方出版社，2005，第30页。

奇怪诞的因缘巧合，因果报应，宣扬忠孝节烈的传统伦理。其后发展的拟话本小说如《型世言》《石点头》《贪欢报》等则直接成为道德宣教工具，其艺术性大大降低，到清朝乾隆时期终致夭折，教化之作也成为这种小说类型的绝命之作。

中国哲学基本上是一种道德哲学，道德通过对人的生理欲望的压抑，将人与自然相区分，建立了人类为之骄傲的文明社会，古人也沉醉在这种道德的光环之下，将道德作为一种信仰，并成为解决一切问题及获得自我幸福的途径。然而人的全面发展并不局限于道德领域，随着道德的发展成熟，它也成为导致人性异化的主要原因。在晚明人情小说中，矛盾冲突往往是"礼"的伦理道德符号与本我生命之间的对抗，可以说在伦理体系的压制之下，它造成了大多数人的不幸。然而以士大夫阶级为主的文人阶层，虽然看到了冲突，却无力解决，只能再回到道德，用简单的善恶，掩盖生存真相，消除现实中的一切对立。这正如潘知常所说："传统哲学固然千差万别，但却有着一个共同的心理前提：'我们总会有救'。它一厢情愿地把发展、变化、运动理解为通过矛盾、冲突、对立走向统一，而不是理解为矛盾、冲突、对立的永恒。因此，在此基础上建立起来的种种理论、学说，就无异于婴儿的摇篮与催眠曲，实际上只是人类弱小的表现。"① 于是在善恶有报的道德幻象下，人在现实中处处碰壁，却只以惩罚早晚作为心理平衡的方式，民间流传的所谓："不是不报，时候未到"，便是一种一厢情愿的道德期待心理。高扬道德的理想性，虽然形成了中国人勤劳、踏实、本分等性格品质，却也造成了盲目的"乐观精神"与怯懦品格，使得发现生存真相与实现生命超越的审美理想遥遥无期。因为对"一切圆满"谎言的执着与强调，阻碍了对生存实相的"明"，即明了生活无常的本来面目，知道生活"就是如此"的悲剧性，也搁置了人们对生命本质的探求与思索。发现生命真实，虽然会带来痛苦、失望等心理情绪，但它也是人类不断探索前进的基础与动力，不至于当现实赤裸裸地呈现它的丑恶时，个体只能茫然、被动或者不知所措。鲁迅笔下的小说就犀利地揭示了中国人的民族性格，"阿Q精神"何尝不是国人的普遍性格。围观共产党人行刑的场面描写，揭示了一种普遍的看客心理，而麻木、愚昧、不敢正视现实的

---

① 潘知常：《生命美学论稿——在阐释中理解当代生命美学》，郑州大学出版社，第267页。

民族性格,皆源于道德和权力机制相结合的伦理环境,通俗文学以其影响的广泛性,更强化了民众的心理认知。

可见,中国传统文化对道德伦理的强调,试图用道德解决现实中一切问题的用心,实际上导向了一种普遍的保守与怯懦的文化品格。而它所形成的思维定势,即使在现当代社会,也在实际生活中的方方面面得到体现,对我们民族的发展影响深远。当然,"文化是一种选择,任何一种选择都意味着对某些价值的东西的舍弃,因此,任何文化都是不完善的,都有背离美的规律的地方。"① 而我们要做的就是对传统文化的清醒认知,以客观的态度,对其去粗取精,丰富与完善当下的道德经验。

第二节 当代社会的生存现象与精神实质

晚明时期的人情小说给我们展现了欲望与道德,自我与社会的矛盾冲突,这也是人类自身发展的内在循环。自文明社会创建以来,人类历史就是一个不断以理性压制欲望,又以个我欲望冲破道德藩篱的过程。以中国的历史发展为例,从制礼作乐的西周到礼崩乐坏的春秋战国,以儒家思想大一统的汉代到魏晋南北朝士人风度对个性自我的强调,宋明理学的思想禁锢到晚明的世俗欲望生活,从清朝的思想专制到清末对西方科学民主思想的引进与个性的张扬。而新中国成立以来,经历了"文化大革命"的思想专制到改革开放的商业大潮,当代社会在自身历史发展规律及西方后工业时代开放思想的合力下,又进入了一个欲望膨胀的时期。它的物质文明和科技水平空前发达,但道德滑坡、价值体系混乱,人的精神生命与理想普遍失落,"审丑"就是现代人精神悲剧的外在表象。近年来兴起的"国学热"思潮,以及各种"穿越剧"的盛行,现代人将传统道德作为生命的寄托与救世的良药,然而脱离当前生活实际的"圣人之言"并不能起到挽救精神危机的作用,新时期的道德哲学亟须重建。在男女两性关系上,女性身体成为欲望符号,通过影像媒体形成的视觉冲击,导向了以感官享受与刺激为目的的性放纵。虽然男女平等在 20 世纪已成为基本国策,然而商

---

① 王齐洲:《四大奇书与中国大众文化》,湖北教育出版社,1991,第 24 页。

业时代之下，却蕴含着新的不平等，女性生存依然艰难。

一 欲望膨胀的"审丑"时代

中国当代社会正在经历一个迅速变革和转型的历史时期，西方国家的三次技术革命，是几百年累积的发展过程，而我们在短短几十年间将其消化吸收。经济的迅猛发展，人们对物质财富的欲望与需求也不断增长，金钱逐渐成为一些人衡量人生价值与人格尊严的尺度，道德危机随之而来。物质与精神追求的失衡，表现为一种感性欲望的膨胀，个我焦虑、迷茫与压抑成为一种生存状态。因此，形形色色"审丑"事件，具有了心理短暂发泄的功用。这里的"丑"是与传统道德文化之"美"相对而言的范畴，在本质内容上，是与美善等道德评价相对的丑恶；在形式上，它表现为不和谐的外观形式。它突破了人们传统范式的审美习惯，是对优美、节制、含蓄、温柔敦厚等古典审美品格的反动。

在艺术领域，随着金钱成为一些人追逐的对象，他们失去了对精神观照的耐心，不断追逐感官性的享受与刺激，可以说，是物质世界带来的灵魂空缺。因此，2010年，神曲《忐忑》轰动一时，简单感叹词的连接，夸张的表情与服饰，以"挤眉弄眼"代替"梨窝浅笑"，对民歌唱法加以颠覆的同时，也是对生活压抑的隐喻与发泄。紧接着一首无聊而庸俗的《江南Style》在2012年风靡全球，滑稽可笑的"骑马舞"，中年大叔与性感美女，在强烈代入心理的驱动下，引起无数"屌丝"的同感。对自我恶趣味的满足，使得一首首神曲成为全民狂欢的盛宴。现代人绝望地发现，似乎只有"丑"的事物才能引起这个时代的反响与共鸣。这充分显示了一些人对艺术的审美倾向，是以感官性的欲望刺激，以颠覆传统的"丑"为美。在这一环境的熏染下，文学、影视、音乐等成为满足世俗化、娱乐化文化消费需求的工具。欲望成为艺术中赤裸裸的呈现对象，各种扭曲、畸变的生存状态，呈现着一些人贪欲的丑恶。对性欲的描写，也经历了从最初的自我觉醒，强调肉体欢愉，到后期的与传统文化决裂，直抒本能之性的丑陋。纯洁美好的两性情感，让位于赤裸裸的，没有任何隐秘性与羞耻感的肉体交合或者变态的性欲望。莫言小说从"审美"到"审丑"的走向就是这一过程的典型代表，其初期小说如《春夜雨霏霏》《售棉大路》等，两

第六章 晚明人情小说的生命审美特点及现代延伸

性之间的情感还有着含蓄、真挚的传统审美特点,到后期《丰乳肥臀》《模式与原型》等作品,则充斥着各种乱伦现象,兄妹之间,丈母娘与女婿,妹夫与大姨子的淫乱,甚至有人驴交配,人狗交媾的描写,将美好的"爱情"与"大便"相连,爱情的过程更是"大便的过程",而大便又是"爱情的最高形式",这些丑陋的言语与行为,将"丑"推向荒诞极致。影视剧更是无"性"不欢,以明星的裸露尺度作为宣传的焦点,或直接将肉体横陈作为噱头。晚明时期的艳情小说,带有动物原始本能的各种变态性交和,甚至被搬上荧屏,如《金瓶梅》《肉蒲团》《金瓶梅续集》等,以声像的更加直接和刺激的方式直击人们的眼球,它在当代社会的传播之快,影响之大远非古代书本印刷所能比拟的,"欲望"似乎成为约定俗成的人伦规范。

当代网络与媒体文化的发达,个体有了充分展示自我的平台,他们可以张扬自己的个性与欲望,自由言说内心的情感与困惑,通过自我表达,得到情感的发泄,也获得他人的认同。网络时代为现代人展现自我与排除孤独提供了捷径。但网络世界毕竟不同于传统的人际交流方式,在使人们得到虚拟化满足的同时,也造成了普遍的自我封闭,加剧了现实中的"陌生化"效应。所谓"宅男"就是网络时代的产物。加之主流价值体系的混乱,个体既失去了精神上的依托与关照,又在竞争激烈的现实环境,持续的利益冲突和贫富差距中,感到紧张与压抑。个体生命在当代生存中遭遇了前所未有的危机,物质的占有欲与精神的失衡加剧了自我孤独与焦虑情绪。异化与分裂的心灵,对传统的和谐、精致的美已失去了兴趣,夸张的行为,愚昧、粗俗的现实物象,在刺激感官与神经的同时,让个体心灵得以发泄,因此淫秽、血腥、变态等"丑"的现象,在影视与媒体中大行其道。一些粗俗之人更是借"丑"出名。如近几年的网络红人"芙蓉姐姐""小月月""凤姐"等,她们夸张的言语及动作,在商业推手的包装下,已然变成"极丑"的典型。她们颠覆着传统的审美观,引来无数空虚心灵的"围观"。点击率迅速攀升,使"审丑"成为一种时尚潮流,在人际交流中占有一定的话语力量。"丑"的人物,"丑闻"等已经成为一些人生活的调节,以一种间歇性的狂欢方式,使心灵得到调适与放松。

以"丑"为美,来吸引大众的眼球,也成为娱乐选秀等节目的卖点。"超女""超男""我是大明星""中国梦想秀"等节目火爆异常,它实现了平民大众的明星梦想,选秀者在节目过程中张扬个性,也满足了自我被关注的自恋心理,但其中以夸张扭曲的形式,制造轰动效果,引起观众兴趣的,也不乏其人。观看者在欣赏"闹剧"的过程中满足了自己的猎奇心理和窥秘欲望,尤其是评委们刻薄的批评与刁难,让看客在观看他人痛苦之时,将自我焦虑苦闷的情绪释放。对人性中阴暗心理的满足,是"审丑"活动持续升温的重要原因,也揭露了在物质化的信息时代之下,人们精神的扭曲与压抑。

当代社会的欲望膨胀与精神失落造成了个体生存的一种悲剧性状态,道德危机,信仰缺失,灵魂呈现出一种无所依托的焦灼与彷徨,这种生命困境,是当代社会"审丑"现象层出不穷的重要原因。精神的麻木,一些人只能以感官刺激证明自己的存在,因此,各种扭曲的、不和谐的事物不断出现,看似满足了人们膨胀的需求与欲望,实则以一种假象的幸福,使人们得到暂时的满足。心灵异化与分裂的生存状态,加深了个体的失落、孤独与苦难。

二 现代语境中的女性问题

晚明时期的人情小说,为我们呈现了女性的生存困境。中国文明固有的"耻感文化"与男权社会结合,女性只能以情欲罪魁祸首的身份,沦为男性的附属品。当代社会解放了对女性身体的束缚和遮蔽,女性在看似自由的表象之下,在现实生活中却不断遭遇"瓶颈",隐含着新一轮的性别压制与暴力。消费与欲望时代的到来,女性的身体被"商品化",成为消费时代的"物品"与"符号",在对"美丽"的狂热追逐中,女性再一次失去了自我,成为被"规训"的存在。而当下社会,"男色"流行,"女汉子"的普遍称谓等,这种看似性别倒错的现象并未改变"两性不平等"的生存事实,男性依然居于支配资本运行与商业价值的中心地位。两性的情感关系,表现出金钱至上的利益交换,女性的劣势地位更在两性交往中暴露无遗。女性的"他者"身份在消费时代反而有愈演愈烈之势,西蒙·波娃的名言在此得到了进一步印证,"女人并不是生就的,而宁可说是逐渐形成的。在生理、心理或经济上,没有任何命运能决定女性在社会的表现形象。决定这种介于男性和阉人之间的,所谓具有女性气质的人,是整个

第六章 晚明人情小说的生命审美特点及现代延伸

文明。"①

在传统男性目光加之全球化消费主义的合力参与之下,女性的"他者"身份以另一种异化的方式继续存在。首先,女性依然没有摆脱"被看"的命运,虽然身体不再以层层包裹的方式隐藏在厚重的衣物之下,"性感""魅力""个性"成为新的审美时尚,但随着现代影视媒体的普及,女性的身体被暴露在一个更大平台上,成为刺激窥视欲望的消费宠物。新的审美标准也在各种时尚杂志、选美比赛中以"舆论驯化"的方式,将男性的期待变成女性的自我认知。于是消斑拉皮、隆胸塑臀、抽脂吃药等对身体的技术改造与"美化"层出不穷。对"身体"美丽的执着追求,让女性在增加所谓魅力的同时,也付出了沉重的代价。"女性的身体已经成为这个时代最火热、最昂贵、最紧俏,也最残酷甚至最卑微的'消费品'。遍布世界的选美大战和全球女性的'苗条的焦虑症',不断让整个世界的精神罹患'焦虑症'。"② 各种人造美女或者整容失败的新闻也随处可见,女性的身体不仅再一次背离了"自然性",且伤害的程度更深。

其次,女性对"美"的孜孜以求,除了"女为悦己者容"的心理暗示,很大程度上是对男性所代表的经济特权的依附。正所谓"学的好不如长得好,干得好不如嫁得好",嫁入豪门或者依附有一定财势的男性,被认为是女性跃入龙门的捷径。为达到这一目的,牺牲自我健康抑或尊严都在所不惜。如"富豪相亲"事件,6万多单身女性参与仅48位富豪的海选面试,女性不仅要详细汇报自己的身高、体重、三围,穿比基尼走秀,还要现场演示切土豆丝、熨衣服、打领带等。且不说男女比例差距之大,女性被"看"的全过程都未见富豪出场,这一要求传统女性气质与现代身体结合的所谓相亲大会,足见女性的劣势地位与现代的婚姻实质,对金钱的推崇超过一切。而近几年火爆异常的电视相亲节目,如《非诚勿扰》《咱们结婚吧》等,一方面,为"宅男剩女"提供了一个公共的情感交流平台,他们可以自由地表达对婚姻及美好未来的期待,增加社会对这一群体的理解,也疏导和缓解了大龄男女的情感焦虑;另一方面,它也让我们看到了时下的婚姻态度与择偶标准。尤其是女性的择偶标准,它显示出某种

---

① 〔法〕西蒙·波娃:《第二性》,陶铁柱译,中国书籍出版社,1998,第289页。
② 金元浦:《娱乐时代——当代中国文化百态》,群言出版社,2013,第274页。

一致的趋向，房子、车子、票子等物质因素开始居于中心地位。两性交往中最重要的情感对等，品质的认同则被挤入边缘位置，如马诺所言："宁愿坐在宝马车上哭，也不愿坐在自行车上笑"，此语一出，立刻引起了轩然大波，也得到了无数女性的认同，金钱的作用超过了情感认同与快乐需求。"高富帅"这一所谓女性理想的配偶，也充分说明了当代女性的生存焦虑，在女性身体成为"消费品"的时代，对"美丽"的普遍追求，需要支付高额的费用，但由于女性的生理因素，以及男权社会的主流话语系统，大部分女性依然居于经济创造的边缘位置，经受歧视与差别待遇。女性只有作为"性"的符号在男性世界才能占据一席之地，这也是女性"美丽"事业如火如荼的重要原因，女性的身体是她们获得男性认同，以及更快得到物质财富的手段。因此"小三""情妇"等现象的屡见不鲜，除了男权意识的潜在影响，与消费社会对女性的欲望与诱惑也有很大关联。从这一意义上，无论是古代的晚明社会还是倡导男女平等的当代，女性的生存地位和依附性的"他者"身份以一种新的方式继续上演着女性的生存悲剧。

最后，21世纪以来呈现出一种性别倒错的趋势，"男色风"的流行，"女性男性化""女汉子"似乎预示着女权从边缘化开始走向主流，但这一性向运动只是消费时代为女性编造的美丽谎言，并未改变男权至上的社会形态。

长期以来，"女色"一直占据广告与影视媒体的中心，以性感、美艳等魅力特征吸引男性的注意力，但如今化妆品、护肤产品等，男性代言也成为一种潮流，如周杰伦为日本DHC护肤品代言，中日韩众男星为兰蔻做广告，元斌代言女性唇膏等，男性的性感与阴柔化也成为消费时代的一大卖点。再如男性的选秀节目，《加油！好男儿》《快乐男声》等，男性的性感、卖萌、女性化的美丽容貌成为广受女性热捧的原因，甚至"以泪感人"这种极具女性化，而被传统男性嗤之以鼻的情感戏码也被这些美男们运用得淋漓尽致，以博得女性的青睐和追捧。在影视剧中，粗犷、健硕的传统大男子形象变为"比女性更美丽"的花样男子，如《王的男人》中的李准基，温柔忧郁的柏原崇等，一些明星更因男扮女装的反串表演而大受欢迎，张国荣的女装扮相堪称经典，其他大牌明星刘德华、梁朝伟等都曾以女表示人。女性成为"看"的主体，这确实与新时代女性经济力量的增强有着很大关系,女性地位也在某种程度上得到了提升,但是这并未改变男性主导的社会形态。女性依然是被征服者,在女权主义的号召之下,再加上媒体夸大女性欲望,"男色"包装,使女性产生了所谓"主体地位"的幻想,女性似乎有了更大的权力,成为被取悦的对象,可以决定选票的跌涨。但正如金元浦在《娱乐时代》一书中所说:"'男色'展示是男人在取悦女人,毋宁说是再次给予了男人征服女人的享受,唯一的区别只在于征服的手段的变更——从钱权变成了身体。因而,性别权力关系的深层格局并没有为'男色'所真正改变,相反,在男人之上,更加了一重来自商业资本的权力。"① 而在女性世界中流行的"女性男性化"以及"中性时尚",如"李宇春"现象,女性服装的男性元素加入,"女汉子"的称谓等,更说明了女性对男性身份的渴望和羡慕。"男色"流行及当代社会的性别倒错,只是消费社会为女性创造的一种幻想的主体身份,隐喻了男性权威的至上性。

当代社会,"女色"与"男色"同时存在,但"女色"曲意逢迎与"男色"自得意满的两相比较,暴露了消费时代的女性生存问题,女性并未得到真正意义上的平等身份,却成了商业资本与男性权力的双重"奴隶",女性生存在当代社会面临着更大的冲击与挑战。

三 "穿越剧""国学热"与现代人的精神实质

当代社会,我们面对着一个物质发达,与精神追求匮乏的矛盾世界。快节奏与剧烈变动的生活,文化的失序和普遍的道德混乱,使人们处于一种终日惶惑不安的状态,对现代生活的无法掌控,也渐渐使人们迷失了生命意义,因此,自我认同与归属感的实现成为左右现代人精神的支点。"穿越剧"的兴起,就是这一精神需求的文化表现,在人们疯狂追捧的行为背后,让我们更清醒地意识到现代生活中缺失的所在。人们在虚幻的白日梦中逃避现实的压力,在时空的交错中寻找自我,并发挥自我的价值。在现代人的想象中,专制的古代社会反而成为自我存在的归属地,带有悲剧性而又纯粹的美好情感,让人们在代入心理的引导下,产生了对传统价

---

① 金元浦:《娱乐时代——当代中国文化百态》,群言出版社,2013,第10页。

值和道德的无限怀恋。

"穿越剧"即主人公穿越到过去或未来时空,转换身份,与理想中人相恋并参与历史事件的一类电视剧。与西方穿越到未来的剧型相比,如《回到未来》三部曲,《蝴蝶效应》《终结者》等,中国的"穿越剧"大都喜欢穿越到古代,如《穿越时空的爱恋》《神话》《宫》《步步惊心》等近年来的几部热片,这当然与中国悠久而丰富的古代历史相关,同时,这也延续了中国人一贯的"贵古"思想,中国史书的发达就是一个例证,人们以祖先为荣,并在历史的辉煌记忆中寻找自我生命存在的感觉与印记。"穿越剧"就是通过现代影视媒介,为人们暂时摆脱现实压力,回到古代社会提供了的一个虚幻镜像,从而实现了现代人无法企及的生命理想,找寻失落的存在感,"穿越剧"的流行反映了现代人的生存与精神危机。

首先,人们可以在虚幻的穿越中暂时逃避现实的沉重压力。它符合了当下部分人的一种心理趋势——逃避现实。据统计,"穿越剧"主要的受众人群是青少年和白领阶层,学业、事业、爱情等各方面的压力,复杂的现实环境,贫富的巨大落差,以及种种潜在的社会规则与限制,常使他们感到无奈或无所适从,孤独、空虚、寂寞就是这一人群的精神写照。每个人都觉得自己活得太累、太压抑,当无法找到解决这一切问题的出路时,只能找个地方躲避或者释放,"穿越剧"就成了人们精神上暂时"蜗居"的地方。他们通过转换时空,摆脱了现实的处境,在幻想中畅游于豪华的白日梦。"穿越剧"中的主人公多是现实中不得意的城市白领,而在古代,却才貌双全,如众星捧月般成为王公贵族爱慕的对象,似乎穿越回古代是现代人实现自己人生优势的途径。因此,在另一时空重新生活成为他们的期待,虽然只能停留在幻想中,却也不失为一种释放压力与排解现实困扰的方式。简而言之,穿越剧寄托了年轻观众在现实生活中情感或事业上的缺憾,从而得到心灵的慰藉与满足。

其次,"穿越剧"隐含了现代人的"英雄情结",而这所谓的"英雄"也就是如上所说的,能够充分发挥自己的能力与优势,得到众人肯定的自我价值,这一价值是自我存在的最大动力。当代社会给了所有人机会平等的梦想,但大部分人却在现实中疲于应付,碌碌无为,财富的两极分化,更加剧了人们的挫败与失落感。消费社会给了他们掌控生活的欲望,在现实中却找不到承载这些欲望的地方,在内心与现实的巨大矛盾中,人也逐渐失去了自我。而在"穿越剧"中，即使是平凡的现代人在古代社会生活也游刃有余，现代技术与进步的思想在古代社会充分发挥了它的优越性。如《宫》中的主人公晴川运用现代人的历史知识与技术解决古人的困境，滑轮、轮椅、刨冰等现代产物，让他在皇子、皇帝、妃子面前赚足眼球；《步步惊心》中的若曦将现代舞台搬到古代，立刻成了焦点。而且"穿越剧"中的女性，秉持着现代社会中普遍的价值观，与当时的精英阶层平等对话，如男女平等、放肆不羁、敢于斗争等，在古代女性中脱颖而出，让诸多王孙贵族神魂颠倒，明争暗夺，使原本清晰的历史发展随着感情的掺入而变得错综复杂，影响着历史走向与人物命运。总之，平凡的现代人穿越之后，成了"伟大的古人"，不仅为别人排忧解难，而且得到各种优秀男性的呵护照顾，充分实现了自我价值，美丽的"白日梦"迎合了当下大众草根的现实境遇，在幻想中克服了现代人的挫败感，重塑主体意识，表达了自我存在的心理诉求。最后，"穿越剧"将亲情、友情、爱情等简单化与纯粹化，对彼此人品、性格的承认与欣赏是首要因素，这是以金钱为要，感情淡漠的当代社会所缺失的。随着当代生活节奏的加快，人们的生活压力也随之增大。对社会新兴事物的应接不暇，造成了人们普遍的疲惫心理，因此，他们渴望古代慢节奏的，甚至是封闭的生活，对往昔的田园风光，畅意闲适生活无限向往。因此，重温那种单纯而美好的年代，体会纯洁而真挚的感情，是人们喜欢看"穿越剧"的社会心理。

  总之，人们通过影视媒介，在"穿越剧"中幻想地实现了自我存在价值，暂时逃脱了现实生活的沉重压力。"穿越剧"属于当代社会的一种"快餐文化"，是人们精神贫瘠的产物，是大众文化的衍生品。它也应和了自20世纪以来"国学热"的文化思潮，指向一种"回归"趋势，古代社会的制度、环境、道德、伦理等，反而为"自由"的现代人所渴望，现代人精神的无所依托也可见一斑了。因此"国学"之风，上而为精英阶层复兴传统文化的努力，如建立国学院、国学研究所等，阐释弘扬传统文化；在民间，乡间的旧有习俗被重视，以传统文化为旗号，各种文化节、祭祖、祭孔等活动纷纷上演；在影视媒体，"穿越剧"、宫廷剧热播，再如近来《甄嬛传》所掀起的"甄嬛体"式的古代语言热，都显示出对传统的无限怀恋。中国历史在当代社会又显示出与晚明社会的某种相似性，在精神贫瘠、道德混乱的现实之下，人们将目光又转向了祖宗产业。这虽然表现了对民族文化身份的自觉意识，但古代社会的传统思想是否能解决当下人们的生存危机，却是一个值得商榷的问题。因为时代的局限，传统文化中必然也包含了旧时代的糟粕，对当代社会依然有着潜意识的影响，如尊卑贵贱的等级观念、政教合一的"官学"意识等，需要我们在对传统文化深入了解之后，进行批判性地反思，并加以根除。而传统文明的精华，如何在当代社会发挥作用，解决工具理性膨胀、物欲横流、精神空虚的问题，是我们亟须讨论与研究的重点。因此，对"回归"热，我们需要理性的判断与衡量，继承之后才能有真正的发展。

结　语

　　中国传统文化表现为一种伦理型文化，儒家在哲学领域确立了仁、义之类道德理性的绝对价值，而在社会生活方面，父权、专制皇权又以权力的强制调控，将个体需求等同于阶级伦理下的群体规范。因此在中国古代社会，群体与个体、天理与人欲既相对立冲突，又在文治教化的熏陶之下，以伦理的至上性，趋向一种较为稳定与独特的"和谐"状态。在这一环境之下，"善"为最高的理想与追求境界，儒家虽也讲求"尽善尽美"，但"美"从属于群体之"善"，这注定了以个体感性需求为基点的审美文化的难产。如陈望衡所说："在中国传统文化这个精神领域内，健康的审美很难得到充分实现，因为中国的传统伦理基本上是以一种他律人格为支柱的伦理观。他律人格与审美所需要的自律人格是格格不入的……这种他律人格的说教必然导致审美主体的失落。"① 这一"审美主体"即为世俗存在的感性生命主体。

　　人性包含一系列对立面的统一，理与欲、感性与理性、自然性与社会性等，但这些对立面之间并不是否定性的非此即彼的关系，而是生命发展必需的过程体现。马斯洛的心理学理论认为人格建构有着五种不同层次的需求，有偏重感性的生理性需要、安全性需要，有偏重精神、理性的社交需要，尊重的需要和自我实现的需要。这五个层次的需求是一种向上的渐

---

① 陈望衡：《从冲突走向圆融——中国伦理与审美关系论》，《西北师大学报》2012年第4期，第1页。

次发展的过程，生理性需要包含着人的私欲与感性满足，它是人的本性所在，是审美需求的来源，更是个体生命中其他需要满足的基础与动力。中国传统文化却将人的生理欲望与道德要求孤立起来，将私欲作为理想道德获得的大敌，理想人格的建构过程就是不断克服私欲的过程。对人性欲求满足的排斥与压抑，也使理想人格成了无源之水，无本之木，导致人性的异化与扭曲。因此当以生命审美的视角去考察中国传统文化时，我们发现一种被理性与社会性所规训的生命存在，而且这种生命以一种集体潜意识的方式成为民族的性格与基因。如福柯所谓："道德"，主要是一套强制性规则和禁令，是"一种为每个人接受的，某种意义上也是不得不屈从的道德形式，对我而言是种灾难"。① 这种"灾难"是对普遍的个体生命的否定与扼杀。如在晚明的"尚情"思潮之下，自我的个性与欲求虽得到极大的肯定与张扬，生命存在却不可避免地呈现出一种悲剧性。一方面，权力规范作为一种风俗与习惯，依然有着"本应如此"的强大约束力量。另一方面，当个体有机会面对自我生命时，他们却显得无所适从，因为中国的传统文化中从未产生适合个体独立生存与思考的土壤。因此感性生命呈现出一种快乐与痛苦、疯狂与绝望并存的畸形情态，个体不断被塑造又不断地被自我摧毁，只能依然回归伦理道德的传统网络，在"父子君臣"的精密关系中寻找"类"的存在方式。

当然道德与伦理规范是一个社会确立必不可少的因素。"就伦理来说，它主要是处理人与人之间的关系的规范体系，其直接目的是协调好社会上各色人等的关系，以便更好地调动社会群体的力量。伦理强调他人的利益大于自身的利益，社会的利益大于个体的利益，根本的利益大于局部的利益，长远的利益大于眼前的利益。其最高原则是（正义）、（应当），而最终目的是整个人类的幸福。"② 可见伦理规范本身强调的就是群体利益的满足。而中国伦理型社会的独特之处则在于将伦理道德作为一种终极价值体系表现在社会中的方方面面，以家族建构与皇权政治结合的方式，形成一个极为精密的社会结构体系。儒家哲学虽强调生命的至高理想与集体主义精神，但并未完全否定人的基本欲求，然而当这种以群体利益为上的意识

---

① 〔法〕福柯：《福柯集》，上海远东出版社，1998，第526页。
② 陈望衡：《心灵的冲突与和谐——伦理与审美》，湖北教育出版社，1992，第152页。

结 语

形态为阶级权力所用,在权力的高压与奴化教育下,本应合乎人性的道德之"善",也转化成了一种阶级利益之下的"伪善",且这种阶级道德具有极为广泛的渗透力与推广性。在普遍的社会群体中,儒家哲学对道德理想的强调,如"圣贤""大丈夫""君子"等高高在上的理想人格,因教育普及的有限性,其终极道德观对普通民众人生意义的影响是微乎其微的。在普通民众心中除了对"天"的膜拜,就是对"天"所对应的君主权力的敬畏,阶级利益之下的权力反而成为人生的根基与依托,即"君叫臣死,臣不敢不死"的愚忠心态。古代社会人们对科考做官的渴望,就是普通人对权力推崇追逐的表现,即使在当代社会都留有印记。再如宋明开始女性的裹脚成风,"贞节"等违反人性的规定与表彰,反而成为民众的审美风尚与道德理想,由此可见,中国传统社会"权力"的威力与作用。而在心甘情愿屈从"权力"的心态之下,即所谓奴化心理,个体之声即使偶尔有之,也迅速被群体之音所湮没。因此晚明时期"尚情"思潮的出现,既是市民文化崛起之下的自觉行为,又有着不得已而为之的心理因素,皇权的腐败,官场科考制度的混乱等,让人们失去了对权力的信心。加之感性生命解放所带来的追逐欲望的快感,使人们走向了一种暂时性的享乐为上的生存方式。它是中国近代史上的第一次启蒙,但又是不纯粹与不完全的,因为它并非以人性自觉为前提的人格建构过程。

  这就是中国传统伦理的特殊存在与体现方式,在意识形态与政治权力的合围之下,一方面个体感性生命成为被漠视与排斥的对象,另一方面个体又自觉自愿地上交了自我欲求与权利,在实践中自觉的捍卫一种"类"的生存方式。当然它是时代环境的产物,与封建社会的专制权力密切相关。但中国人经历了几千年的传统社会,这种以群体生存代替个体思考的生命状态,在现代化的今天是否真正成为过去式了呢?笔者认为并不尽然。从近代以来的历史演变来看,国人逐渐挣脱了以儒家思想为主体的传统文化,但生命存在又变为移植西方思想的过程。如近代以洋务运动对西方科技成果的吸收为开端,到后来的政治革命与社会变革,西方科学民主思想成为这一时期的主流。新中国成立之后,"文化大革命"的思想专制,虽反对西方文化,但也未对中国传统文化自觉认识,扬弃吸收,反而将传统文化中的积极方面一概否定。因此随着改革开放的商业大潮,西方工业时代崇尚理性的主体意识,后工业时代对理性颠覆的发展过程,全部涌入中国社会。一方面，它促进了人们理性精神与主体意识的觉醒，借助科技的力量改变了传统的人与自然的关系，解放了生产力，推动了社会的经济发展。加之市场经济体制的确立，肯定了人们对物质等各种需求的欲望，极大地调动了人们投入社会生产与生活的信心；另一方面，西方后工业时代的弊端也在国内上演，利益是商品经济市场的主要驱动力，却演变成为人们生存的价值所在。金钱至上，并成为获得幸福的手段与最高的人生追求。甚至"包括爱情、良知、信仰、审美在内的人世间的一切，统统转换成买卖对象，并且可以像数学计算那样精确地测量出它们的货币比值的大小与多少"。[1] 人们之间有着唯利是图的冷漠与隔阂。同时，对感性享乐的追求，催生了以商业性与娱乐性为主的大众文化的繁荣，它以感官刺激吸引大众的眼球，宣传低俗与肤浅的审美文化，人们满足于一种当下的甚至是虚妄的精神快餐，在欲望之中沉沦而不知所终。尤其是中国社会与市场经济相配套的法制体系的不完善性，更导致了一种道德的混乱或全面崩塌，因此新时期个体感性生命的解放，并未将人们引入人生幸福的坦途，反而陷入了一种生存的困境。信仰缺失、道德沦丧的社会现实，人们又开始了新的对历史的反复，重新捡拾被丢弃的传统文化，并试图用儒家哲学来挽救现代人的精神困境。这当然带有现代人对个我生命发展的反思与寻找，但这是对传统与现实清醒认识下的自觉，还是一种习惯性的回归心理，则要有明晰的认知。

中国传统的伦理型社会，注定了个体精神的难产。即使在现当代社会，个体逐渐挣脱群体生存方式，也并非自主的生命思考与选择，而是对西方思想的一种移植与模仿，但又并未真正吸收到西方个体意识的思想精髓，在契约精神之下的人的生来平等与自主，是西方个体生命成长的基石。而中国是在封建专制君权之下，延续了几千年的群体性的生存方式，当君权被颠覆之后，个体反而失去了其独立思考的能力。因此当全球性的精神危机呈现之时，也为中国的主体性建设带来了契机与挑战，它让我们反思传统伦理道德的优缺，探索个我生命发展的新路径。

正因如此我们亟须建构适合当代社会的新的意识形态与价值体系，它必然包含了对个我生命的关照，对生命理与欲，社会性与自然性、感性与

---

[1] 张凤阳：《现代性的谱系》，南京大学出版社，2004，第1581页。

理性等的平衡与协调，即以伦理与审美为生命存在方式的和谐。前者包含了个体生命中理性与社会性的获得与认可，它是人们生命中归属感的来源，等同于信仰的意义。后者则主要是以情感欲望为中心的审美的满足，它以快乐体验为主，是生命活力的源泉。可见这二者虽居于人性的两端，却是人们生命中不可缺少的精神存在方式，且有着共同目标的一致性，即生命自由与幸福的最终实现。马克思在《1844年经济学哲学手稿》中明确指出："人的类特性恰恰就是自由的自觉的活动。"[①] 而生命审美要追寻的也正是生命的存在与超越如何可能这一根本问题。但二者最终的和谐则应是从生命感性审美到理性道德完成的过程，人的生命活动必然以感性体验开始，以生命本身的愉悦与快乐感为动力，但这快乐感并不仅仅局限与个体欲望的满足，还应指向一种对人格之美的肯定，即对个体社会性的、精神生命的肯定，如此才能真正通达美善统一的生命理想之境。

---

① 《马克思恩格斯全集》第42卷，人民出版社，1979，第96页。

参考文献

一 古籍

[1]（汉）班固编撰，顾实讲疏《汉书艺文志讲疏》，上海古籍出版社，1987。

[2]（唐）欧阳询：《艺文类聚》，上海古籍出版社，1982。

[3]（梁）刘勰：《文心雕龙》，中华书局，1962。

[4]（清）刘廷玑：《在园杂志》，中华书局，2005。

[5]（宋）朱熹：《朱子语类》，《朱子全书》，上海古籍出版社，2002。

[6]（宋）罗烨：《醉翁谈录》，上海古典出版社，1957。

[7]（元）陈澔：《新刊四书五经》，中国书店，1994。

[8]（唐）李翱：《李文公集》，上海古籍出版社，1993。

[9]（明）李贽：《李贽文集》，社会科学文献出版社，2000。

[10]（明）李贽：《焚书》，中华书局，1975。

[11]（明）李贽：《藏书》，中华书局，1959。

[12]（明）李东阳：《大明会典》，广陵书社，2007。

[13]（明）徐渭：《徐文长集》，中华书局，1983。

[14]（明）袁宏道：《袁宏道全集》，伟文图书出版公司，1976。

[15]（明）袁宏道：《袁宏道集笺校》，上海古籍出版社，1981。

[16]（汉）董仲舒：《春秋繁露》，中州古籍出版社，2010。

[17]（明）董其昌辑《神庙留中奏疏汇要》，上海古籍出版社，1995。

[18]（清）赵翼：《廿二史札记》，中华书局，2008。

[19]（清）夏燮：《明通鉴》，中华书局，1959。

[20]（清）叶梦珠：《阅世编》，上海古籍出版社，1981。

[21]（明）王守仁：《王阳明全集》，上海古籍出版社，1992。

[22]（明）王艮：《王心斋全集》，江苏教育出版社，2001。

[23]（明）王世贞：《觚不觚录》，上海古籍出版社，1991。

[24]（明）颜钧：《颜钧集》，中国社会科学出版社，1996。

[25]（清）颜元：《存学编》，商务印书馆，1985。

[26]（清）顾炎武：《日知录集释》，花山文艺出版社，1990。

[27]（清）顾炎武：《亭林文集》，商务印书馆，1937。

[28]（明）顾宪成：《小心斋札记》，广文书局（影印光绪丁丑泾里宋祠藏本），1975。

[29]（明）顾宪成：《证性编》，清光绪三年泾里宗祠刊本。

[30]（明）顾起元：《客座赘语》，中华书局，1987。

[31]（明）顾宪成：《顾端文公遗书》，齐鲁书社，1995。

[32]（明）黄宗羲：《黄宗羲全集》，浙江古籍出版社，2005。

[33]（明）余继登：《典故纪闻》，中华书局，1981。

[34]（明）沈德符：《万历野获编》，中华书局，1959。

[35]（明）范濂：《云间据目钞》，江苏广陵古籍刻印社，1983。

[36]（明）海瑞：《海瑞集》，中华书局，1962。

[37]（明）何良俊：《四友斋丛说》，中华书局，1959。

[38]（明）何心隐：《何心隐集》，中华书局，1981。

[39]（明）归有光：《震川先生集》，上海古籍出版社，1981。

[40]（明）李维桢：《大泌山房集》，齐鲁书社，1997。

[41]（明）陈确：《陈确集》，中华书局，1979。

[42]（明）张溥：《古文存稿》，伟文图书出版社，1977。

[43]（明）张瀚：《松窗梦语》，中华书局，1985。

[44]（明）张岱：《陶庵梦忆》，上海远东出版社，1996。

[45]（清）龚炜：《巢林笔谈》，中华书局，1981。

[46]（明）赵南星：《味檗斋文集卷七寿仰西雪君七十序》，中华书局，1985。

[47]（明）汤显祖：《牡丹亭》，人民文学出版社，2005。

[48]（明）汤显祖：《汤显祖诗文集》，上海古籍出版社，1982。

[49]（明）冯梦龙：《情》，远方出版社，2005。

[50]（明）冯梦龙：《三言》，湖北人民出版社，1996。

[51]（明）金圣叹评《水浒传会评本》，北京大学出版社，1981。

[52]（明）谢肇淛：《五杂俎》，中华书局，1959。

[53]（清）余怀：《板桥杂记》，青岛出版社，2002。

[54]（明）兰陵笑笑生：《金瓶梅词话》，香港太平书局，1982。

[55]（明）风月轩又玄子：《浪史》，天一出版社。

[56]（明）情颠主人：《绣榻野史》，红旗出版社，1997。

[57]（明）京江醉竹居士：《龙阳逸史》，青海人民出版社，1994。

[58]（明）醉西湖心月主人：《宜春香质》，永泰出版社，1994。

[59]（明）醉西湖心月主人：《弁而钗》，青海人民出版社，1994。

[60]（清）纪昀：《纪晓岚文集》，河北教育出版社，1995。

[61]（明）凌濛初：《二拍》，湖北人民出版社，1996。

[62]（明）笑花主人：《今古奇观序》，江西人民出版社，1982。

二 相关论著

[63] 江恒源：《中国先哲人性论》，商务印书馆，1926。

[64] 杜维明：《人性与自我修养》，中国和平出版社，1988。

[65] 侯外庐、邱汉生、张岂之：《宋明理学史》，人民出版社，1987。

[66] 张岱年：《中国哲学大纲》，江苏教育出版社，1982。

[67] 赵士林：《心学与美学》，中国社会科学出版社，1992。

[68] 中国孔子基金会编《中国儒学百科全书》，中国大百科全书出版社，1997。

[69] 傅小凡：《李贽哲学思想研究》，福建人民出版社，2007。

[70] 雷体沛：《存在与超越——生命美学导论》，广东人民出版社，2001。

[71] 刘志琴：《晚明史论——重新认识末世衰变》，江西高校出版社，2004。

[72] 刘衍青：《明清小说的生命立场》，四川大学出版社，2011。

[73] 方正耀：《明清人情小说研究》，华东师范大学出版社，1986。

[74] 董国炎：《明清小说思潮》，山西人民出版社，2004。

[75] 董书城：《中国商品经济史》，安徽教育出版社，1990。

[76] 贾三强：《明清小说研究》，西北大学出版社，2008。

[77] 王齐洲：《四大奇书与中国大众文化》，湖北教育出版社，1991。

[78] 向楷：《世情小说史》，浙江古籍出版社，1998。

[79] 吴礼权：《中国言情小说史》，台湾商务印书馆，1995。

[80] 吴存存：《明清社会性爱风气》，人民文学出版社，2000。

[81] 吴承明：《论明代国内市场和商人资本》，中国社会科学出版社，1985。

[82] 齐浚：《持守与嬗变——明清社会思潮与人情小说研究》，齐鲁书社，2008。

[83] 熊秉真、余安邦：《情欲明清——遂欲篇》，麦田出版，2004。

[84] 谢国祯选编《明代社会经济史选编》，福建人民出版社，2004。

[85] 韩大成：《明代城市研究》，中国人民大学出版社，1991。

[86] 张海鹏、王廷元主编《明清徽商资料选编》，黄山书社，1985。

[87] 瞿宣颖：《中国社会史料丛钞 甲编397》，湖南教育出版社，2009。

[88] 胡士莹：《话本小说概论》，中华书局，1980。

[89] 孔另镜辑：《中国小说史料》，上海古籍出版社，1982。

[90] 高彦颐：《闺塾师》，江苏人民出版社，2005。

[91] 钱存训：《中国纸和印刷文化史》，广西师范大学出版社，2004。

[92] 程国赋：《明代书坊与小说研究》，中华书局，2008。

[93] 丁锡根：《中国历代小说序跋集》，人民文学出版社，1996。

[94] 朱一玄：《明清小说资料选编》，齐鲁书社，1989。

[95] 辜鸿铭：《中国人的精神》，海南出版社，2007。

[96] 潘知常：《谁劫持了我们的美感——潘知常揭秘四大奇书》，学林出版社，2007。

[97] 潘知常：《生命美学论稿：在阐释中理解当代生命美学》，郑州大学出版社，2002。

[98] 冯文楼：《四大奇书的文本文化学阐释》，中国社会科学出版社，2003。

[99] 罗德荣：《金瓶梅三女性透视》，天津大学出版社，1992。

[100] 罗宗强：《晚明士人心态研究》，南开大学出版社，2006。

[101] 周钧韬：《金瓶梅资料续编：1919-1949》，北京大学出版社，1991。

[102] 杨春时：《走向后实践美学》，安徽教育出版社，2008。

[103] 杨春时：《美学》，高等教育出版社，2004。

[104] 杨岚：《人类情感论》，百花文艺出版社，2002。

[105] 刘士林：《苦难美学》，湖北人民出版社，2004。

[106] 张国星：《中国古代小说中的性描写》，天津百花文艺出版社，1993。

[107] 张宏生：《明清文学与性别研究》，江苏古籍出版社，2002。

[108] 张海鹏、王廷元：《明清徽商资料选编》，黄山书社，1985。

[109] 张凤阳：《现代性的谱系》，南京大学出版社，2004。

[110] 黄霖、杨红彬：《明代小说》，安徽教育出版社，2001。

[111] 黄霖编《金瓶梅资料汇编》，中华书局，1987。

[112] 黄瑞旭：《性文化与性罪错》，厦门大学出版社，1999。

[113] 叶舒宪：《阉割与狂狷》，上海文艺出版社，1999。

[114] 康正果：《女权主义与文学》，中国社会科学出版社，1994。

[115] 夏国美：《围不住的春色——当代性伦理新论》，湖北教育出版社，2001。

[116] 王国维：《王国维文集》，燕山出版社，1997。

[117] 王增斌：《明清世态人情小说史稿》，中国文联出版公司，1997。

[118] 胡适：《胡适文存》，北京大学出版社，1998。

[119] 胡适：《文学改良刍议》，中华书局，1993。

[120] 李泽厚：《中国古代思想史论》，人民出版社，1986。

[121] 李泽厚：《批判哲学的批判》，人民出版社，1984。

[122] 李泽厚：《华夏美学》，天津社会科学院出版社，2001。

[123] 鲁迅：《南腔北调集》，人民文学出版社，1980。

[124] 鲁迅：《鲁迅全集》，人民文学出版社，1973。

[125] 鲁迅：《中国小说史略》，东方出版社，1998。

[126] 鲁迅：《小说史大略》，陕西人民出版社，1981。

[127] 董国炎：《明清小说思潮》，山西人民出版社，2004。

[128] 陈来：《宋明理学》，华东师范大学出版社，2003。

[129] 陈节：《中国人情小说通史》，江苏教育出版社，1998。

[130] 陈大康：《明代小说史》，上海文艺出版社，2000。

[131] 陈望衡：《心灵的冲突与和谐——伦理与审美》，湖北教育出版社，1992。

[132] 陈望衡：《美学新潮》，四川省社会科学院出版社，1987。

[133] 陈顾远：《中国婚姻史》，岳麓书社，1998。

[134] 陈炎：《多维视野中的儒家文化》，中国人民大学出版社，1997。

[135] 金元浦：《娱乐时代——当代中国文化百态》，群言出版社，2013。

[136] 〔美〕冯·德·魏德尔：《理想的婚姻——性生理与性生活》，东方出版社，1989。

[137] 〔德〕尼采：《权力意志——重估一切价值的尝试》，商务印书馆，1998。

[138] 〔法〕福柯：《性经验史》，上海人民出版社，2002。

[139] 〔法〕福柯：《福柯集》，上海远东出版社，1998。

[140] 《马克思恩格斯全集》，人民出版社，1979。

[141] 〔保〕瓦西列夫：《情爱论》，当代世界出版社，2002。

[142] 〔保〕瓦西列夫：《爱的哲学》，国际文化出版公司，2004。

[143] 〔英〕罗素：《性爱与婚姻》，中央编译出版社，2005。

[144] 〔美〕阿·索伯：《性哲学》，农村读物出版社，1989。

[145] 〔奥〕弗洛伊德：《性学三论·爱情心理学》，太白文艺出版社，2004。

[146] 〔奥〕弗洛伊德：《文明及其缺憾》，安徽文艺出版社，1987。

[147] 〔德〕雅斯贝尔斯：《悲剧的超越》，工人出版社，1988。

[148] 〔法〕丹纳：《艺术哲学》，人民文学出版社，1963。

[149] 〔美〕托马斯·门罗：《走向科学的美学》，中国文联出版公司，1985。

[150] 〔英〕劳伦斯：《劳伦斯散文选》，花城出版社，1988。

[151] 〔法〕西蒙娜·德·波伏娃：《第二性》，上海译文出版社，2011。

[152] 〔美〕弗兰克：《白银资本》，中央编译出版社，2000。

三　期刊论文

[153] 杨春时：《文学理论：从主体性到主体间性》，《厦门大学学报》2002年第1期。

[154] 杨义：《金瓶梅：世情书与怪才奇书的双重品格》，《文学评论》1994年第5期。

[155] 周晓琳：《明清艳情小说性描写的文化心理解读》，《船山学刊》2004

年第 3 期。

[156] 张之沧：《论福柯的生命之美》，《江苏社会科学》2006 年第 6 期。

[157] 张瑾在：《鲁迅小说观念中的"人情小说"与"世情小说"》，《大众文艺》2008 年第 12 期。

[158] 张再林、李军学：《论舒斯特曼的身体美学思想——兼论中国古典身体美学研究》，《世界哲学》2011 年第 6 期。

[159] 张宁：《论〈金瓶梅词话〉中宴饮描写的市井气质》，《沈阳大学学报》2011 年第 3 期。

[160] 张显清：《晚明：中国早期近代化的开端》，《河北学刊》2008 年第 1 期。

[161] 张显清：《晚明社会的时代特点》，《河南师范大学学报》2005 年第 6 期。

[162] 章辉：《论实践美学的九个缺陷》，《河北学刊》2004 年第 5 期。

[163] 王建疆：《审美形态新论》，《甘肃社会科学》2007 年第 4 期。

[164] 刘悦笛：《实践与生命的张力——从 20 世纪中国审美主义思潮着眼》，《人文杂志》2004 年第 6 期。

[165] 雷勇：《明末清初世情小说新探》，《汉中师院学报》1994 年第 2 期。

[166] 高旭东：《论中国古代人情小说的发展流变》，《山东大学学报》2001 年第 5 期。

[167] 陈望衡：《从冲突走向圆融——中国伦理与审美关系论》，《西北师大学报》2012 年第 4 期。

[168] 陈怀利：《论世情小说与才子佳人小说之关系——兼论鲁迅对世情小说与人情小说的界定》，《怀化学院学报》2010 年第 9 期。

[169] 陈文新：《人情小说审美范式的确立——〈金瓶梅〉人物谱系归属研究》，《学术研究》2003 年第 5 期。

[170] 陈大康：《书生的困惑、愤懑与堕落——从小说笔记看明代儒贾关系之演变》，《华东师范大学学报》1994 年第 1 期。

[171] 康华：《明清世情小说的主体精神探析》，《中州学刊》1999 年第 2 期。

[172] 蔡良俊：《试论明清人情小说的因果报应思想》，《苏州大学学报》1998 年第 1 期。

[173] 董雁:《明清才子佳人小说的情爱文化视界》,《陕西师范大学继续教育学报》2005年第2期。

[174] 孙宏哲:《明清长篇世情小说妻妾斗争与"歇斯底里"特质》,《内蒙古民族大学学报》2009年第1期。

[175] 王天杰:《浅谈古代长篇人情小说的伦理价值和审美价值》,《岳阳大学学报》1992年第1期。

[176] 关四平、陈墨:《论红楼之情的文化超越与人性深度》,《红楼梦学刊》1998年第2期。

[177] 谢建兆:《从"三言"看晚明世情小说的情和欲》,《西安教育学院学报》2002年第3期。

[178] 谢刚:《美丑尽在情与欲之间——〈金瓶梅〉的文学地位与美学价值》,《学术论坛》2002年第6期。

[179] 樊树志:《全球化视野下的晚明》,《复旦学报》2003年第1期。

[180] 夏咸淳:《陆云龙考略》,《明清小说研究》1988年第4期。

[181] 刘晓东:《"弃儒从商"与"以文营商"——晚明士人生计模式的转换及其评析》,《社会科学辑刊》2011年第2期。

[182] 刘晓东:《世俗人生:儒家经典生活的窘境与晚明士人社会角色的转化》,《西南师范大学学报》2001年第5期。

[183] 聂付生:《晚明文化传播网的形成与文人的作用》,《西北师大学报》2004年第5期。

[184] 岳鸳鸯:《明代小说出版的时空变迁与传播特征》,《河南教育学院学报》2012年第4期。

[185] 冯文楼:《身体的敞开与性别的改造——〈金瓶梅〉身体叙事的释读》,《陕西师范大学学报》2003年第1期。

[186] 石麟:《〈浪史〉〈肉蒲团〉比论——兼谈艳情小说的若干问题》,《广东技术师范学院学报》2012年第6期。

[187] 伏涤修:《理性迷失状态下渲染的异化情欲图景——〈金瓶梅〉性宣淫的创作心理剖析》,《明清小说研究》2004年第4期。

[188] 施晔:《明清同性恋现象及其在小说中的反映》,《明清小说研究》2002年第1期。

[189] 吴存存:《〈弁而钗〉〈宜春香质〉的年代考证及其社会文化史意义

[190] 吴琦、袁阳春：《晚明复社的社会活动与社会思想》，《安徽史学》2007年第4期。

[191] 高宣扬：《福柯生存美学的基本意义》，《同济大学学报》2005年第1期。

[192] 邬昆如：《明代"天→君→臣→民"之社会哲学思想》，《中山大学学报》2002年第2期。

[193] 管宁：《转型社会语境下的欲望书写与美感形态——对20世纪90年代小说创作一个侧面的考察》，《南京社会科学》2001年第12期。

[194] 申明秀：《明清世情小说雅俗流变及地域性研究》，复旦大学博士学位论文，2012。

发微》，《东方文化》1994年第1期。

后　记

　　本书是在我博士论文的基础上修改而成，时隔三年付梓出版，整个生命状态似乎都有了很大的转变。2014年6月博士毕业，也结束了三十年专注的读书生涯，8月份进入福建省委党校工作，之前一直摸索的学术道路，在此时反而渐渐清晰。读书时候一直崇尚的浪漫自由的学术精神，也一转而为自己年少时所不喜的严谨的考据内容，这种由内而外的转变让我感到惊讶和欣喜，任何学术的所得必然以前人的成就为基础，这一心境的转变，也使我的研究方向发生了推移，从美学到哲学，由浪漫的中晚明时期，推而为北宋开始的理学研究。真正沉下心来去学习理学的思想精神，才愈发感到自己的不足和浅薄，2015年闽学的国家课题成功申请，对我来说是一个深入研究的促动和契机，在这个研究方向我还有很长的路要走。

　　而在这个时期将博士论文修改出版，也是对前期学术思考的总结，犹记得博士导师傅小凡教授说过，"文章要与自己的生命经验相结合，能解决自己的生命疑难和困惑是为文的前提与基础，学问不要困在书斋，需能指导生活"。这句话对我现在都有深刻的影响和触动，带着对生命的关照去看待我们的传统思想，我们传统哲学其实就是一种生存智慧与生活方式，于此而言我的整个学术思想和理念又是一致的。其时博士论文的写作就是带着这种探索，以及对社会的思考而进入的。面对光怪陆离的社会现象，随着媒体播报的道德阴暗面不断涌现，这也引起了我的忧思。道德弊端是在当下社会环境中产生的，还是我们历史发展，文化延续中存在不可避免的盲点，我们不断寻求我们文化的归属感，试图唤起世人的道德记忆和良知，寻求传统中可供现代生命依仗的意义存在，是否能达遂所愿，如何使得传统文化真正在当代社会具有道德有效性，这也是当时我所思考的有些庞大却切己的问题所在。而选择晚明时期作为自己论文的切入点，一方面是延续导师的研究课题，另一方面也是对阳明心学及明代的历史兴趣所至。而以人情小说作为具体的研究领域，却是一个意外发现，这一贴近大众生活事实的小说领域，以一种狂放而又真实的生活情态暴露了我们文化中一直存在而又常常被忽视的问题，形而上的道德文明与形而下的大众生活既相呼应，又背道而驰。通过这一比照，我也试图去探求生命本身的发展规律，寻求文明与生命情态的关系，以期为今天的生活和生命提供一点微薄的借鉴与参考。

此书的完成首先要感谢博士导师傅小凡教授，从题目的确定、提纲的拟定、观点的提炼，到最后定稿，无不凝聚着老师的教诲和心血。在书稿修改完之后，老师又百忙之中为书稿作序，对我的期许与鼓励，常令我汗颜，又成为我不得不前进的动力。本书的出版也要感谢我的领导林默彪主任，犹记得刚毕业时候的彷徨，作为大龄女博士，就业问题似乎也成为所有女性主义者所愤恨，而又不得不面临的尴尬，林主任的开明和宽容实为我求职路上的最大幸运，他的学术追求和人格魅力也让我受益颇多，而进入哲学教研部工作亦常使我心怀感恩，这里浓厚的学术氛围，大家的团结和谐，让我似乎又置身校园环境，三年来每每有所进步，总会得到真诚的鼓励和肯定，如此有爱的集体让我倍感珍惜。刚进入党校时，党校领导对新人培养的重视，也让我有了一个更好的起点，如何确定今后的研究方向，学术研究如何与党校的发展相契合，刘大可校长的讲课和座谈是促使我早早思考自己的研究方向的主要动因，而毕业第一年就能拿到国家课题，更包含了校领导的努力和远见，这对于我今后的学术发展无疑是最大的肯定和收获。

本书的修改出版还要感谢《东南学术》杂志的执行总编杨健民老师，他是我博士毕业论文的答辩主席，对论文的肯定是我付梓的最大勇气，三年来是杨老师带领我进入一个严谨又活泼的学术群体，大家来自不同的学术领域，在相互交流中，学科之间碰撞融合，更增添了学术的乐趣，而杨老师的智慧和才气，更是令我每每叹服，他对我的鼓励，更是我前进的动力。工作后，更是常常得到厦门大学乐爱国教授的教导，尤其在朱子学的研究方法，研究的最新动态方面时常受益，感恩老师的教导，让我有信心在新的领域继续前进。还有本科学校的老师林春田教授，毕业十年来，无论生活还是学习上遇到困难和问题，总是幸得相助，不吝指导。

  最后还要感谢的是我的家人，父母辛勤劳作，竭力支持，给了我二十二年衣食无忧的读书时光，本应侍奉双亲，我却远在千里，刚能独立，却要为营建自己的家庭努力，为了自私的梦想，我欠父母的实在太多，"儿行千里母担忧"，那份沉甸甸的操心与记挂，更令我每每想起，总会泪流满面，羞愧不已。我也要感谢我的爱人，六年相恋，三年婚姻，我们有了可爱的孩子，有了更多家庭的负担，时间匆匆而过，不变的依然是彼此相守的承诺，以及相互的理解和包容，感谢生命的相遇和恩赐！

图书在版编目(CIP)数据

"尚情"思潮的生命审美研究：晚明人情小说的"理"与"欲"/姜家君著. -- 北京：社会科学文献出版社，2017.10
(哲学与社会发展文丛)
ISBN 978-7-5201-1439-4

Ⅰ.①尚… Ⅱ.①姜… Ⅲ.①小说研究-中国-晚明 Ⅳ.①I207.41

中国版本图书馆 CIP 数据核字(2017)第 237416 号

哲学与社会发展文丛
"尚情"思潮的生命审美研究
——晚明人情小说的"理"与"欲"

著　　者 /	姜家君
出 版 人 /	谢寿光
项目统筹 /	王　绯
责任编辑 /	孙燕生
出　　版 /	社会科学文献出版社·社会政法分社（010）59367156 地址：北京市北三环中路甲29号院华龙大厦　邮编：100029 网址：www.ssap.com.cn
发　　行 /	市场营销中心（010）59367081　59367018
印　　装 /	三河市东方印刷有限公司
规　　格 /	开　本：787mm×1092mm　1/16 印　张：15.75　字　数：258千字
版　　次 /	2017年10月第1版　2017年10月第1次印刷
书　　号 /	ISBN 978-7-5201-1439-4
定　　价 /	68.00元

本书如有印装质量问题，请与读者服务中心（010-59367028）联系

▲ 版权所有 翻印必究